MONIKA GEIER

Wie könnt ihr schlafen

Das Buch

Die 28-jährige Kommissarin Bettina Boll hat gerade Urlaub genommen, um sich um die zwei kleinen Kinder ihrer kranken Schwester zu kümmern, da wird sie von ihrem Chef mit einem kniffeligen Mordfall in der tiefsten pfälzischen Provinz beauftragt: In Kreimheim wurde im Garten der Familie Marquardt, des jetzigen Bürgermeisters, die Leiche eines Kindes gefunden. Als Bettina erfährt, dass die Leiche dort schon seit mindestens zwanzig Jahren liegt, steht sie buchstäblich im Wald – die Aufklärungsrate der Mordfälle nach so langer Zeit bestätigt ihre düstere Stimmung. Dann stellt sich heraus, dass fast jede Frau aus Kreimheim ein Verhältnis mit dem verstorbenen Martin Marquardt hatte, der vor einigen Jahren starb, als er versehentlich Frostschutzmittel trank. Die Legende von Martin Marquardt reicht von einem charmanten und unwiderstehlichen Traummann bis zum Draufgänger und Säufer, der Frauen körperlich und seelisch quälte. Welche seiner Geliebten gebar heimlich ein Kind und wer tötete es? Und wer setzt die Geliebten von Marquardt heute noch so unter Druck, dass sie Bettina nichts sagen wollen? Weiß der charmante Bürgermeister Max Marquardt, Martins Bruder, dessen fester Händedruck Bettina so schnell verwirrte, mehr?

Monika Geier dringt in das Dickicht der Gefühle einer eingeschworenen Dorfgemeinde vor, deckt Neid und Missgunst, Liebe und Eifersucht, Zorn und Rache auf und macht den Blick auf die menschlichen Abgründe frei.

Die Autorin

Monika Geier wurde 1970 geboren und lebt heute in Kaiserslautern. Dort studierte sie Architektur sowie die Sitten und Gewohnheiten der pfälzischen Stadt- und Landbevölkerung. »Wie könnt ihr schlafen« ist ihr erster Krimi und wurde gleich mit dem *Marlowe* ausgezeichnet – zu Recht, denn Geiers hintergründige Erzählkunst gehört in die Spitzenliga der deutschen Krimiliteratur.

MONIKA GEIER

Wie könnt ihr schlafen

Roman

Diana Verlag

Taschenbuchausgabe 02/2005

Printed in Germany 2005
Umschlagillustration: photonica/Julia Kuskin
Umschlaggestaltung:
Hauptmann und Kampa Werbeagentur, München - Zürich
Satz: Buch-Werkstatt GmbH, Bad Aibling
Druck und Bindung: GGP Media GmbH, Pößneck
Gedruckt auf chor- und säurefreiem Papier
http://www.heyne.de

ISBN: 3-453-35010-3

Für Martin

Geschwind! Geschwind!
Rette dein armes Kind!
Fort! Immer den Weg
Am Bach hinauf,
Über den Steg,
In den Wald hinein,
Links, wo die Planke steht,
Im Teich.
Fass es nur gleich!
Es will sich heben,
Es zappelt noch!
Rette! rette!

Goethe, Faust

1

Für ihn war sie immer eine Helena gewesen, wie sie dastand, ihren Apfel weit und fast anklagend von sich gestreckt, nicht wirklich schön – eben der Fantasie eines Provinzbildhauers entsprungen – und nicht wirklich schuld an ihrer Untreue.

Eigentlich seltsam, denn natürlich war Helena nie mit dem Apfel in Berührung gekommen, der ihr Schicksal besiegelte. In Wahrheit war es eine Marmorfigur der Persephone, die sich da im Holunder verbarg, und die Frucht, die sie so vorwurfsvoll ansah, verdiente die Stein gewordene Kritik vollkommen: Auch die Gattin des Hades verdankte ihr Unglück einem Apfel, der außerdem ein Granatapfel war, wohlgemerkt. Diese Feinheit hatte die Göttin weltlicher Schöpfer großzügig ignoriert, dafür aber vorsichtshalber ihren Namen in prunkvollen Lettern in den Marmorsockel gemeißelt.

Der Künstler war ein Einheimischer gewesen, ohne Zweifel.

Max Marquardt trat ein paar Schritte auf den wuchernden Holunder zu, der längst Sockel und Unterleib der Persephone in seine ausladenden Arme geschlossen hatte. Wie symptomatisch für ihn, dachte Marquardt, dass seine Helena eigentlich die Göttin der Unterwelt war, und wie bezeichnend für diesen verwilderten Park, dass er ihr auch noch willig als Heimstatt diente.

Er sollte sie abreißen. Oder sie Klaras Spott überlassen;

Klara gestatten, eine Installation daraus zu bauen, aus all den marmornen Griechen, die irgendwo im Park hinter einer Hecke lauerten. Etwas Neues beginnen, damit diese kalte blaue Viertelstunde kurz nach Morgengrauen nicht länger die Zeit war, in der er sich am lebendigsten fühlte, damit er wieder schlafen konnte und keine Zwiesprache mehr führen musste mit verwitterten Sagengestalten, die diesseits der Alpen nie eine Rolle gespielt hatten.

Marquardt versetzte dem Holunder stellvertretend einen Hieb und riss sich vom Anblick der derben Göttin los. Vor ihm lag die Wiese, die einstmals ein Rasen gewesen war, und darauf ein niedriger Dunstschleier, aus dem hier und da die weißen Dolden des Wiesenkümmels hervorspitzten. Vereinzelt bereiteten sich verwilderte Akeleien auf die baldige Blüte vor. Schon gab es unter den Büschen und an den waldigen Rändern des Parks ein paar Maiglöckchen; ihre weiße Farbe verschwamm mit dem Morgennebel zu einem schaumigen Flaum unter den noch nicht ganz belaubten Bäumen.

Er stapfte in die Wiese hinaus. Um seine Füße herum verflüchtigte sich der Nebel; wo er ging, klarte es auf; ein Effekt, den er liebte. Als ob das Leben wirklich einfach wäre; als ob man nur darauf zugehen müsste. Als ob man dann nicht feststellen müsste, inmitten der Wiese, dass der Nebel heimlich um einen herumgekrochen war. Wenn man immer nur vorwärts schaute, würde man nie merken, dass Trübnis einen beim Gehen hinterrücks einschloss.

Er drehte sich kurz um, wie um einen unsichtbaren Verfolger mit der Kraft seines Blickes festzunageln, doch alles, was er sah, war das Große Haus, sein Heim, sein Geburtshaus, dessen Rückseite nun finster auf ihn herabschaute. Obwohl nach Süden gerichtet, war dies die unfreundliche Seite des Gebäudes, weil hier mehr Fensterläden geschlossen blieben als vorne. Martins Räume lagen hier.

Marquardt wandte sich erneut um. Dieses Spiel konnte er ewig mit dem alten Bau spielen, denn obwohl die Rückseite von so profanen Anbauten wie der Remise, ein paar Schuppen und einer düsteren Veranda gegliedert war, hatte der ganze Komplex doch etwas eigentümlich Geschlossenes, eine Art Persönlichkeit, die an manchen Stellen durch das noch relativ kahle Gerüst des wilden Weines hindurchschimmerte. Irgendwie hatte er immer erwartet, dass das Große Haus sich einmal regte und zu ihm spräche.

Doch daraus würde heute nichts mehr werden. Denn da war schon der helle Ton, den er mehr ahnte, als dass er ihn hörte: ein Pfeifen, das aus dem Haus kam, ein Zeichen, dass Rebecca auf dem Weg nach unten war. Sie pfiff immer dieselbe Melodie, jeden Morgen, seit sie da war, einen ganzen Monat schon. Die klaren Töne durchdrangen die dicken Mauern und überwanden die Distanz zur Wiese; man hörte Rebecca lange, bevor man sie sah.

Nun wurde das Pfeifen deutlicher, ein Thema aus einem Western, an den er selbst sich kaum erinnerte; unglaublich, dass Rebecca so etwas überhaupt kannte. Überraschend war auch die Leichtigkeit, mit der das Mädchen (die junge Frau?) die richtigen Töne traf. Nicht dass die Melodie besonders anspruchsvoll gewesen wäre – vielleicht überraschte es ihn bloß, weil er pfeifende Mädchen nicht gewohnt war. In Kreimheim taten die Frauen so etwas nicht. Hier auf dem Land galt Pfeifen immer noch als höchst unweiblich.

High Noon?

Er grübelte, woher er das Stück kannte. Das tat er schon seit einem Monat, allerdings nur dann, wenn er Rebecca hörte. Anschließend vergaß er die Frage sofort wieder. Früher war es ihm nicht so schwer gefallen, sich zu konzentrieren.

Won't you forsake me, oh my darlin' …

Anfangs hatte er an *Rio Bravo* gedacht; nun tendierte er

doch mehr zu *High Noon,* vielleicht weil Rebecca eine gewisse Ähnlichkeit mit Grace Kelly besaß. Sie war auch blond.

Gleich musste sie aus der Hintertür kommen; die Töne schienen nun fast greifbar, was nichts an ihrer Süße änderte. Es war wohl die leise Wehmut der Melodie, die ihn am meisten erstaunte. Rebecca machte sonst einen eher handfesten, pragmatischen Eindruck.

Da kam sie schon, schob ihr Fahrrad lässig mit der Linken, hielt den Einkaufskorb in der Rechten und winkte ihm damit zu. Dass sie es nicht merkwürdig fand, was er hier machte, ein Mann von Mitte vierzig, frühmorgens inmitten einer Wiese. Doch das war das Schöne an Rebecca: Sie grüßte und radelte dann munter davon.

* * *

»Mädchen, die pfeifen, und Hühnern, die krähn«, sang Marko Marquardt etwa zwei Stunden später und näherte sich Rebeccas gebeugtem Rücken, »soll man beizeiten …«

Die blonde Studentin stellte das Pfeifen ein, hieb ihren Spaten in die Erde und drehte sich um. »Ja?«

»… den Hals umdrehn«, sang Marko und grinste wie ein kleiner Junge.

»Probier's doch mal.« Rebecca verschränkte die Arme. Sie stand in unmittelbarer Nähe des Großen Hauses unter einem Holunderbusch und war gerade dabei, ein paar Maiglöckchen auszugraben. »Ich kann wenigstens pfeifen«, fügte sie hinzu und spielte damit auf Markos atonalen Gesang an.

»Hör mal, meine Mutter war eine Welt …«

»Weltklassepianistin, ich weiß.« Rebecca zog die Augenbrauen so hoch, dass sie fast an Markos Größe von einem Meter dreiundneunzig heranreichten. »Natürlich bist du *wahnsinnig* musikalisch, denn deine Mutter hat schon im zarten Alter von drei an der Scala gesungen …«

»Sehr komisch.« Marko runzelte beleidigt die Stirn. Er konnte zwar austeilen, aber mit dem Einstecken klappte es nicht so ganz. Dann hielt er Rebecca anklagend ein dick beschmiertes Brötchen vor die Nase. »Wir haben keine Nutella mehr. Das hier war die letzte.«

»Ich hole nachher welche«, sagte Rebecca unerwartet friedlich, denn tatsächlich war sie als provisorische Haushälterin auch für die Nutellavorräte im Großen Haus zuständig. Max Marquardt und sein Neffe Marko, die beiden Bewohner, zahlten ihr einen fürstlichen Lohn dafür, dass sie einen »kompletten Frühjahrsputz« machte; eine Aufgabe, die in den kurzen Semesterferien kaum erledigt werden konnte. Daher hoffte Marko auch, dass Rebecca länger blieb. Oder in den nächsten Ferien wiederkam …

»Hoffentlich verhungerst du nicht bis dahin.«

»Ich werde von Luft und Liebe leben«, sagte Marko obenhin und biss in sein Brötchen.

Rebecca betrachtete ihren jungen Arbeitgeber zweifelnd und nahm wieder ihren Spaten zur Hand. »Es macht euch doch nichts aus, wenn ich hier ein paar Maiglöckchen ausgrabe?«, fragte sie dann. »So für die Küche, dachte ich.«

Marko lächelte kauend und breitete die Arme aus. »Du kannst sie alle haben«, nuschelte er liebenswürdig. Dann schluckte er. »Moment. Du hältst den Spaten nicht richtig.«

Das war so klassisch, dass Rebecca darüber staunte, wie jemand ihres Alters so etwas überhaupt noch über die Lippen brachte. Aber sie waren hier eben auf dem Land. Im tiefsten Pfälzerwald. Hier gab es auch noch Hühner auf der Straße und Stallhasen und …

»Komm, ich zeig dir, wie man das macht.«

Sie schüttelte Markos Hand von ihrem runden Arm. »Ich halte ihn nicht falsch, sondern anders – anders als du!«

»Wie du willst.« Marko zuckte die Achseln und warf Rebecca einen nachdenklichen Blick zu. Ganz normal war sie nicht. Sehr hübsch, aber furchtbar kratzbürstig. Ob sie womöglich eine Lesbe …? Jetzt hieb sie wieder den Spaten in die Erde, völlig ineffektiv natürlich, statt dass sie ihn einfach langsam und kraftvoll aus einem Winkel von etwa sechzig Grad …

»Wieso bist du überhaupt noch hier? Du wirst wieder zu spät zur Arbeit kommen.«

»Ach«, machte Marko wegwerfend, »die Leute sind doch froh, wenn sie mich nicht ständig im Nacken haben.« Die Arbeit im Sägewerk interessierte Marko nicht besonders – in Wahrheit hatte er vor, eine Band zu gründen, aber das würde er Rebecca erst auf die Nase binden, wenn er sich völlig sicher sein konnte, dass sie nicht doch vom anderen Ufer war. Und bis dahin war es ganz süß, morgens zu verschlafen, um von ihr geweckt zu werden. »Eigenverantwortung. Fördert die Arbeitsmoral.«

»Ja, die Arbeitsmoral …«, sinnierte Rebecca. Die Erde war sehr fest an dieser Stelle. Sie musste sich anstrengen, um den Spaten tief genug hineinzubekommen.

»Hör zu«, sagte Marko, trat einen Schritt näher und beugte sich hinunter. »Die Jungs und ich machen am Wochenende eine Rallye. Ich hab dich als meine Beifahrerin angemeldet.«

Das war so ungefähr die größte Ehre, die man einem Mädchen jemals erwiesen hatte, doch Rebecca wusste es nicht zu würdigen: »Vergiss es. Ich hab noch so viel vor im Leben.«

Eine Chance noch. »Komm schon. Das macht Spaß! Wir …«

Markos Spaniel beendete das unbefriedigende Gespräch kurzfristig. Mit freudigem Gebell stürzte er aus der geöffneten Hintertür des Großen Hauses auf Marko zu.

»Stinkes!«, brüllte dieser, die Rallye vergessend. Und während sich Mann und Hund begeistert begrüßten, machte Rebecca trotz fehlerhafter Handhabung des Spatens einige Fortschritte mit ihren Maiglöckchen. Sie hatte eine große Scholle tief angestochen, um das Wurzelwerk nicht zu beschädigen, und hebelte jetzt vorsichtig alles hoch. In der entstandenen Grube, die, wie Rebecca feststellte, unnötig tief geraten war, lag, noch halb eingegraben, ein seltsames Objekt. Eine Art hell schimmernder großer Kiesel. Glatt und rund, wie die Steine, die ihre Mutter im Terrarium sammelte. Mit dem Spaten versuchte Rebecca, ihn aus der Erde zu lösen. Etwas krachte.

Das trockene Geräusch erschreckte sie. Verwundert über ihre nervöse Reaktion blickte sie auf. Über ihr und dem Holunder streckte eine bemooste Marmorgöttin ihre Hand aus. Rebecca fröstelte unwillkürlich und sah sich nach Marko und Stinkes um. Was war nur mit ihr los? Sicher nervöse Nachwehen der blöden Lernerei für ihre Vordiplomklausuren. Da kam Stinkes. Mit einem Stock im Maul schoss er auf sie zu und vertrieb die plötzliche Beklemmung. Hechelnd erreichte er sie, ließ das moderige Stück Holz fallen, leckte ihr kurz über die Hand und stürzte sich in die Grube. »Aus, Stinkes!« Rebecca schüttelte sich. »Marko, irgendwas Komisches liegt in diesem Loch. Ich hätte es fast ausgegraben.«

»Was ist es?«, fragte Marko, atemlos neugierig wie sein Hund. Stinkes buddelte eifrig in der Vertiefung. »Ein Kaninchen?«

»Weiß ich nicht. Glaubst du, dass es gut ist, ihn das rausholen zu lassen?«

»Hast Recht. Aus, Stinkes. Aus! Gib das her!«

Man musste ihn nicht lange bitten. Stolz präsentierte der Spaniel seine Beute, ließ sie aus seinem tropfenden Maul in

Markos große Hand fallen. Dann legte er sich ins Gras und klopfte mit dem Schwanz auf die Erde.

»Und, was ist es?«, wollte Rebecca abgestoßen und fasziniert zugleich wissen.

Marko starrte das Fundstück an, rieb ein wenig Erde ab, starrte weiter. »Kein Kaninchen jedenfalls.«

* * *

Es war ein langer Weg rund ums Große Haus. Erstens befand es sich sowieso bloß nominell innerhalb von Kreimheim, und zweitens lag es vom Einfamilienhäuschen der Vandermeers aus gesehen vor dem *anderen* Ortseingang.

Marlies Vandermeer musste also nicht nur hinterm Friedhof vorbei, sondern auch noch Ewigkeiten auf dem schlammigen Waldpfad joggen, der parallel zur Hauptstraße verlief. Dann kamen erst ein paar Felder und ein kleines Wäldchen, bevor man endlich das marquardtsche Anwesen erreicht hatte. Aber damit nicht genug, war das Große Haus auch noch von einer ausgedehnten, wenn auch verwilderten Parkanlage umgeben.

Nicht dass Marlies Vandermeer nicht die Abkürzung gekannt oder Skrupel gehabt hätte, auf den Privatbesitz der Marquardts einzudringen. Es ging ganz einfach darum, ihr Training zu verlängern, damit sie eine Menge überflüssigen Speck verbrannte. Zu diesem Zweck war der »lange Weg« das Allermindeste. Gestern hatte sie ihn in einer Rekordzeit von eineinviertel Stunden geschafft. Stolz war Marlies Vandermeer allerdings kein bisschen, schienen sich die Dellen an ihren Oberschenkeln doch eher vertieft zu haben. Und überhaupt hatte sie noch zwei Pfund zugenommen. Unmäßig, das war sie. Sie aß zu viel …

Unmäßig waren übrigens auch die Wacholderbüsche, die den Park ums Große Haus säumten. Dunkel, struppig und ungepflegt. Max, der jetzige Bürgermeister, ließ einfach alles verkommen. Zu Martins Zeiten, ja, da war alles prächtig gewesen, da hatte es Gärtner gegeben, und Partys …

Heute war die Glanzzeit des Großen Hauses jedenfalls vorbei. Dort passierte überhaupt nichts mehr.

– Moment! Vandermeer stutzte. Da war eine Veränderung. Sie sah etwas. Weiß und grün, glänzend: Polizeiautos! Und gleich mehrere! Vermutlich hatte Marko, der Bengel, es in seinem Leichtsinn jetzt endgültig zu weit getrieben. Ein Autounfall?

Aber was taten diese ganzen Leute bei Marquardts verfallenem Gartenhäuschen?

Unschlüssig joggte Marlies Vandermeer auf der Stelle. Nach nicht allzu langem Zögern opferte sie dann ihr persönliches Fitnessprogramm und zwängte sich durch das hohe und nicht gerade einladende Gebüsch.

Sicher, das Training war wichtig, doch wenn das Schicksal der Marquardts, der ältesten und wichtigsten Familie des Dorfes, ihre Anteilnahme verlangte, musste sie zur Stelle sein. Das war sie ihrem Status als alteingesessene Kreimheimerin schuldig. Und natürlich der Familie Marquardt, mit der sie immerhin etwas Besonderes verband …

* * *

»Oh Gott, Schätzchen, gib das her! So was darfst du nie, nie wieder in den Mund nehmen, das ist doch giftig! Pfui! Verstehst du? Giftig!«

Der kleine Adrienno patschte mit seinen Händchen fröhlich auf das Parkett und fuhrwerkte in den Zigaretten herum, die er auf den Boden geleert hatte. Die Weihnachtsbeleuchtung einer ganzen Stadt hätte sich nicht mit seiner strahlenden Freude messen können. »Ui, ui!«, schrie er und stopfte eine der Marlboros in sein feuchtes Mündchen.

Bettina entriss sie ihm schnell. Sie fühlte sich schuldig. Zigaretten in Reichweite eines Kleinkindes liegen lassen! Drei Tage »Mami«, und schon wurde sie nachlässig. Vorsichtig untersuchte sie die Zunge des Kindes. Nichts.

»Komm, Adrienno, du gehst jetzt wieder ins Ställchen.« Sie schob die Zigaretten fort und hob das juchzende Kind hoch.

»Dällse, dällse«, krähte Adrienno fröhlich.

Der auffällige Name war das einzige Erbe, das Adrienno von seinem Vater mitbekommen hatte. Bettina vermutete ihn in dem finsteren Italiener, der unter anderem die Wohnungstür ihrer Schwester auf dem Gewissen hatte. Barbara hatte Mr. Mafia so völlig aus ihrem Gedächnis streichen wollen, dass sie ihn nicht einmal beim Jugendamt angegeben hatte, weswegen sie keinen richtigen Unterhalt für das Kind bekam.

Adrienno liebte Tante Bettina, nicht aber sein Ställchen. Friedlich ließ er sich bis zu den gefürchteten Gittern tragen, doch kaum saß er dahinter, verzog er verzweifelt sein kleines Gesicht. Bettina wusste, was kommen würde. Ihr süßer Neffe konnte laut sein. Sehr laut. Schon geschah das Unvermeidliche.

»Pst, Adrienno«, sagte Bettina matt. »Du weckst doch Sammy auf! Schau mal, was der Teddy macht! Was macht der Teddy, Adrienno?«

Der Teddy konnte Adriennos Gefühl der Unfreiheit nicht beseitigen, und es war dem Jungen auch kein Trost, so liebenswerte Mitgefangene wie Bunny, den Hasen, oder Donny, die Ente, zu haben. Er schrie wie am Spieß.

Das Babyfon knackte. Samantha-Sue, Adriennos einjährige Halbschwester, hatte das Elend ihres Bruders natürlich vernommen, denn für Adrienno stellte eine normale Zimmerwand kein ernst zu nehmendes akustisches Hindernis dar. Ihr weinerliches Glucksen verriet Bereitschaft, ihren Bruder, wenn nötig, mit den eigenen Stimmbändern zu unterstützen.

»Du bleibst jetzt mal da drin, Adrienno«, entschied Bettina und verließ ihn, um die Zigaretten zu untersuchen. Alle unbeschädigt. Wenigstens das. »Lass es dir eine Lehre sein«, sagte sie gegen die Wand aus wütendem Geschrei. »Wer sich mit Drogen einlässt, kommt in den Bau. So ist das Leben, Schatz.«

Schluckend wimmerte Adrienno, ein Bild des Jammers. Die kleine Atempause ihres Neffen machte Bettina keine Hoffnung auf Ruhe; sie erhöhte eher die Anspannung. In einem Film würde jetzt das Haus explodieren. Oder die Türklingel schrillen. Oder das Telefon …

Es klingelte. Bettina fuhr zusammen.

»Entschuldige«, sagte sie zu dem angstvoll blickenden Adrienno und griff sich mit Daumen und Zeigefinger zwischen die Brauen. Ihr kleiner Neffe saß nun unbewegt. Einerseits war es erschreckend, wenn seine Tante Unsicherheit zeigte, andererseits war da aber auch das Telefon, ein von ihm neu entdecktes Faszinosum – ein Apparat, aus dem wohl bekannte und geliebte Stimmen sprachen. Vielleicht würde er wieder den Hörer bekommen und mit Mamas Stimme sprechen dürfen.

Doch Mama lag im Krankenhaus und wurde operiert.

John. Dieser Anrufer musste John sein.

Der liebe John war Samantha-Sues wahrscheinlichster Vater, in guten Zeiten sturzbesoffen, in schlechten nüchtern und gewalttätig. An manchen Tagen, so wie heute, pflegte er um das Haus zu schleichen und in halbstündigen Abständen anzurufen, um so nette Nachrichten wie »Ick krreege deeck, fucking bitch … Ready *had* your sister!«, auf den Anrufbeantworter zu röcheln.

Er wollte nämlich das Sorgerecht für seine Tochter haben.

Sammy schien geahnt zu haben, wer es war. In das Klingeln des Telefons mischte sich ein lang gezogenes, sattes Schreien, welches hohl durch das Babyfon übertragen wurde.

Ja, Kind, das ist *dein* Vater.

Bettina wusste, dass sie einen Fehler machte, wenn sie dranging, aber sie musste jetzt einfach jemanden anschreien, und da kam ihr John gerade recht. Gewalt erzeugt Gegengewalt. Andererseits, wenn er hörte, dass die Kinder da waren …

Sie pflanzte sich neben dem Telefon auf und stellte ihm ein Ultimatum. Wenn es jetzt aufhörte … nein. So unverschämt klingelte überhaupt nur John. Sie riss den Hörer von der Gabel und schrie los. Wenn man diesen Mistkerl beschimpfen wollte, musste man schneller sein als er.

Erst als sie wieder Luft holte und vage daran dachte, das Ganze noch einmal auf Englisch zu wiederholen (was nicht einfach gewesen wäre), bemerkte sie die unnatürliche Stille am anderen Ende der Leitung.

»Ich glaube, Sie sollten sich einen anderen Freund zulegen, Böllchen«, sagte Kriminalhauptkommissar Härting.

Oh Gott.

Nach einem Umzug in die Küche, dem leisesten Raum der Wohnung, erfuhr Bettina Boll, Kommissarin beim Morddezernat Ludwigshafen, den Grund des Anrufes.

»Wir brauchen Sie, Böllchen.«

»Aber ich habe Urlaub«, protestierte sie. »Ich kann wirklich nicht. Ich hab die Kinder, Chef. Das hatten wir doch abgeklärt.«

Härting wischte diesen Einwand einfach beiseite. »Ich hab eben mit Neustadt telefoniert«, erklärte er, und man hörte ihn in Unterlagen blättern, »die haben da ein kleines Problem … ein Kind, Böllchen.«

»Dann steht es zwei zu eins«, entgegnete Bettina. »Ich kann hier nicht weg, Herr Hauptkommissar. Stellen Sie sich einfach vor, ich wär auf den Malediven, und vergessen Sie mich für die nächsten vierzehn Tage.«

»Jetzt hören Sie mir mal zu, Böllchen, das ist ein Fall für Sie ganz allein. Das wünschen Sie sich doch, einen eigenen Fall, oder? Und ich geb Ihnen den kleinen Willenbacher mit, unseren besten Mann.« Im Hintergrund wurde lachend protestiert, vermutlich saß Willenbacher in Härtings Büro. Da, wo er sich am liebsten aufhielt.

»So verlockend sich das alles anhört, Chef, ich kann nicht. Meine Schwester liegt im Krankenhaus, und ich sitze hier mit zwei kleinen Kindern ...«

»Können Sie die nicht bei der Oma lassen? Passen Sie auf. In Neustadt ist die Hölle los seit den Spielhallenmorden, und Sie wissen genau, wie viel die schon für uns getan haben. Wir sind es ihnen schuldig, Böllchen.«

Für sie hatte kein Neustadter jemals etwas getan.

»Es geht nicht.« Bettina fühlte sich müde. »Es geht ganz einfach nicht, Herr Hauptkommissar. Ich kann die Kleinen nirgendwohin geben.«

»Haben Sie denn keine Familie, Böllchen? – Lassen Sie es mich so sagen: Sie *müssen* sich dieses Falles annehmen. Das ist Ihre Chance! – Andernfalls ...« Er ließ einen kleinen resignierten Seufzer hören, der ihr klar machen sollte, wie Leid ihm jetzt schon all das tat, was mit ihr geschehen würde, wenn sie nicht mit Neustadt kooperierte. »Wissen Sie, neulich hat sich Ohlschläger nach Ihnen erkundigt, Böllchen. Er hätte Sie wirklich gern wieder in seinem Team. Beim Diebstahl seid ihr Frauen so was von unterrepräsentiert ...«

»Das hat die Natur sicher auch so vorgesehen«, murmelte Bettina halblaut.

»Was?! – Und Böllchen, in Kreimheim gibt es bestimmt

einen Kindergarten. Wieso nehmen Sie die Kleinen nicht einfach mit?«

Ich will eine Frau als Chef, dachte Bettina. »Würden Sie zwei Kleinkinder zu einem Mordfall mitnehmen, Hauptkommissar?!«

»Ich bin verheiratet, Böllchen«, erklärte Härting hoheitsvoll.

* * *

Es hatte dreißig Minuten am Telefon gebraucht, bis Tante Elfriede ausreichend erklärt hatte, was sie von unehelichen Kindern hielt, die noch dazu von Ausländern abstammten, und weitere dreißig, um sie davon zu überzeugen, diese Kinder dennoch für vierzehn Tage aufzunehmen.

Als Bettina dann mit Buggy und Tragetasche in der riesigen Eingangstür des alten, stets ungeheizten Hauses stand, gab es weitere Widerstände zu überwinden: »Du hast mir nicht gesagt, dass es schwarz ist!«

»Das ist nicht ansteckend, Tante Elfriede. Schau nur, wie süß sie schläft. Sammy ist wirklich ein braves Kind.«

Auch Adrienno schlief, wofür Bettina besonders dankbar war.

Im Inneren des Hauses war es kühl und muffig. Abgetretene Teppiche schmückten die zugige Eingangshalle, und die sorgfältig blank gebohnerte Treppe besaß einen eisigen Glanz. Tante Elfriede ging voraus zu dem Zimmer, in dem die beiden untergebracht werden sollten, wobei sie über die Schulter fallen ließ, dass zwei Kinder schon eine finanzielle Belastung seien. Bettina schlug eine Vergütung vor, die bis zu Sammys Einschulung gereicht hätte, worauf Tante Elfriede zustimmend die Tür zum Kinderzimmer öffnete.

»Da hat schon ihre Mutter gehaust. Was macht sie eigentlich im Krankenhaus? Wieder eine Entbindung?!«

Bettinas jüngere Schwester hatte hier die letzten Jahre vor ihrer Volljährigkeit verbringen müssen, weil ihre Eltern früh gestorben waren. Sie war auf den Tag genau an ihrem Achtzehnten ausgezogen und hatte sich geschworen, nie wieder einen Fuß in dieses Haus zu setzen.

»Sie hat einen Tumor.«

Tante Elfriede war erschüttert, konnte sich aber genau vorstellen, wie es so weit gekommen war. »Immer diese Raucherei und Hormone schlucken …«

Bettina war kurz davor, alles wieder einzupacken und zu gehen. Nichts hatte sich verändert. Oder doch: Tante Elfriede wirkte gebeugter, das »Kinderzimmer« enger als früher und schrecklich kahl, da alle persönlichen Gegenstände rigide daraus entfernt worden waren. Ein durchgelegenes Eisenbett mit gefährlich aussehenden Federn harrte völlig nackt in einer Ecke; Schrank, Tisch und Stuhl waren schon zu Zeiten ihrer Schwester alt und schäbig gewesen.

Schön. Ein letzter Test. Sie schob den Buggy zum Bett und weckte Adrienno.

»Schau mal, Schätzchen, wo wir sind … Schau doch mal …«

Sollte es Adrienno hier auch nicht gefallen, würde sie eben wieder gehen, und Härting und die gesamte Mordkommission konnten sie mal hintenrum heben.

Adrienno gluckste.

»Komm mal her, jetzt sagen wir der Tante Elfriede guten Tag!« Sie nahm den Jungen hoch, redete ein wenig mit ihm und drückte ihn dann der Tante einfach in den Arm.

»He! Das ist ja ein ganz schöner Brocken!« Tante Elfriede klang schon nicht mehr so säuerlich. Schließlich war sie *grundsätzlich* kinderlieb, wie sie immer wieder betonte. Und der sonst leider launische Adrienno stellte sich als durchaus tantenlieb heraus. Er benahm sich so außergewöhnlich entgegenkommend, als hätte ihm gerade ein Zwiebackkonzern einen Millionenvertrag angeboten. »Ide, Ide«, gluckste er, himmelte Tante Elfriede an und boxte ihr mit einer kleinen Faust auf den Arm.

Der hatte das Zeug zum Heiratsschwindler. Bettina gab es nicht gern zu, aber sie war sehr erleichtert. Sie reichte ihrer Tante eine Karte. »Aber nur für alle Fälle, dann rufst du diese Nummer an.«

Tante Elfriede nahm die Karte, studierte sie genau und seufzte. Ihr Gesicht kündigte die altbekannte halbstündige Abhandlung über die Gefahren eines noch dazu nicht standesgemäßen Berufs an. Hastig verabschiedete sich Bettina.

Draußen atmete sie tief durch. Na, immerhin – die Sache mit der Vergütung hatte Tante Elfriede vorerst vergessen.

Aber ihre Schwester würde sie trotzdem umbringen.

* * *

In Härtings Büro wurde Bettina mit einem »Sehen Sie, es geht doch!«, begrüßt, was sie nicht gerade fröhlicher stimmte.

»Was machen Sie denn für ein Gesicht, Böllchen?! Nehmen Sie's nicht so schwer. Wir werden alle mal aus dem Urlaub geholt. Ich weiß noch, als wir mal Urlaub auf Mallorca machen wollten, Flug und alles schon gebucht …«

So alt wie die Geschichte war, konnte es damals eigentlich noch keine Flugzeuge gegeben haben.

»Also, man hat in Kreimheim ein totes Kind gefunden«, warf Bettina in Härtings nächste Atempause, bevor er wieder den Wachtmeister, der regelmäßig in seiner Freizeit hergekommen war, ausgraben konnte. »Wo liegt Kreimheim überhaupt?«

Härting schwenkte in seinem Drehstuhl zurück, denn wie an dem Arbeitsplatz eines jeden erfolgreichen Feldherrn hing auch hier eine riesige Generalstabskarte. Nach kurzer Überlegung tippte er mit dem Zeigefinger auf einen Punkt, der mitten im tiefsten Grün des Pfälzerwaldes lag. »Da. Zwischen Kaiserslautern und Neustadt. Im Neustadter Tal. Eine der ersten Eisenbahnlinien Deutschlands führt da durch. Und, Böllchen, jetzt zeigen Sie mal Bildung: Von wem wurde die gebaut?«

Bettina hegte schon lange den Verdacht, dass ihre männlichen Kollegen keine Quizfragen beantworten mussten, wenn sie eine Besprechung mit Härting hatten. Sie schwieg.

»Von Denis, Böllchen! Sie müssen die Tunnels beachten, wenn Sie hinfahren! Die Eingänge sehen aus wie kleine Burgen.«

Sie sah auf die Uhr.

»Ja. Also, zur Sache. Der Fundort der Leiche ist Kreimheim, in einem Garten, einer Familie …«, Härting schlug eine Akte auf, »Marquardt. Vorgestern Morgen um halb neun wurde sie von der Haushaltshilfe, Rebecca Clapeyron, und Herrn Marko Marquardt bei Gartenarbeiten gefunden.« Er sah auf. »Ein Neugeborenes, Böllchen. War bei denen im Garten vergraben.« Er schüttelte den Kopf. »Über äußere Verletzungen kann man nichts sagen, die Knochen sind aber heil – wenigstens die, die sie gefunden haben.«

Stirnrunzelnd blickte Bettina ihren Chef an. »Wenigstens die, die sie … Was soll das heißen?! Wie lange liegt die Leiche denn schon da?!«

Härting verschränkte die Hände vor seinem Bauch und blickte in die Luft. »Also, genau kann das Labor bis jetzt noch nichts sagen. – Sie wissen ja, wie überlastet die sind.« Vorsichtig schielte er zu Bettina hinüber. »Aber so zwanzig, fünfundzwanzig Jahre wird sie schon liegen.«

»Fünfundzwanzig Jahre?! Das können die Neustadter nicht allein?! *Deswegen* setze ich Himmel und Hölle in Be-

wegung, um einen Babysitter zu finden?! Sie wissen genauso gut wie ich, dass da jetzt nichts mehr rauszukriegen ist!«

Das nachsichtige Lächeln, das Härting ihr schenkte, hatte er normalerweise ganz speziell für hysterische »Kundinnen« reserviert. »Böllchen. Schauen Sie. Erstens sind es wahrscheinlich nur zwanzig Jahre, und zweitens können die Neustadter nicht. Sie wissen doch, was momentan dort los ist. Und für Sie ist das doch *die* Gelegenheit zu beweisen, dass Sie Ihre guten Noten auch wirklich verdient haben.«

»Das hab ich schon damals bewiesen, als ich die Prüfung gemacht hab!«

»Natürlich, Böllchen.« Wieder dieses nachsichtige Lächeln.

Bettina beugte sich vor und sah Härting in die Augen.

»Würden Sie mir einen Gefallen tun, Herr Hauptkommissar?«

»Klar, Böllchen.«

»Sagen Sie nie wieder ›Böllchen‹ zu mir.«

Er funkelte sie aus seinen wässrigen Augen an. »Also dann, Frau Boll«, er warf ihr die dünne Akte hinüber, *»Herr* Willenbacher wartet schon draußen.« Er rückte die anderen Papiere auf seinem Schreibtisch zurecht. »Viel Glück.«

* * *

»Links!«, sagte der kleine Willenbacher mit unerschütterlichem Gleichmut.

»Ich hoffe für Sie, dass Sie diesmal Recht haben!«, knurrte Bettina, während sie den Wagen in eine enge Straße lenkte, an der nichts darauf hindeutete, dass sie woandershin als in noch dichteren Wald führte.

»Hier kenn ich mich schon aus.«

»Beruhigend.« Bettina wünschte, sie könnte gleichzeitig fahren und Karte lesen, doch leider war es mittlerweile dunkel. Willenbacher war nicht gerade eine große Hilfe. Sie fuhren jetzt schon drei Stunden, obwohl sie höchstens zwei hätten brauchen dürfen. Höchstwahrscheinlich befanden sie sich gerade auf der berüchtigten »Todesstrecke«, die sich irgendwo in diesen dunklen Wäldern befand, und würden demnächst mit einem Motorrad kollidieren.

»Die Tour durch Bad Dürkheim war ja noch ganz hübsch, Willenbacher. Das hätte mir auch passieren können. Aber langsam möchte ich mal ankommen. Und überhaupt wüsste ich gerne, wo ich bin.«

Härtings Liebling sah sie abschätzig an. »Ich weiß, wo wir sind.«

»Schön für Sie.«

Er schlug umständlich die Karte auf. »Wir sind hier.« Willenbacher deutete auf eine Stelle der Karte, die mitten in einem dunkelgrünen Fleck lag. Dunkelgrün wie Wald. »Noch neun Kilometer auf der L 39, dann kommen wir auf die Straße, die nach Frankenfels führt.«

»Wo ist Frankenfels?!«

»Direkt vor Kreimheim natürlich.« Bettinas Mitarbeiter schüttelte den Kopf über so viel Unwissenheit. »Wir sind so gut wie da.«

Dieser Willenbacher war genauso unfähig wie eingebildet. Wieso Härting für ihn schwärmte, war Bettina unverständlich. Für Willenbacher jedoch war es kein Rätsel, warum Bettina Boll immer nur Aktenarbeiten zugeschoben wurden. Er *wusste* inzwischen, wie wahr das alles war, was die Kollegen in den Pinkelpausen erzählten – die Bolle war ein völlig orientierungsloses Wesen, das ohne ihn nicht mal zur nächsten Tankstelle finden würde, geschweige denn nach Kreimheim. Null Ahnung, die Frau. Schlimm, dass er mit ihr in die Provinz abgeschoben worden war, wo in Ludwigshafen die Frauen geradezu auf ihn warteten …

Andererseits war die Bolle auch nicht schlecht gebaut.

Willenbachers Blick wurde ziemlich dreist, was seine Vorgesetzte mit ihren scharfen Augen sofort bemerkte.

»Schauen Sie in die Karte, junger Mann!«

Junger Mann! Was die sich einbildete! Als wäre sie so viel älter als er!

Andererseits konnte die Sache auch ganz witzig werden. Die Bolle *musste* sich blamieren. Dass sie in dem Fall etwas ausrichten würde, war praktisch unmöglich. Wenn man nur bedachte, dass die wenigen Knochenreste kaum als menschlich identifizierbar waren. Außerdem konnten nach fünfundzwanzig Jahren sowieso keine verlässlichen Zeugenaussagen mehr aufgenommen werden, und ganz bestimmt würde kein Einwohner eines hinterpfälzischen Dorfes einen seiner Nachbarn verraten. Hier hielten die Leute zusammen wie Pech und Schwefel.

Angesichts dieser erfreulichen Aussicht lehnte sich Willenbacher in seinem Sitz zurück und ließ sich zufrieden von seiner Vorgesetzten ins schlafende Kreimheim chauffieren.

* * *

Doch natürlich tat Kreimheim alles andere als schlafen. Hinter den zugeklappten Fensterläden summte es lauter als an jenem historischen Dienstag vor vier Jahren, an dem herauskam, dass die ortsansässige Malerin ein Verhältnis mit dem katholischen Kaplan hatte, der noch dazu Schwarzafrikaner (!) war.

Die zentralen Trägerinnen der öffentlichen Meinung saßen mit ihren Tanten und Müttern zusammen oder riefen nacheinander alle ihre Freundinnen an, um die Herkunft des toten Babys zu klären. Sogar Maria Linné (geborene Marquardt), eine rechtschaffene Frau, die Klatsch verabscheute und sich vor vier Jahren geweigert hatte, zu dem Fall mit dem (schwarzen!) Kaplan auch nur ansatzweise eine

Meinung zu äußern, hatte sich mit ihrem Mann, dem Dorfarzt, im Wohnzimmer in Klausur begeben. Beide Töchter, für einen solchen Skandal noch zu jugendlich unverdorben (14 und 19 Jahre), hatte man aufs Zimmer geschickt.

Der jüngeren Tochter Luzie war das ganz recht, denn sie hatte ihre eigenen Sorgen. Auch sie beschäftigte ein Baby. Aber kein totes. Vollständig bekleidet lag sie unter ihrer Bettdecke, hatte das Licht ausgeschaltet und zog sich die alte Janis-Joplin-Platte ihres Vaters rein.

Natürlich stand sie sonst nicht auf sentimentale Oldies, aber verfahrene Situationen erforderten außergewöhnliche musikalische Untermalung. Und seltsamerweise schien Janis zu wissen, wie Luzie sich fühlte, selbst wenn sie nie schwanger gewesen war. Sie hatte andere Probleme gehabt. Mit Drogen.

Luzie Linné beneidete Janis Joplin. In diesem Moment hätte sie nicht gezögert, ein halbes Pfund Ecstasy zu schlucken, wenn im Gegenzug jede Möglichkeit einer Schwangerschaft auszuschließen gewesen wäre.

Im Nebenzimmer klopfte Luzies große Schwester Liliane gegen die Wand.

Für Liliane war alle Musik von Bach abwärts inakzeptabel, und in Bezug auf Lautstärke war sie empfindlich, besonders wenn sie schlecht gelaunt war. Und momentan *konnte* sie nur mieser Stimmung sein, denn Liliane hasste es, wenn man sie von einer Erwachsenenkonferenz ausschloss. Nun versuchte sie sich vermutlich auf ihre »Seminararbeit« zu konzentrieren. So hießen Lilianes Hausaufgaben, seit sie mit ihrem großartigen Studium begonnen hatte. *Seminararbeiten.* Luzie drehte von drei auf vier.

Erneutes Klopfen. Gleich würde Liliane rüberkommen und nach Mama heulen. Trotzig zog Luzie ihre Decke über den Kopf. Die beiden konnten sie mal. Sie hatte ganz andere Probleme.

Der Test war positiv ausgefallen. Positiv, *positiv*, hämmerte es in ihrem Kopf.

Andererseits zeigten Schwangerschaftstests manchmal ungenaue Ergebnisse. Sie müsste einen Arzt aufsuchen … Es konnte unmöglich stimmen. Sie *war* nicht schwanger. Es ging ganz einfach nicht.

Einen solchen Skandal würde Mama nicht dulden.

Der Fund der Kinderleiche hatte ihre Mutter schon genug aufgebracht. Sie war regelrecht wütend geworden. Dass *sie* so etwas beim *Bäcker* erfahren musste … Onkel Max hatte mal wieder nicht angerufen, und sogar Luzie und Liliane, die »das alles *überhaupt nichts* anging«, wussten mehr als sie, Maria Linné, eine *geborene* Marquardt! Irgendjemand hatte sein Baby im Garten des Großen Hauses verbuddelt, und »diese Studentin« hatte es, was noch schlimmer war, wieder ausgegraben und »die Familie blamiert«!

Luzie lockerte die Decke etwas, um Luft zu bekommen.

Im gleichen Moment riss Liliane die Tür auf. »So kann ich mich *wirklich* nicht konzentrieren!«, schrie sie, ohne Luzie anzusehen, in Richtung Treppe. »Dieser *Lärm!*«

Keine Mama.

»Ich muss meine Seminararbeit in einer Woche fertig haben! Kann *die* ihr Radio nicht leiser stellen?!«, rief Liliane lauter. Normalerweise hätte Mama jetzt nichts mehr gehalten, doch heute blieb es still im Untergeschoss.

»Ich muss *lernen!*«

»Fick dich ins Knie«, sagte Luzie von Herzen. »Und mach die Tür zu, wenn du rausgehst. – Das is überhaupt ’n Plattenspieler. *Papas* Plattenspieler.«

Das gute Einvernehmen zwischen Luzie und ihrem Vater hatte Liliane schon immer geärgert.

»Und *Papas* Platte. Ein Klassiker, weißt du, aber davon

verstehst du nix, Schwesterherz. Du kennst ja nur das doofe Geknödel von deinen fetten Tenören.«

Liliane fand trotz ihres Studiums noch Zeit, sich als Organistin zu betätigen, und wusste, was gute Musik war. Selbstverständlich hörte sie niemals Musik, bei der gesungen wurde, höchstens mal ein Requiem; jedenfalls nichts, was einem einzelnen Tenor Gelegenheit zum Knödeln gab. Empört ob dieser Unterstellung betrat sie Luzies Zimmer und riss die Nadel vom Vinyl.

Einen solchen Übergriff konnte Luzie natürlich nicht dulden.

»Lilianchen«, flötete sie in Markos tiefem, schleppendem Tonfall. Sie war eine gute Stimmenimitatorin. »Ich liebe dich!«

Liliane erstarrte.

»Liliane?! Oh, sie wird rot, wie niiiedlich! Liiilly …«, schmachtete Luzie und der Anflug eines Kicherns verdrängte kurzfristig das hässlich hohle Gefühl in ihrem Bauch.

Doch Luzies große Schwester fing sich rasch wieder. »Ach, Süße«, machte sie, wobei sie genauso gut gleich »Nutte« hätte sagen können, so sehr troff ihre Stimme vor viel sagender Verachtung, »für so was bist du doch noch viel zu kl…«, sie unterbrach sich und hielt sich in gespielter Zerknirschung drei Finger an die Schläfe, so als salutierte sie geziert vor dem Gott, der kleine Kinder vor der bösen Welt da draußen bewahrte. »Himmel! Entschuldige, aber da hab ich doch glatt deinen niedlichen Lover aus der Tannenstraße vergessen.«

Die Tannenstraße war Kreimheims sozialer Schandfleck; in einem verwahrlosten Gehöft hauste dort eine Großfamilie namens Mathieu, die außer der Zahl ihrer Mitglieder keinerlei legalen Reichtum besaß. Liliane lächelte niederträchtig. »Am besten beantragt ihr jetzt gleich Sozialhilfe, dann hast du in neun Monaten, wenn euer Balg da ist, die schwierige Bürokratie hinter dir und musst dich nicht mehr mit dem lästigen *Denken* abplagen. – Kann man schon was sehen, *Frau Mathieu?*«

Luzie fühlte, wie sich das Loch in ihrem Magen wieder auftat, doch das durfte sie Liliane selbstverständlich nicht merken lassen. »Dich würd 'n Mathieu nicht mal für Geld nehmen, du frigider Frosch!«, schrie sie böse. »Und wenn, würde er kotzen!«

»Ach, weißt du«, sagte Liliane von oben herab, »für *mich* ist das kein großer Verlust. – Und der Plattenspieler bleibt aus, sonst hol ich Mama. Ich muss *arbeiten* – aber natürlich kannst *du* das nicht verstehen.« Damit drehte sie sich rasch um und verließ das Zimmer ihrer Schwester, natürlich ohne die Tür hinter sich zu schließen.

»Zicke!«, schrie Luzie ihr nach, stürzte aus dem Bett und knallte die alte Eichentür in den Rahmen, dass der Schlag durchs ganze Haus ging. Sie fühlte sich *so* mies. Liliane wusste es schon fast … Was für ein Triumph für die dumme Kuh, wenn sie jetzt wirklich …

Aber sie war nicht schwanger.

Konnte sie ja gar nicht sein. Luzie langte vom Bett aus zu ihrem Plattenspieler und schaltete ihn ein. Der Tonarm erhob sich träge von seinem staubigen Podest, landete sanft auf der sich drehenden Platte. Ein leichtes Kratzen ertönte. Sie drehte die Lautstärke von vier auf fünf.

»Summertime«, sang Janis Joplin, »and the living is easy …«

Luzie zog die Decke fester.

2

Der Hahn krähte zum dritten Mal. Bettina wand sich unter dem schweren altmodischen Plumeau, das gut zu dem wuchtigen, weiß gestrichenen Eichenholzbett passte, nicht aber zu ihren Schlafgewohnheiten.

Die ganze Nacht über hatte ihr die unheimliche Stille zu schaffen gemacht: keine Autos, keine fernen Sirenen, kein Wasserrauschen aus Nachbarwohnungen, kurz: keine beruhigende Geräuschkulisse, die die Anwesenheit anderer Menschen anzeigte.

Und nun der Hahn. Wenigstens konnte man ihm nicht vorwerfen, er sei unheimlich und zeige zu wenig Präsenz. Es hörte sich vielmehr so an, als stünde er mitten im Zimmer. Er krähte abermals, und ein leises Glucken zeigte an, dass ein paar Hennen auch schon wach waren.

Seufzend kramte Bettina nach der Uhr. Erst halb sechs, und sie war hellwach. Sie schlug das Plumeau zurück und knotete ihre Füße aus dem Leintuch. Dann würde sie eben vor dem Frühstück noch einen kleinen Spaziergang machen.

* * *

Der Friedhof lag etwas außerhalb des Dorfes am Bach, malerisch von einer moosbewachsenen Sandsteinmauer umgeben.

Sicher war es keine sonderlich schätzenswerte Fähigkeit, überall mit schlafwandlerischer Sicherheit den nächsten

Kirchhof zu finden. Alte Gewohnheit? Bettinas Vater hatte diese Orte geliebt. »Wenn du die Gemeinde richtig kennen lernen willst, musst du auf den Friedhof gehen.«

Vermutlich war es eher Masochismus.

Sie öffnete das rostige Tor. Die Gräber zu ihrer Seite waren überwachsen, die Grabsteine teilweise umgefallen. Über allem schwebten die Kronen einiger alter, düsterer Ulmen. Weiter vorne gab es Linden und eingefasste Gräber mit polierten Granitsteinen und Blumenschmuck, doch Bettina suchte nicht nach kleinbürgerlichem Frieden. Sie zog ehrlichen Verfall vor.

Beim Thema Ehrlichkeit musste man allerdings zugeben, dass der desolate Zustand des Kreimheimer Friedhofs etwas Inszeniertes hatte. Das lag sicherlich daran, dass alle Wege auf ein weiß schimmerndes Tempelchen ausgerichtet waren, welches großspurig auf einem Hügel über den gewöhnlichen Gräbern thronte.

Ein griechischer Tempel inmitten der Niederungen des Pfälzerwaldes. War er dorisch? Ionisch? Vermutlich eine Mischung aus allem, was nur antik genug aussah, vermutete Bettina.

Zögernd betrat sie eine der beschädigten Marmorstufen, die auf die Anhöhe führten. Struppige Lorbeerbüsche säumten den Weg. Die Treppenstufen schienen schon zerbrochen verlegt, der Lorbeer absichtlich verwüstet und das Moos vom Architekten mitgeplant, um diese verlorene Stimmung zu erzeugen. Es erinnerte an die künstlichen Ruinen, die man manchmal in einem romantisch aufgemotzten Schlossgarten finden kann. Von oben, aus der Nähe besehen, wirkte der Tempel klobig; zwischen den Säulen tropfte es. Zweige lagen herum, und es war kühl.

Das Bauwerk war eine Familiengruft, die Grabstätte der Marquardts, wie aus zahlreichen Inschriften hervorging.

Den ersten Eintrag aus dem Jahr 1823 krönte Lateinisches: *invita invidia.*

Bedauerlich, dass sie nicht wusste, was das bedeutete. Irgendwie schien es wichtig. Bettina grübelte eine Weile und versuchte sich an alte Vokabeln zu erinnern, dann gab sie es auf und studierte noch einige Inschriften, bevor sie sich der Aussicht zuwandte. Diese zeigte, über einige Baumwipfel hinweg, fast das ganze Dorf samt Burgruine. Es schien, als habe die Familie dafür gesorgt, selbst im Tod nicht den Überblick über die kleine Ortschaft zu verlieren.

Übrigens konnte man von hier aus auch erkennen, dass der Kirchhof nicht ganz so einsam und verlassen war, wie es seine Würde und die frühe Stunde vermuten ließen. Dort, wo der Bach Friedhof von Wald trennte, bewegten sich zwei Personen. Vielmehr bewegte sich die eine, während die andere, anscheinend äußerst spärlich bekleidet, nur reglos auf dem Boden lag.

Natürlich bedurfte diese verdächtige Szene einer eingehenden Untersuchung durch die ausgebildete Fachfrau. Instinktiv achtete Bettina darauf, sich klein zu machen und unnötige Geräusche zu vermeiden, während sie langsam den Hügel wieder abwärts stieg und einen überwucherten Pfad in Richtung Bach einschlug. Bald hörte sie Stimmen. Rasch kauerte sie sich hinter eine dicke Ulme, um zu verstehen, was gesprochen wurde.

»Ein bisschen drehen … perfekt! Jaaa … linkes Bein vielleicht etwas höher – oder nein. Dreh dich noch mal um. Wir machen das anders.«

Ein Rascheln, und hinter einem umgefallenen Grabstein tauchte eine nackte weiße Gestalt auf.

Bettina war verwirrt. Was suchte eine Frau bei diesen Temperaturen nackt auf dem Friedhof? Das konnte kein Schäferstündchen sein. Neugierig trat sie hinter ihrem Baum hervor.

»Ich weiß, dass es kalt ist, Yasmine. Na komm, nur noch dieses eine Foto.«

Yasmine war eine ungewöhnlich dicke Frau, die, nun in einen knallroten Bademantel gehüllt, einer energischen kleinen Person zuhörte. Zwischen den beiden wartete auf einem Stativ ein Fotoapparat.

Bettina bezog hinter einem Grabstein Stellung und betrachtete die Szene.

»Wir müssen die Maiglöckchen besser draufkriegen. Die sind magisch.«

»Und giftig«, jammerte Yasmine.

»Yasmine, wenn ich dir jedes Bild erklären muss, dauert es eine halbe Stunde länger. – Pass auf. Du legst dich hierhin ...«, die schmale kleine Frau legte sich probeweise auf die feuchte Erde, »dann drehst du den Kopf so. Alles klar?!«

Yasmine zauderte ihren Bademantel auszuziehen. »Mitten in die Maiglöckchen?«, fragte sie schaudernd. »Ohne Unterlage?!«

Die Fotografin verstellte das Stativ und nickte gleichzeitig. »Du weißt genau, dass man hinterher auf jedem Foto den roten Frottee sieht. Stell dich nicht so an. Nur noch ein Bild.« Sie machte eine ungeduldige Bewegung, drehte sich um und erblickte Bettina. »Morgen. – Was ist, Yasmine?«

Yasmine war mit der Anwesenheit einer dritten Person nicht einverstanden. Finster starrte sie Bettina an, warf ihre wundervollen Haare zurück und fragte: »Wer sind Sie?!«

»Lassen Sie sich nicht stören«, erwiderte Bettina.

»Sie ist vom Dorf«, sagte Yasmine anklagend; sie sah eine Chance, ein wenig länger im molligen Bademantel zu bleiben. »Sie wird es meinem Vater sagen!«

Die Fotografin seufzte. »Yasmine, wenn du solche Angst vor deinem Vater hast, dann solltest du mir nicht Modell sitzen. Können wir jetzt?!«

Widerwillig streifte Yasmine den Bademantel von den Schultern und legte sich nackt in die Maiglöckchen. Ihr Körper war eine Sensation. Überbordende Üppigkeit. Unvermittelt wurde Bettina bewusst, dass es jenseits der Normalgewichtsgrenze noch eine völlig andere Welt gab. Eine Welt aus Formen und Schwüngen, aus heller Haut in feinen Schattierungen, aus gespannten Flächen und gewichtig gerundeten Landschaften. Sie ertappte sich dabei, wie sie das Mädchen anstarrte.

»Es ist eiskalt, Klara!«, murrte dieses mit einem drohenden Blick in Bettinas Richtung. »Ich hab eine furchtbare Gänsehaut!«

»Das sieht man nachher nicht mehr auf dem Bild«, nuschelte Klara gnadenlos mit der Kappe des Objektivs im Mund. Die schöne Yasmine musste also frieren. Zähneklappernd reckte sie sich in dem leichten Morgendunst, der vom Bach aufstieg und das diffuse Frühmorgenlicht in winzige Tröpfchen zerteilte. Die weißen Maiglöckchen ergaben einen unglaublichen Kontrast zu Yasmines schweren, langen Haaren, die sie auf Anweisung Klaras hin zu ordnen begann. Trotz (oder gerade wegen) seiner Schönheit hatte Yasmines Körper etwas latent Morbides; sein Anblick schien der Beweis für die Überwindung der Schwerkraft, doch sobald man das Wort »Schwerkraft« auch nur gedacht hatte, sah man den Niedergang all dieser Sinnlichkeit. Und sinnlich war Yasmine sogar in der Morgenkälte des Apriltages. Obwohl sie ohne Zweifel fror, waren ihre Bewegungen von aufreizender Trägheit, langsam wie das kühl rinnende Wasser des angrenzenden Baches.

Die Fotografin ihrerseits war hektisch und hoch konzentriert. Wild sprang sie um ihr Modell herum und erklärte gebieterisch, wie es liegen sollte. Schließlich schoss sie einige Fotos mit und ohne Stativ, und endlich durfte Yasmine wieder aufstehen. Ostentativ hustend verzog sie sich hinter den

Baum, bei dem ihre Kleider lagen, während die Fotografin ihre Sachen zusammensuchte. »Du bist nicht aus dem Dorf, oder?«, fragte sie in Bettinas Richtung.

»Stimmt.«

»Natürlich nicht.« Die kleine Fotografin hob die Hände. Ihre Haare waren strähnig, ihr Mantel voller Farbstaub. Sie packte das Stativ zu der Kamera in einen alten Einkaufsbeutel, stand dann auf und reichte Bettina die Rechte. »Klara«, stellte sie sich vor. »Tu mir bitte einen Gefallen und tratsch das hier nicht im Dorf rum.« Sie warf Bettina einen prüfenden Blick zu und begann unvermittelt zu schimpfen. »Es ist echt beschissen, dass ich jemanden um so was bitten muss, aber diese Hinterwäldler hier sind so was von beschränkt! Was mich so ärgert ist die Heuchelei! Dieses, dieses Dorf!«

Ebenso plötzlich beruhigte sich Klara wieder. Freundlich lächelte sie Bettina an, als gehörte ein lauter Wutausbruch zu jeder gepflegten Unterhaltung. »Stell dir vor, sie sammeln Unterschriften gegen mich«, sagte sie im schönsten Plauderton und widmete sich wieder dem Verpacken ihrer Utensilien. »Ich gebe in Kreimheim Aktzeichnen – nicht dass wir aus dem Dorf viele Teilnehmer hätten, aber sie haben einen wunderbaren Zeichensaal im Gemeindehaus, leider Gottes!« Sie schloss die Tasche.

»Unterschriften gegen einen Zeichenkurs?« Bettina war verwirrt.

»Gegen den Aktzeichenkurs, *Akt*zeichenkurs!« Klara stemmte die Hände in die Hüften und wurde wieder von heiligem Zorn übermannt. »Tagsüber rennen die Leute hochmoralisch zugeknöpft bis zum Kinn im Dorf herum und empören sich über die einzige Möglichkeit, die sie haben, mal was anderes zu machen als Seidenmalerei und Batiken von Ostereiern, und abends gehen sie heim und stellen mit ihrer Familie sonst was an!«

»So?«

»Ach. Da haben sie im Fernsehen gehört, dass sie sich selbst verwirklichen müssen, daraufhin setzen sie sich zusammen und malen Hühner!« Aufgebracht und ohne die Komik ihrer Rede zu erkennen, starrte die Künstlerin in Bettinas leicht belustigte Augen. »Kein Wunder, dass hier lauter halb debile Existenzen rumlaufen. Hier hat die Inzucht jahrhundertealte Tradition. Dieses Kind, das sie jetzt gefunden haben – du hast davon gehört?«

Bettina nickte.

»Das fällt garantiert auch in diese Kategorie. Und außerdem ist das ganz typisch für diese Kleinbürgermentalität. Echt. Alles Unangenehme wird einfach weggeleugnet. Zuerst die Schwangerschaft. Dann das Kind. Na ja.«

»Wessen Kind war es denn?«, fragte Bettina beiläufig.

»Keine Ahnung. Na, jedenfalls bin ich froh, dass es schon länger da liegt, sonst würde der Meier bestimmt das Dorf aufwiegeln, und dann heißt es wieder, ich wäre es gewesen. Ich muss immer als Sündenbock herhalten.« Sie lachte unfroh. »Der Meier – keine Sorge, den wirst du noch kennen lernen, wenn du hier bleibst – hängt mir jedes halbe Jahr eine Klage wegen öffentlichen Ärgernisses an.« Ihr Lachen war jetzt echter.

»Wegen der Zeichenkurse?«

»Das … und noch wegen anderer Sachen … Nicht dass es mir was ausmachen würde. Was mich *wirklich* ärgert, ist, dass ich mich *anpasse*. So wie eben.« Sie hängte die Fototasche über ihren Arm. »Wenn das hier nämlich rauskommt – Aktfotos auf dem Friedhof, lieber Gott! –, gibt's wieder einen Riesenkrach im Dorf. Den würde ich mir gern ersparen. Andererseits hab ich keine Lust, rumzulaufen und mich bei allem, was ich tue, zu fragen, ob das auch Herrn Meier passt.«

Prüfend sah sie sich um, ob sie auch alles hatte, und klopfte halbherzig ihren zugestaubten Mantel ab.

Yasmine kam hinter ihrem Baum hervor. Das Mädchen war vollständig eingemummelt und schniefte in einen riesigen roten Schal.

»Das ist Yasmine Börsik«, stellte Klara vor. »Sie ist aus dem Nachbardorf, Frankenfels. Und das ist ...«

»Bettina Boll.«

Yasmine nickte missmutig. »Ich hab mich erkältet«, sagte sie vorwurfsvoll und wandte sich dann an Bettina. »Was machst du hier?«, fragte sie, während sie mit eifersüchtigen Augen Bettinas lange rote Mähne musterte.

»Ich bin Kriminalkommissarin. Und wegen des toten Kindes hier.«

Die beiden Frauen starrten sie an.

»Kriminalkommissarin?!«

Bettina lächelte.

Yasmine zog den Schal noch fester um sich. Ihr Blick hatte den neidischen Ausdruck verloren, denn anscheinend war eine Frau mit einem derartigen Beruf keine ernsthafte Konkurrenz. »Stimmt es, dass das Kind schon über zwanzig Jahre dort liegt?«, fragte sie sensationslüstern. »Ist der Fall dann nicht schon längst verjährt?«

»Mord verjährt nicht, Yasmine«, sagte Klara. »Es ist doch ein Mord, oder?«

»Tja. Vielleicht.« Bedauernd hob Bettina die Schultern. »Schade, dass du nicht weißt, von wem das Baby war.«

»Schwer, da jetzt noch was rauszukriegen.« Die Fotografin klang merklich reservierter. »Die Leute im Dorf werden kaum was sagen, wenn sie überhaupt etwas wissen. – Du lieber Himmel!« Sie hatte auf die Uhr gesehen. »Es ist schon halb sieben! Meine Kinder müssen aufstehen. Ich muss heim. Bis Montag, Yasmine.« Sie ging drei Schritte, wandte sich noch einmal um. »Im Dorf denken sie bestimmt, ich sei es gewesen«, rief sie. »Und sie werden sich gute Gründe ausgedacht haben, das tun sie immer. Das heißt, sie werden dich zu mir schicken. Also, bis bald!« Sie lächelte Bettina kurz an und war verschwunden.

Yasmine sah sich unschlüssig um.

»Sitzt du oft bei diesen Temperaturen Modell?«, wollte Bettina wissen.

»In Zukunft nicht mehr«, erklärte das dicke Mädchen, und es war nicht ganz klar, ob ihr grimmiger Gesichtsausdruck der Kälte, Klara oder Bettina galt. Jedenfalls schulterte sie ohne ein weiteres Wort die Tasche und stapfte ihrer Meisterin schwerfällig hinterdrein.

* * *

Margit Kropp stieß ihren Ehegatten unsanft in die Seite. »Aufstehen!«, kommandierte sie. Dann fiel ihr auf, dass da schon wieder Flaschen im Schlafzimmer standen, die sie gestern Abend nicht bemerkt hatte.

Ihr Mann drehte sich knurrend auf die andere Seite. Sie knuffte ihn nochmals. »He! Arbeiten!«

Eddie Kropp war Lagermeister bei den Marquardts im Sägewerk und musste früh raus.

Er murmelte Unverständliches und wälzte sich in den Kissen. Schließlich öffnete er mürrisch seine blutunterlaufenen Augen und griff nach der halb vollen Flasche Bier, die noch vom letzten Abend auf dem Nachttisch stand. Nach einem kräftigen Schluck gähnte er und schüttelte sich dann. »Warm! Wie oft hab ich dir gesagt, du sollst die Fenster offen lassen, Alte!«

Margit Kropp war nicht bereit, sich das bieten zu lassen. »Das ist ein Schlafzimmer und kein Gefrierfach«, entgegnete sie nicht ohne Logik. »Aber von mir aus kannst du dich gern nachts zu den anderen Flaschen in den Kühlschrank legen. Würd mir gar nicht auffallen, du Saufkopp.«

»Von mir aus kannst du dich verpissen«, entgegnete Eddie wenig originell.

Das war es, was Margit an ihrem Ehemann so hasste: seinen Mangel an Lebensart. Wenn einer im Betrieb unangenehm auffiel, sich betrank und den Chef, Herrn Marquardt, anpöbelte, so war es garantiert ihr Eddie. Wie oft hatte Margit schon außerhalb ihrer Arbeitszeit (sie putzte bei den Marquardts) ins Große Haus pilgern und ein gutes Wort für ihren Eddie einlegen müssen, der es so gar nicht verdient hatte. Und der Bürgermeister war so ein feiner Mensch. Kein ganzer Kerl wie sein verstorbener Bruder, aber ein feiner Mensch. Er hatte Eddie jede seiner Untaten verziehen, und Margit bildete sich deswegen nicht wenig auf ihren Charme ein. Doch an ihren Ehemann waren derartige Bemühungen verschwendet. Der dachte nur an das eine.

»Hör auf mit der Sauferei, das hab ich dir schon hundertmal gesagt!«, rief sie, während ihr Gatte ungerührt zu der Flasche mit Klarem griff.

»Willst du, dass ich neben das Klo pinkle?!«, erkundigte sich dieser gereizt. »Lass mir wenigstens morgens meine Ruhe!«

»Na schön.« Margit begann, die leeren Flaschen einzusammeln. »Aber denk dran, dass du um halb sieben da sein musst. Und rasier dich!«

Grummelnd räumte Eddie seiner Frau das Feld, die sich sogleich vor den großen Schlafzimmerspiegel stellte und überlegte, was sie Schönes anziehen sollte. Schließlich ging sie heute zu den Marquardts putzen.

* * *

»Ziemlich einsam hier«, stellte der kleine Willenbacher fest, als er neben seiner Vorgesetzten auf den gesprungenen Stufen vor dem Haupteingang des Großen Hauses stand und darauf wartete, dass ihnen geöffnet wurde.

Die hölzernen Fensterläden waren alle noch zugeklappt, und die Tür sah so aus, als sei sie seit Jahrzehnten nicht mehr geöffnet worden.

»Ein richtiges Spukschloss«, meinte Bettina fröstelnd. Willenbacher scharrte mit der Fußspitze an einem Grasbüschel, das aus einer Spalte in der obersten Treppenstufe wuchs. »Vielleicht gibt's noch einen anderen Eingang.«

Man hörte einen Hund bellen. »Scheint jemand da zu sein.«

Ein schwarz-weißer Spaniel kam um eine Hausecke geschossen und stürzte sich mit Begeisterung auf die Eindringlinge.

»Stinkes!! Stinkes, bei Fuß!« Dem Spaniel folgte ein molliges blondes Mädchen mit einem liebenswürdigen Lächeln. »Er tut nichts!«, rief sie. »Ist nur ein bisschen stürmisch.« Lachend und atemlos blieb sie vor den Besuchern stehen, während der Hund Willenbacher aufgeregt und schwanzwedelnd umsprang. »Die Tür wird nicht mehr benutzt, und ich konnte den Schlüssel nicht finden, sonst hätte ich Ihnen trotzdem aufgemacht. Eigentlich schade drum, bei so einer schönen Tür, nicht wahr?« Sie berührte kurz das geschnitzte Eichenholz. »Na ja. Sie sind bestimmt von der Polizei, hab ich Recht?«

Bettina stellte sich und Willenbacher vor.

»Herr Marquardt erwartet Sie schon. Er sitzt gerade beim Frühstück.«

»Und Sie sind …?«

»Rebecca Clapeyron. Marko und ich haben das Skelett gefunden. Marko ist der Neffe, und ich arbeite hier während der Semesterferien.«

Die junge Frau führte die beiden durch den verlotterten

Garten um das Haus herum zu einer Hintertür. »Da hinein.«

Sie betraten den Gang, der zu einer steilen Holztreppe führte. »Es gibt noch eine andere Treppe, aber die wird nicht benutzt. – Das Haus ist einfach zu groß für die beiden.«

Die Stiegen mündeten in einen winzigen Vorraum, der seinerseits an eine dämmerige hohe Halle anschloss. Dort staubten wuchtige Schränke und ein paar altmodische Sessel vor sich hin. An einer Wand hing ein riesiger Gong.

»Hier entlang.« Rebecca Clapeyron führte sie zu einem kleinen Speisezimmer, das offenbar direkt neben der Küche lag. »Es gibt auch ein großes Speisezimmer, aber …«

»… es wird nicht mehr benutzt«, sagte der kleine Willenbacher und entblößte seine spitzen Zähne. Das Lächeln machte ihn auch nicht anziehender, fand Bettina.

Rebecca Clapeyron öffnete höflich die Tür zum Speisezimmer. »Die Polizei!«, verkündete sie und ging.

In dem kleinen Frühstückszimmer roch es nach Kaffee und frischen Brötchen. Ein schlanker, dunkelhaariger Mann legte seine Zeitung beiseite und forderte sie auf, Platz zu nehmen. »Kaffee?«

Das war der Bürgermeister von Kreimheim, den Bettina sich ganz anders vorgestellt hatte.

Max Marquardt war nicht polternd-gönnerhaft wie der normale hinterpfälzische Dorfoberste. Auch sah er nicht aus wie einer, der einen griechischen Tempel in den Pfälzerwald stellen würde. In fließendem Hochdeutsch bot er den Polizisten ein Brötchen an, wurde ernst, als man einleitende Worte über die gefundene Kinderleiche wechselte, und betrachtete die Besucher aus intelligenten schwarzen Augen. Seine halbrunde Lesebrille nahm er sofort ab und verstaute sie in einem eleganten Lederetui, als schäme er sich ihrer.

»Leider weiß ich nicht viel. Es ist unfassbar, dass in unserem Garten ein totes Kind begraben wurde, und ich habe keine Ahnung, von wem es sein könnte. Das habe ich übrigens schon Ihren Kollegen gesagt.«

»Das stimmt, aber wir wollen alles noch mal ganz genau durchsprechen.«

Die Einrichtung des Zimmers war elegant, wirkte aber verblichen. Obwohl alles frisch geputzt und aufgeräumt war, hatte man den Eindruck, als läge über dem Raum eine feine, fahle Patina aus Staub. Bettina fiel ein langer Riss auf, der sich in einer Falte der einstmals kostbaren Seidenvorhänge versteckte.

Sie lächelte den Bürgermeister an. »Wir haben den Todeszeitpunkt vorläufig auf die Zeit vor etwa zwanzig bis fünfundzwanzig Jahren festgelegt. Vermutlich bekommen wir noch bessere Ergebnisse, die dauern allerdings. Und in der Zwischenzeit«, Bettina lächelte wieder, »könnten Sie uns erzählen, ob in diesen fünf Jahren hier etwas Ungewöhnliches passiert ist.«

Nachdenklich betrachtete Marquardt die junge Frau, die ein bisschen verlegen wirkte, ihre roten Haare eine Spur zu ruckhaft zurückwarf und dann wie ertappt zu ihrem jugendlichen Kollegen blickte. Der gab sich kaum Mühe, das hämische Zucken seiner Mundwinkel zu verbergen. Frau Kommissarin Boll machte den Job wohl noch nicht so lange. »Ich kann mich an nichts Besonderes erinnern.« Sie bewegte sich wie ein Teenager. Auf der Straße hätte er sie für ein Schulmädchen gehalten. Vielleicht war sie in Wirklichkeit älter? Wenn nicht, war die Polizei in Personalschwierigkeiten. Neuzugänge sofort zu Kommissaren zu befördern …

»Vielleicht sollten wir einfach über dieses Haus sprechen.«

Marquardt trank seinen Kaffee, ohne die Kommissarin aus den Augen zu lassen. »Was möchten Sie wissen?«

»Zum Beispiel, wer vor fünfundzwanzig Jahren hier lebte.« Ihr Blick streifte die blassen Seidentapeten. »Sie hatten doch sicher Hausangestellte.«

Marquardt lächelte leicht. »So feudal, wie Sie sich das vorstellen, ging es nicht zu. Unsere letzte feste Hausangestellte war damals schon über sechzig und lebt leider nicht mehr. Sie sehen …« Er zuckte die Achseln.

»Sonst gab es *niemanden*? Keinen Gärtner? Oder eine Putzfrau?«

»Natürlich. Müller, der Gärtner. Ist letztes Jahr gestorben. Die Putzfrau lebt auch nicht mehr. Ihre Nichte, Margit Kropp, putzt jetzt bei uns.«

»Sind alle tot«, murmelte die Kommissarin.

»Sie waren alt.« Eine Pause entstand, bis er das Gespräch fortsetzte. »Im Grunde bin ich sowieso kein guter Zeuge, denn ich war in der fraglichen Zeit wenig zu Hause. Ich habe studiert und bin nur in den Ferien hergekommen.« Bedauernd hob er die Hände. »Außerdem wäre mir eine Schwangere kaum aufgefallen. Vielleicht fragen Sie lieber mal meine Schwester.«

Zustimmendes Nicken von dem kleinen Polizisten namens Willenbacher. Er kritzelte irgendetwas in sein Notizbuch. Aus den fließenden Bewegungen, mit denen er den Stift führte, schloss Marquardt, dass er nicht schrieb, sondern zeichnete. Ein Porträt vielleicht? Offenbar hatte der Mann Langeweile.

»Ihre Schwester lebt hier?«

Die Kommissarin allerdings signalisierte nachdrückliche Konzentration. Jetzt hob sie ihre Kaffeetasse. Sie tat es mit beiden Händen und hielt sie so fest, als wollte sie sich daran wärmen. Eine fast kindliche Geste. Marquardt begann, mit einem Kaffeelöffel zu spielen. Er nickte. »Maria wohnt im Dorf. Linné heißt sie jetzt. Allerdings war Maria damals auch noch in der Ausbildung …« Er verfolgte, wie die sommersprossigen Hände die Tasse sorgfältig auf ihren Platz zurückpraktizierten. »Noch Kaffee?«

»Danke, nein. Sie hielt sich also auch nicht ständig hier auf?«

»Sie war sogar noch öfter weg als ich. Maria hat Krankenschwester gelernt. Da hat man nicht so lange Ferien.« Er lächelte kurz. »Insofern ist es günstiger, wenn man studiert.«

Obermeister Willenbacher hatte nun eine Seite umgeblättert und schrieb etwas. Seine Miene verriet nichts; sie sah höchstens stumpf aus. Was mochte er wohl gerade gezeichnet haben?

»Wie alt waren Sie und Ihre Schwester vor fünfundzwanzig Jahren?«

»Ich … Gerade zwanzig.« Im Gesicht der Kommissarin war leichter zu lesen. Sie rechnete. Ja, genau, *fünfundvierzig*. So alt war er. Rasch sprach Marquardt weiter. »Und Maria – warten Sie mal. Sie muss damals fünfundzwanzig gewesen sein.«

»Sie haben noch andere Geschwister?«

»Hatte. Einen Bruder.«

»Oh. Moment.« Kommissarin Boll kramte einen zerknitterten Zettel aus ihrer Hosentasche. »War das Martin Marquardt? Geboren '48, gestorben im Juli '76.«

»Ja. Mein Bruder Martin.« Unschlüssig nahm Marquardt sein Buttermesser zur Hand, betrachtete kurz die Gravur des silbernen Griffs und legte es wieder hin.

»Eine Aline Marquardt, geborene Wahl, geboren …«

Er unterbrach sie. »Meine Schwägerin. Sie sind gut informiert, Kommissarin.«

»Ich war heute Morgen auf dem Friedhof.«

Einen winzigen Moment zögerte Marquardt, wandte dann den Blick ab und schlug eine leichtere Tonart an.

»Dann haben Sie das Schlimmste schon gesehen. Mein Urgroßvater hatte, fürchte ich, ein etwas ungesundes Verhältnis zum Klassizismus.« Wie um seine Unschuld zu beteuern, hob er die Hände. »Dies Haus ist glücklicherweise vor seiner Ära entstanden, sonst würden wir hier womöglich unter Säulen wandeln. Der Tempel auf dem Friedhof ist schlimm genug.« Die Beamtin lächelte; er räusperte sich. »Nun, möchten Sie mich nicht nach verdächtigen Tanten oder Cousinen fragen? Davon gibt es, fürchte ich, eine unüberschaubare Anzahl.«

»Lebten oder leben sie hier in Kreimheim?«

»Damals, nein. Heute wohnen zwei Tanten von mir mit ihren Familien in Frankenfels, das ist der Nachbarort.«

»Waren sie oft zu Besuch hier?«

»An den Feiertagen.«

»Sie könnten mir eine Liste mit Adressen machen. Allerdings würden mich Ihre Geschwister und Ihre Schwägerin mehr interessieren. Was tat Ihr Bruder, nachdem Ihre Eltern gestorben waren?«

»Er arbeitete im Sägewerk. Er …« Marquardt zögerte.

»Ja?«

»Er versuchte sich ein wenig als Rennfahrer, aber mehr zu seinem Vergnügen.«

»Er lebte also hier?«

»Sicher.«

»Und seine Frau, Aline? War sie von hier?«

Marquardt spielte wieder mit dem Messer. »Nein.«

»Aber nach ihrer Hochzeit zog sie hierher?«

»Ja.«

»Wie lange waren die beiden verheiratet?«

»Ein Jahr.«

»Aline war erst neunzehn, als sie starb, nicht wahr?«

Marquardt nahm seine Tasse zur Hand. »Es war tragisch«, sagte er. »Sie ist im Kindbett gestorben. Marko, mein Neffe, hat seine Mutter eigentlich gar nicht gekannt.«

»Ihr Bruder starb kurz darauf?«

Herr Willenbacher schlug die Beine übereinander, so dass Marquardt einen Blick auf den Stenoblock erhaschen konnte. Dort prangte kein Porträt, sondern das Bildnis einer ziemlich vulgären Nixe. Marquardt lehnte sich in seinem Stuhl zurück. Von diesen Leuten würde wohl niemand viel zu befürchten haben. »Ja, er hatte einen Unfall.«

»Ihre Schwägerin Aline und Ihre Schwester Maria waren die beiden einzigen Frauen, die während der bewussten fünf Jahre über längere Zeiträume hier lebten?«

»Mit Ausnahme der Haushälterin, ja.«

»Der über sechzig Jahre alten Haushälterin ... Und Aline war nur etwa ein Jahr lang hier – davon neun Monate schwanger?«

Marquardt lächelte. »Sie wollen auf meine Schwester hinaus. Aber Sie werden enttäuscht sein. Maria war vor ihrer Ehe nie schwanger.«

»Wann heiratete sie?«

»Als sie dreißig war, also '77.«

»Woher wollen Sie wissen, dass Ihre Schwester vorher kein Kind erwartete? Sie sagten selbst, dass Sie sie über längere Zeiträume nicht gesehen haben.«

Sein Lächeln wurde etwas starr. »Sie müssen Maria kennen lernen. Es war schon eine Überraschung, dass sie überhaupt heiratete. Maria hatte immer größere, reinere Ziele vor Augen als die profane Ehe.«

»Trotzdem kann sie schwanger gewesen sein.«

»Selbst wenn dieser unwahrscheinliche Fall eingetreten wäre, hätte Maria das Kind nicht umgebracht. Wieso auch? Das wäre wirklich absurd gewesen. Es gab nie finanzielle Schwierigkeiten, und Maria konnte sich schon immer sehr gut durchsetzen. Sie hätte den glücklichen Vater mit vorgehaltener Pistole vor den Altar geschleppt, wenn es nötig gewesen wäre. – Außerdem liebt sie Kinder. Sie ist eine begeisterte Mutter.«

»Es gibt Ausnahmesituationen.«

Marquardt schüttelte den Kopf. »Besuchen Sie sie.«

»Na schön.« Kommissarin Boll stützte ihre Arme auf die Stuhllehnen. »Kann ich die Stelle anschauen, an der das Kind vergraben wurde? Ist sie vom Haus aus zu sehen?«

»Sicher. Von dem Fenster aus muss man es erkennen können.« Marquardt erhob sich und zog den leichten Seidenvorhang mit einem Ruck zurück. »Dort unten.« Die Kommissarin stand schon neben ihm, eine Sekunde eher als erwartet. Schnell schob Marquardt ihren Kollegen, der sich ebenfalls aufgerappelt hatte, zwischen sich und die junge Frau. »Da.« Wie eine Wunde klaffte die Grube in dem überwucherten Garten, von ungezähmtem, weiß blühendem Holunder umrahmt und der plumpen Persephone bewacht.

»Und was ist das?« Die Polizistin zeigte auf einen Haufen Unrat unweit des ausgehobenen Grabes.

»Das war mal unser Gartenhäuschen.«

»Damals hat das Häuschen noch gestanden?«, erkundigte sich der Assistent, dessen exponierter Platz ihm verbot, weiterhin schmierige Bildchen in sein Notizbuch zu kritzeln.

»Sie meinen vor fünfundzwanzig Jahren? – Ja. Wir hatten Rasen, Rabatten, an der Seite Obstbäume und Gemüsebeete. Hinten der Bach und die Haselbüsche, vorne Spaliere und Rosen, in der Mitte das Gartenhäuschen. Und Statuen. Die können Sie ja selbst noch sehen.«

Marquardts Stimme zitterte leicht bei der Erwähnung der Marmorfiguren, doch die Polizisten interessierten sich kaum dafür. Sie ließen ihre Blicke über die Anlage schweifen, beeindruckt und erstaunt höchstens von der Größe des Parks, der mit seinen Baumgruppen nahtlos in den bewaldeten Hang unterhalb der Burg überging, und von der Verwahrlosung, hinter der man noch deutlich die sorglos üppige Pracht der Vergangenheit ahnen konnte. Anstelle der Primeln, Hyazinthen und Pensees, welche der Schöpfer dieses Gartens sicherlich für die späte Osterzeit vorgesehen hatte, blühten nur ein paar kränkliche Azaleen, Holunder, Wiesenblumen und Maiglöckchen an schattigen Plätzen. Das dunkle Saftgrün ihrer Blätter leuchtete durch den ganzen Park.

»Sie haben kein Interesse am Gärtnern?«, fragte Kommissarin Boll.

»Ich mag keine beschnittenen Hecken«, sagte Marquardt steif.

»Das Grab war früher von dem Gartenhäuschen verborgen«, stellte der Schmierfink fest. »Wenn man von hier aus schaut. Ideal, um etwas zu verbuddeln, wenn man nicht gesehen werden will.«

»Was war dort gepflanzt, wo das Kind lag?« Aufmerksam betrachtete die Kommissarin die Aussicht.

»Rasen, wenn ich mich recht erinnere. In einem Blumenbeet wäre eine Leiche schneller gefunden worden. Die wurden früher dreimal im Jahr neu bepflanzt.«

Die junge Frau wandte sich um und sah ihn an. »Was glauben *Sie,* warum man das Kind in Ihrem Park vergraben hat?«

Ihre Augen waren grün mit goldenen Sprenkeln. Und arglos. Sachlich. Marquardt konzentrierte sich, hob die Hände. »Ich vermute, dass es wohl eine Frau aus dem Dorf war. Warum ausgerechnet unser Park … Vielleicht wollte sie das Kind nicht der totalen Ödnis preisgeben … Ihr eigener Garten war zu gefährlich, aber unserer groß und prächtig genug, um als Grabstätte geeignet zu sein …«

Obermeister Willenbacher zog beide Augenbrauen hoch.

Die Kommissarin schaute skeptisch. »Hatten Sie Freundinnen, vielleicht aus dem Dorf?«, fragte sie unvermittelt. Sie stützte sich ungezwungen auf die Fensterbank und betrachtete die Seidenvorhänge.

»Sie meinen *Geliebte?«*

»Ja.«

»Nein, hatte ich nicht.«

Der Ausdruck der Kommissarin zeigte vage Belustigung. »Wirklich nicht?«

»Nun ...«

»Sie können es mir ruhig anvertrauen. Betrachten Sie mich als eine Art Ärztin.«

Eine unordentlich gekleidete, sommersprossige Ärztin, die seine Tochter sein könnte. Und deren Assistent während der Vernehmung oder wie das hieß, schmuddelige Skizzen machte. Wunderbar. Marquardt holte tief Luft – und überlegte es sich anders. Wozu sich aufregen? Diese Polizistin konnte er viel einfacher in ihre Schranken weisen. Ruhig sagte er: »Na schön. Ich hatte eine Freundin. Sie war sehr jugendlich. Möchten Sie noch mehr wissen?«

»Na klar.«

»Sie erinnern mich an sie.«

Bettina war, als hätte sie sich verhört. Willenbacher hingegen brachte dem Gespräch nun zum ersten Mal so etwas wie Interesse entgegen. Genüsslich blickte er zwischen dem Bürgermeister und seiner Chefin hin und her. Er hatte gewusst, dass so etwas passieren würde.

Bettina räusperte sich. »Sie war eine Kreimheimerin?«

Lässig lehnte sich der Bürgermeister an die Wand. »Nein.«

Sie musste tief Luft holen. »Sondern?«

»Ich lernte sie in München kennen, während meines Studiums.«

»Aber sie war mal hier?«

»Kurz.«

Angesichts der abwartenden Haltung des Bürgermeisters wurde Bettina knapper. »Name?«

Doch bevor sich die Fronten weiter verhärten konnten, wurde die Tür aufgerissen, und ein großer junger Mann in zerrissenen Jogginghosen ließ den aufgekratzten Spaniel vor sich ins Zimmer.

»Aus, Stinkes«, rief er sanft, wurde Bettinas ansichtig, betrachtete sie von oben bis unten und baute sich dann in voller Größe vor ihr auf. »Cool.«

»Das ist mein Neffe Marko«, stellte der Bürgermeister lakonisch vor und löste sich von der Wand. »Kommissarin Boll.«

»Cool.«

»Dass *Sie beide* miteinander verwandt sind, merkt man gleich«, sagte Bettina herzlich.

»Finden Sie?« Marko warf einen abschätzigen Blick auf seinen Onkel, fläzte sich auf den nächsten Stuhl und griff nach den Brötchen. »Sie sind Bullen?«, fragte er, nachdem er Willenbacher kurz und mitleidig gemustert hatte. Dann wandte er sich Bettina zu. »Wie wird man das?«

Bettina verschränkte die Arme. »Wie man ein *Bulle* wird?!«

Marko Marquardt schraubte ein großes Glas Nutella auf und blickte hinein. »Ja, ich meine – oh, Verzeihung.« Er lächelte schlitzohrig. »Wie man ein *Polizist* wird, natürlich.« Damit grinste er friedlich in die Runde.

Bettina setzte sich. »Sie möchten Polizist werden, Marko?«

Marko stocherte mit seinem Messer im Nutellaglas. »Wollte ich schon immer«, erklärte er leichthin. Der Bürgermeister starrte ihn ungläubig an.

Bettina beugte sich vor. »Und Sie sind sicher, dass Sie diesem Beruf gewachsen wären?«, fragte sie liebenswürdig.

Marko stellte das Glas ab und richtete sich auf. »Was glauben Sie denn?!« Eine Sekunde lang schaute er Bettina vorwurfsvoll an, dann breitete er die Arme aus, so dass er mit seiner Rechten wie zufällig auf den kleinen Willenbacher wies. Dazu verzog er spöttisch das Gesicht. Willenbacher seinerseits straffte die Schultern und blickte drohend.

»Ich könnte Ihr *Kollege* sein«, sagte Marko und strahlte Bettina an.

»Davon bin ich überzeugt«, antwortete diese sonnig. »Sie haben offensichtlich eine Menge Qualitäten, die man im Polizeidienst gut gebrauchen kann.«

»Natürlich«, sagte Marko und klatschte sich dick Nutella aufs Brötchen. Sein Onkel betrachtete interessiert die Stuckverzierungen an der Decke; Willenbacher hatte eine jungfräuliche Seite seines Notizbuches aufgeschlagen und schrieb mit sehr bedenklicher Miene lange Sätze.

»Sie wissen vielleicht, dass wir den Tod des Kindes untersuchen, das man in Ihrem Garten gefunden hat?«

Marko nickte kauend und spülte den Bissen mit einem großen Schluck Milch hinunter. »Klar. Das Kind ist von meinem Vater. Ein Halbbruder von mir, gewissermaßen. Oder natürlich eine Halbschwester.«

Willenbacher spitzte die Ohren, und Bettina beugte sich vor.

»Moment – Sie sind sein Neffe«, sie deutete auf den Bürgermeister, »also der Sohn …«

»… seines Bruders. Mein Vater war Martin Marquardt.«

»Und Ihre Mutter Aline Marquardt.«

»Geborene Wahl, ja. Aber ich bin garantiert nicht das einzige Kind meines Vaters.«

»Marko!«

»Und wie kommen Sie darauf, Marko?«

Der junge Marquardt starrte Bettina an, als müsse er an ihrem Verstand zweifeln. »Das halbe Dorf stammt von ihm ab«, erklärte er freimütig. »Mein Vater war cool. Ich meine, die Weiber sind ihm nachgerannt wie blöd.«

Bettina mied Marquardts Blick.

»Mein lieber Marko, du hast viel weniger von deinem Vater, als du meinst«, sagte dieser streng.

»Es kann also sein, dass das tote Kind von Ihrem Bruder abstammt.«

Die Stimme des Bürgermeisters klang ruhig, als er zugab: »Es ist leider nicht auszuschließen.«

Er brachte die Polizisten durch das riesige, halbdunkle Haus zur Hintertreppe, während Marko, der alles, was er wusste, und noch mehr gesagt hatte, weiter seinem Frühstück zusprach.

Beide Marquardts hatten jedes Wissen über eine konkrete Affäre des angeblichen Don Juans Martin Marquardt bestritten. Vielleicht war auch alles nur eine Ente?

»Was war das für ein Unfall, den Ihr Bruder hatte?«, fragte Bettina, als sie die große Halle durchquerten.

Der Bürgermeister stoppte. »Ich dachte, das hätte ich erwähnt.«

»Nein.«

»Es muss in Ihren Akten stehen. Er hat versehentlich Frostschutzmittel getrunken.«

Auch Bettina und Willenbacher blieben stehen.

»Wie ist das denn passiert?!«, fragte Willenbacher ungläubig. »So was trinkt man doch nicht einfach so! Das Zeug wird in Dosen mit riesigen Warnaufdrucken verkauft!«

»Vor zwanzig Jahren war das wohl noch anders. Und Martin war wirklich leichtsinnig. Soviel ich weiß, hat er das

Mittel in einer Getränkeflasche aufbewahrt, um es besser einfüllen zu können.«

»Das ist interessant.« Willenbacher blätterte eifrig in seinem Notizbuch und machte einen Eintrag.

Der Bürgermeister sah ihn finster an. »Nicht interessanter als der Flugzeugabsturz meiner Eltern, als ich fünfzehn war«, bemerkte er trocken. »Auf Wiedersehen.«

* * *

»Was halten Sie von den Marquardts?«, fragte Bettina, als sie im Auto saßen und wieder ins Dorf fuhren.

»Angeber«, knurrte Willenbacher, der noch mit seinem Gurt kämpfte.

Der Ururgroßvater hatte den weißen Tempel, und die Enkel hatten die Leichen im Keller. »Eine Menge Unfälle in dieser Familie«, dachte Bettina laut, während sie das Auto auf die Hauptstraße lenkte.

»Es war einer aus der Familie«, behauptete Willenbacher. »So ein Blödsinn, das Kind nicht der Wildnis zu überlassen! Wer vergräbt schon ne Leiche in einem fremden Garten ...!«

»Vielleicht jemand, der nicht in Verdacht geraten will, wenn sie gefunden wird«, meinte Bettina. »Sie haben Recht, es ist riskant. Aber Mord selbst ist auch nicht gerade ohne Risiko. So kommen wir nicht weiter.«

Willenbacher schwieg mit verschränkten Armen. Wer sagte denn, dass sie weiterkommen würden?

»Wenn Martin M. wirklich so viele Freundinnen hatte, wird das ein Spießrutenlauf. Dann können wir durchs Dorf rennen und die Frauen fragen: Haben Sie damals auch mit dem Marquardt geschlafen ...?«

Willenbacher nötigte sich ein Grinsen ab.

»Und haben Sie ein Verhütungsmittel benutzt ...?«

Das Grinsen wurde echter. »Und war es gut ...?«

Bettina lachte. »Wir werden das Vertrauen der Bevölkerung in die Polizei enorm steigern.« Sofort wurde sie wieder ernst. »Ich hab ein komisches Gefühl, Willenbacher. Wir wühlen hier uralte Geschichten auf …«

»Glauben Sie, dass was passiert?!«, fragte Willenbacher unbestreitbar erfreut.

Mit einem Blick zum Himmel hob Bettina die Schultern. Sie waren am Dorfplatz angelangt.

Willenbacher zog die Liste mit Adressen, die Marquardt ihnen mitgegeben hatte, aus seinem Notizbuch und schaute sich um. »Nummer zwei, hat er gesagt … da vorne ist es.«

* * *

Wie sich herausstellte, war Maria Linné die Frau des ortsansässigen Allgemeinmediziners. Die Praxis befand sich im Erdgeschoss eines schön renovierten Fachwerkhauses aus dem frühen neunzehnten Jahrhundert. Die Anmeldung stellte ein altes Buffet aus gekalktem Eichenholz dar, und dahinter wachte Frau Linné streng, aber gerecht über Patienten und Arzthelferinnen.

Bettina und ihr Assistent wurden bereits erwartet. Maria Linné geleitete sie diskret in ein leeres Sprechzimmer, nachdem sie die dienstälteste Arzthelferin mit der verantwortungsvollen Aufgabe ihrer Vertretung betraut hatte. Man setzte sich, worauf Linné ihre Brille hervorholte und zu reden begann. »Sie wollen den Tod dieses armen Kindes untersuchen, nicht? Eine schreckliche, schreckliche Sache!«

Maria Linné trug eine zu schwach geratene Dauerwelle und einen gestärkten weißen Arztkittel. Sie wirkte zerstreut, was vielleicht an der Farbe ihrer Augen lag, einem verwaschenen, fast blinden Blau. Trotzdem war sie wohl keinesfalls dumm, entschied Bettina. Ihr schmales Gesicht erinnerte entfernt an das ihres Bruders, des Bürgermeisters. Sonst bestand kaum eine Ähnlichkeit.

»Ein Kindsmord – eine furchtbare Sünde! Und ich muss Ihnen ehrlich sagen, dass ich *sicher* keiner Kreimheimerin so etwas zutraue! Ich kenne also wirklich alle Leute hier, und *dazu* wäre keine fähig! Das muss alles ein unglücklicher Zufall sein!«

Der kleine Willenbacher begann, auf dem Behandlungsstuhl herumzurutschen.

»Wir hätten da ein paar Fragen«, unterbrach Bettina sanft.

»Oh ja, dazu sind Sie ja hergekommen. Fragen Sie, fragen Sie nur! – Möchten Sie vielleicht etwas zu trinken?«

Bettina winkte ab. »Wir haben den Todeszeitpunkt grob auf 1972 bis '77 festlegen können«, begann sie. »Ist Ihnen in dieser Zeit irgendeine Frau aufgefallen, die schwanger wirkte, aber kein Kind bekommen hat?«

»Nein, wirklich nicht. Ich wüsste von keiner …«

»Können Sie sich erinnern, wer sich außer Ihnen und Ihren Geschwistern in dieser Zeit im Großen Haus aufhielt?«

Linné starrte durch einen polierten alten Arzneischrank hindurch. »Wissen Sie, ich habe schon darüber nachgedacht, aber es gab niemand, der für eine solche Tat auch nur entfernt in Frage gekommen wäre«, sagte sie zu dem Schrank, blinzelte dann wie überrascht und sah wieder Bettina an. »Damals wohnten nur Martin, mein älterer Bruder, und seine Frau Aline im Haus. Ich und mein Bruder Max kamen höchstens in den Ferien. Dann gab es noch Irma, die Haushälterin, die damals schon kurz vor ihrer Rente stand. Sonst niemanden.« Maria Linné fixierte jetzt ein Plakat, das den menschlichen Verdauungstrakt darstellte, doch eigentlich waren ihre Augen nach innen gerichtet. »Wir haben uns natürlich unsere Gedanken gemacht, mein Mann und ich.

Mein Mann dachte gleich, dass das arme Kind dort schon länger als zwanzig Jahre liegen muss. Aber das kann unmöglich eine Frau aus dem Dorf gewesen sein ...« Ihr Blick glitt über die Behandlungsliege.

»Wir gehen davon aus, dass es sich um die Verzweiflungstat einer ledigen Mutter gehandelt hat«, erklärte Bettina sanft. »Auch ein verantwortungsbewusster Mensch kann in extremem Stress Fehler machen. Auch ein Mensch aus Kreimheim, Frau Linné.«

Linné schüttelte den Kopf heftig wie ein Kind. Dann sah sie Bettina plötzlich aus Augen an, die gar nicht mehr sanft und verwaschen waren. »So etwas darf man nicht tun«, sagte sie dunkel. »Das ist ein Verbrechen. Mord! – Ja, *Mord* ...«

Nach einer angemessenen Schweigesekunde versuchte Bettina es mit einer anderen Frage. »Vielleicht erzählen Sie uns kurz, was Sie vor fünfundzwanzig Jahren getan haben. Sie lernten Krankenschwester?«

»Ja, in Ludwigshafen, im Annastift. '72, glaube ich, hab ich angefangen zu lernen. Ja.« Maria Linné zwinkerte den gekalkten Eichenschreibtisch an.

»Sie haben vorher aber noch etwas anderes gelernt?«

»Nein.«

»Ich frage nur, weil Sie damals schon älter waren als gewöhnlich, wenn man eine Lehre beginnt. Fünfundzwanzig, wenn ich mich recht erinnere.«

Maria Linné lächelte kurz. »Man hat Ihnen bestimmt erzählt, dass unsere Eltern umgekommen sind, als Max erst fünfzehn war. Ich konnte ihn doch nicht allein lassen! Außerdem ist im Sägewerk immer Arbeit. Martin hatte genauso wenig einen Beruf gelernt wie ich. Wir führten das Werk eben zu dritt – na ja, das ist übertrieben. Ehrlich gesagt, wir hatten einen Geschäftsführer. Viel arbeiten mussten wir nicht. – Ich dachte auch nie über einen Beruf nach, so wie die Mädchen heute. Erst als Max schon lang erwachsen war, merkte ich, dass ich noch mehr aus meinem Leben machen wollte.«

»Und da lernten Sie Krankenschwester.«

»Ja, genau. Und meine Töchter, die lernen sowieso, was sie wollen. Liliane, meine Älteste, studiert Grundschulpädagogik ...« Linnés Gesicht strahlte vor Stolz.

»Sprechen wir über Ihren Bruder Martin. Man sagte uns, es könnte möglicherweise *sein* Kind sein, das wir gefunden haben ...«

Maria Linné warf Bettina einen schnellen Blick zu. »Das hat wohl Marko behauptet?!«

»Und der Bürgermeister.«

»Soso.« Sie richtete sich auf und blinzelte Willenbacher an, der wieder mit seinen anatomischen Studien beschäftigt war.

»Also, wissen Sie, mein Neffe Marko hat leider seine Eltern früh, früh verloren – davon haben Sie sicherlich gehört ...«

Bettina nickte.

»... und er hat, wie Waisen das tun, seinen Vater stark, stark idealisiert.« Ein bitteres Lächeln überzog ihr Gesicht. »In *seinem* Sinne idealisiert. Er glaubt, sein Vater wäre ein, hm, Frauenheld gewesen ...« Sie zuckte die Achseln. »Mein Bruder Martin war ein Marquardt, das ist klar«, sagte sie dann, als würde das alles erklären. »Eine gute Partie, wenn man so will, und schlecht ausgesehen hat er auch nicht, aber natürlich war er nicht annähernd so ein Draufgänger, wie die Legenden besagen. Der Dorfklatsch hat ihm die wildesten, wildesten Abenteuer angedichtet ...« Nachdenklich musterte sie Willenbachers ungeputzte Schuhe. »In Wirklichkeit liebte er Aline, seine Frau, und seine Autos liebte er noch mehr. Sein einziger Fehler war sein Leichtsinn, und der hat ihn das Leben gekostet.«

»Und vor Aline hatte er keine Freundin?«

»Na ja, er ist schon ausgegangen, ist ja auch nichts dabei – aber eine feste Freundin …? Weiß ich eigentlich nicht.« Ihr Blick fiel auf einen Stoß Medikamentenproben. »Na ja, höchstens Sonja Hohenadel. *Die* war recht wütend, als die beiden kamen und erklärten, dass sie verheiratet waren. Diese Heirat mit Aline kam plötzlich, keiner hat davon gewusst. Und sie haben ja auch nicht hier, sondern in Amerika geheiratet …« Maria Linné rieb sich die Augen.

»Sonja Hohenadel?«

»Ja, ihr Vater wohnt noch im Dorf. Er hat ein schönes Haus; war Architekt.«

»Und Sonja?«

»Lebt in München, glaube ich. Aber sie war nicht das, was man heutzutage ›Freundin‹ nennt, wenn Sie verstehen, was ich meine. Heute bedeutet ›befreundet sein‹ ja schon fast so viel wie ›verlobt‹ oder ›verheiratet‹ … Sonja war anständig, eben auch aus guter Familie …«

»Verstehe«, sagte Bettina. »Haben Sie die Adresse?«

»Sonjas nicht, aber ihr Vater wohnt oben in der Baumstraße, das Haus ist gar nicht zu verfehlen.«

»Und nach Alines Tod hat Martin sich nicht wieder Sonja, hm, zugewandt?«

»Ach nein, er war verzweifelt! Er hat keine mehr angesehen. Und dann ist er schließlich auch bald gestorben. Man könnte fast glauben, dass er es ohne seine Frau auf dieser Welt nicht mehr ausgehalten hat …« Linné streifte Bettina mit einem kurzen Blick. »Ja – für das Kind war es am schlimmsten. So schnell beide Eltern zu verlieren! Das – und dieses Kindermädchen haben ihm sehr geschadet.« Sie nickte schmerzlich.

»Das würde ich gerne zeitlich einordnen«, erklärte Bettina. »Wann wurde Marko geboren?«

»Im Herbst '74.«

»Also vor dreiundzwanzig Jahren. – Und seine Mutter kam unmittelbar nach der Geburt ums Leben?«

Maria Linné nickte stumm.

»War es eine Hausgeburt?«

»Es war furchtbar. Furchtbar.«

Linné schüttelte den Kopf und starrte den Maisstrohteppich an. »Es gab Komplikationen, das Kind lag falsch ... Die Hebamme war krank und der Arzt noch unerfahren ... Aline verlor viel Blut ... Nun, sie schafften es! Aber Aline hat sich nicht von der Geburt erholt. Sie bekam eine Infektion und starb vierzehn Tage danach. Ich konnte sie nicht mehr retten.«

»Furchtbar«, sagte Bettina, und nach einer Pause: »Sie konnten sie nicht mehr retten ...? Waren Sie dabei?«

»Sicher, schließlich bin ich Krankenschwester. Ich habe immer versucht, für meine Familie da zu sein.«

»Hm. Sie haben von einem Kindermädchen gesprochen. Wurde es direkt nach Aline Marquardts Tod eingestellt?«

»Nun, zuerst kümmerte ich mich um den kleinen Marko. Ich setzte ein halbes Jahr meine Ausbildung aus. Max hatte ich ja auch versorgt ... Aber ich wollte ja auch fertig werden. Damals war ich schon verlobt. Und so engagierte Martin ein Au-pair-Mädchen. Eine Italienerin, glaube ich.«

Willenbacher kritzelte eifrig etwas, was ausnahmsweise mal nach Worten aussah, in sein Büchlein.

»Können Sie sich an ihren Namen erinnern?«, fragte Bettina langsam.

Maria Linné zwinkerte von einer zum anderen. »Oh! Sie glauben doch nicht, dass das Kindermädchen ... Natürlich wäre das unwahrscheinlich ... Aber vielleicht ... wieso nicht!

Sie hieß Anna, glaube ich. Anna Marotti … Moretti … ich weiß nicht mehr genau.«

»Wie lange blieb diese Anna?«

»Ein Jahr ungefähr.«

»Also bis ’76.«

»Passt«, sagte Willenbacher zufrieden. »Haben Sie ihre Adresse?!«

»Oh! Nein, ich glaube nicht. Ich werde mal nachsehen, aber ich hatte mit ihr nicht so viel zu tun. Wenn es eine Adresse gibt, dann im Großen Haus.«

3

Dienstag war der Tag, an dem man die Schnapsschränke abschließen und die guten Sachen im Kühlschrank hinter den angebrochenen Marmeladengläsern verstecken musste. Dienstags kam Margit Kropp zum Putzen.

»Moin!«

Rebecca, die sich gerade den großen Schrank in der Diele vorgenommen hatte, erschrak, als die Kropp hinter ihr auftauchte. Die Putzfrau hatte einen sehr leichten Schritt.

»Guten Morgen, Frau Kropp.«

»Ganz schön warm für die Jahreszeit, was?« Kropp wischte sich den Schweiß von der Stirn und atmete ein paarmal kräftig durch. Aus der Nähe verströmte sie aufdringlich süßlichen Deogeruch.

»Gut, dass endlich mal die Sonne scheint.«

»Ja, macht Lust auf Gartenarbeit, was?« Sie feuerte ihre Handtasche in die Garderobe. »Musst ja einen schönen Schreck gekriegt haben, als du die Leiche gefunden hast, einfach so.«

»Na ja«, brummte Rebecca unbestimmt.

»Und die Kriminalpolizei soll auch schon da sein.« Bewundernd drehte sich Kropp vor dem Spiegel. Wenn sie zu den Marquardts ging, hatte sie immer ihre besten Sachen an.

»Sie waren vorhin da.«

»Kann dem Bürgermeister nicht gut getan haben. Da

stirbt ihm fast die ganze Familie weg, und jetzt auch noch ne Leiche.«

»Ich finde, er trägt es mit Fassung«, sagte Rebecca.

Die Kropp wiegte bedenklich den Kopf. »Täusch du dich mal nicht in unserm Bürgermeister«, meinte sie, während sie ihre rostrot gefärbten Haare zurechtzupfte. »Unser Bürgermeister ist ein feiner Mann, ja, das ist er. – Und der Marko, das ist auch einer, was?« Die Kropp trat an Rebecca heran und stieß sie freundschaftlich in die Seite. »Der mag dich, der Marko, das hab ich schon gemerkt. Der steht sowieso mehr auf die Mädels mit Figur, wenn du verstehst, was ich mein.«

Rebecca tat, als bemerke sie Kropps leicht geringschätzigen Blick nicht. Die hatte es gerade nötig. »Tatsächlich?«

»Klar, Kindchen, so was merk ich sofort.« Frau Kropp nickte und öffnete den Schrank, den Rebecca gerade geputzt hatte, um neugierig hineinzusehen. »Der Marko, der kommt nach seinem Vater. War ein richtiger Ladykiller, der.«

»Markos Vater?«

»M-hm.« Ohne Scheu nahm sie eine bestickte grüne Tischdecke aus dem Schrank und fuhr prüfend mit den Fingern über den Stoff. »Das war ein Don Juan, Kindchen, da ist der Marko ein Stubenhocker dagegen. Der hat nicht mal vor Ehefrauen Halt gemacht.«

»Er hatte Verhältnisse?«

Margit Kropp lachte aus vollem Hals. »›Verhältnisse‹! Der hat jede flachgelegt, die er kriegen konnte, Kindchen, glaub mir das nur. Der war richtig süchtig nach Sex.« Sie kicherte und machte eine eindeutige Handbewegung.

»Mit Ihnen auch?« Rebeccas Staunen war echt.

Die Kropp kicherte wieder. »Was glaubst *du* denn? – Er war ein Mann, Kindchen, ein ganzer Mann.« Damit schloss sie den Schrank und rieb sich die Hände. »Na, dann wollen wir mal.«

Da es im Großen Haus eine Menge teurer Spirituosen gab, auf die Frau Kropp im Notfall unbarmherzig zurückgriff, hatte man zur Schadensbegrenzung eine kleine Bar hinter einem Schrank im Esszimmer eingerichtet. Diese Bar bestand aus Margit Kropps Lieblingskirschlikör und einer Flasche Schnaps für die schlimmen Tage. Das Versteck war gerade so schlecht, dass die Putzfrau es finden musste, und gerade so gut, dass es nicht ihre Intelligenz beleidigte, denn sie brauchte beim Trinken das Gefühl, etwas Heimliches zu tun.

Die Heimlichtuerei erstreckte sich allerdings nicht auf Rebecca. Diese war nämlich ebenfalls eine Hausangestellte und damit eine Art natürliche Komplizin, vor allem, was das Trinken betraf (fand Margit Kropp). So arbeitete Rebecca meist im ersten Stock, wenn die Kropp im Erdgeschoss ihr rituelles Putzen verrichtete. Die gute Frau Kropp nämlich davon zu überzeugen, dass irgendjemand es ablehnen könnte, vormittags geklaute geistige Getränke zu sich zu nehmen, war schlicht unmöglich.

Ohnehin gab es im ersten Stock genügend zu tun. Riesige, hohe, ungelüftete Zimmer, Möbel, die poliert werden mussten, Teppiche, in denen die Motten nisteten …

Markos Eltern hatten hier gewohnt. Rebecca hatte ein paar Fotos von ihnen in der Bibliothek gesehen. Ein junges, gut aussehendes Pärchen. Unglaublich, dass Martin Marquardt etwas mit Margit Kropp gehabt haben konnte.

Andererseits, wenn die Kropp Recht hatte, war sie wohl kaum sein einziges Verhältnis gewesen.

Und wenn es ein Kind gegeben hatte, dann vielleicht auch Briefe oder Fotos. Womöglich kam es nur darauf an, dass irgendjemand mal gründlich suchte …

Mit dem Salon fing Rebecca an. Da sie nicht recht wusste, was sie finden wollte, machte sie sich als Erstes daran, vergilbte Vorhänge zurückzuziehen und alte Fensterläden zu öffnen.

Schließlich konnte sie das Zimmer in vollem Tageslicht betrachten. Erwachen ging durch den Raum. Unmerklich regte er sich. Ein großes, halb blindes Ding, das von der Gegenwart nichts wusste, war nun von seinen Fesseln befreit. Möglicherweise hätte man es besser schlafen lassen, doch Rebecca war ein Mensch der Tat.

Sie sah zu, wie die kostbaren Brücken Staubteilchen ausdampften und die endlich einmal geöffneten Fenster die Frühlingsluft einsogen. Der Luftzug zupfte an den Schonbezügen der Sofas und brachte den trockenen Laubhaufen im schmutzigen Kamin durcheinander. Warm vibrierten die Farben der Intarsientischchen und Kommoden in der lange vermissten Sonne, und am hintersten Fenster glänzte blaues Glas an einem verschließbaren Jugendstilsekretär. Als Krönung nahm ein großer schwarzer Konzertflügel die Südseite des Zimmers ein.

Rebecca hatte gerade das Zimmer durchquert, um den prachtvollen Sekretär aus der Nähe zu bewundern, als ein Quietschen sie erschreckte. Ohne zu wissen, was sie fürchtete, fuhr sie rasch mit ihrem Alibistaubtuch über das herrliche Holz.

»Er hat ein Geheimfach.«

Rebecca fuhr herum.

In der Tür stand Frau Kropp, erhitzt und erheitert. Sie musterte das Mädchen belustigt. »Hab dich erschreckt, was Kindchen?! Hast du ’n schlechtes Gewissen?«

»Ich lüfte die Zimmer«, entgegnete Rebecca, wieder gefasst.

»Schon gut, Kindchen, mir musst du nichts vormachen.

Ich habs auch schon probiert, aber ich hab's nicht gefunden. Ist verteufelt gut versteckt, das Scheißding.«

»Ein Geheimfach …«

»Glaubs mir nur, ich hab gesehen, wie die Aline, dem Martin Marquardt seine Frau, was rausgeholt hat. Da.« Die Kropp kam heran und öffnete ein kleines Schubfach. »Kann auch eins drüber oder eins drunter gewesen sein. Die Aline, die war so ein zartes kleines Ding, nicht von hier, verstehst du? Die war noch viel schlimmer als du, entschuldige. Halt auch so ne Studierte.«

Kropps Ton ließ keine Unklarheiten über ihre Meinung zu Akademikern offen. Rebecca überging das Thema, da sie sich darüber sowieso nicht einigen würden. »Vielleicht hat sie nur was aus der Lade herausgenommen.«

»Quatsch, sie hat mit ner Nadel drin rumgestochert, mit ner Stricknadel. Und als sie mich gesehen hat, da ist sie erschrocken und hat schnell alles wieder zugemacht, so hopplahopp. Wenn das mal kein Geheimfach ist, hab ich mir gedacht, und später hab ich mir auch mal ne Nadel geholt, als die Aline und der Martin schon tot warn, natürlich …«

»Klar.«

»Hab aber nichts gefunden.« Sie zuckte mit den Achseln.

Rebecca zog die betreffenden Schubfächer auf und starrte hinein.

»Da kann man nichts sehen, Kindchen, ist ja ein Geheimfach, nicht?« Kropp lachte über ihren Witz, wobei sie mit ihrer Schnapsfahne Rebecca gefährlich nahe kam. Diese trat einen Schritt zur Seite und betrachtete den Schreibtisch im Ganzen. Dann kam ihr ein anderer Gedanke. »Sie haben hier schon vor Markos Geburt gearbeitet? – Aber, dann müssen Sie doch wissen, was hier passiert ist! Sie müssen doch eine Idee haben, von wem …«

»Gearbeitet? Ich war noch 'n Kind. – Ich hab für meine

Tante geputzt, wenn der ihr Ischias zu schlimm war. Hör zu, Kindchen, am besten reden wir unten weiter. Ich muss jetzt weitermachen.«

Die Sucht rief. Man stieg die Treppen hinunter, die Kropp sammelte ihre Putzlappen ein und führte Rebecca dann sicheren Schrittes ins Esszimmer, wo der Kirschlikör stand. Sobald sie selbst und Rebecca großzügig versorgt waren (»Wir trinken aus Wassergläsern, Kindchen, das fällt nicht so auf!«), wurde die Kropp wieder gesprächig.

»Hör zu, Kindchen, du denkst dir da was aus über das tote Baby. Jetzt will ich dir mal was erzählen. Der Martin war vielleicht seiner Frau nicht treu, und anbrennen hat er auch nichts lassen, aber er war kein Geizkragen. Hier im Ort gibt's ne Menge Marquardts, die nicht Marquardt heißen, wenn du verstehst, was ich meine. Was glaubst du denn, warum so viele Jungs bei uns farbenblind sind? Die Marquardts gibt's schon, so lang es den Ort gibt, und noch keiner hat jemals ne Frau mit nem Kind hängen lassen. Wegen nem Marquardtkind braucht sich keine ins Unglück zu stürzen, die werden schon versorgt, das glaub mir nur.«

»Vielleicht ging es ja nicht ums Geld, sondern um was anderes – Liebe zum Beispiel?«

Du musst noch viel lernen, Kindchen, sagte Margit Kropps Blick, doch laut meinte sie nur, plötzlich arbeitseifrig: »So, jetzt muss ich aber weitermachen.« Mit erstaunlich sicherem Griff packte sie ihre Putzlappen und schritt würdevoll aus dem Zimmer.

Weiter unten im Haus wurde eine Tür aufgerissen. Gleich darauf hörte man lange Schritte, Füße, die die Treppe heraufstürmten, gefolgt von Hundepfoten, außerdem Lachen und Gebell. Marko war nach Hause gekommen.

»Hallo, schöne Rebecca!«, rief er fröhlich, als er sie

auf der Treppe zum Obergeschoss sah. »Was gibt's zu essen?«

»Ich dachte, du wolltest erst abends zurückkommen.«

»Muss heute Nachmittag zum Zahnarzt.« Kummervoll verzog er das Gesicht und tätschelte gleichzeitig seinen Hund, der wild an ihm hochsprang.

»Dann darfst du sowieso nichts essen.«

»Sicher. Ist nur eine Routineuntersuchung. Meine Zähne sind so gesund wie Bier. Ich hatte noch nie ein Loch.«

Um das eben Gesagte zu illustrieren, fletschte Marko die Zähne zu einem bizarren Grinsen, doch das Mädchen achtete nicht darauf. Es musterte den großen jungen Mann nur mit einem etwas zerstreuten Blick und fragte: »Weißt du, wie man das Geheimfach im Sekretär deiner Eltern aufmacht?«

»Was?!«

»Du kennst doch diesen Sekretär in dem unbenutzten Salon oben. Nussbaum, glaube ich. Geschwungene Formen, blaues Glas ...«

Marko war so groß, dass er sich aufs Treppengeländer setzen konnte, ohne den Boden unter den Füßen zu verlieren. »Wie kommst du darauf, dass da ein Geheimfach drin ist?« Er beugte sich über die Brüstung, um in die Tiefe zu blicken, und fügte gönnerhaft hinzu: »Wenn das so wäre, dann wüsste ich es. Schließlich gehörte der Sekretär meiner Mutter.«

Rebecca erzählte, was Frau Kropp beobachtet hatte, während Marko scheinbar desinteressiert auf dem lange nicht mehr polierten Mahagonigeländer herumturnte.

»Nicht zu fassen«, bemerkte er, nachdem sie fertig war. »Ziemlich naseweis von dir, übrigens, all unsere Geheimnisse aufzudecken, vor allem, wenn ich sie selbst noch nicht kenne. Tjaa ...«, er beugte sich wieder über das Treppenloch, »worauf warten wir noch?«

Rebecca lächelte ihren großen Freund an. »Wir brauchen eine Stricknadel«, sagte sie.

»Du musst drücken!«, riet Rebecca ungeduldig und spähte Marko über die breite Schulter. »So wird das doch nichts – lass mich mal.«

Der junge Mann richtete sich auf und nahm die Stricknadel fest in die Rechte. »So kann sich wirklich kein Mensch konzentrieren!«, stellte er ungehalten fest. »Ich war fast so weit, aber du musst genau in dem Moment ...«

»Verzeih mir«, bat das Mädchen trocken.

»Du glaubst, weil du ne Studierte bist, kannst du es besser«, murmelte er verächtlich, während er sich wieder dem Sekretär zuwandte.

»Mitnichten«, sagte Rebecca grinsend. Dieses Wort hatte ihr schon immer gefallen.

Marko schenkte ihr einen dunklen Blick. »Ein Mann braucht doch kein Abitur, um diesen dämlichen Tisch aufzukriegen ...!«

»Du willst ja nur nicht, dass eine Frau dir zuvorkommt.«

Abermals musste Marko sich umdrehen und aufplustern. »Hör zu«, sagte er und fuchtelte mit der Nadel, »es gibt kein weibliches Wesen, das ich fürchte. Klar?«

»Schließlich hast du das nicht nötig«, pflichtete Rebecca mit ernster Miene bei.

Marko schaute argwöhnisch. »Das hier«, meinte er endlich, »ist was Praktisches. Was für Leute, die sich mit so was auskennen. Handwerker.« Er nickte, um seine Worte zu bekräftigen.

»Wie du.«

»Genau.«

Um Rebeccas Augen zeigten sich kleine Fältchen. »Manchmal sind es gerade Laien, die geniale Lösungen finden.«

Der »Laie« stimmte Marko großzügiger. »Okay, wenn ich auf dieser Seite nichts finde, dann bist du dran«, schlug er vor und wies auf die Reihe kleiner Laden auf der linken Seite des Sekretärs, dessen schimmerndem Holz man die jahrelange Vernachlässigung kaum ansah. Unnötig zu sagen, dass die Kropp das Geheimfach sowieso rechts vermutete. Mit fester Hand packte der junge Mann die Nadel und ging wieder ans Werk. Seine Ehre als abiturloser Handwerker stand auf dem Spiel. Er konzentrierte seine Aufmerksamkeit auf das mittlere Fach, tastete alles noch einmal mit den Fingern ab. Schließlich nahm er die Nadel und berührte mehrere Stellen in der Wand des Fachs. Nichts geschah.

»Jetzt bin ich dran«, sagte Rebecca.

»Noch nicht.« Marko warf alle Skrupel über Bord und stocherte wild auf dem kostbaren Holz herum. Es splitterte, worauf ein leises, lang gezogenes Quietschen hörbar wurde. Überrascht blickten sich beide an; Markos braune Augen leuchteten triumphierend.

»Und wieder siegte die rohe Gewalt über das Walten des Geistes.« Mit Bedauern betrachtete Rebecca die zersplitterte Lade.

»Noch nie was vom Gordischen Knoten gehört?« Aufgeregt steckte Marko seine Hand in das Fach. »Da ist etwas!«

»Na los doch, hol es raus!«

»Ich komm nicht dran. Das ist was für zarte Frauenhände. Bitte. Du darfst.«

»Du bist so großzügig.« Rebecca griff in das Fach. An dessen Seite war eine Art doppelter Boden, der durch einen verborgenen Mechanismus leicht gedreht werden konnte, so dass eine winzige Öffnung entstand. Irgendetwas steckte in dem Fach fest – Papiere oder eine Art Karton. Rebecca zog daran.

»Vielleicht hat mein Vater mir noch was vermacht – unschätzbar wertvolle Briefmarken zum Beispiel«, meinte Marko hoffnungsvoll.

Mit einem Ruck kam Rebecca frei; in der Hand hielt sie drei Stücke festen Papiers.

»Fotos!«

Beide starrten auf ihren Fund, erst aufgeregt, dann bestürzt. Marko pfiff leise durch die Zähne.

»Und? Habt ihr's aufgekriegt?«

Aus dem Nichts erschien hinter ihnen die Kropp. Wortlos reichte Rebecca ihr ein Foto.

Margit Kropp sah sich das Foto lange an. Dann nickte sie langsam und sagte mit klarer Stimme: »Oh. Was für ein Mistkerl.« Damit drehte sie sich um, ging die Treppe hinunter und aus dem Haus, ohne sich ein einziges Mal umzudrehen.

* * *

Auf halbem Wege nach Frankenfels hatte man das Sägewerk in eine Verbreiterung des sonst engen Tals gebaut; es war eine imposante Anlage aus dem neunzehnten Jahrhundert mit einer reich geschmückten Sandsteinfassade. Dieser Fassade wegen ähnelte der Komplex zur Straßenseite hin mehr einem Schloss als einem Gewerbebetrieb. Nach hinten gab es schlichtere, aber umso schönere Hallen mit gusseisernen Säulen und gläsernen Giebelwänden. Die modernen Anbauten aus Stahl und Wellblech konnten die Pracht kaum mindern, und über allem lag eine Wolke von hellem Holzstaub und ohrenbetäubendem Sägengekreisch. Einzig von Protz und Lärm unbeeindruckt war ein winziges Gewässer, welches sich unbekümmert zwischen den massigen Bauten hindurchschlängelte.

Der Pförtner war ein strenger Mann. Abweisend erkundigte er sich nach Bettinas Termin. »Ich kann Herrn Marquardt nicht einfach so stören, mein Fräulein. Wenn Sie mit ihm sprechen wollen, müssen Sie vorher anrufen.«

Man überzeugte ihn durch Vorlage der Polizeiausweise, worauf er sie mit frostiger Miene und unter Umgehung sämtlicher Vorzimmerdamen höchstpersönlich zum Chefbüro eskortierte. Dort angekommen, klopfte er diskret an die schwere Eichentür, öffnete sie und verschwand.

»Kommen Sie nur herein!«

Ein großer, abgewetzter Schreibtisch stand in der Mitte des Raumes. Dazu gab es einen Computer, mehrere Besucherstühle und eine ausrangierte hässliche Wohnzimmerschrankwand.

»Sagen Sie bloß, Sie haben den Fall schon gelöst.« Der Bürgermeister legte seinen Stift weg, nahm die Brille ab und rieb sich die Augen.

»Noch nicht ganz.« Bettina setzte sich unaufgefordert auf einen Stuhl, und der kleine Willenbacher tat es ihr nach. »Wir möchten uns mit Ihnen nur kurz über zwei Frauen unterhalten, die uns interessieren.«

Marquardt verfolgte Willenbachers Bewegungen: Der schlug lässig die Beine übereinander, zog das Notizbuch heraus und öffnete es tatsächlich wieder auf der bewussten Seite, die mittlerweile von gleich drei spärlichst bekleideten Mädchen bevölkert wurde. »Sonja Hohenadel? Natürlich kenne ich sie. Ist kürzlich wieder aus München heimgekehrt, glaube ich. Sie wohnt jetzt in Neustadt.« Er beobachtete, wie der kleine Beamte einen Stift herausholte und eine winzige Korrektur am markantesten Körperteil einer seiner Damen anbrachte. »Stimmt, sie war mit Martin eng befreundet. Allerdings ging die Freundschaft eher von ihr aus, würde ich sagen.« Die Nixe gefiel ihm am besten. Er hatte sich Meerjungfrauen immer rothaarig vorgestellt.

»Sie soll sich angeblich über Martins Hochzeit sehr aufgeregt haben.« Auf dem ordentlichen Schreibtisch des Bürgermeisters prangte als einziger Schmuck das glänzende Modell eines Lamborghini. Bilder oder Fotografien gab es keine in dem Raum. »Sie war aber nicht mit Ihrem Bruder verlobt?«

»Nein. Martin war meines Wissens nie verlobt. Er heiratete sehr plötzlich.«

»Haben Sie Sonja Hohenadels Adresse?«

»Nein, aber Sie könnten ihren Vater anrufen. Er wohnt in Kreimheim.«

Der Computer gab ein kurzes Signal von sich, als sich der Bildschirmschoner einschaltete.

»Gab es noch andere Frauen, die die Hochzeit Ihres Bruders nicht glücklich machte?«

»Kann ich nicht sagen.« Er berührte kurz die Stoßstange des roten Modellautos.

»Haben Sie den auch in groß?«

»Den Lamborghini?« Er sah auf und schüttelte den Kopf. »Ist ein Geschenk von Marko. Er glaubt, jeder müsste seine Träume teilen.« Sein Blick wanderte über Bettinas Gesicht. Schweigen trat ein. Willenbacher klickte ungeduldig mit seinem Kuli. »Sie erwähnten zwei Frauen«, erinnerte Marquardt.

Bettina richtete sich auf. »Sie haben Recht. Da wäre noch eine Anna Marotti oder Moretti. Ihre Schwester sagte, sie sei Kindermächen bei Marko gewesen.«

»Stimmt, da gab es mal ein Au-Pair-Mädchen. Kann sein, dass sie Anna hieß, ja.«

»War sie irgendwie auffällig?«

Marquardt runzelte die Stirn. »Das kann ich beim besten Willen nicht sagen. Sie haben sie mir gerade erst ins Gedächtnis zurückgerufen.«

»Hatte sie einen Freund?«

Er zuckte die Achseln. »Hm. Meine Schwester müsste da mehr wissen.«

»Wie alt war sie?«

»Sie wird wohl so um die zwanzig gewesen sein, als sie kam. Sie war Italienerin oder auch Französin … Martin hat sie nach Alines Tod engagiert.«

»1975.«

»Ganz recht.« Er spielte mit seinem Kugelschreiber.

»War sie hübsch?«

Marquardt blickte Bettina ironisch an und schüttelte dann den Kopf. »Weiß ich nicht.« Er lächelte plötzlich. »Wahrscheinlich nicht, sonst würde ich mich an sie erinnern … Moment – sie war brünett, glaube ich.«

»Haben Sie Annas Adresse?«

»Das glaube ich kaum. Martins Papiere wurden kurz nach seinem Tod aussortiert. – Aber vielleicht haben Sie ja doch Glück. Einen Moment.«

Ein Summer rief eine elegante ältere Dame auf den Plan, die den Eindruck vermittelte, sie sei ein Teil des Hauses.

»Frau Winter, die Herrschaften interessieren sich für Martins Papiere. Kommissarin Boll, Obermeister Willenbacher, unsere Frau Winter hier wird Ihnen gern weiterhelfen. Sie suchen nach der Adresse des Au-pair-Mädchens, das wir nach Alines Tod hatten, Frau Winter. Glauben Sie, Sie können da noch was finden?«

In Winters Gesicht spiegelte sich berechtigter Zweifel. »Da müssten wir erst im alten Archiv nachsehen, Herr Marquardt …«

»Tun Sie das, meine Liebe.« Der Bürgermeister stand auf und reichte Bettina die Hand.

Sie waren entlassen.

* * *

Frau Winter hatte nicht die Absicht, gemeinsam mit den Polizisten das alte Archiv zu durchwühlen. Sie brachte die beiden zu dem engen Raum, in dem ein paar staubige Aktenschränke herumstanden. Dann erklärte sie, sie vermute, wenn es etwas über diese Anna gebe, dann sei es im zweiten Schrank von links oder aber in dem daneben, aber leider habe sie momentan überhaupt keine Zeit. Sie werde einen Lehrling schicken.

Nachdem die Sekretärin gegangen war, beschloss Bettina, dass Archivarbeit genau die richtige Strafe für Willenbachers Zeichenübungen während der Vernehmungen war. »Darf ich mal Ihre Notizen sehen?«, fragte sie.

Widerwillig pfriemelte Willenbacher sein Heft aus der Tasche und reichte es Bettina. Dann beobachtete er sie beim Durchblättern und begann anzüglich zu grinsen.

Bettina war gegen ihren Willen fasziniert. Sie räusperte sich. »Ich sehe, Willenbacher, Sie haben Sinn für Details und, hm, wissen, worauf es ankommt.« Ihr Blick blieb an einer besonders naturalistischen Darstellung hängen. Sie zwang sich umzublättern. »Das wird Ihnen zugute kommen, wenn Sie jetzt das Archiv durchsuchen.«

Willenbacher hörte auf zu feixen.

»Ich werde Ihnen leider nicht helfen können, weil ich nach Neustadt fahre und mir diese Hohenadel anschaue.« Bettina lächelte. »Ich hoffe, Sie leihen mir so lange Ihr Notizheft.« Sie steckte es ein, ohne die Antwort abzuwarten, ging zu einem der Schränke und öffnete ihn. Darin lagen die Papiere in losen Haufen; zwei einsame Ordner ohne Aufschrift erblickten zum ersten Mal seit Jahren wieder das Tageslicht. Bettinas Lächeln verwandelte sich in ein breites Grinsen. »Viel Glück«, sagte sie im Gehen. »Ich rate Ihnen, etwas zu finden, Willenbacher. Bis heute Abend.« Sie lächelte noch, als sie wieder in Marquardts Vorzimmer kam und Frau Winter um ein Telefon bat, weil sie Sonja Hohenadel anrufen wollte.

Diese schien nicht berufstätig zu sein, denn sie war zu Hause.

»Sie können es nicht verfehlen«, hatte sie mit ungeduldiger Stimme gesagt und die Verbindung ohne Gruß unterbrochen.

Nun stand Bettina mit dem alten Dienst-Audi in einer äußerst vornehmen Straße des Neustadter Villenviertels, während sie die angegebene Hausnummer überprüfte. Den Fahrweg säumten elegante Gründerzeitvillen, die von gepflegten Gärten umgeben waren; andere Autos schien es hier überhaupt nicht zu geben. Es herrschte jene friedliche Ruhe, die sich wie ein unsichtbares Gas zwischen den Häusern von wohlhabenden Leuten breit macht.

Das Anwesen Nummer 16, halb verborgen hinter blühenden Stauden und Azaleensträuchern, besaß einen besonders kunstvoll geschmiedeten Zaun, eine kiesbestreute Zufahrt und uralte Rosenrabatten. Bettina fand eine Steinsäule mit zwei Klingelschildern. Sie drückte auf »Hohenadel«, worauf nach einer Weile der Summer ertönte und die Pforte aufsprang.

»Ja? Was wollen Sie?« An einem Fenster im ersten Stock erschien der Kopf einer Frau.

»Wir haben vorhin telefoniert.«

Der Kopf verschwand.

Rasch folgte Bettina dem Kiesweg zum Seiteneingang. Dort wurde eine schwere Holztür aufgerissen.

Mit zusammengekniffenen Augen, so als müsste sie sich gegen unangenehm grelles Licht schützen, musterte Sonja Hohenadel den Besuch. Sie selbst war dunkelhaarig, Mitte vierzig und eines dieser androgynen Wesen, neben denen man sich steif und schwerfällig vorkommt.

»Sie kommen also von der Polizei«, stellte Hohenadel fest.

»Ganz recht. Boll ist mein Name und …«

»Wie finden Sie das Haus?«, fragte die Frau brüsk. Unverkennbar war sie daran gewöhnt, andere zu unterbrechen. Mit aggressivem Interesse musterte sie Bettina erneut. Die Antwort wünschte sie offensichtlich schnell und fundiert.

»Es ist …«

»Ja?«

Bettina fand das Haus hübsch, aber das war wohl kaum die richtige Erwiderung. »Leider bin ich nicht vom Fach«, sagte sie daher bedauernd.

Das akzeptierte Hohenadel. »Was wollen Sie?« Ihre Stimme klang nasal und eine Idee schleppend.

»Ich habe ein paar Fragen. Wir sprachen vorhin darüber. In Kreimheim ist möglicherweise ein Verbrechen entdeckt worden.«

»Und was hat das mit mir zu tun?« Streitlustig trat die Frau einen Schritt vor. Sie trug schmale Hosen, deren Grün gerade eine Nuance dunkler war als die offenkundig maßgeschneiderte Bluse. Die Kleidung umgab sie wie eine zweite Haut.

»Sie waren mit Martin Marquardt befreundet?«

Hohenadel zog die Stirn noch mehr zusammen. »Was soll diese Frage?«

Bettina trat einen Schritt näher. »Darf ich hereinkommen?«

Erst musste sie eine dritte Musterung über sich ergehen lassen. »Okay, kommen Sie mit.«

Energisch schritt Sonja Hohenadel die breite Holztreppe nach oben in ihre riesige, helle und spärlich möblierte Wohnung auf der ersten Etage. Das Wohnzimmer, das Bettina anhand eines Sofas als solches identifizierte, enthielt wenige cremefarbene Möbel. Es gab weder Bilder noch Tapeten, stattdessen war an einer langen, weiß gestrichenen Wand raffiniert ein leicht korrodiertes altes Uhrwerk platziert. In der dunkelsten Ecke des Raumes schimmerten in einer schlierigen Glasvase große exotische Blumen, die auf unbestimmte Weise obszön wirkten.

Hohenadel setzte sich auf einen Stuhl und machte eine ausholende Handbewegung, was Bettina als Aufforderung, sich zu setzen, interpretierte. Sie ließ sich auf dem hellbeigen Sofa nieder.

»Ich bin erst vor kurzem wieder hierher gezogen«, erklärte Hohenadel. »Ich habe lange in München gelebt.«

»Wieso sind Sie zurückgekommen?«

»Ich habe mich scheiden lassen.« Der unzufriedene Zug um ihren Mund vertiefte sich. »Ich musste mich schnell entscheiden, diese Wohnung zu nehmen, aber ich will so bald wie möglich wieder ausziehen.«

Sie sah sich verächtlich um, als sei das Hundert-Quadratmeter-Zimmer gerade mal besser als ein Platz auf der nächsten Bahnhofsbank. Dann griff sie nach einem hellen Zigarettenetui, das neben dem Stuhl auf einem Stapel Architekturzeitschriften lag, nahm hastig eine Zigarette heraus und steckte sie an. Nach dem ersten Zug hielt sie Bettina mit einer harschen Geste das Etui hin. Diese schüttelte den Kopf.

»Sie sind Architektin?«

Hohenadel warf ihr einen Blick zu. »Sie können unmöglich von mir gehört haben«, erklärte sie. »Das Büro trug den Namen meines Mannes. – Unglaublich, wie einfach es den Männern gemacht wird, die Arbeiten ihrer Frauen zu stehlen. Mein einziger Trost ist, dass er von jetzt ab ganz schön alt aussehen wird, ohne mich.« Sie lächelte kurz und hämisch. »Nicht dass es ihm viel Schwierigkeiten bereiten würde, sich an der nächsten Uni eines dieser naiven kleinen Entwurfgenies zu angeln – aber das ist Arbeit. Und teuer. Die meisten von denen werden von der Praxis einfach umgehauen, und dann ade, Genie, ade, Kreativität.« Sie grinste schadenfroh. Bei der Gelegenheit zog sich ihr kleines Gesicht herzförmig zusammen, und Bettina fiel auf, was für eine große Nase die sonst so stromlinienförmige Frau besaß.

»Sagt Ihnen der Name Maria Linné etwas?«

Hohenadel angelte hinter dem Stapel Zeitschriften nach einem cremefarben emaillierten Aschenbecher. »Ja.« Heftig drückte sie ihre so gut wie ungerauchte Zigarette aus. »Die heilige Maria. Sancta Sanctissima. Sagen Sie bloß, das tote Kind ist von der, dann lach ich mich tot.«

»Heilige Maria?«

Hohenadels Gebaren wurde noch um einiges geringschätziger. Sie wählte eine neue Zigarette aus und klopfte damit auf die Armlehne ihres Stuhles. »Das gute Seelchen im Dorf. Sie meinen doch die Tochter von Marquardts?«

Bettina nickte.

»Tja. Ich hatte nie viel Kontakt mit ihr, denn sie war schrecklich hochnäsig. Ist sie bestimmt immer noch. Diese Art ›Tochter aus gutem Hause‹, die umsonst babysittet und ständig ins Altenheim rennt, um den Leuten mit ihren guten Taten auf den Geist zu gehen. Sie hat, glaube ich, einen Lehrer geheiratet. Oder einen Arzt. So was in der Art. Das einzig Interessante an ihr war ihr Bruder Martin.«

»Mit dem Sie verlobt waren.«

Hohenadels Augen blieben dunkel. Sie nickte langsam. »Kann man so sagen.«

»Warum haben Sie ihn nicht geheiratet?«

Hohenadels Feuerzeug klickte, sie neigte den Kopf, um die Zigarette in die blasse Flamme zu halten.

Bettina wartete.

Die Architektin stieß den Rauch aus. »Es war mir alles zu stressig«, erklärte sie.

»Inwiefern?«

Sie machte eine ausholende Handbewegung. »Hören Sie, diese ganze Familie war – ist – doch krank. Dieses ganze Marquardt-Getue, dieses feudale Gehabe! Man macht es eine Zeit lang mit, aber dann hat man es durchschaut und ist einfach nur genervt, weil man sich so viel hat gefallen lassen.«

»Wie lange waren Sie mit Martin Marquardt verlobt?«

Die kleine Frau lehnte sich zurück. »Wir waren seit unserer Kindheit befreundet«, sagte sie.

»Und wann verlobten Sie sich?«

»An meinem vierzehnten Geburtstag haben wir zum ersten Mal miteinander geschlafen.«

»Und der war …?«

Was ihr Geburtsdatum anging, war Hohenadel viel zurückhaltender als mit ihrem Intimleben. Sie funkelte Bettina aus ihren dunklen Augen an. »Lassen Sie mich überlegen … '69. '69 bin ich vierzehn geworden.«

»Man hat mir gesagt, Martin hätte eine Menge Freundinnen gehabt. War er Ihnen treu?«

Auf Hohenadels Gesicht zeigte sich ein ironisches Lächeln. »Ich fürchte, mir war kein Mann jemals treu.«

»Haben Sie seine Freundinnen gekannt?«

Hohenadel rauchte, ohne Bettina anzusehen. »Im Dorf kennt man jeden.«

»Gab es Mädchen, die schwanger wurden?«

»Nein.«

»Wie können Sie so sicher sein?«

»Ich bin nicht sicher, aber ich weiß von keiner. Mag sein, dass Martin uneheliche Kinder hatte, aber wenn, dann hat er es gut vertuscht.«

»Sie sagen, Sie hätten von dem toten Kind gehört, das man in Kreimheim gefunden hat?«

»Ja. Ich habe es in der Zeitung gelesen und mit meinem Vater darüber gesprochen.« Sonja legte den Kopf schief. »Sie glauben gar nicht, dass es von der heiligen Maria ist, hab ich Recht? Sie denken, es sei Martins.«

»Halten Sie es denn für wahrscheinlich, dass es von Maria Linné ist?«

Hohenadel überlegte ernsthaft. Sie schüttelte den Kopf. »Man hat es im Großen Park gefunden, nicht wahr?«

»In Marquardts Garten, ja. Und es liegt seit zwanzig bis fünfundzwanzig Jahren da.«

Hohenadel schüttelte abermals den Kopf. »Sie haben Recht. Maria hätte das Kind nicht getötet, sondern ein Waisenhaus gegründet und es dort anonym untergebracht oder dergleichen.« Ihr Lachen klang amüsiert.

Bettina sah die Frau an. »Martin dagegen ...«

»Tja. Ein Kind von Traurigkeit war er nicht«, sinnierte Sonja, während sie spöttisch Bettinas Blick begegnete. »Aber ich kann Ihnen wirklich nichts sagen. Eine Schwangere wäre mir aufgefallen.«

Sie schwiegen einen Moment. »Waren Sie von Martins plötzlicher Hochzeit überrascht?«, fragte Bettina schließlich.

Der ironische Ausdruck auf Sonjas Gesicht vertiefte sich. »Er hat mich nicht um Erlaubnis gefragt, wenn Sie das meinen«, sagte sie obenhin. »Aber ja, ich war überrascht. Von seiner Selbsterkenntnis.« Sie lehnte sich zurück und schloss kurz die Augen. »Ich meine, Martin war trotz seines Gehabes nichts anderes als ein ziemlich ungebildeter Dorfjunge. Er hatte noch nie über den Tellerrand gesehen, wenn Sie verstehen. – Ganz im Gegensatz zu Aline. *Die* war mondän. Reich und gebildet. Und hatte schon die halbe Welt bereist.

Gab Klavierkonzerte, glaube ich. Oder war es Geige? – Keine Ahnung, jedenfalls muss Martin erkannt haben, dass sie eine Nummer größer war als er. Sonst hätte er sie nicht geheiratet.« Sie zuckte die Achseln. »Wissen Sie, damals hatte ich gerade mein Studium begonnen. Ich hatte ein Zimmer in Karlsruhe. Ich war praktisch nie zu Hause, und es war mir sowieso klar, dass Martin nicht auf mich warten würde. Seine Hochzeit machte mich wütend, aber es war nicht gerade die Tragödie, die mein Leben zerstörte.« Sie lächelte und ließ ihren Blick über die auffälligen Blumen schweifen.

»Kannten Sie das Kindermädchen der Marquardts, eine Anna Moretti oder so ähnlich?«

»Nein. Kindermädchen? Für welches Kind?«

»Marko, Martins Sohn.«

»Nein. Ich sagte ja schon, ich lebte in Karlsruhe.«

»Was war mit Martins Tod? Waren Sie da überrascht?«

Ein dunkles Leuchten glomm in Sonja Hohenadels Augen. »Kein bisschen«, sagte sie.

* * *

Bettinas weiterer Aufenthalt in Neustadt dauerte keine halbe Stunde. Der ursprünglich für den Fall des toten Kindes zuständige Beamte war nicht auf seiner Dienststelle anzutreffen; der Pathologe erklärte leidvoll am Telefon, er ersticke in Arbeit und die näheren Untersuchungen der Kinderleiche hätten zu warten.

Der Computer brachte die lapidare Mitteilung, dass Martin Marquardt einen Unfall mit Frostschutzmittel gehabt hatte, und über eine Anna Moretti (Marotti?) war weder im Computer noch im Kreistelefonbuch etwas zu finden. Wenn sie wirklich nach Italien zurückgekehrt war, würde es schwierig werden, sie zu finden.

Eine Gruppe von geschäftig wirkenden Beamten in Uniform betrat den Raum, in dem sie gearbeitet hatte. Sie sprachen angeregt über die Spielhallenmordserie, die im ganzen Land für großes Aufsehen sorgte und die Neustadter Polizei angeblich Tag und Nacht in Atem hielt.

Sie folgte den Beamten, die zu vertieft waren, um sie zu bemerken, und trat hinaus auf den Parkplatz. Sie würde zurück nach Kreimheim fahren und sich dort mal etwas in den Kneipen umhören.

* * *

Es gab nur eine. Und die sah aus, als habe sie schon manch stürmischer Zeit trotzen müssen.

Außen war die *Bredouille* mit den unvermeidlichen Fliesen verkleidet, welche in den Sechzigern gnadenlos auf hinterpfälzische Häuser geklebt worden waren. Des Weiteren prangte über der Eingangstür ein bulliger Stierkopf aus Sandstein, vermutlich das einzige Relikt der ursprünglichen Fassade.

Im Inneren war es dunkel und kühl und roch nach abgestandenem Rauch. Im Dämmerlicht saß ein Mädchen, etwa zehn Jahre alt, und spielte mit einer fetten, rot getigerten Katze.

»Hallo«, sagte Bettina, »schöne Katze.«

Das Mädchen blickte auf und sah Bettina aus hellen Augen an. »Mama schläft«, sagte sie. »Essen gibt's erst nachher.«

»Schade«, erklärte Bettina und sah sich in der Kneipe um. Einfache Holzstühle, fleckiger Linoleumboden und zugezogene Fensterläden. An der Decke hatte ein hoffnungsvoller Geist falsche Eichenbalken befestigt, die sich mit der Kieferverkleidung der Theke bissen. Bis auf Bettina und das Mädchen war die Kneipe menschenleer.

»Ich kann Ihnen einen Kaffee machen«, bot es an.

»Gute Idee.« Bettina hielt der dicken Katze ihre Hand hin.

Die Kleine verschwand hinter der Bar und klapperte unsichtbar mit allen möglichen Utensilien, während die rote Katze gelangweilt an der ausgestreckten Hand schnupperte. Schließlich streckte sie sich umständlich und warf der Fremden einen warnenden Blick zu, bevor sie es sich auf der einzigen Bank mit Sitzkissen bequem machte.

Bettina schlenderte zur Bar und hievte sich auf einen abgestoßenen Hocker.

»Musst du denn nicht zur Schule?«, fragte sie in die Richtung, aus der das Klappern kam.

Das ernsthafte Gesicht erschien über der Theke. »Mir ist heute nicht gut.«

Das Mädchen drehte sich um, als es aus dem Hintergrund schlurfende Schritte hörte.

Eine kleine, mollige Frau mit müden Augen und zerknitterten Kleidern betrat die Schankstube. Sie gähnte und schaute angeekelt auf die Uhr. »Erst zwölf! Hast du Milch geholt?«

Das Mädchen nickte, worauf seine Mutter die brummende Kaffeemaschine untersuchte. Sie seufzte. »Wirklich, Tammy, so wirst du nie nen Kerl finden, glaub mir. Wie viel Kaffee nimmt man auf eine Tasse?«

»Zwei Löffel«, antwortete Tammy gehorsam.

»Und wie viel sind da drin?«

»Zwei Löffel.«

»Schatz, das sind mindestens fünf oder sechs. Willst du, dass die Gäste nen Herzinfarkt kriegen?«

Tammy sah erschrocken aus. »Nein, Mama.«

»Also. Dann nimm noch 'n bisschen Wasser und schütt es nach. Nicht so viel!« Die Wirtin hatte ein Lächeln, das sich blitzartig an- und ausknipsen ließ. Eben noch hatte sie Bettina angestrahlt, doch gleich darauf trug sie wieder ihren gestressten Gesichtsausdruck zur Schau, während sie im Kühlschrank nach Milch suchte. »Sie sind von der Polizei«, sagte sie in den Kühlschrank hinein. »Sie suchen nach der Mutter von dem toten Baby.«

»Hier kann man aber auch nichts geheim halten«, lächelte Bettina. »Ich heiße Boll.«

Die Frau richtete sich wieder auf und strich sich die Haare aus der Stirn. »Pat Steinbrecher.« Sie reichte der Kommissarin eine weiche Hand mit kleinen, hübschen Fingern, von deren langen Nägeln der Lack abblätterte. »Kreimheim ist 'n Dorf, da weiß jeder alles über den anderen.«

»Das ist ja praktisch. Dann erzählen Sie doch mal, wessen Kind wir da gefunden haben.«

»Gar nicht so einfach«, sagte die Wirtin, während sie sich ein Glas Milch einschenkte. »Die Apothekerin hat gesagt, es würd schon über zwanzig Jahre da liegen. Stimmt das?«

»M-hm. Etwa zwanzig Jahre, vielleicht auch länger.«

Die Steinbrecher trank einen Schluck kalte Milch und schüttelte sich. »Huah! Ich hasse Milch. Warst du schon beim Metzger, Tammy?«

Tammy schüttelte den Kopf.

»Dann geh jetzt, hörst du? Das Übliche, und die Rechnung soll er schicken. Nimm eine Tasche mit!«

Tammy verschwand in den Privaträumen, während ihre Mutter sich wieder der Kommissarin zuwandte. »Vor zwanzig Jahren war ich acht. Da hab ich noch nicht so viel mitgekriegt.«

Es berührte Bettina, dass Pat Steinbrecher in ihrem Alter war. Sie sah zehn Jahre älter aus. »Vielleicht haben Sie was gehört«, sagte sie schnell, um ihre Überraschung zu verbergen. »Eine Schwangerschaft, bei der das Kind nie aufgetaucht ist, irgendein unglückliches junges Mädchen ...«

Die Wirtin schüttelte den Kopf. »Tut mir Leid.«

»Kannten Sie eine Anna Marotti oder Moretti, Kindermädchen bei den Marquardts?«

Steinbrecher kniff die Augen zu, dachte angestrengt nach. »Der Name kommt mir bekannt vor – aber gekannt hab ich sie nicht.«

»Aber den Martin Marquardt haben Sie gekannt.«

»Klar. Das war ein richtig gut aussehender Typ.«

»Und so als Mensch?«

Sie zuckte mit den Schultern. »Er war nett.«

»Nett?«

»Na ja, ich war ja noch ein Kind, als er gestorben ist. Er hat uns Bonbons geschenkt und manchmal im Auto mitgenommen. Er war groß und lustig und alle haben ihn gemocht.« Sie nippte an ihrem Glas. »Klar, später hab ich dann von seinen Affären und so gehört, aber selbst hab ich das nicht mitgekriegt.«

»Könnte er der Vater des toten Kindes gewesen sein?«

»Möglich.« Die Wirtin versank in Schweigen. Dann nahm sie eine Tasse, füllte sie mit Kaffee, legte einen Keks dazu und stellte sie vor Bettina auf die Bar. »Milch?«

»Nein, danke.«

Pat Steinbrecher schob den Zuckerstreuer neben die Kaffeetasse und kratzte sich am Kopf. »Ein Kind vom Martin hätt aber keine im Garten vergraben«, sagte sie dann. »Das wär das erste Marquardtbalg, dem das passiert wär.« Der Blick, den sie Bettina zuwarf, wirkte resigniert. »Jeder hier ist ein halber Marquardt. Und einem Bastard von denen geht's nicht schlecht …« Sie wischte ein wenig an der Theke herum, um sich endlich mit einem leisen Platschen auf ihre massigen Ellenbogen zu werfen und weit vorzubeugen. »Das ist zwar bescheuert, aber wenn du die Mutter von so 'm Kind bist, dann gibts genug Kerle, die dich wollen, verstehn Sie?« Sie rieb die Finger der Rechten aneinander, als

Zeichen für Geld. »Dein Mann kriegt den besten Job im Sägewerk und deine anderen Kinder auch … Die Kinder hier … viele sind farbenblind, das is ne Marquardtkrankheit. Kommt immer mal wieder durch hier im Dorf, auch wenn keiner aus dem Großen Haus direkt beteiligt war.« Bekräftigend wischte Steinbrecher mit ihrem schmierigen Lappen um die Tasse der Kommissarin herum.

Diese schüttelte den Kopf. »Es gibt doch noch andere Gründe. Vielleicht war es ja eine Totgeburt? Wir müssten eben sichergehen.«

»Totgeburt?« Steinbrechers Augen sprachen Bände. »Es ist doch so. Entweder du erzählst deiner Familie von der Schwangerschaft, oder du hast sowieso vor, das Kind loszuwerden.«

»Manche Frau hat schon ihre Schwangerschaft ignoriert.«

»Jaja, das liest man in den Käsblättchen. Blinddarmentzündung, die ein Baby war!« Entrüstetes Schnauben. »Eine, die nicht merkt, dass sie schwanger ist, möcht ich mal kennen lernen.« Nach Pats Gesichtsausdruck zu urteilen hätte sie über das Thema noch eine Menge mehr sagen können, doch in diesem Moment öffnete sich quietschend die Tür der *Bredouille*. Der Neuankömmling war sicher keiner der üblichen Gäste: ein kleiner, rundlicher Junge mit blondem Stoppelhaar.

»Frank!«, rief Pat Steinbrecher wenig begeistert. Sie richtete sich auf und verschränkte ihre Arme vor der ausladenden Brust. »Wenn dein Vater sich wieder nach Tammy erkundigen will: Sie hat ihre Kopfschmerzen. Und ich hab keine Lust, ständig Atteste anzuschleppen. Wenn 'n Kind mal Hirnhautentzündung gehabt hat, is es halt empfindlich. Sag das deinem Vater.«

Frank strahlte robuste Gesundheit aus und betrachtete Pat mit befremdlicher Ruhe. Er wäre ein sehr hübsches Kind gewesen, wenn sein Gesicht einen anderen Ausdruck gehabt hätte.

»Der Sohn vom Schuldirektor«, flüsterte Pat Steinbrecher Bettina zu, als säßen sie beide gemeinsam in einer Schulbank und Frank wäre der Lehrer.

»Gerade eben hab ich Tamara gesehen«, verkündete Frank.

Steinbrecher hob die Hände und warf Bettina einen viel sagenden Blick zu. »Na bitte.« Ihr Tonfall wurde ironisch. »Möchtest du vielleicht ein Eis? Frank?«

Frank entschied sich für das Spezialhörnchen mit Walnuss und Ahornsirup. Bedächtig pulte er das Silberpapier von der riesigen Eistüte.

»Verdirb dir nicht den Magen«, sagte Pat unfreundlich. »Na los, jetzt geh nach Hause.«

Gelassen stopfte Frank das Papier in den Eimer, der neben der uralten brummenden Gefriertruhe stand. »Ich bin ja gar nicht wegen Tamara gekommen«, sagte er dann und biss seelenruhig in sein Nusshörnchen. Sein Gesicht war frei von Schadenfreude; offensichtlich wurde er regelmäßig bestochen und empfand das als völlig normal.

»Ach was.« Pat trommelte mit den Fingern auf die Bartheke. »Und weshalb *bist* du gekommen?«

»Ich soll die Frau von der Polizei abholen.« Gelangweilt musterte der Junge Bettina.

Pat schob sich vor diese, als müsste sie ihre neue Bekannte beschützen. »Wieso das?«, herrschte sie ihn an.

»Mein Vater will sie sprechen«, erklärte Frank.

»Uh, dein Vater will sie sprechen!« Pat Steinbrecher beugte sich zu dem Jungen hinunter. »Das ist eine Kommissarin von der Mordkommission, Frank«, sagte sie triumphierend. »Die lässt sich nicht von *jedem* rumjagen.«

Frank sagte dazu überhaupt nichts. Ungerührt verzehrte er sein Eis und nahm eine abwartende Haltung ein.

»Sie brauchen sich vom Meier nix gefallen zu lassen«, sagte Pat zu Bettina, während sie Frank verärgert beim Essen zusah. »Is Direktor von der Grundschule in Frankenfels und meint, er wär der Kultusminister persönlich.«

»Warum will dein Vater mich sprechen, Frank?«, fragte Bettina.

Achselzucken.

»Sie sollen bestimmt seine komische Liste absegnen«, erklärte Pat unaufgefordert. »Die dämliche Unterschriftenaktion gegen das Aktzeichnen.«

»Vielleicht weiß er ja etwas über das tote Kind?«

»Glauben Sie mir, der will sich nur über die Klara beschweren.«

»Na gut.« Bettina sah auf die Uhr. »Sag deinem Vater, ich komme nach dem Essen, Frank.«

* * *

Marlies Vandermeer konnte sich nicht konzentrieren. Obgleich Richard Gere auf ihrem Fernsehschirm in unwiderstehlicher Weise von Liebeskummer geplagt wurde, brachte sie keine rechte Anteilnahme auf.

Sie stand von der Couch auf und ging zum Schreibtisch, wo sie in der untersten Schublade herumkramte. Schließlich fand sie einen abgegriffenen Brief und ein vergilbtes Foto, welches sie bang an sich nahm.

Heute Morgen bei der Bäckersfrau hatten die Leute erzählt, diese Kommissarin erkundige sich nach alten Freundinnen von Martin Marquardt.

Marlies setzte sich wieder auf die Couch, nahm einen blitzblanken Aschenbecher und ihr Feuerzeug zur Hand. Als ob nicht jede hier eine alte Freundin von Martin wäre … Sie klipste das Feuerzeug an und hielt die Flamme an das Foto. Darauf waren ein Mann und eine Frau: sie selbst, so jung und …

Eigentlich war Martin Marquardt ein *Arschloch* gewesen. Marlies erschrak über das Wort. Wie konnte sie so etwas Ordinäres denken? Das Papier brannte schlecht. Von dem Foto lächelte er, der Mann, mit dem sie den besten Sex ihres Lebens gehabt hatte … Es ging nicht. Sie konnte ihre Vergangenheit nicht dem Feuer übergeben. Rasch blies Marlies die Flamme aus, griff in die heiße Stelle des Papiers. Sie drückte die Hand fest zu, achtete aber darauf, das Bild nicht zu knicken. Sie würde es eben gut verstecken müssen.

* * *

Bettina kam nicht dazu, die »Grumbeere unn weißen Käs Hausmacher Art« zu essen, denn kaum hatte sie die riesige, mit Brezelchen und Paprika garnierte Portion in Empfang genommen, klingelte das Telefon, und die Steinbrecher winkte ihr lässig zu. »Is für Sie, Liebe.«

Bettina nahm den Hörer. »Hallo, Rebecca. – Was haben Sie gefunden? – Fotos? – Was?! – Na ja, eigentlich bin ich gerade am Essen. Okay, geben Sie mir den Bürgermeister.«

Steinbrecher zog die Augenbrauen hoch und lauschte angestrengter.

»Hallo, Herr Marquardt. – Was sagen Sie? – Okay, das muss ich mir natürlich ansehen. – Okay. Bis gleich.« Bettina reichte Steinbrecher den Hörer und schob bedauernd den Teller zurück.

»Noch eine Leiche?«, wollte die Wirtin neugierig wissen.

»Nicht ganz.« Bettina warf ihre Jacke über und bezahlte. »Heute Abend probier ich mal ne ganze Portion.«

»Scheißjob«, sagte Steinbrecher mitleidig.

* * *

Der Bürgermeister erwartete sie am Treppenabsatz. »Tut mir Leid, dass wir Sie beim Essen gestört haben.«

»Halb so wild«, erwiderte Bettina eingedenk der Paprikaberge auf dem Quark.

»Es sind Fotos … Ziemlich pervers, fürchte ich … Die Kinder sind davon überzeugt, dass der Mord damit praktisch aufgeklärt ist.«

»Wieso? Gibt es irgendwelche Hinweise?«

Ernst musterte Marquardt ihre speckige Jeansjacke. »Nicht direkt …«

»Ist sie da?!«, rief eine dumpfe Stimme aus den dunklen Regionen des Hauses. »Wir sind hier oben!«

»Sie sehen, es ist ganz besonders dringend.« Marquardt trat zu einer Garderobe vom Format eines Beichtstuhls, um der Kommissarin aus ihrer Jacke zu helfen, doch sie stapfte schon auf die breite Holztreppe zu. Eine rote Haarsträhne löste sich aus dem lockeren Knoten, den sie in ihren Kragen gestopft hatte. Jetzt knautschte sie die Jacke über den Arm, und ihr fusseliger grüner Pulli wurde sichtbar.

Normalerweise fühlte sich Marquardt von unordentlicher Kleidung abgestoßen, doch im Moment sah er nur Farben. Leuchtendes Rot und stumpfes, helles Grün … Das dämmerige Licht der Halle verlieh allem Tiefe, zerriss die Farbtöne in feine Nuancen …

»Die Treppe hoch?«, fragte die Kommissarin.

»Ja. Es ist im ersten Stock.«

»Wie finden Sie sich in diesem Riesenhaus bloß zurecht?«

»Jahrelange Übung.«

»Haben Sie nicht manchmal Verlangen nach einer kleinen, hellen, überschaubaren Wohnung?«

»Nie.«

Sie waren da. Marquardt öffnete eine Tür. »Das sind die Räume meines Bruders.« Es klang, als sei der gerade zufällig abwesend.

»Ich meine …«

Doch sie hörte ihm nicht mehr zu, pfiff leise durch die Zähne. »Sehr feudal hier. Riesig.« Mit vorsichtigen Schritten betrat sie den Salon. Er war ein seltenes Schaustück, stammte aus einer anderen Zeit. Seine hohen Fenster spiegelten das Dunkelgrün des Gartens, der Stuck an der Decke hatte eine erlesen marode Farbe angenommen, und die weiß verhüllten Sofas schienen gleichmütig neue Glanzzeiten abzuwarten.

»Seit einundzwanzig Jahren unverändert.« Der Bürgermeister fasste sie am Arm, um sie zu den beiden jungen Leuten und dem Sekretär zu führen. Der Prunk des Raumes verlangte buchstäblich eine solch galante Geste.

»Sie haben all das *nie* benutzt?«

»Nein.« Marquardts Griff wurde fester.

»Hallo, Kommissarin.« Marko kam ein paar Schritte auf sie zu. »Schauen Sie mal, was wir hier haben.«

Den Gedanken, dass dieses prachtvolle Zimmer lange Zeit ein so bösartiges kleines Geheimnis gehütet hatte, fand Bettina gar nicht unpassend.

Sie hatte die drei Fotos zur Hand genommen. Alle zeigten das gleiche Motiv, waren schwarz-weiß und von schlechter Qualität. Darauf war ein nacktes Mädchen, an ein Messingbett gefesselt, die Beine gespreizt und den Kopf mit einem Sack verhüllt. Es blutete aus vielen Wunden, und in seiner Scheide steckte ein längliches Ding, vermutlich Teil eines Besenstiels. Es war übelste Pornografie.

»Amateurfotografie«, murmelte Bettina. Ihr Blick fiel auf die zersplitterte Lade des Sekretärs, vor dem sie standen. »Die waren hier drin?«

Marko nickte. »In einem Geheimfach.«

»Helfen die was?«, fragte Rebecca eifrig.

»Werden wir sehen. Wie alt könnte das Mädchen sein, höchstens sechzehn …?«

»Ich finde, sie sieht jünger aus«, erklärte Marko fachmännisch, was ihm einen sehr schrägen Blick Rebeccas einbrachte.

»Vielleicht …« Bettina schüttelte den Kopf. Das Mädchen war sehr schlank und hatte einen kleinen, hohen Brustansatz. Ihre Fesseln bestanden aus grobem Seil. Sie hatten ihre Haut aufgerissen. Außer den Wunden im Genitalbereich verlief quer über die linke Hüfte ein Riss, der stark zu bluten schien und von dem man nicht erkennen konnte, wie gefährlich er in Wirklichkeit gewesen war. »Schade, dass man den Kopf nicht erkennen kann. Sie haben nicht zufällig eine Ahnung, wer das ist?«

»Nie gesehen.«

Bettina blickte zum Bürgermeister, der am Fenster lehnte. Er schüttelte den Kopf.

»Aber die Putzfrau hat etwas erkannt.« Rebecca berichtete von dem Vorfall mit Frau Kropp. »Und sie hat auch gewusst, dass ein Geheimfach im Schreibtisch ist.«

»Das große Wissen unserer Frau Kropp erstaunt mich immer wieder«, sinnierte der Bürgermeister. Etwas schwerfällig wandte er sich vom Fenster ab und rieb sich die Augen, eine Geste, die ihn müde wirken ließ. »Dieses Versteck. – Vielleicht sollte ich sie mal fragen, ob auf unserem Speicher ein Schatz liegt. Bestimmt würde sie sagen: klar, Herr Marquardt, welchen meinen Sie …«

Bettina sah auf.

»Also Frau Kropp ging zu der Zeit, die uns interessiert, hier aus und ein? Ich dachte, deren Tante hätte für Sie gearbeitet?«

Marquardt hob die Hände. »Jeder aus dem Dorf geht hier aus und ein.«

»Sie hat ihre Tante vertreten, wenn die krank war«, sagte Rebecca.

Bettina musterte den Bürgermeister scharf. »Und woher hat Frau Kropp von dem Geheimfach gewusst …?«

»Sie beobachtete Aline, als sie das Fach öffnete.«

»Dieses geheime Fach war Ihnen völlig unbekannt?«

»M-hm.« Er trat heran und berührte die matt glänzende Oberfläche des alten Möbels, fuhr mit einem Finger über das staubige Nussbaumholz. »Der Sekretär ist relativ neu. Ich meine, neu bei uns. Aline hat ihn mitgebracht.«

Bettina wandte sich dem Sekretär zu. Vorsichtig öffnete sie das Fach unter der zersplitterten Lade. »Ihr lasst euch die Detektivarbeit was kosten«, bemerkte sie, während sie darin herumtastete.

»Marko lässt sie sich etwas kosten«, sagte Marquardt bissig.

»Und …?! Ich habe ja auch was gefunden!«

Der Bürgermeister nickte grimmig.

Bettina untersuchte das Schubfach oberhalb, prüfte das Holz auf Unebenheiten und machte plötzlich ein befriedigtes Gesicht. »Schnell, die Nadel!« Mit einer Hand hielt sie eine Stelle in der Lade gedrückt, mit der anderen setzte sie die Nadel an, und schon hörte man ein ganz leichtes »Klack!«.

»Das ist Polizeiarbeit live«, bemerkte Marko neidvoll.

Geschickt schob Bettina einen Boden heraus.

»Siehst du, so wird das gemacht, lieber Marko«, sagte Rebecca. »Kein Grund, alles kurz und klein zu schlagen.«

»Still, Weib!«, entgegnete dieser liebenswürdig, »schaut doch! Da ist noch was drin!«

Und wirklich lag in dem Fach noch ein kleiner, runder Gegenstand, den Bettina mit sorgfältig taschentuchumwickelter Hand herausnahm. Es war eine Dose aus angelaufenem Silber.

»Eine Schnupftabaksdose!«

Auf dem Deckel war ein Monogramm eingraviert: MM.

»Die gehörte bestimmt meinem Vater«, erklärte Marko fröhlich, »MM wie Martin Marquardt.«

»Wahrscheinlich gehörte sie deinem Großvater, Marko.« Der Bürgermeister wandte sich an Bettina. »Mein Vater hatte eine richtige Sammlung von Schnupftabaksdosen. Leider wurden sie nie katalogisiert.«

Er beugte sich über die Hand der Kommissarin. Eine längliche Hand mit goldenen Sommersprossen. Ihre Nägel waren kurz geschnitten und hatten an der tiefsten Stelle einen blasslila Mond. Die roten Haare der jungen Frau berührten fast seine Schulter.

Sie warf sie mit einem Ruck nach hinten. »Erkennen Sie was?«

»Ich bin nicht sicher.«

»Machen Sie sie doch auf«, drängte Rebecca, »wollt ihr denn gar nicht sehen, was in der Dose ist?!«

»Doch.« Mit einer schnellen Bewegung ließ Bettina die Dose aufschnappen. Darin fand sich ein weißes Papiertütchen, das sie herausnahm und behutsam öffnete. Kurz schnupperte sie daran. Schließlich feuchtete sie einen Finger an, stippte ihn in die Tüte und leckte ihn ab. »Wahrscheinlich Kokain.«

»Darf ich auch mal?«, fragte Marko eilig.

»Ist mit sofortiger Wirkung beschlagnahmt.« Bettina lächelte süß. »Ich schicke es morgen ins Labor.«

»Hätte nie gedacht, dass mein Alter gekokst hat.« Der junge Mann war ganz und gar nicht erschüttert. »Hat aber bestimmt zu ihm gepasst.«

Eine kleine Pause entstand, in der Bettina grübelnd Sekretär, Fotos und die Schnupftabaksdose betrachtete. Schließlich sah sie dem Bürgermeister direkt ins Gesicht. »Das alles hat Ihrem Bruder gehört?«

Er seufzte und drehte sich wieder zum Fenster. »Es ist Martins Zimmer … Aline hat ihrem Mann das Geheimfach wohl gezeigt.«

»Hm.« Sie sah sich nochmals um. In diesem schlafenden Salon herrschte eine eigenartige Atmosphäre. Alles war friedvoll – ein altes, staubiges, immer noch elegantes Zimmer. Doch aus den Augenwinkeln glaubte man huschende Bewegungen wahrzunehmen.

»Besaß Martin eine Dunkelkammer?«, fragte sie nach einer Weile.

»Nein.« Marquardt straffte die Schultern. *»Ich* hatte eine.« Er fühlte die fragenden Blicke in seinem Rücken. »Aber Martin konnte sie natürlich benutzen.«

»Und hat er das getan?«

»Sieht so aus.«

»Aber nicht mit Ihrer Kenntnis.«

Er seufzte. »Ich war oft fort.« Er drehte sich zu der Kommissarin um und musterte sie mit neuer Intensität. »Außerdem würde ich mich doch für die Werke meines Bruders interessiert haben, wenn ich gewusst hätte, dass er fotografiert.« Der fragende Klang in seiner Stimme ärgerte ihn.

Bettina betrachtete den hoch gewachsenen Mann stirnrunzelnd. »Sie haben wirklich keine Ahnung, wer das Mädchen auf dem Bild ist?«

»Nein.«

»Aber Sie müssen glauben, dass es etwas mit dem toten Kind in Ihrem Garten zu tun hat, sonst hätten Sie mich doch nicht gerufen, oder?«

Rebeccas eifriges Gesicht schob sich in den Vordergrund. »Das könnte doch sein, meinen Sie nicht?«

Bettina seufzte. »Bei Mordfällen werden viele kleine Sünden ausgegraben«, sagte sie, und mit einem Blick auf den

Bürgermeister: »Oder auch große. Aber es ist eine Spur. – Darf ich diese Dunkelkammer sehen?«

»Sicher. Ich meine, Sie können sich gerne den Raum ansehen, aber er ist schon lange keine Dunkelkammer mehr.«

* * *

Da Margit Kropp einiges vertrug und ihre Saufgelage (im Gegensatz zu ihrem Mann) nicht zu Hause fortsetzte, konnte sie Bettina in relativ nüchternem Zustand empfangen.

Ein wenig verärgert nahm die einzige Putzfrau des Dorfes das frische Klima draußen wahr, zog ihren quietschrosa Pulli straff und blinzelte Bettina entgegen. »Was wolln Sie?«

Bettina stellte sich vor und wies sich aus. »Kann ich kurz reinkommen?«

Kropp drehte sich um und marschierte ins Innere des Hauses. Bettina folgte ihr durch einen dunklen Flur und gelangte ins Wohnzimmer. Hier hatten sich die Kropps offenbar Mühe gegeben, die verwohnten Möbel mit allerhand Nippes aufzupeppen. Alles war auf das wichtigste Möbelstück, den großen Fernseher, ausgerichtet.

Margit Kropp ließ sich auf das abgewetzte Sofa fallen und benutzte die Fernbedienung, um die Gameshow leiser zu schalten. Automatisch verfolgten ihre Augen die Bewegungen des Showmasters, während sie mit Bettina sprach.

»Sie wollen das mit dem toten Kind von den Marquardts rauskriegen?« Sie nickte dem Showmaster zu. »Wird bestimmt nicht leicht.« Die dunklen Ringe unter ihren Augen verliehen ihrem Lächeln etwas Boshaftes.

Da abzusehen war, dass die Kropp ihr nicht freiwillig einen Platz anbieten würde, probierte Bettina es auf eigene Faust mit einem Ohrensessel. Er hatte einen scheußlichen synthetischen Bezug und mehr Tiefe, als man ihm ansah.

»Und, ganz ehrlich, ich wüsste auch nicht, von wem es sein sollte. Das Kind, mein ich. Von ner Marquardt? Die Aline kann's nicht gewesen sein, und unsre heilige Maria …« Kropp lachte trocken. »Bei der waren ja schon die Luzie und die Liliane so ne Art Wunder …« Sie richtete ihre verschatteten Augen kurz auf Bettina und lächelte schlau. »Aber hinterher sind es immer die Moralapostel, oder? Wir hatten mal nen Kaplan, der hat doch tatsächlich mit dieser Sorrel …« Kropp kräuselte die Lippen. »Und noch dazu war es ein Schwarzer, wirklich …«

Bettina beschloss, den Kampf mit dem Sessel als verloren zu betrachten und sich in das Gespräch einzuschalten. »Sie arbeiten schon über fünfundzwanzig Jahre bei den Marquardts?«, fragte sie aus den Untiefen der Polster heraus.

Die Kropp nickte. »Ich putz fast überall hier im Dorf. Aber heute heißt das ja ›Raumkosmetikerin‹.« Sie lachte herzlich.

Vergeblich versuchte Bettina, sich wenigstens einigermaßen gerade zu halten. »Ich wette, Sie wissen erstklassig Bescheid über alles, was hier im Dorf so vorgeht. Schließlich kommen Sie ganz schön rum …«

Netter Versuch, sagte Kropps Blick. »Ich spionier nicht rum. Hab ich gar nicht nötig.«

»Das meinte ich gar nicht«, versicherte Bettina hastig. »Aber weil Sie alle so gut kennen, merken Sie doch, wenn irgendetwas anders oder komisch ist …«

Auf dem Bildschirm wechselte eine komplette Schlafzimmereinrichtung den Besitzer. Gebannt verfolgte Margit Kropp die lautlosen Freudenbekundungen der Gewinnerin und seufzte.

So kamen sie nicht weiter.

»Sie haben von dem Versteck in Alines Sekretär gewusst.«

Kopfschütteln. »Nicht direkt.«

»Sie haben aber Rebecca, der Studentin, davon erzählt.«

»Marko und die Rebecca haben es selber gefunden. Ich hab die Aline mal an dem Fach gesehen, aber das is schon lang her.«

»Trotzdem haben Sie Rebecca einen Tipp geben können.«

»M-hm.«

Es war offensichtlich, dass Bettina an einer Stelle der Show hereingeplatzt war, die unabdingbare Aufmerksamkeit erforderte. Hier waren schwerere Geschütze nötig. »Sie wissen, von wem das Kind ist«, sagte sie.

Kropp wandte die Augen nicht vom Fernsehgerät. »Schon möglich.«

»Würde es Ihnen etwas ausmachen, kurz den Fernseher abzustellen?«

Nun hatte sie alle Beachtung, die sie sich wünschte.

»Was wolln Sie, hä? – Ich hab auch nicht ewig Zeit, also sagen Sie, was is, und verschwinden wieder!«

»Ich will wissen, wer das Mädchen auf diesen Bildern ist.« Bettina holte die Fotos aus der Tasche.

Die Kropp warf einen Blick darauf. »Keine Ahnung. – War's das?«

»Marko Marquardt und die Studentin haben mir was anderes erzählt, Frau Kropp. Sie sind über das Bild erschrocken. Sie haben etwas erkannt.«

»Hörn Sie, Madam, das Bild sagt mir nicht mehr als Ihnen, nämlich, dass da ein Kind gequält wird.« Um ihre Betroffenheit zu unterstreichen, nahm sie eines der Fotos zur Hand und schwenkte es durch die Luft. »Glauben Sie, dass ich das gut find, ja? Ich hab halt auch 'n bisschen Herz und krieg 'n Schreck, wenn ich so was seh!«

»Vielleicht haben Sie ja einen Schreck gekriegt, weil Sie selbst da abgebildet sind?«, fragte Bettina streng.

»So 'n Blech«, machte die Putzfrau verächtlich. »So dünn

war ich nicht mal bei meiner Geburt.« Dieses Argument schien Kropps Äußerem zufolge stichhaltig zu sein, doch Bettina gab noch nicht auf. »Wie alt waren Sie eigentlich vor fünfundzwanzig Jahren?«

Margit Kropp starrte ihren ungebetenen Gast erst feindselig an, dann nahm sie die Finger zu Hilfe und rechnete. »Siebzehn«, erklärte sie schließlich.

»Sie könnten die Mutter des Kindes sein, das hier gefunden wurde«, setzte die Rothaarige noch eins drauf.

»Bin ich aber nicht«, zischte Margit Kropp aufgebracht. »Und wenn Sie meinen …«

»… Glauben Sie, dass dieses Mädchen die Mutter des toten Babys ist?«, unterbrach die Kommissarin mit einem Blick auf die Fotos.

»Sie sind die Polizei, oder? Und was gehts mich an, ob der Martin vor zwanzig Jahrn 'n paar Pornofotos gemacht hat …?!«

»Also Martin Marquardt war jemand, dem Sie zutrauen würden, dass er Minderjährige misshandelt und vergewaltigt hat.«

Kropp hob die Achseln. »Was soll ich dazu sagen? Wenn das da«, sie wies auf die Bilder, »bei ihm gefunden wurde?«

»Sie könnten ja gekauft worden sein. Oder der Mann, der die Ausrüstung dafür besaß, hat sie gemacht.«

»Und wer soll das sein?«

»Max Marquardt?«

»Der Bürgermeister?!« Der Gedanke war im wahrsten Sinne des Wortes erhebend. Vor Überraschung musste sich die Kropp aufrecht hinsetzen und wuchs dabei um zehn Zentimeter. Zum ersten Mal betrachtete sie Bettina mit echtem Interesse und falschem Lächeln. »Also Kindchen, der wird nicht begeistert sein, wenn er erfährt, was Sie da verbreiten, *das* kann ich Ihnen versprechen.«

»Ich komme gerade von ihm«, sagte Bettina kalt. »Die Frage ist, weshalb Sie davon ausgehen, dass *Martin Marquardt* der Fotograf war, obwohl die Bilder praktisch jedermann gehören könnten.«

Unbewusst nach der Fernbedienung tastend, starrte Kropp Bettina an.

»Sie *wissen* etwas über diese Pornofotos. Sie haben was *erkannt.*«

»Hab ich nicht!«, antwortete die Putzfrau scharf.

»Doch. War es das Mädchen?«

»Jetzt hören Sie mal zu …!«

»War es das Kindermädchen von Marko, Anna Moretti oder Marotti?«

Kropp entspannte sich. »Ah, die Anna, ja. Die Italische. Nee, Frau Inspektor, die war das bestimmt nicht. Hat ganz anders ausgesehen. Dunkel und mollig. Das hier is ja 'n Kind, und 'n dünnes dazu …« Sie kratzte sich am Kopf und lachte dann. »Echt! Der Bürgermeister! Stimmt das mit dem Fotozeugs? Gehört das wirklich ihm?«

Sonderbarerweise hätte Bettina den ja auch von ihr selbst Verdächtigten jetzt gerne verteidigt. »Hat er selbst zugegeben«, versetzte sie kühl und wechselte das Thema. »Haben Sie die Anna gut gekannt?«

Kropp beobachtete dieses Küken von der Polizei aufmerksam. »Nicht besonders. War ne Ausländerin, und wenn Sie mich fragen, ne ziemlich eingebildete dazu. Wie die mit ihren Röckchen und Schühchen durchs Dorf stolziert is, als wärs die Frau Marquardt persönlich …«

»Sie meinen, sie hat was mit einem Marquardt gehabt.«

Kropp blinzelte komplizenhaft. »Da können Sie Gift drauf nehmen, Kindchen, oh, Verzeihung, Frau Kommissar. Ich wette, der Martin hat sie schon in der ersten Nacht rumgekriegt …«

»Was ist mit Sonja Hohenadel?«

»Sie meinen, ob die auf dem Foto ist? Die Architektin? Glaub ich nicht.« Stirnrunzelnd betrachtete Kropp erneut ein Foto. »Die war schon immer mager, von daher könnt sie es natürlich sein. Aber ein energisches kleines Ding ... Hat sich jetzt scheiden lassen.«

Bettina versuchte es anders.

»Hat der Martin noch andere Freundinnen aus dem Dorf gehabt?«

»Na sicher, Kin- äh, Frau Kommissar, hinter dem war jede her. Groß, blond, schicke Autos ... Und immer verrückt angezogen, aber uns Mädels hat das gefallen. War mal was anderes als die Bauernburschen, die sonst hier so rumlaufen. Kein Stil, wenn Sie verstehen, was ich meine.«

Bettina ertappte sich dabei, wie sie einen rosa Porzellanelefanten anstarrte. Sie räusperte sich. »Und was ist mit Schwangeren? Können Sie sich an eine erinnern? So vor zwanzig, fünfundzwanzig Jahren? Oder an ein Mädchen, das plötzlich verschwunden und dann nach nem halben Jahr wiedergekommen ist?«

»Nää«, sagte Kropp und ihre Augen leuchteten. »Aber soll ich Ihnen mal was sagen, Frau Kommissar? Wegen dem Foto.«

»Ja?«

»Fragen Sie doch mal diese Künstlerin, diese Klara Sorrel. Vielleicht ist sie's ja.«

»Wie kommen Sie darauf?«

»Na, die Figur passt doch.«

»Wie alt wird sie damals gewesen sein?«

»Ach Gott, Sie fragen mich was! Fünfzehn, sechzehn. So rum. Das war auch nur ne Idee. Es is halt – wissen Sie, die Sorrel is so der Typ dafür.« Verächtlich verzog Margit Kropp ihr Gesicht.

»Sie meinen, das Mädchen hat das *freiwillig* gemacht?!«

Kropp hob abwehrend die Hände. »Das sag ich ja gar nicht.« Ihr Mund war ein missbilligender Strich. »Aber wenn die Kohle stimmt …«

Bettina knetete ihre Nasenwurzel. »Okay. Klara Sorrel, meinen Sie … Haben Sie jemals bemerkt, dass einer von den Marquardts harte Drogen nahm oder nimmt?«

Die Kropp starrte sie an. »Was soll 'n das sein?«

»Zum Beispiel Kokain?«

Hatte sie nicht bemerkt. Und die Dose gehörte wohl dem alten Marquardt, Martins und Max' Vater. Na schön. Bettina wuchtete sich mühsam aus dem Sessel. »Wenn Ihnen noch was einfällt, zu den Fotos oder dem Kind, dann können Sie mich jederzeit erreichen. Ich wohne bei Frau Sommer.« Sie reichte Margit Kropp die Hand.

Die Kropp sah zuerst die Hand an, dann die Kommissarin. Schließlich hob sie ihre eigene und legte sie kurz in Bettinas, um gleich darauf wieder in die Glotze zu starren.

* * *

Es fiel Luzie gleich auf, dass etwas anders war: Da war dieses leise Zischeln, ein sattes Blubbern. Etwas kochte. Normalerweise war keiner da, wenn sie von der Schule heimkam, doch heute musste jemand zu Hause sein, sonst wäre der Herd nicht an. Liliane?

»Hallo, Luzie«, sagte ihre Mutter und trat ins Gegenlicht der Wohnzimmertür. Luzie stand im dunklen Flur. Mama hatte sie erwartet.

»Ich will mit dir reden, Luzie.«

Luzie warf ihre Schultasche auf den Boden und hängte ihre Jacke über das Treppengeländer.

»Wozu haben wir eigentlich eine Garderobe?«, fragte die Mutter ungeduldig, doch sie ließ sich nicht provozieren.

»Du kannst das nachher richtig aufhängen. Jetzt komm mit.«

In der Küche, die offen an das Wohnzimmer angegliedert und mit alten Bauernmöbeln eingerichtet war, wurde Luzie eine große Portion Bohnensuppe vorgesetzt.

»Ich mag keine Bohnensuppe«, sagte Luzie in der Hoffnung, das folgende Gespräch hinauszuzögern oder ganz zu verhindern. Doch natürlich würde Mama kaum der Arbeit fern bleiben, wenn sie nicht etwas Wichtiges zu sagen hätte.

»Jeden Dienstag isst du Bohnensuppe, und ich sehe nicht ein, weshalb du sie jetzt auf einmal nicht mehr magst.«

»Eben drum«, erklärte Luzie in einem Anfall von Trotz und schob den Teller von sich. »Ich kann sie nicht mehr sehen! Immer und immer gibt es dasselbe.«

Die Mutter verschränkte ihre Arme. »Na gut«, sagte sie. »Mach, was du willst. Aber was anderes gibt es nicht.«

Luzie hasste es, wenn ihre Mutter ihr ins Gewissen redete. Sie hatte dabei so ein entrüstetes Staunen in der Stimme, als sei Luzie zum Beispiel der erste Mensch, der jemals mit zwölf ein Buch gelesen hatte, das nicht von Enid Blyton war. Sie ließ das Kinn auf die Brust sinken, starrte die Platte des antiken Refektoriumstisches an und hoffte, es möge vorübergehen.

»Ich höre, du bist in letzter Zeit öfter bei den Mathieus«, begann die Mutter.

»Ja und?!«, fuhr Luzie auf. »Das sind genauso Menschen wie du.«

»Natürlich«, sagte die Mutter sanft. »Das ist ja auch schön von dir, Kind, dass du dich um die, hm, ärmeren Leute in unserer Gemeinde kümmern willst …«

»Das Pack, meinst du«, versetzte Luzie und dachte an den Test.

»Natürlich nicht«, sagte die Mutter ärgerlich.

»Und wieso willst du dann, dass ich aufhöre, dorthin zu gehen?«

»Das hab ich nicht gesagt. Ich meine nur …«

»Sonst wärst du doch nicht hier. Du willst mit mir reden. Du erzählst mir was von Mathieus. Was soll das alles?«

Sie will nicht, dass du schwanger wirst, sang Lilianes höhnische Stimme in Luzies Kopf. Sie will nicht, dass du schwanger wirst.

Die Mutter setzte sich. »Luzie. Es geht mir doch nicht um die Mathieus. Du musst nur einsehen, dass es was anderes ist, einem Menschen zu helfen, als sein Leben mit ihm zu teilen.«

»Ich helfe überhaupt niemandem«, sagte Luzie entrüstet.

»Ich weiß.« Die Mutter schenkte Luzie durch ihre Brille einen selten klaren Blick. »Du wolltest noch nie etwas für die Allgemeinheit tun.«

Luzie verschränkte ihre Arme und blickte zu Boden. Sie hatte das dumpfe Gefühl, dass es besser war, ihr Leben zu teilen, als jemandem zu helfen, doch das Mama gegenüber zu äußern würde nur wieder die Allgemeinheit heraufbeschwören. Sie schwieg.

Die Mutter seufzte kunstvoll. »Du bist jetzt vierzehn«, sagte sie dann.

»Ich weiß«, erwiderte Luzie übertrieben trocken.

»Ich habe gehört, du hast einen Freund bei den, hm, Mathieus.«

»Theo«, sagte Luzie genüsslich. »Wer hat dir das gesagt?!«

»Luzie«, sagte die Mutter nachdrücklich. »Irgendwann, wenn du älter bist, wirst du mal einen Mann kennen lernen …«

»Liliane!«, polterte Luzie. »Die dumme Kuh hat gepetzt!«

»Das hat mit Petzen überhaupt nichts zu tun, Luzie. Liliane ist deine Schwester, sie will dir nur helfen.«

»Das geht Liliane alles überhaupt nichts an«, schrie Luzie.

»Jetzt setz dich wieder hin, Kind. Es ist doch so: Über kurz oder lang wirst du einen Mann finden, den du liebst. Und wenn du dann schon mit so vielen anderen zusammen warst … Das wird ihm gar, gar nicht gefallen …!«

Luzie hatte keine Lust, mit ihrer Mutter über Liebe zu reden; die verstand ja doch nichts davon. »Ja, sicher, ich setz mich wie Liliane zu Hause hin und warte, bis der Prinz durch den Schornstein fällt«, sagte sie finster.

»Deine Schwester steht hier nicht zur Debatte.«

»Ist mir völlig klar, weshalb Liliane immer über meine Freunde herziehn muss – sie hat ja selber keine. Ohne mich wär die schon längst vor Langeweile gestorben!«

»Es reicht jetzt, Luzie!« Maria Linnés Nerven waren in letzter Zeit nicht mehr die besten.

»Diese dumme, scheinheilige Gans«, schrie Luzie, die selbst auch nicht gerade cool war. »Die könnte sich doch von drei Bischöfen gleichzeitig ficken lassen, und du würdest sie dafür noch heilig sprechen! – Liliane, ist es dir zu laut? Liliane, was soll ich dir kochen? Liliane, möchtest du, dass ich dir noch ein bisschen mehr Zucker hinten reinblase, Schatz?!«

»Du vergisst dich, Luzie«, sagte die Mutter kalt und funkelte Luzie böse an. »Deine Schwester ist eine freundliche, intelligente, hilfsbereite Person. Du nicht. Du bist eigensüchtig, frech und schlecht in der Schule. Deine so genannten Freunde – die nutzen dich doch nur aus! Sicher, jeder nennt gern eine Marquardt seine Freundin. Aber glaubst du, die würden was von dir wollen, wenn du so wärst wie sie?«

»Ich bin so wie sie«, sagte Luzie und schluckte. Das Loch in ihrem Bauch öffnete sich so weit, dass sie halb hoffte, es würde sie verschlingen. »Und ich heiße Linné, nicht Marquardt.«

Sie starrten sich eine Weile an. Dann stand die Mutter auf. »Du wirst diesen – wie heißt er noch? Mathieu – eine Weile nicht mehr sehen.«

»Und wie willst du das verhindern?«, fragte Luzie patzig.

Das wirst du schon noch sehen, sagte Mutters steinernes Gesicht. »Und noch was, Luzie, du wirst deine Schwester nicht mehr bei der Arbeit stören. Dein Vater hat heute Morgen den Plattenspieler aus deinem Zimmer geholt. Ach, und Luzie – wenn du schon nach oben gehst, dann häng deine Jacke richtig auf …!«

* * *

Das Haus des Schuldirektors Meier war groß, relativ neu und aus dicken Holzbohlen konstruiert. Die hölzernen Fensterrahmen hatte man in den Grundfarben lasiert; das Grundstück rundherum setzte sich aus einzelnen niedergetrampelten Rasenflächen zusammen. Rings um das Haus lag Spielzeug verstreut: ein abgewetzter Fußball, Teile eines Fahrrades, Miniautos in allen Stadien der Auflösung und eine Menge undefinierbarer bunter Plunder. Das Ganze sah aus wie ein überdimensioniertes, gut eingewohntes Spielzeughaus und war nicht halb so gepflegt, wie Bettina es sich vorgestellt hatte.

Etwas unsicher betrat sie die breite Holztreppe, die zu dem seitlichen Eingang führte. Hatte sie sich hier auch nicht in der Adresse geirrt? Doch da stand »Meier« auf dem breiten Klingelschild, und dort war auch die Hausnummer: eine rote, leuchtende 22. Das musste es sein.

Frank, der Eisschnorrer, öffnete ihr und hob zur Begrüßung die Augenbrauen wie ein Butler, der einen unerfahrenen Lieferanten zur Hintertür verweist.

»Ich möchte mit deinem Vater sprechen«, sagte Bettina.

»Sie haben gesagt, dass Sie nach dem Essen kommen.«

Eine zarte olivfarbene Hand schob sich durch den schmalen Spalt zwischen Frank und dem Türrahmen. Frank trat einen Schritt beiseite. Sofort verbarg das zur Hand gehörige kleine Mädchen seinen Kopf hinter Franks Rücken.

»Stimmt.« Bettina hörte ihren Magen knurren. »Aber ich bin aufgehalten worden. Dein Vater wollte mir wahrscheinlich etwas Wichtiges sagen?« Das hoffe ich für ihn, setzte sie im Geiste hinzu.

»Mein Vater korrigiert«, teilte Frank Bettina mit. Das kleine Mädchen wagte einen Blick auf die fremde Frau. Es musste Franks Adoptivschwester sein; eine Asiatin von winziger Statur mit schwarzen Augen und niedlich geflochtenen Zöpfen. Anmutig schmiegte sie sich an ihren großen Bruder, welcher die Zärtlichkeit stoisch über sich ergehen ließ.

»Dein Vater würde es sicher begrüßen, wenn du mich bei ihm anmelden würdest«, sagte Bettina und versuchte, nicht allzu ironisch zu klingen.

Frank betrachtete sie ernsthaft. Vielleicht war es hier üblich, ihm an der Tür ein angemessenes Eintrittsgeld zu entrichten. Bettina wollte schon verkünden, dass sie jetzt wieder gehen würde, als der Junge sich ins Innere wandte. Ungebeten folgte Bettina. Die kleine Asiatin beäugte sie vorsichtig und drückte sich die Wand entlang zu einer Tür, die in die geräumige Küche führte.

Die Einrichtung derselben war ebenfalls in den Farben Rot, Blau und Gelb gehalten. Es war ein heller Raum mit vielen Fenstern, in denen Kräutertöpfe vor sich hin dorrten. Schmutziges Geschirr war über die Arbeitsplatte verteilt; auf dem blau gestrichenen Esstisch lagen Stifte und Hefte. Ein blondes Mädchen, eindeutig Franks leibliche Schwester, schaute von ihren Hausaufgaben auf. »Hallo!«, rief sie erfreut. »Frank! Wer ist ’n das?«

Da Frank gerade damit beschäftigt war, den Vater zu benachrichtigen, stellte Bettina sich selbst vor.

»Ich bin Meike«, sagte das Mädchen, erblickte die kleine Asiatin und herrschte: »Lina! Du sollst doch deine Hausaufgaben machen!«

Lina drückte sich in eine Ecke und sah unglücklich aus. Trotz der Traurigkeit, die von ihr ausging, war sie eine Schönheit mit weichen schwarzen Haaren und schimmernder Haut in diesem unglaublichen Farbton zwischen Oliv und Milchkaffeebraun. Meike las die Bewunderung in Bettinas Gesicht und sprang auf, um sich vor ihre Adoptivschwester zu stellen.

»Setz dich schon«, befahl sie kurz angebunden über die Schulter und sagte dann altklug zu Bettina: »Sie ist ein bisschen langsam.«

»Ah ja.«

Diese Antwort war nicht so ausführlich, wie Meike es sich gewünscht hätte, doch sie war bereit, um Aufmerksamkeit zu kämpfen. Mit gesenkter Stimme vertraute sie Bettina an, es sei leider etwas unordentlich hier, aber da könne man nichts machen. Bettina fing an, sich nach Frank zu sehnen.

Meike begann zu zappeln. Sie missachtete den Unbehaglichkeitsabstand völlig; wenn Bettina einen Schritt zurücktrat, trat Meike noch enger an sie heran. Sie hüpfte um sie herum, befingerte Bettinas Jacke und sah sie aus Augen an, die nicht Franks Ruhe, sondern etwas Stieres hatten.

»Ist eure Mama nicht hier?« Bettina musste schon ihre Hände zu Hilfe nehmen, um sich des Kindes zu erwehren. Übertrieben heftig schüttelte Meike den Kopf und blieb dann stehen, um die junge Frau aus etwas größerer Entfernung zu mustern.

»Unsre Mutter musste heute wieder auf ihr Zimmer«, sagte sie dann nachdrücklich. »Sie hat einen schlechten Tag. – Sie wissen schon.« Ihr Blick war bedeutungsschwanger wie der einer alten Klatschbase kurz vor der Pointe.

»Nein, weiß ich nicht«, sagte Bettina abgestoßen und versuchte, Aussicht auf die schöne Lina zu erlangen.

Darauf reagierte Meike unerwartet heftig. Sie schleuderte Bettina einen hasserfüllten Blick entgegen, riss Lina das Schreibheft fort und feuerte es zu Boden. »Sie tut saufen!«, brüllte sie. »Weißt du's jetzt?!« Damit stürmte sie aus der Küche.

Im nächsten Augenblick erschien Frank. »Sie können jetzt rein.«

* * *

Einer der Behandlungsräume der Arztpraxis war über eine Hintertür zu erreichen. Diese benutzte Luzie. Sie scherte sich nicht um den halb entkleideten Patienten, der dort wartete, sondern stürmte ins Nebenzimmer, aus dem sie die Stimme ihres Vaters hörte.

Er war gerade mit der Untersuchung der Apothekerin beschäftigt, die in ihrem besten Stütz-BH vor dem Arzt saß und nicht auf die Einmischung Dritter in ihre Behandlung vorbereitet war.

Luzie ihrerseits war nicht für den Anblick eines fast nackten Körpers vom Kaliber der Marlene Eisenbeiß gerüstet. Sie blieb kerzengerade stehen und starrte den geblümten BH an.

»Hinaus, Luzie!«, sagte Dr. Linné, ganz Herr der Lage. »Wir reden später. Du weißt doch, dass du mich nicht bei einer Behandlung stören darfst.«

Wie bei jeder eskalierenden Krise kamen auch hier mehrere unwägbare Faktoren zusammen, die insgesamt die Katastrophe erzeugten. Marlene Eisenbeiß war einer jener Faktoren. Sie hatte es noch nie versäumt, ihre Meinung zu einem aktuellen Problem zu äußern, und tat es auch jetzt nicht. »Unverschämtheit«, presste es aus dem wogenden Busen, und es war mehr dessen faszinierendem Anblick als Luzies Wut zu verdanken, dass sie blieb. Was für einen Respekt sie immer vor der Apothekerin gehabt hatte …

Marlene Eisenbeiß ahnte Luzies Gedanken (was nicht schwer war) und regte sich noch mehr auf. »Unglaublich, wie Sie die Privatsphäre der Patienten verletzen!«, rief sie Dr. Linné zu. Ihr Körper war ein einziges Erdbeben, was nicht uninteressant aussah, doch auf den Doktor reichlich beunruhigend wirkte.

»Aber liebe Frau Kollegin«, beschwor er die aufgebrachte Apothekerin und warf seiner Tochter einen mörderischen Blick zu.

»Mein Vater verletzt überhaupt niemandes Privatsphäre«, ließ Luzie die schlimmste Furie des Dorfes wissen.

»Das muss ich mir nicht gefallen lassen«, erklärte Marlene Eisenbeiß und stand auf, so dass die ganze Pracht ihres Leibes sichtbar wurde.

»Verschwinde, Luzie!«, schrie Dr. Linné.

Luzie setzte sich. »Du hast mir den Plattenspieler weggenommen«, sagte sie. »Das kannst du nicht machen!«

»Ich arbeite!«

»Liliane. Die war's, mit ihren Scheißstudienarbeiten, ›ich kann nicht arbeiten, Mama‹, ›es ist so laut, Mama‹. – Wenn Liliane sagt, ich soll mich am Hintern tätowiern, muss ich das dann auch machen?!«

»Ich werde jetzt gehen«, fauchte Marlene Eisenbeiß und riss ihre Bluse an sich. »Du bist das liederlichste Aas im ganzen Dorf, junge Dame. Mach deinen Eltern nur weiter so viel Schande!«

»Ach halten *Sie* doch die Klappe!«, kreischte Luzie.

»Luzie, du entschuldigst dich auf der Stelle, und dann verschwindest du!«, schrie ihr Vater, wütend wie noch nie.

»Aber nicht im Leben!«

Dr. Linné riss sich das Stethoskop vom Hals und baute sich in voller Größe vor Luzie auf. »Glaub mir, diese Strafe wirst du nie vergessen! – Das Taschengeld fürs nächste Jahr ist passé, mein Fräulein. Und was den Plattenspieler anbetrifft …«

»Okay.« Angesichts des ernsten Zorns ihres Vaters wurde Luzie wieder ruhig. Aber es war keine produktive Ruhe. »Du bist genauso verlogen wie der Rest der Familie«, sagte sie zu ihrem eigenen Entsetzen dem Vater ins Gesicht. »Ich will dich nicht mehr sehen. Ich gehe.«

Vor der Tür blieb sie versteinert stehen. Sie hatte ihren Vater verlogen genannt! Und noch dazu vor der Eisenbeiß, die es in Rekordzeit durchs Dorf tragen würde! Das würde er ihr nicht verzeihen. Jetzt hatte sie zu Hause keinen einzigen Freund mehr.

* * *

»Setzen Sie sich.«

Bettina ignorierte diese Aufforderung und blieb vor einem Bücherregal aus Kiefernholz stehen, welches bis obenhin mit pädagogischer Literatur angefüllt war. Sie hatte nicht geahnt, dass dieses Thema dermaßen ergiebig war.

Kurt Meier war jung, jünger jedenfalls, als sie ihn sich vorgestellt hatte – er musste um die fünfunddreißig sein. Seine Bewegungen waren schnell und irritierend ausladend. Sein Körper wirkte sogar hinter dem riesigen, ordentlichen Schreibtisch aus dem unvermeidlichen Kiefernholz jungenhaft schlaksig. Insgesamt schien der Lehrer mit seinem jugendlichen Gesicht, den starren Augen und dem zappeligen Körper fast übertrieben unkoordiniert, doch dieser Eindruck täuschte wahrscheinlich. Bettina hatte schon öfter begeisterte Tänzer gesehen, die sich auf ähnliche Weise bewegten: Sie waren höchst unelegant, blieben aber immer im Takt und wussten genau, wohin sie wollten.

»Bitte, setzen Sie sich«, insistierte Kurt Meier. Er war nicht aufgestanden, hatte ihr nicht die Hand angeboten, hatte sich nicht einmal vorgestellt. Er würde dieses Gespräch nicht beginnen, bevor Bettina saß, so viel war klar.

Sie verschränkte die Arme und blieb stehen. »Sie haben eine sehr hübsche Adoptivtochter. Das ist Lina doch, oder? Ihre Adoptivtochter?«

Meier blickte starr wie zuvor. »Bitte.«

Bettina hatte nicht vor, sich wie eine arme Sünderin auf den niedrigen Stuhl vor dem riesigen Schreibtisch zu setzen. »Sie wollten mich sprechen?« Gelassen lehnte sie sich gegen ein dreibändiges Werk mit dem Titel *Pubertät und Adoleszenz*.

Meier seufzte. »Würden Sie mir bitte diesen Teller dort reichen«, sagte er dann und wies gebieterisch auf einen Teller voll Paprikastreifen, der für ihn gerade außer Reichweite auf der Schreibtischkante stand.

Bettina gab dem Teller einen kleinen Schubs. Sie ärgerte sich längst, dass sie hergekommen war. Dieser Kerl war viel zu jung und selbstversunken, um etwas über das tote Baby zu wissen.

Kurt Meier biss in ein rohes Stück Paprika. »Vitamin C«, erklärte er wichtig. »Sie sollten das auch essen.« Prüfend blickte er Bettina an, als erwarte er, sie gleich in einem verdienten Anfall von Skorbut zusammenbrechen zu sehen.

Sie tat ihm den Gefallen nicht. »Herr Meier, können wir

bitte zur Sache kommen?! Ich habe einen Mordfall aufzuklären.«

Meiers Gesicht nahm wieder den starren Ausdruck an. »Sie sind von der Kriminalpolizei? Ludwigshafen?«

»Wissen Sie etwas über dieses tote Kind?«, fragte Bettina genervt. »Wenn nicht, dann werde ich Sie nicht länger belästigen.«

»Entschuldigung – Sie sehen nur so jung aus.«

Du auch, dachte Bettina. »Wenn Sie damit in irgendeiner Weise auf Inkompetenz anspielen wollen ...!«

»Aber nein!« Kurt Meier sprang auf und schob ihr den Stuhl hin. »Bitte, setzen Sie sich doch.«

Sie setzte sich und ärgerte sich furchtbar darüber. Meier hingegen strahlte sie gleich darauf von seinem Chefsessel aus überlegener Höhe an. Jetzt, nachdem er seinen Willen hatte, wurde er zuvorkommend und schaffte es sogar, Bettina ein hochgradig Vitamin-C-haltiges Stück Paprika aufzudrängen.

»Ich musste einfach mal mit jemand *Verantwortlichem* sprechen«, sagte er mit scheinheiligem Lächeln.

Da bist du bei mir ja so richtig, dachte Bettina. »Wenn Sie sich über das Aktzeichnen beschweren wollen, dann ...«

Meier lächelte hinterhältig. »Gut, dass Sie davon anfangen.«

4

Als Bettina mit schwirrendem Kopf wieder auf der Straße stand, wusste sie eine ganze Menge mehr über den vernichtenden Einfluss einer dominanten, abnorm lustorientierten weiblichen Psyche auf Minderjährige und/oder unbedarfte Hausfrauen. Im Laufe von Meiers Monolog war es ihr immer schwerer gefallen, sich der Unsinnigkeit eines Begriffs wie »zwanghaft feminin« zu erinnern. Das ganze Ausmaß ihrer Niederlage wurde ihr aber erst beim Blick auf die Uhr bewusst. Meier hatte eine Dreiviertelstunde räsoniert, ohne dafür im Ausgleich mit irgendwelchen brauchbaren Informationen rüberzukommen. Den Nachmittag musste man jetzt schon mehr als nur angebrochen nennen, und Bettina hatte noch eine Fahrt nach Neustadt vor sich, weil sie die Schnupftabaksdose zur Analyse und eines der Bilder zum Vergrößern bringen musste. Ärgerlich kickte sie ein Sandförmchen von Meiers Treppe. Hätte sie doch nur nicht der Versuchung widerstanden, diesem dämlichen Meier Härtings Telefonnummer zu geben. Da hätte er mal mit jemand *wirklich* Verantwortlichem reden können.

In Neustadt wartete dann noch eine weitere Schlappe auf sie. Mit kriminalistischem Scharfsinn hatte Bettina den Arzt, der die Babyknochen als Erster untersucht hatte, einen gewissen Dr. Hammur, ausfindig gemacht. Doch im Hetzelstift, der Neustadter Klinik, wo Dr. Hammur praktizierte, wurde sie von einem unnachgiebigen Assistenten grob abgewimmelt, ohne den Arzt überhaupt gesehen zu haben.

Wenigstens war Willenbacher nicht dabei gewesen.

Müde und schlecht gelaunt stand Bettina kurz darauf auf dem Parkplatz vor dem Neustadter Bahnhof und versuchte, den alten Audi ausfindig zu machen. Alles, was sie jetzt noch wollte, war etwas zu Essen und ein großes Bier.

* * *

Abends war in der *Bredouille* mehr los, stellte Bettina fest, als sie sich hinter einem breitschultrigen Mann in die einzige Kneipe Kreimheims schob. Die Bar war gut besetzt, und am Stammtisch, der durch ein schmiedeeisernes Schild als solcher ausgewiesen wurde, war eine Skatpartie im Gange oder vielleicht auch nur eine Runde Schafkopf. Jedenfalls war gerade gegeben worden, und die Spieler blickten konzentriert in ihre Blätter.

Hinter der Bar warb nun eine Leuchtreklame grell für BBK-Bier, obwohl die zugehörige Lauterer Brauerei schon vor Jahren von Binding aufgekauft worden war. Die Marke gab es zwar noch, verschwand aber langsam aus den Kneipen, was Bettina für keinen großen Verlust hielt: BBK-Bier war immer hauptsächlich deswegen getrunken worden, weil es billig war.

Pat Steinbrecher hatte sich in einen schwarzen, paillettenverzierten Pullover geschmissen und bediente die Zapfhähne. Auch sonst sorgte sie sich um das Wohlbefinden ihrer Gäste. »Die ›Gequellte‹ werden abends *immer* mit Klarem serviert«, erklärte sie Bettina mit in die Seiten gestemmten Armen. »Sie wern doch so ’n kleines Schnäpschen vertragen!« Zustimmung heischend sah sie sich um, was die Umsitzenden zu Anfeuerungsrufen animierte.

»Dann müssen wir aber auch zusammen anstoßen.« Bettina winkte nach mehr Schnaps. Diese Wendung gefiel den Männern. Sie lächelten sich gegenseitig wissend an, prosteten übertrieben höflich bis gutmütig-ironisch der jungen rothaarigen Polizistin zu, die sich so ganz allein unter sie getraut hatte, und tranken den geschenkten Klaren. Das Gespräch war eröffnet.

»Sie sind von der Polizei?«, erkundigte sich der Mann, der direkt neben Bettina an der Bar saß. »Aus Ludwigshafen, gell?«

Bettina nickte. Sie wünschte, sie hätte mittags etwas gegessen. Ihr Magen brannte vom Alkohol. Methyl, vermutete sie. Hatten diese Kerle nicht alle verräterisch trübe Augen? Sie schickte ein großes Stück »Grumbeer« mit Quark nach.

»Sie suchen doch nach der Mutter von dem Kind da«, sagte der Mann. »Das sie bei Marquardts gefunden haben.«

»Genau.«

Er reichte ihr seine Hand. »Ich heiß übrigens Huber. Na ja, Hansi, wenn Sie wolln.«

Ein allgemeines Vorstellen setzte ein, und nachdem Bettina noch zwei andere Hubers, einige Schöningers und Kallmeyers, allesamt Arbeiter im Sägewerk, kennen gelernt hatte, setzte Hansi die Examination fort.

»Und ham Sie schon 'n Plan?«

»Ich lass Sie reden und hör Ihnen gut zu«, sagte Bettina.

Die Männer lachten. Hansi verschränkte die Arme. »Das Baby muss doch schon ewig da liegen.«

»Etwa zwanzig, fünfundzwanzig Jahre.« Bettina versuchte erfolglos, ihren Quark von dem vielen Rosenpaprika zu befreien. Kauend musterte sie dann Hansi von der Seite. Der Mann wirkte ganz sympathisch, war neugierig, aber auf liebenswürdig direkte Weise. Er besaß einen kräftigen athletischen Körper, und die harte Arbeit, die man ihm ansah, hatte sein Gesicht zerfurcht. Bestimmt war er über vierzig.

Den könnte sie mal nach der Moretti – Marotti (?) fragen. Sie tat es und ein beredtes Schweigen breitete sich in der Kneipe aus.

Schließlich meldete sich ein weißhaariger Mann zu Wort. Sein Name war Schöni, glaubte Bettina sich zu erinnern. »Dieses Au-pair-Mädchen, das die Marquardts mal hatten?« Er kratzte sich am Kopf.

»Genau.« Bettina sah sich um. »Was ist mit ihr? Hab ich was Falsches gefragt?« Innerlich frohlockte sie. Die schienen sich hier alle sehr gut an die Italienerin zu erinnern.

»Nee, Fräulein, Sie haben nur *den* Falschen gefragt.« Schöni rückte näher. Den paar, die lachten, warf Hansi warnende Blicke zu.

»Sie entsinnen sich also.« Zu ihrem Entsetzen sah sich Bettina Zeichen geben. Hatte sie da eben auf den Zapfhahn gedeutet?

Pat nickte.

»He, Fräulein, lassen Sie mich das machen.« Großzügig hielt Schöni Pat seinen Bierdeckel hin. »Zum Wohle.« Er wischte sich den Schaum vom Mund. »War brünett, die Kleine, glaub ich, was, Hansi?«

Hansi brummte. *»Moretti.* Sie hieß Moretti.«

»Lass ihn in Ruh, Schöni«, tadelte Pat. »Das ist seine Sache.«

»Wissen Sie denn, wo sie jetzt ist?«, erkundigte sich Bettina.

»Nee, Fräulein, die is schon lang wieder weg ins Italische, da, wo sie her war. Aber der Hansi, der hat vielleicht noch die Adresse.« Schöni hob sein Glas und sah sich angelegentlich um. Einige lachten abermals.

»Sag's ihr doch, Hansi!«, rief eine Stimme aus dem Hintergrund. Bettina warf ihre Gabel auf den Tresen. »Es würde mich wirklich interessieren, wo sie jetzt ist«, sagte sie mit einem Seitenblick auf Hansi. »Nur um auszuschließen, dass das Kind von ihr war.«

Hansi haute mit der Faust auf die Theke. »Das können Sie ganz sicher ausschließen, Frau Kommissar«, erklärte er, und zu der Runde gewandt: »Ihr haltet euch da gefälligst raus! Das mit der Anna und mir geht keinen was an. – Da war ja auch gar nix! Konnte ja gar nix sein, so plötzlich, wie die verschwunden is.«

Man lachte.

»Der sitzen gelassene Liebhaber«, spottete Schöni. Ein anderer, ebenfalls älterer Mann mit hagerem Gesicht und großen gelben Zähnen rief: »Ach, da war nix? Und was war mit deiner Verlobung, Hansi? Mit der Betty?«

»Hatten wir eine Mühe, die Betty dazu zu kriegen, dass sie ihn doch noch nimmt«, grinste Schöni. »Als er sie wegen der Anna hat sitzen lassen und die dann abgehauen ist.«

Noch mehr Gelächter. Hansi hieb abermals seine Faust auf die Theke. »Es reicht, Leute!«

Bettina räusperte sich. »Also, wenn Ihnen diese Adresse doch noch einfallen sollte …«

»Sie hat mir keine dagelassen«, knirschte Hansi.

Da sie es sich mit Hansi verscherzt zu haben schien, fragte Bettina Schöni und den Hageren nach Martin Marquardt.

»Der war richtig«, rief ein Mann im schmutzigen Blaumann aus den hinteren Reihen. »Der hätt *Ihnen* auch gefallen, Fräulein.« Gelächter.

»Er war ’n Angeber«, sagte Schöni, der sich als der kritische Geist der Gruppe profilieren wollte. »Wollte Rennfahrer werden und hat’s bloß geschafft, ’n paar Kühe umzufahren, mit voll gesoffenem Kopf, wenn Sie verstehen, was ich meine.«

»Er hat ’n tollen Porsche gehabt«, mischte sich Hansi ein, der offenbar nicht nachtragend war. »Und so nen kleinen

Fiat, der war zum Ralleywagen ausgebaut, und nen alten DKW, super instandgesetzt.«

»Aber 'n bisschen leichtsinnig war er schon.« Schöni nahm ein weiteres Bier in Empfang.

Alles verharrte in Angedenken an einen guten Kumpel.

»Ich hörte, er hatte einen Unfall.« Bettina nahm ein großes Stück Pellkartoffel auf die Gabel und tunkte es in den Quark. »Hat er das Frostschutzmittel wirklich in einer Getränkeflasche aufbewahrt?«

»Das war schlimm«, murmelte Schöni, plötzlich reserviert, in sein Bier.

»Vielleicht hat er sie verwechselt, als er ein bisschen, hm, benebelt war? Kokain genommen hatte oder so?«

Das tiefe Schweigen wurde nur von den dissonanten Endlostonfolgen der beiden Spielautomaten unterbrochen. Schon wieder ein Reizthema. Das hörte ja gar nicht auf. Mal sehen, was die Männer zu den Pornobildern sagen würden.

»Weiß jemand, wer das ist?« Bettina warf eins der in Folie gehüllten Fotos auf den Tresen.

Pat war die Erste, die erkannte, was darauf war. »Himmel!«, rief sie. »Wo haben Sie *das* her?«

Die Gäste tauten wieder auf und umringten die Wirtin. Keiner schien das Opfer zu erkennen, doch alle bekundeten Mitleid.

»Wer kann so etwas tun?«, fragte Schöni fassungslos. Hansi nahm ihm das Bild aus der Hand und hielt es sich kopfschüttelnd vor die Nase. Er war blasser geworden.

»Vielleicht wollte sie es, so ne Art Sadomaso-Spielchen, ihr wisst schon«, sagte ein Mann mit wettergegerbtem Gesicht, dessen ursprünglich weiße Haare durch Teerdämpfe schmutzig gelb gefärbt waren.

»Glaub ich nicht«, widersprach ein anderer mit rot kariertem Baumwollhemd und hellblondem Schnäuzer und riss seinerseits Hansi das Bild weg. »Schau dir das doch an.« Er hielt dem Rotkarierten die Klarsichthülle vor. »Das da war kein Spiel, da wett ich meinen Bart drauf.«

»Vielleicht war's ne Nutte, die sich auf so was spezialisiert hat, das soll's geben.«

»Die lassen sich aber auch nicht alles gefallen«, mischte sich ein relativ junger Mann ein. Er wurde sofort rot, als seine Zechbrüder ihn anstarrten.

»Tony kennt sich aus, Leute.« Pat war wieder hinter ihre Zapfhähne getreten. »Wenn man zu Haus keine Frau hat, besorgt man sich's halt woanders, was, Tony?«

Die Stimmung blieb nicht lange trübe. Man begann über Ehefrauen zu sprechen und protzte herum, und gerade als Bettina dachte, wie gut Willenbacher in diese Runde passen würde, kam er herein.

Sie lotste ihn zu einem ruhigen Tisch. »Und? Haben Sie was gefunden?«

Er schüttelte den Kopf.

»Wollen Sie 'n Bier?«

Willenbacher sah sie strafend an. »Wir sind im Dienst.«

»Auf einmal so korrekt?« Bettina winkte Pat mit ihrem leeren Bierglas zu.

»Ich bin immer korrekt«, schnappte Willenbacher.

»Sicher. – Haben Sie sich mal überlegt, was für einen Eindruck die Leute von uns kriegen, wenn Sie während der Vernehmungen schweinische Zeichnungen machen?«

»Es passiert nicht wieder, okay?!«

Ein Nachmittag im verstaubten Archiv war wohl Strafe genug. »Na gut, Willenbacher. Wir machen jetzt Feierabend. Sie trinken ein Bier, und wir sprechen die Ergebnisse durch.«

Bettina beugte sich über ihren Stuhl und kramte in ihrer Jackentasche. »Übrigens habe ich Ihnen was mitgebracht, Herr Kollege.« Sie schob ein funkelnagelneues Notizbuch über den Tisch. »Also, Sie haben keinen Hinweis gefunden.«

»Nein«, knurrte Willenbacher.

Bettina lächelte.

»Aber ich hab mir noch die Akte Marquardt faxen lassen. Und die Vermisstmeldungen aus dem fraglichen Zeitraum.«

Bettina starrte ihren Obermeister an. »Raten Sie mal, wo ich heute zweimal war.«

Seine Antwort kam etwas patzig, aber das hatte die Bolle jetzt auch wirklich verdient. »Neustadt.«

»Ich nehme an, Sie wollten sichergehen, dass ich nichts übersehe. Na schön, dann berichten Sie mal. Vielleicht haben Sie ja was gefunden.«

Willenbacher hob die Achseln. »Nicht mehr als Sie, wahrscheinlich. Der Doktor, der Marquardts Totenschein unterschrieben hat, heißt Leimer und lebt in einem Altersheim bei Bad Dürkheim.« Gnädig quittierte er den Empfang seines Biers mit einem Nicken. »Die Vermisstmeldungen aus dem fraglichen Zeitraum habe ich mir auch durchsehen lassen, wo ich gerade dabei war, aber leider war nichts dabei. Vergewaltigungen gab es zwei in Neustadt; der Täter wurde gefasst. Dann noch mehrere sexuelle Belästigungen, wobei der Täter auch bekannt war. Alles, was direkt in Kreimheim überhaupt an derartigen Delikten bekannt wurde, war eine sexuelle Belästigung.«

So. Daran hatte Bettina nicht gedacht. »Hier im Ort?«

»Ja.« Nachdem der kleine Willenbacher einen Schluck Bier intus hatte, sah er viel zufriedener aus. Er warf einen Blick auf die Speisekarte. »Ist zwar erst drei Jahre her, aber ich dachte, es würde uns vielleicht interessieren.«

»Und wer war es?«

»Ein – warten Sie – Meier. Kurt Meier.«

»Das sieht ihm ähnlich«, sagte Bettina. »Und wen hat er belästigt?«

Es warf Willenbacher ein wenig aus der Bahn, dass die olle Bolle mit dem Mann schon bekannt war. »Sie können sich wohl nicht vorstellen, dass auch ein Mann belästigt werden kann?!«

Bettina starrte ihren Assistenten an. »Sie wollen sagen –«

»'94, Belästigung durch eine Frau Klara Sorrel, Verwarnung derselben wegen Nichterscheinens vor Gericht, Einstellung des Verfahrens wegen Nichtigkeit. Da haben Sie's!«

»Was?«

»Na ja, die Bevorzugung der Frauen! Bei einer Frau wäre das Verfahren nie eingestellt worden!«

Bettina holte tief Luft. »Wissen Sie was, Willenbacher?«

»Was?!«

»Um diese Spur dürfen Sie sich ganz allein kümmern. Gleich morgen früh, wenn Sie wollen. Aber zuerst sehen Sie sich diese Fotos an.« Sie reichte ihm die Einsteckfolie. »Und das ist noch nicht alles.«

* * *

»Abgehauen?!«

»Reg dich nicht auf, Schatz«, brummte Dr. Norbert Linné, »es ist ja noch nicht mal sieben Uhr.«

»Die weiß genau, dass es um halb sieben Abendbrot gibt!«

Seine Gattin stand böse vor ihrem hübsch gedeckten Abendbrottisch. »Und den Quark für dich hat sie auch aufgegessen, Norbert.«

»Nicht aufgegessen«, sagte Liliane, aus Luzies Zimmer kommend. Sie trug eine Schüssel mit Quark und mehrere überdimensional dicke Brotscheiben. »Das hat sie einfach in ihr Zimmer gestellt und ist gegangen.«

»Ohhh!« Maria Linné stürzte sich entsetzt auf das Essen. »Der ist verdorben, verdorben! Und das Brot kann man auch wegschmeißen! – Norbert!«

Übel gelaunt nahm der Arzt die Schüssel und probierte. »Lieber Himmel! Den kann man doch noch essen.« Und um die Wogen zu glätten, kündigte er an, er habe mit Luzie ohnehin noch ein Hühnchen zu rupfen.

Liliane erstarrte vor Schadenfreude. »Was hat sie denn gemacht?«, erkundigte sie sich gierig. Auch die Mutter schien nicht abgeneigt, ihren hübsch vor sich hin brodelnden Zorn noch ein wenig zu steigern.

Der Doktor zögerte nicht lange. »Luzie war im Untersuchungszimmer – während einer Behandlung! Es war ein Riesentheater.« Normalerweise war Dr. Linné eher bestrebt, hitzige Gemüter zu besänftigen und den Familienfrieden zu wahren, doch heute war seine eigene Wut noch zu stark.

»In der Untersuchung hat sie dich gestört?!«, fragte Maria Linné ehrfurchtsvoll. Ihren Mann während der Arbeit mit den Patienten zu stören war die schlimmste Todsünde gleich nach der, Verwandtenbesuche zu schwänzen. *»Wessen* Untersuchung?!«

Dr. Linné nahm eine der fraglichen Brotscheiben und stippte sie in den Quark. »Die werte Eisenbeiß. – Wegen dem Plattenspieler.«

»Frau Eisenbeiß!« Verzweifelt ließ die Mutter den Kopf in ihre Hände fallen. Liliane lächelte still vor sich hin.

»Beruhige dich.« Dr. Linné runzelte die Stirn. »Mit der werd ich schon fertig.«

In Maria Linnés Augen glomm Misstrauen. »Und Luzie? Soll die dafür keine Strafe kriegen?!«

Der Arzt seufzte ungehalten. »Können wir jetzt bitte essen?!«

Man setzte sich; Maria Linné sprach ein Tischgebet. Doch das Thema Luzie war damit nicht beendet. Schwester Liliane erwischte so bald wie möglich im Brotkorb eine von Luzies dicken Schnitten. »So viel wollte ich gar nicht«, erklärte sie scheinbar ratlos.

»Du kannst dich bei deiner Schwester bedanken«, versetzte ihre Mutter. »So ein rücksichtsloses Weib. Der macht es nicht mal was aus, dass man sich Sorgen macht, wenn sie zu spät kommt.«

»Sie wird wissen, was sie erwartet«, knurrte der Vater.

»Bestimmt ist sie bei Theo Mathieu«, warf Liliane ein und weidete sich an dem Ausdruck, den das Gesicht ihrer Mutter annahm.

»Diese Kumpanei muss auch aufhören. Ein Mathieu kommt mir nicht in die Familie.«

»Du kannst ihr keine Freundschaft verbieten«, sagte der Vater weise.

»Was willst du denn sonst tun? Sie überzeugen?! Die ist stur wie ein Bock. Ich geh sie jetzt suchen.« Entschlossen schob Maria Linné den Teller von sich und nahm ihr Gurkenbrot in die Hand. Rasch biss sie ein letztes Mal ab und stand gleichzeitig auf.

»Willst du nicht erst mal fertig essen?!«

Doch Maria Linnés drohender Gesichtsausdruck machte es unmöglich, mit ihr zu argumentieren. »Irgendwas ist mit ihr, ich fühle das.«

Sie war schon auf dem Weg zur Tür. »Ich finde sie. Bei Mathieus lass ich sie jedenfalls nicht. Liliane, iss auf, du gehst zu Onkel Max und Marko. Und frag auch diese Rebecca, hörst du? Beeil dich!«

Zurück blieb der genervte Arzt, welcher Order erhalten

hatte, sich nicht von der Stelle zu rühren, was er ohnehin nicht vorgehabt hatte.

Man wollte ihm die verlorene Tochter entgegentreiben.

* * *

Liliane war zwar pflichtbewusst und eifersüchtig, aber nicht unvernünftig. Sie wusste, dass ihre Mission zum Großen Haus geradezu lächerlich war, denn schließlich zeigte die Uhr kaum sieben, und Telefone gab es auch.

Außerdem war ihr Luzies Schicksal ziemlich egal. Lustlos kickte sie einen Stein von der Straße. Der Fußmarsch zum Großen Haus dauerte mindestens eine halbe Stunde, und beim Heimweg würde es völlig dunkel sein.

Immerhin, sie konnte Marko sehen.

* * *

»Na komm, Stinkes, wo ist das Stöckchen?! Ja, wo?« Rebecca fuchtelte ihm mit einem Ast vor der Nase herum, ein Spiel, von dem er nie genug bekommen konnte.

»Los, fang das Stöckchen, Stinkes!« Die Studentin holte kräftig aus und täuschte einen weiten Wurf an. Begeistert rannte der Spaniel los.

Seufzend ließ sie den Stock zu ihren Füßen fallen. Dieser Hund fiel doch immer wieder darauf herein. Gelangweilt wandte sie sich zum Haus, wo in diesem Moment Markos berüchtigte Cousine Liliane auftauchte. Als sie Rebecca erkannte, blieb sie stehen.

Stinkes, der freundlichste Hund der Welt, kannte in Bezug auf Liliane keine Vorurteile. Er vergaß den Stock und wetzte auf sie zu, als sei sie eine Vertreterin für Hundefutter. Rebeccas Freude war verhaltener. Langsam schlenderte sie Stinkes hinterdrein.

»Guten Abend«, sagte Liliane, während sie ziemlich erfolglos versuchte, den schmutzigen Hund von ihrem Mantel fern zu halten. »Ist Marko nicht bei Ihnen?«

Auch das noch, die siezt mich, dachte Rebecca. Wenn es nach der ginge, müsste ich wohl ein weißes Häubchen tragen. Ob sie erwartet, dass ich vorausgehe, um den hohen Besuch anzumelden?

»Er ist oben und duscht«, sagte sie kurz angebunden, während sie Stinkes' Lieblingsstock zur Hand nahm. Der Hund wackelte freudig mit dem Hinterteil.

Liliane betrachtete das Gespräch noch nicht als beendet. »Kennen Sie meine Schwester Luzie?«

Rebecca warf den Stock, und Stinkes rannte los. »Na klar.«

»Sie ist verschwunden.«

Überrascht sah Rebecca in Lilianes Gesicht. Deren haselnussbraune Augen blickten unvermindert abschätzig, sie verzog keine Miene. Automatisch zog sie ihren Mantel enger, als ein kühler Windstoß kam.

Rebecca fröstelte. »Seit wann das denn?!«

»Seit heute Nachmittag um drei.«

Erleichtert beugte sich Rebecca zu Stinkes, der einsatzfreudig wie immer das Stöckchen geholt hatte und nun auf Anerkennung wartete.

»Jetzt ist es halb acht. Bestimmt hat sie sich nur verspätet.«

»In unserer Familie sind alle um halb sieben zu Hause, da wird gegessen. Außerdem hat sich Luzie in letzter Zeit in ziemlich schlechter Gesellschaft herumgetrieben.« Viel sagend sah Liliane in Rebeccas Augen.

»Hatte sie Hausarrest?« Rebecca lächelte süß. »Ich muss jetzt rein. Wir essen gleich. Komm, Stinkes.«

Die Überraschung stand Marko ins Gesicht geschrieben, als er seine ungeliebte Cousine in der Halle entdeckte. »Liliane!«

»Persönlich«, flötete sie nervös.

Lässig warf Marko das feuchte Handtuch, mit dem er seine Haare frottiert hatte, über die Schulter und sah an seiner löcherigen Trainingshose hinunter. »Wenn ich gewusst hätte, dass du kommst, hätte ich mir was angezogen«, grinste er anzüglich.

Lilianes Gesicht färbte sich rosa, als sie Markos nackten Oberkörper betrachtete. »Glaub mir, ich bin deinem Anblick gewachsen«, sagte sie trocken, doch ihre Augen mieden Markos triefenden Blick.

»Ach wirklich?« Er kam einen Schritt näher.

»Ich bin wegen Luzie da«, erklärte Liliane hastig. »Die ist mal wieder abgehauen.«

Marko dachte an seine Kindheit und wie oft er weggelaufen war, als er noch bei Tante Maria gewohnt hatte. Er wünschte Luzie im Stillen alles Gute. »Und du glaubst, wir halten sie auf dem Speicher versteckt.«

»Du würdest das tun«, sagte Liliane scharfsinnig. »Und diese, diese …«

»Rebecca?«

Das war nicht das Wort, das Liliane suchte. »… eure etwas gewöhnliche Aushilfe erst recht.«

»Oh, wir haben uns gezankt«, sagte Marko erfreut. »Ging es um mich?«

»Ich zanke mich nicht«, erklärte Liliane hoheitsvoll.

»Entschuldige, Liliane, wir kennen uns immerhin schon neunzehn Jahre, und du hast nie …«

»Ist sie hier?!«, unterbrach Liliane ihren Cousin.

Marko breitete die Arme aus. »Dieses Haus hat über tausend Quadratmeter. Kann ich hellsehen? – Aber ich bin sicher, Rebecca hängt in dieser Sache mit drin. Sie kam mir von Anfang an verdächtig vor.«

»Du bist wie immer eine große Hilfe«, schnaubte Liliane,

wobei sie versuchte, sich an ihrem Cousin vorbeizuschlängeln, um sich in Richtung Esszimmer zu verdrücken. Dort vermutete sie ihren weniger strapaziösen Onkel Max.

»Man tut, was man kann.« Marko ließ die arme Liliane nicht entkommen. Er pflanzte sich erneut vor ihr auf, blickte ihr tief in die Augen und sagte genau das, was Liliane seit Anbeginn ihrer Mission befürchtet hatte: »Liliane. Wieso hast du nicht ganz einfach angerufen? Ich glaube, du wolltest mich wiedersehen … Gib's zu.«

Marko war ein Sadist. Er weidete sich daran, wie Liliane die Fassung verlor. Rot und verlegen blickte sie zur Seite. »Blödsinn«, brachte sie schroff heraus. »Mutter hat mich geschickt.«

Markos Blicke wurden schmelzender. Er konnte das lange und ausdauernd, nur leider wirkte es bei anderen Frauen nie so wie bei Liliane.

Sie wurde nervöser. »Wo, äh, ist Onkel Max?«

»Oben.«

»Ich nehme an, ihr esst jetzt gleich.«

»Jaa.«

Onkel Max rettete seine Nichte aus ihrer schweren Lage. Mit feuchten Haaren, doch korrekt angezogen, kam er die Treppe herunter und blieb stehen, als er ihrer ansichtig wurde.

»Liliane! Ich habe doch glatt vergessen, eure Mutter zu benachrichtigen. – Hallo! Du kommst bestimmt wegen den Bildern und dem Kokain.«

* * *

»Und sie hat ausgesehen, als wollte sie auf der Stelle in Ohnmacht fallen«, erzählte Marko später grinsend am Esstisch und schwenkte seine Gabel. »Wie du das mit dem Koks gebracht hast, Onkel Max, einfach cool! Da müht man sich

Jahr um Jahr, sie aus der Fassung zu bringen, und du gehst hin und machst einen auf Dealer!«

Der Bürgermeister hob die Achseln. »Deine Cousine scheint dich zu beschäftigen, Lieber. Ich wusste, dass sie dir nicht gleichgültig ist.«

Rebecca grinste in ihren Nudelauflauf.

»Diiie?!«

Marko tunkte die Reste der Salatsoße mit einem Stück Weißbrot auf. »Kannste vergessen, Mann. Die will doch nur meinen Körper.«

Rebeccas und Marquardts Blicke begegneten sich.

»Und glaubt ihr, dass Luzie wirklich ausgerissen ist? Ihr kennt doch Tante Maria. Die schreit immer gleich das halbe Dorf zusammen. Kaum kommt Luzie ne halbe Stunde zu spät, schon kriegen wir Liliane auf den Hals gehetzt.«

Marquardt verbarg seine zuckenden Mundwinkel hinter der Serviette. »Du weißt genau, dass Maria längst angerufen hätte, wenn Luzie wieder zu Hause wäre. Wahrscheinlich werden wir doch noch suchen gehen müssen.«

»Ich kann nicht«, erklärte Marko sofort. »Was bildet die sich eigentlich ein …«

Es klingelte.

Es war ein ungewohnter Ton, schrill und laut, von der uralten Türglocke, die seit Ewigkeiten nicht mehr benutzt worden war. Alle starrten sich an.

Dann fiel Rebecca ein, dass sie die Hintertür bereits abgeschlossen hatte. »Ich geh aufmachen.«

»Guter Gott!«, sagte der Bürgermeister. »Ich wusste gar nicht, dass das alte Ding noch funktioniert! Wer ist das?!«

Marko war aufgestanden. »Wer, wenn nicht unsere heilige Maria?«

* * *

Luzie fühlte sich müde und irgendwie taub, als sie nach dem Streit mit ihrem Vater plötzlich vor der alten Garage stand. Ihre Füße hatten sie automatisch hergetragen.

Sie liebte die alte Garage. Als sie kleiner war, hatte sie hier mit ihren besten Freunden ein Versteck gehabt, was ganz besonders interessant durch den Umstand wurde, dass ihre Mutter ihr diesen Platz streng verboten hatte.

Natürlich war es völlig unsinnig, dass Onkel Martins ehemalige Werkstatt gefährlich sein sollte. Hier war es im Gegenteil sehr gemütlich. Es roch angenehm nach altem Öl und Lederpolitur, außerdem gab es herrlich viel altes Gerümpel und zwei Gruben zum Verstecken. Vielleicht war die ehemalige Scheune ein wenig baufällig, aber noch lange nicht am Zusammenstürzen, und sie hatte einen großen Vorteil: den Dachboden.

Man erreichte ihn über eine unbefestigte Leiter, die nach Belieben eingezogen werden konnte, und dort oben saß man dann in warmen verrottenden Strohresten in Sicherheit und konnte aus einer Luke den Weg zum Haupteingangstor im Auge behalten.

Doch das Beste war der zweite Boden direkt unterm Giebel, von dem höchstens noch Luzies alte Grundschulfreunde wussten: Sie hatten mehrere Kehlbalken des offenen Dachgestühls mit teils gefundenen, teils geklauten Brettern verbunden und so eine zweite Ebene eingezogen, die Platz für gerade zwei Kinder bot. Durch ein wenig Gerümpel getarnt, fiel dieses Versteck auch bei intensiver Taschenlampenbeleuchtung nicht auf, falls denn mal einer bis zum Speicher vordringen sollte.

Luzie drückte das Gras vor dem Eingang beiseite, um es wie früher sorgfältig wieder zu ordnen, bevor sie den hohen, halbdunklen Raum betrat und das Rolltor hinter sich zuzog.

Es musste Jahre her sein, dass sie das letzte Mal hier gewesen war. So viele Dinge hatte sie vergessen, seit … Theo. War sie jetzt erwachsen?

Darüber wollte Luzie lieber nicht nachdenken. Ihre Eltern würden sie bei Theo suchen, und er würde vielleicht hier nach ihr forschen, doch er war kein Freund aus Kindertagen. Er kannte die alte Garage nicht.

Wie im Traum fand Luzie die Leiter, stellte sie an und stieg ächzend nach oben. Wieso war sie nur so müde? Oben musste sie sich zwingen, die Leiter einzuziehen. Matt sank sie schließlich auf die schmuddelige alte Decke, die schon immer hier lag, und rollte sich mit ihr vor die Luke. Eigentlich wollte sie aufpassen, ob jemand kam, doch schon nach fünf Minuten war sie eingeschlafen.

Erst als es dunkel war und sie bereits erbärmlich fror, wurde sie von Stimmen geweckt.

»Ich finde, hier riecht es nach Mäusen.«

»Hier *gibt* es Mäuse, meine Blume. Gib mir deine Hand, dann bist du sicher.«

» … sagte die Katze. – He. Wo ist überhaupt Stinkes?!«

Das Tor wurde quietschend aufgeschoben.

»Ach der«, schnaufte Marko. »Unser Wachhund in Person. Ist wahrscheinlich wieder Opfer von nem Kaninchenbau geworden. Wenn Luzie hier ist, finden wir sie auch ohne ihn.«

»Cool.« Anscheinend hatte Rebecca die alte Werkbank im Visier. Luzie konnte unter sich das Licht einer Taschenlampe durch die Ritzen im Holz hüpfen sehen.

»Die Garage war früher unser Geheimversteck. Tante Maria hat mir immer verboten, herzukommen. Seltsam, wie wenig sich verändert hat.«

Innerlich gab Luzie ihrem Cousin Recht. Dann überdachte sie die Lage. Wenn sie den zweiten Boden erreichen wollte, ohne gehört zu werden, musste sie vorsichtig und schnell sein. Hoffentlich waren es immer noch die gleichen Bretter, die knarrten. Nun, sie würde es gleich merken.

»Sieht nicht so aus, als ob hier jemand wäre«, sagte Rebecca. »Ich sehe keine Spuren.«

»Wenn Luzie hier ist, dann hat sie garantiert keine Spuren hinterlassen«, warf sich Marko in die Brust. »Schließlich ist sie *meine* Cousine!«

»Wenn sie dir wirklich so ähnlich ist, müsste man sie aber hören können«, erwiderte Rebecca heiter. »Irgendwie fällt es auf, wenn einer rumläuft und immerzu schreit: Ich bin klug! Ich bin schön! – Aua!«

Oben auf dem Speicher verkniff sich Luzie mühsam ein Kichern. Drei Schritte ohne Knarren. Ganz gut für den Anfang.

Man hörte ein kleines Handgemenge, dann wieder Rebeccas Stimme, ein wenig atemlos: »Hör jetzt auf! – Du bist genauso verrückt wie der Rest von deiner Familie. Sag mir lieber, warum Luzie abgehauen ist.«

»Ist doch klar.«

Ein hohler Ton war plötzlich zu hören. Anscheinend schlug jemand mit einem schweren Metallteil gegen die Werkbank. Luzie erstarrte und wusste einen Moment lang nicht mehr, ob sie die Leiter eingezogen hatte. Ja? Oh, Gott sei Dank, da lehnte sie in der Ecke.

»Die hält's zu Haus einfach nicht aus«, erklärte Markos Stimme düster zwischen einzelnen hallenden Schlägen. »Ich weiß, wie das ist. Ich hab bei Tante Maria gewohnt, bis ich so alt war wie Luzie jetzt.«

»Und dann?«

»Hat Onkel Max mich liebenswürdigerweise aufgenommen. Was aus mir geworden wäre, wenn ich hätte bleiben müssen, sieht man an Liliane.«

Rebecca fuchtelte mit der Lampe. »Ich verstehe nicht, wie sie dir sagen konnte, dass die Drogen deiner Mutter gehört hätten. So was kann man doch nicht einfach behaupten!«

»Ach, Tante Maria macht sich einfach zu viele Sorgen«, stellte Marko lässig fest. »Über den guten Ruf der Familie – ihrer Töchter – ihres Neffen – und so weiter.«

Luzie in ihrem Versteck verstand nur Drogen. Sicher hatte Mama ihren Zigarettenvorrat in der untersten Schreibtischschublade entdeckt.

» … glaubt eben nur, was sie will. Meine Tante behauptet bis heute, mein Vater habe weder vor noch nach und ganz bestimmt nicht während seiner Ehe irgendwelche Verhältnisse gehabt, und er hatte haufenweise. – Nicht dass ich das gut finde.« Markos Stimme wurde weicher. »Aber lassen wir doch Tante Maria. Soll ich dir mal was zeigen? Halt mal die Taschenlampe hier herüber.«

»Was ist da?«

»Unser Geheimversteck.« Es tat einen Plumps. Marko war in die Grube gesprungen. »Du musst schon mit runterkommen.«

»Und wie kommen wir wieder hoch?!«

»Ich helfe dir. Komm!«

Rebecca zögerte kurz, doch ihre Neugier war stärker. Sie ließ sich von Marko in die Grube helfen und landete in seinen Armen.

Ein Klatschen zeigte Luzie, dass die beiden gerade sehr mit sich selbst beschäftigt waren. Noch ein Schritt, und sie wäre in Sicherheit. Leichtsinnig trat sie auf das letzte Brett. Es knarrte! Sie war zu lange nicht mehr hier gewesen. Atemlos spitzte sie die Ohren. Diesen Krach mussten die beiden gehört haben.

»Was war das?! Ich hab was gehört. Über uns.«

»Schatz, das war das Dach. Holz arbeitet.« Aus Marko sprach ganz der kundige Sägewerksbesitzer.

»Da oben ist noch ein Dachboden!« Rebecca richtete die Taschenlampe zur Decke.

Luzie spürte bereits glühende Kohlen unter sich.

»He, da ist hundertpro nichts …! Jetzt komm mal her. Das musst du dir ansehen …«

Luzie hörte mit Erleichterung, wie Marko seiner Angebeteten eine Höhle zeigte, die er und seine Freunde hinter der Betonwand der ersten Grube gegraben und mit alten Ziegelsteinen getarnt hatten. Der widerliche Egoist hatte ihr nie davon erzählt.

Endlich hatte sie den zweiten Speicher erreicht. Sachte setzte sie ihren Fuß auf einen der beiden Griffe der wie zufällig angelehnten alten Sense. Es hielt, und Luzie schwang sich auf in ihr Versteck. Sollten sie doch kommen!

5

Am nächsten Morgen war es kein Hahn, der Bettina weckte, sondern ein ausgewachsener Mann. Er wummerte so laut gegen ihre Zimmertür, dass sogar der kleine Willenbacher aus seinem gesegneten Schlaf gerissen wurde. Unausgeschlafen wankte er im Polizei-T-Shirt herbei, um der Chefin beizustehen, was man wohl weniger seiner Besorgtheit als vielmehr einer gewissen Neugier zuzurechnen hatte.

Hinter dem ungeschlachten Besucher wuselte die Wirtin, eine ältere Dame, in einer geblümten Kittelschürze. Sie war besorgt, ob man die »Frau Inspektor« so früh schon belästigen durfte, »… awwer geschdern Moije isse mit de Hinkel uffgeschdie …«

»Ich kann auch wieder gehen«, erklärte der große Mann unschlüssig. »Eigentlich ist es ja gar nicht so wichtig …«

Bettina, im Schlafanzug, über den sie schnell ihren dunkelblauen Bademantel geworfen hatte, riss streitlustig die Tür auf. »Das ist nicht Ihr Ernst!«, rief sie. »Ach, Sie sind es, Hansi! Ist Ihnen doch noch was eingefallen?«

Hansis Gesicht färbte sich rot. Unter den neugierigen Blicken im engen Flur war ihm unbehaglich, und er begann, sich zu entschuldigen. »Also, ich wollte nicht stören, es ist bloß, meine Schicht fängt um sieben an …«

»Kommen Sie doch erst mal in mein Zimmer. – Können wir vielleicht eine Tasse Kaffee bekommen?«

Dienstbeflissen entstob die Wirtin. Willenbacher stand wie angewurzelt im Türrahmen.

»Gehen Sie wieder ins Bett«, befahl Bettina, bevor sie sich ihrem Gast zuwandte. »Hansi. Was führt Sie her? Nehmen Sie den Stuhl da drüben.«

Befangen ließ sich der Mann auf der Stuhlkante nieder. In dem winzigen Zimmerchen mit seinen Mullgardinen und Stiegenfenstern wirkte er bullig und unbeholfen. »Es tut mir wirklich Leid, wenn ich geahnt hätte ...«

Bettina winkte ab und nahm ihre Zigaretten vom Nachttisch. »Auch eine?«

Hansi schüttelte den Kopf. Draußen krähte der Hahn.

»Hören Sie?«, fragte Bettina, während sie ihr Feuerzeug anklipste. »Sie waren nicht viel früher als er. – Also, was ist passiert?«

»Äh ...« Er blickte gehetzt. »Sie haben doch gestern nach Anna Moretti gefragt.«

»Ja.«

Es klopfte.

»Bitte!«

Die Wirtin kam mit einer Kanne Kaffee und zwei Tassen. »Kann ich Ihne paar Scheibe Brot bringe? – Weil Weck sinn noch kää do.«

»Nein. Danke, Frau Sommer.«

Frau Sommer gab sich noch nicht geschlagen. »'S wär naderlisch aa Kuche do.«

»Nein, vielen Dank.«

»Alla gut.« Bedauernd verließ die Wirtin den Raum, doch Bettina war sicher, dass sie sich nicht allzu weit entfernen würde.

»Haben Sie doch noch die Adresse gefunden, Hansi?«

»Nein, aber ...« Hansi kramte ein Feuerzeug aus der Tasche, um etwas zu haben, an dem er sich festhalten konnte, während Kommissarin Boll mit dem Kaffee hantierte. »Ich wollte Ihnen nur sagen, wie das mit der Anna war. Die war nicht schwanger. Egal, was da vielleicht irgendeine Klatschtante behauptet … Sie hat kein Kind erwartet. Ich weiß das. Ich war ihr Freund.«

Die Kommissarin hielt ihm fragend die Milchkanne hin. Er schüttelte den Kopf.

»Ja, Hansi, wann war denn das, Ihre Beziehung mit Anna? Und wie lange dauerte sie? Möglicherweise können wir Anna schon anhand der Zeiten als Mutter ausschließen.« Diese Behauptung stimmte zwar nicht, da Anna in dem fraglichen Zeitraum von fünf Jahren in Kreimheim gelebt hatte und, wie es aussah, keine genauere Eingrenzung möglich war, doch das musste Hansi ja nicht wissen.

Er überlegte. »Sie kam, als ich neunzehn war, also '75. Im Frühling. – Und im Sommer waren wir ein Paar.«

»Und das ging bis …«

»Fast ein Dreivierteljahr. Also Frühling '76. Da ist sie gegangen.« Niedergeschlagenheit sprach aus Hansis Haltung.

»Ein Jahr war sie da … Sie *könnte* ein Kind bekommen haben in der Zeit.« Die Kommissarin nahm einen Schluck Kaffee, blickte zweifelnd in die Tasse und nahm ihre angerauchte Zigarette wieder zur Hand. »Ihre Anna ist leider zur richtigen Zeit hier gewesen.«

Hansi verschränkte die Arme. »Ich will Ihnen mal sagen, wie das hier funktioniert mit dem Klatsch. Irgendjemand hat Ihnen die Anna in den Kopf gesetzt, Frau Kommissar. Und die Anna war nicht von hier. Jeder wird das tote Kind auf sie schieben. Sie werden Zeugen *en masse* finden. So ist es am einfachsten.«

Nachdenklich blickte Bettina in Hansis ehrlich aufgebrachte Augen. »Wie schön für Anna, dass sie nach zwanzig Jahren noch einen so eifrigen Fürsprecher hat.« Er senkte den Blick, und Bettina zog an ihrer Zigarette. »Also deswegen sind Sie gekommen. Um Annas Unschuld zu bezeugen.«

Verlegen knetete Hansi seine Stirn.

»Hm.« Stirnrunzelnd sah Bettina den Rauchfäden nach, die sich in schwereloser Trägheit zur Decke wanden. »Darf ich Sie was fragen? – Sie hat Sie nie ganz losgelassen, oder?«

Der Mann sank wieder in sich zusammen. Mit gekrümmtem Rücken saß er da, die Ellbogen auf den Knien, der Kopf in den Händen. Eine andere Antwort gab er nicht.

»*Wieso* haben Sie sich getrennt?«

Achselzucken. »Sie ist gegangen.«

»Nach Italien.«

»Ja.«

»Sie sagten gestern, sie sei ›plötzlich verschwunden‹. Wie plötzlich war das denn?«

Hansi richtete sich auf. »Sie wollte nach Hause.«

»Aber wollte wiederkommen?«

Betreten nickte er.

»An einem konkreten Termin.«

»Vierzehn Tage«, flüsterte der große Mann.

»Und sie blieb fort.«

»Ja.«

Bettina beugte sich vor. »Hatten Sie nach ihrer Abreise noch Kontakt? Schrieb sie Briefe, oder haben Sie mal mit ihr telefoniert?«

»Nein.«

»Aber Sie haben gewartet.«

Hansi senkte den Kopf.

»Haben Sie sich immer gut verstanden?«

»Ja.«

»Hm. Und vorher ist sie nie zu ihrer Familie gefahren?«

»Nein.« Hansi blickte auf. »Sie war eine Waise.«

»Also wollte sie ›heim‹ in ihr ehemaliges Waisenhaus, als sie ging.«

»Ja.«

»Und Sie hatten keinen Streit?!«

»Nein!«

»Aber sie muss Ihnen doch ihre Adresse gegeben haben!«

Verlegen wiegte er den Kopf. »Ich bin kein großer Schreiber, außerdem konnte sie nicht gut Deutsch ... Aber ich hab noch eine Telefonnummer.« Nach längerem Kramen in seiner Brieftasche reichte Hansi ihr einen vergilbten Zettel.

»Haben Sie niemals dort angerufen?!«

»Ich kann doch kein Italienisch. Einmal hab ich's versucht, aber keiner hat mich verstanden. Und dann ...« Seine Stimme bebte. »Ich ... sie ...« Hansis Augen schwammen in Tränen.

Bettina stand auf. »Das ist schon sehr lange her.«

Hastig nach einem Taschentuch kramend, nickte der grobschlächtige Mann. »Es tut mir Leid«, murmelte er mit hochrotem Kopf und schneuzte sich. »Ich gehe jetzt besser.« Vor Verwirrung stieß er beim Aufstehen seinen Stuhl um. »Es tut mir so Leid«, wiederholte er noch zwei- oder dreimal, während er ihn wieder aufhob.

»Sie werden sehen, wir finden Ihre Anna«, tröstete Bettina, doch Hansi war sein Gefühlsausbruch so peinlich, dass er nur noch eine heftige Bewegung machte, die man im weitesten Sinne als Verabschiedung deuten konnte, und die Tür öffnete, um über den kleinen Willenbacher zu fallen.

»Oh, Verzeihung«, murmelten beide schuldbewusst, doch Hansi nahm den Beamten kaum wahr. Er kannte nur noch die Flucht.

Willenbacher erklärte dann, er habe sich deshalb vor der Tür postiert, weil er das Gespräch gegen Lauscher schützen wollte. Er sei sich Frau Sommers Seriosität keineswegs sicher.

Achselzuckend stellte Bettina fest, dass sie ihm dann ja den Inhalt der Unterhaltung nicht mehr zu erläutern brauchte. »Oh, Willenbacher?«

»Ja?«

»Wenn Sie wollen, können Sie versuchen, ob Sie diesen Kurt Meier beim Frühstück erwischen. Er ist doch Lehrer, da wird er sicher bald in die Schule müssen, und wo Sie sowieso schon angezogen sind …«

»Kein Problem«, sagte Willenbacher mäßig eifrig.

»Bis nachher dann.« Sanft schloss Bettina die Tür vor seiner Nase und warf sich erst mal wieder in die tiefe Kuhle ihres Bettes. Sie musste nachdenken.

Das plötzliche Verschwinden der Anna Moretti war ein wenig mysteriös.

* * *

Hätte Margit Kropp geahnt, dass dies der letzte Tag war, den sie mit ihrem Mann verbringen würde – womöglich hätte sie ihn etwas freundlicher verabschiedet.

Doch so ließ sie nur aufseufzend die Tür hinter ihm zufallen, sagte zu einem alten Foto, das beide in jüngerem und schönerem Zustand zeigte, »alter Saufkopp« und begab sich ins Schlafzimmer, in dem schon wieder ein halbes Dutzend leerer Flaschen auf sie wartete. Normalerweise war Margit Kropp Hausfrau genug, um sich über die Unordnung zu ärgern, doch heute hatte sie Wichtigeres zu tun.

Äußerlich ruhig setzte sie sich an ihren schäbigen Frisiertisch. Dort starrte sie mit klopfendem Herzen in den Spiegel, sah sich aber nicht wirklich. Die Realität verschwamm und sichtbar wurden – ein paar Fotos. Schwarzweißbilder. Selbst gemachte. Eine wirklich unerfreuliche Sache. Das arme misshandelte Mädchen. Ein toter Säugling. Entsetzlich.

Aber wenn man beides zusammenbrachte …

Um Margit Kropps Mundwinkel spielte ein kleines Lächeln. Es war wie diese Sache, die sie vor langer Zeit in der Schule gelernt hatte: Minus und minus gibt plus. Ihr Lächeln wurde breiter. Ja, so dumm war sie gar nicht! Sie hatte in der Schule genauso aufgepasst wie all diese aufgedonnerten Dämchen aus dem Dorf, die nie mehr getan hatten, als den richtigen Mann zu heiraten.

Und sie war die Einzige, die darauf gekommen war, wem das tote Kind gehörte. Sie allein. Und *sie* brauchte keinen Mann, um ihr Wissen zu nutzen. Das konnte sie schon selbst, sie, diese immer noch ganz flotte Frau, die ihr da aufgeregt und ein wenig fern aus dem Spiegel zulächelte. – Wie spät war es überhaupt? Höchste Zeit. Rasch zog sie ein türkisblaues Sweatshirt über und verließ den Raum.

Heute hatte sie ihre große Tour …

* * *

Beim Frühstück um acht erläuterte Willenbacher, noch ganz erfüllt von seinem Besuch im Hause Meier, warum er Klara Sorrel für eine der Hauptverdächtigen hielt.

»Ich weiß, dass dieser Pauker nicht ganz dicht ist«, sagte er, während er sein Leberwurstbrötchen schwenkte, »aber hören Sie mal, was er gesagt hat.«

Er blätterte in dem neuen Notizbuch, das neben seiner Kakaotasse auf der geblümten Wachstuchdecke lag. Der Frühstücksraum im Hause Sommer war hell, aber kühl. Vier Tische mit jeweils vier gleichen Stühlen teilten den Raum in ordentliche Rechtecke. Das einzige zusätzliche Möbelstück war ein elektrischer Kamin, der gestapelte Plastikscheite glutrot beleuchten konnte. Er wirkte kalt und unbenutzt.

Kauend begann Willenbacher zu sprechen. »Diese Frau Sorrel ist erstens im richtigen Alter – siebenunddreißig –, zweitens ist sie aus der Gegend, drittens ist sie angeblich früher mit dem Marquardt herumgezogen, und außerdem«, Willenbacher legte eine dramatische Pause ein, »hält Meier es für sehr wahrscheinlich, dass sie das Mädchen auf dem Foto ist.«

Bettina schüttelte den Kopf. Allein erstaunlich, dass Willenbacher nach so kurzer Zeit wieder von Meier herausgelassen worden war. Aber vielleicht hielt Meier seinen Geschlechtsgenossen keine Vorträge. »Der scheint es zu wissen. Kennt er die Sorrel so genau?«

Willenbacher nickte, während er von seinem Kakao trank. »Der Typ ist ein Spanner. Klara Sorrel wohnt im Nachbarhaus, und er hat sie im Sommer mit einem Teleobjektiv fotografiert, als sie nackt im Garten rumgelaufen ist. Angeblich hätte man sie von der Straße aus sehen können … Lächerlich, das Ganze, aber sicher weiß er ganz genau, wie sie aussieht.«

Stirnrunzelnd rührte Bettina in ihrem Kaffee. »Kurt Meier hat sich total auf die Sorrel eingeschossen, Willenbacher. Er sammelt Unterschriften gegen ihren Aktzeichenkurs. Und was Frauen angeht, ist er überhaupt durchgeknallt. Der sieht nicht Helena in jedem Weibe, sondern Satan persönlich.«

»Ein Triebstau, das ist alles«, erklärte Willenbacher sachlich. »Wie ich höre, ist seine Frau krank.«

»Sie trinkt«, sagte Bettina.

»Und *er* steht auf Klara Sorrel.« Willenbacher biss in sein Brötchen. »Aber ich mein ja nur: *Wenn* einer die Sorrel erkennt, dann er.«

»Wenn er wirklich *so* verrückt auf sie ist, dann würd er womöglich auch ne Gummipuppe für sie halten … Aber wir haben da noch einen weiteren Hinweis.« Bettina erzählte kurz von ihrem Besuch bei der Kropp.

Willenbachers Augen leuchteten. »Na also! Was wollen wir mehr?«

»Warten Sie's ab, Willenbacher. Zuerst müssen wir mit Klara Sorrel reden. Selbst wenn sie auf dem Foto abgebildet ist, heißt das noch lange nicht, dass auch das Baby von ihr war ... Auf jeden Fall dürfen wir diese Moretti nicht vergessen. Ich hab schon in Neustadt angerufen. Sie haben ausnahmsweise Zeit, die Nummer für uns zu überprüfen. Und schließlich könnte das Kind von fast jeder Frau hier sein ...«

Sie stand von ihrem Stuhl auf. »Ich kann einfach nicht glauben, dass die Frauen reihenweise auf diesen einen Mann hereingefallen sein sollen. Wir werden uns ein Bild von Martin Marquardt geben lassen müssen. Ich will sehen, ob es sich für die Armen wenigstens gelohnt hat.«

* * *

Die Künstlerin Klara Sorrel wohnte mit ihren beiden Kindern in einem Fertighäuschen, das am Rand eines größeren Hofkomplexes errichtet worden war, welcher seinerseits an das Spielzeughaus des Schuldirektors Meier angrenzte.

Um zum Eingang von Klaras Wohnung zu gelangen, musste man auf einem Trampelpfad den grasbewachsenen Hang hochklettern, in den das Haus halb eingebaut war. Oben erwartete einen dann eine offene Tür, Chaos und Aufbruchstimmung. Auf der Schwelle hockte eine apricotfarbene Katze mit langem, verfilztem Fell, die dem Lärm im Inneren des Hauses zu entfliehen suchte. Gedämpft hörte man Radiomusik, Poltern und eine Frauenstimme, die schrie: »Mach sofort die Tür zu, Florian! Du weißt genau, dass Bunny noch frei ist!«

Misstrauisch beäugte die Katze die Fremden und spazierte schließlich hoch erhobenen Hauptes wieder in die Wohnung zurück. Kurz darauf erschien ein mürrischer, schmutziger kleiner Junge, dessen Augen ebenso grün und stolz wie die der Katze waren. Er musterte die beiden Polizeibeamten und drehte sich dann zur Treppe, die sich hinter einer hoffnungslos überladenen Garderobe in höhere Regionen wand.

»Besuch!«, schrie er und nahm sich seine Jacke aus einem der Haufen. Er warf sie über die Schultern und verschwand dahin, woher er gekommen war.

Von oben hörte man Fluchen und das Wimmern eines kleinen Mädchens.

Kurz entschlossen zog Bettina den kleinen Willenbacher ins Haus, um die Tür schließen zu können. Sie hatte gerade rechtzeitig gehandelt, denn im nächsten Augenblick hoppelte ein graues Zwergkaninchen, vermutlich Bunny, hinter einem verrosteten Rechen hervor. Enttäuscht musste es feststellen, dass der Ausgang versperrt war. Dann schnupperte es ersatzweise an Bettinas Schuhen und ließ sich von ihr hochheben.

Ein gestresstes Gesicht zeigte sich am oberen Treppengeländer.

»Hallo«, sagte Klara Sorrel, als habe sie die Polizisten bereits erwartet. »Da ist ja Bunny. Sie kommt auf den Balkon.« Verzweiflung schwang in ihrer Stimme mit. »Die Kinder müssen gleich zu ihrem Bus. Dann bin ich sofort da.«

Willenbacher schaute staunend umher, doch Bettina war schon auf der Suche nach Bunnys Heimat. Probeweise öffnete sie eine Tür. Dahinter lag ein schmaler Flur, der zum Wohnzimmer führte.

Dieses wies noch weit umfangreichere Verwüstungen als die Garderobe auf. Den Raum dominierte eine alte Sitzgruppe, deren ursprünglicher Bezug komplett von einem schmuddeligen schwarzen Überwurf verdeckt wurde. Auch die übrigen Möbel waren dunkel und hatten ihre besten

Zeiten bereits hinter sich. Alles war großzügig mit Krümeln und Kinderspielzeug übersät, und auf sämtlichen ebenen Flächen häuften sich Küchengeräte, aufgeschlagene Bücher, lose Blätter und schmutziges Geschirr. Ein paar wohlgenährte Fliegen tanzten um eine ausladende Hängelampe.

Für die aufgestellten Bilder galt ebenfalls das Prinzip üppiger Unordnung. Ein uraltes, wurmstichiges Klavier bog sich unter hintereinander geschichteten gerahmten Werken. An den Wänden gab es kaum einen freien Fleck; hier hingen dramatische Ölgemälde neben druckreifen Fotografien und selbst gemalten Kinderbildern.

Willenbacher hatte sich angesichts des Chaos ins Nebenzimmer geflüchtet, dort aber anscheinend keine Erholung gefunden, denn er kam rückwärts wieder ins Wohnzimmer gestolpert. »Ich habe den Balkon gefunden«, ächzte er. »Geben Sie mir Bunny, oder möchten Sie selbst durch die Küche …?«

Bettina verzichtete weise.

Nachdem Bunny versorgt war, machten sich die Polizisten auf die Suche nach einem geeigneten Sitzplatz. Bettina räumte den zur Polstergruppe gehörigen Sessel leer, während Willenbacher einen verkrümelten Stuhl wählte, den er sorgsam abwischte, bevor er sich darauf niederließ. Die nächsten zehn Minuten vergingen mit Geschrei, Gepolter und der Suche nach einem brauchbaren Kinderpullover, doch schließlich waren die beiden Geschwister so weit, spazierten einträchtig aus der Tür und hatten auch ganz bestimmt ihre Busfahrkarten dabei.

Erschöpft erschien Klara Sorrel in der Tür. »Ich liebe sie ja, aber manchmal ist es herrlich, wenn sie wirklich weg sind«, rief sie und kramte aus dem Gerümpel, das eine schöne Anrichte belagerte, ein Päckchen Zigaretten hervor.

»Ich wusste, dass ihr kommen würdet.« Mit dem Rücken zum Sofa suchte sie weiter nach dem Feuerzeug. Dann drehte sie sich um und sah beide ironisch an. Der sonst so stoffelige Willenbacher erhob sich mit einem brennenden Streichholz.

»Danke.« Gierig zog die Künstlerin an der Zigarette. »Eigentlich wollte ich ja aufhören, aber …« Sie zuckte die Schultern. »Also, wer war es?! Welcher liebe Nachbar versucht, mir das tote Kind anzuhängen? Lasst mich raten. Es war Meier. Oder die Eisenbeiß, die Apothekerin? Nein? Na, dann bleibt nur noch unsere heilige Maria.« Klaras Gesicht verriet Anspannung und Ärger. Sie rauchte schnell und schien keine Antwort zu erwarten.

»Niemand versucht, dir was anzuhängen«, beschwichtigte Bettina, während Willenbacher eine der Fotografien anstarrte. Sie war in einen rostigen Eisenrahmen gesteckt und zeigte eine schreiende Frau in tiefster Verzweiflung.

»Das ist geil«, sagte er mit derart staunender Bewunderung, dass Klara Sorrel sich entspannte und ein amüsiertes Lächeln ihr Gesicht überzog.

»Gefällt es Ihnen, äh …«

»Polizeiobermeister Willenbacher. – Es ist Wahnsinn, also …«

»Ich dachte, du wärst auf Akte spezialisiert«, mischte Bettina sich ein.

»Bin ich auch.« Klara betrachtete die Fotografie stirnrunzelnd. »Diese Porträts mache ich nur nebenher. Das Komische an Porträts ist, dass sie häufiger kitschig werden als Akte.«

»Ist doch klar«, sagte Willenbacher. »Die meisten Leute sehen besonders lächerlich aus, wenn sie mit Gefühlen kämpfen müssen. Was logisch ist, weil sie sich in dem Moment besonders ernst nehmen. – Andererseits will man ja keine Schauspieler fotografieren, sondern eine echte Geschichte …«

Beide Frauen betrachteten Willenbacher mit Erstaunen.

»Fotografieren Sie auch?«, fragte Sorrel liebenswürdig, während sie Rauch aus ihrem Mundwinkel blies.

»Nein. Aber das dort ist gut.« Willenbacher machte ein verklärtes Gesicht. Bettina kannte ihn nicht wieder. Er sah Klara an, als sei sie eine Hexe, die ihn nach Belieben aufs nächstbeste Medium bannen könnte.

»Das war eine Freundin von mir«, erklärte diese. »Zahnschmerzen. Das Bild ist einigermaßen geworden. Sie sieht richtig verzweifelt aus, nicht?«

»Als würde sie sich in der nächsten Minute aufhängen.«

»Wir kommen ebenfalls wegen eines Fotos«, unterbrach Bettina und gab Willenbacher ein Zeichen. Der Kollege kramte die Klarsichthülle aus seinem Aktenköfferchen und warf sie mit dramatischer Geste auf den überfüllten Couchtisch. »Auch ziemlich echt, was?«

Klara nahm die Fotos unbefangen zur Hand und stockte erst, als sie genau erkennen konnte, was darauf abgebildet war. Langsam wanderte die Hand, in der sie ihre Zigarette hielt, zu der Untertasse, die ihr als Aschenbecher diente, verharrte dort kurz und ließ schließlich den glimmenden Stummel fallen. »Wo habt ihr das her?«

»Das wurde gestern in Martin Marquardts Schreibtisch gefunden«, sagte Bettina. »Erkennst du irgendetwas?«

Zögernd hielt Klara das Bild von sich, als sei sie weitsichtig. »Ob – ich was erkenne? Glaub ich nicht.« Sie schüttelte den Kopf. »Nein. – Also bei Martin Marquardt, ja? Wie kann man bei dem was finden? Ich meine …«

»Man hat uns gesagt, es sei in seinem Sekretär gewesen. Der junge Marquardt und die Studentin haben ein Geheimfach darin entdeckt. – Frau Kropp hält es für möglich, dass Martin Marquardt die Bilder selbst aufgenommen hat.«

»Die würde es für möglich halten, dass der Papst Kühe bumst«, meinte Klara obenhin, nahm ihre Zigarette aber etwas zitterig wieder zwischen die Finger.

Bettina betrachtete sie nachdenklich. »Im Grunde gibt es nur zwei Möglichkeiten. Entweder sind die Bilder gekauft oder selbst gemacht. In jedem Fall muss der Besitzer das Geheimfach gekannt haben.«

»Martins Geheimfach.«

»Martins und Alines.«

»Hm. Also ihr habt ein Pornobild gefunden. Was ist jetzt die Frage?«

»Wer es gemacht hat, wem es gehörte – und wer drauf ist.«

Klara schlug die Augen nieder.

»Der Witz ist, dass es im Großen Haus früher eine Dunkelkammer gab, die eigentlich nur von Max Marquardt benutzt wurde«, erläuterte Willenbacher. »Aber angeblich wusste er nichts von dem Geheimfach im Sekretär.«

Grimmig tötete Klara die letzte Glut ihrer Zigarette mit einer harschen Bewegung. »Also gut. Das da«, sie wedelte unwillig mit der Hand in Richtung Foto, »sieht nach Heimarbeit aus. Und wenn es von einem Marquardt ist, dann eher von Martin, denn unser Bürgermeister ist weniger der Typ für so was …«

»Warum?«

»Ich weiß nicht … Er ist nicht gierig genug – aber Martin war das.«

»Hast du ihn gekannt?«

»Klar.« Die magere Frau nickte. »Ich war fünfzehn oder sechzehn, als er gestorben ist.« Ihr Gesicht wirkte jetzt älter. Auf der grauen Haut leuchteten rote Aknenarben. Abrupt nahm sie eine Porzellankanne mit silbernen Einsätzen von der Anrichte. »Tee?«

Eingedenk des Zustandes der Küche lehnten Bettina und Willenbacher einmütig ab. Klara schenkte sich selbst eine schmutzige Tasse voll und trank hastig.

»Die Frage ist, ob Martin Marquardt auch der Vater des toten Kindes ist«, stellte Willenbacher fest.

»Das ist möglich«, sagte Klara. »Martin hat so ungefähr jede Frau gevögelt, die hier rumläuft. Natürlich will das heute keiner mehr zugeben ... Keine kann ein Wässerchen trüben, aber plötzlich tauchen diese Fotos auf und eine Leiche, dumm, nicht?« Sie grinste bitter. *»Ius primae noctis,* so heißt es, nicht wahr? Martin Marquardt nahm sich das. Er war ein richtiger Feudalherr.«

»Und alle haben es akzeptiert?«

»Mit Freuden. Angeblich ist es seit Jahrhunderten ein Sport bei den Marquardts, uneheliche Kinder zu zeugen. Tradition heiligt.« Klaras Augen strahlten hell. »Ich kann es nicht glauben«, sagte sie. »Martin Marquardt, Kreimheims ganzer Stolz ...«

»Dieses Mädchen auf dem Foto«, sinnierte Willenbacher, »war sehr jung. Wenn sie nun ein Kind erwartete ...«

»Das Kind, das man jetzt gefunden hat!«, rief die Sorrel.

»Genau. Das Mädchen ist verzweifelt. Sie wurde vergewaltigt und erwartet zu allem Überfluss auch noch ein Kind. Das hält sie nicht aus. Sie verdrängt die Schwangerschaft und nach der Geburt vergräbt sie das ungewollte Kind.« Der Obermeister setzte eine Miene auf, die er für verständnisvoll hielt, doch die Künstlerin reagierte nicht erwartungsgemäß. Sie nickte.

»Genau. Das ist die Mentalität hier. Alles Unangenehme wird weggeleugnet, bis es zu spät ist.«

»Um ehrlich zu sein, wollen Kurt Meier und Frau Kropp dich auf dem Foto erkannt haben«, eröffnete Bettina. Ihr fielen Klaras Augen auf, die eben noch von hellem Grün gewesen waren, sich jedoch jetzt zu einem dunklen Türkis zusammenzogen.

»Na also. Das war doch klar. – Und genau die Leute, die es schließlich am besten wissen müssen. Dieser micse Spanner von Meier. Und die Kropp, diese debile Klatschtante, ist wahrscheinlich selbst das Produkt von vielen Generationen Inzucht ... Tja, und ich bin nun mal der Prügelknabe im Dorf ...« Sie lief zum Fenster und wieder zurück, fuchtelte mit den Armen und stolperte über die apricotfarbene Katze, welche sich fauchend auf das Sofa verzog.

»Schade, dass man die Frau nicht besser erkennen kann«, meinte Willenbacher sachlich.

»Ich bin mir sicher, dass Sie schon eine Ähnlichkeit entdecken werden, wenn Sie nur richtig suchen. – Ja, schauen Sie nicht so! Sieht sie mir nicht wahnsinnig ähnlich, das arme Ding?!« Sie nahm die Fotos vom Tisch und warf sie Willenbacher vor die Füße. »Vom Ruf her kommt es hin, nicht, von der Figur auch, das Alter, na ja, da werden Sie sich schon was ausdenken ... Lieb übrigens, dass ihr wenigstens gekommen seid und fragt, ob *ich auch* glaube, dass ich das Mädchen auf dem Foto bin, ganz zu schweigen von der unglücklichen Mutter, die ihr da sucht ...«

»Bist du das Mädchen?«

»Nein«, zischte die Künstlerin. »Das versuchte ich gerade zu erklären!«

»Schön. Wir glauben dir. Sprechen wir jetzt mal von Martin Marquardt.«

»Haben wir doch gerade.« Heftig riss die Sorrel an ihrer Zigarettenpackung.

»Was war er für ein Mensch?«

»Ein Blender«, antwortete Klara mit vorgeschobenem Kinn. »Aber ein guter. Hatte eine Ausstrahlung wie ein Filmstar.« Sie drehte die Zigarette zwischen zwei Fingern.

»Warst du oft mit Martin zusammen?«

»Ich war ja noch jung, als er starb. Na ja, manchmal hing ich mit den großen Jungs in seiner Garage rum.«

»Hast du mit ihm geschlafen?«

Die Antwort kam ohne Zögern. »Ja.«

»Hat sich Martin viel mit Minderjährigen abgegeben?«

Achselzucken. »Er legte einfach alles flach, was nicht bei drei auf den Bäumen war.«

»Hat er Drogen genommen?«

Ein kurzes Lächeln erschien auf Klaras Gesicht. »Denke schon. Er war meistens blau und hat, glaube ich, auch ab und zu was geraucht. Es war leider wirklich kein Wunder, dass er dieses Frostschutzzeug getrunken hat.« Sie stockte.

Bettina holte die Schnupftabaksdose aus der Tasche.

»Hat die Martin gehört?«

Sorrel nahm die Klarsichthülle, in die die Dose verpackt war, um das Stück zu betrachten. »Kann ich nicht sagen.« Sie zuckte die Achseln.

»Hat Martin auch härtere Drogen genommen, Kokain zum Beispiel?«

»Warum, ist da welches drin?«

»Hat er?«

»Nicht vor meinen Augen.«

»Was war mit Martins Ehe? Weißt du da was drüber?«

Durch aufsteigenden Tabakrauch sah die Künstlerin in die Vergangenheit. »Ich würde sagen, die war nicht der Rede wert. Ich kann mich nicht erinnern, wie die Frau ausgesehen hat oder wie sie war. Allerdings war ich auch noch ziemlich jung, als sie gestorben ist. Es hat mich nicht interessiert.«

»Aber vielleicht erinnerst du dich an das Kindermädchen, Anna Moretti?«

»Kann sein. Sie war dunkel und rassig, nicht? Sie muss die heilige Maria wahnsinnig gemacht haben. Viel zu hübsch, als dass ihr kostbarer Bruder seine ›Unschuld‹ nicht an sie verlieren würde.«

»Wie stand Anna Moretti zu Martin?«

»Wahrscheinlich so wie alle Frauen.«

»Weißt du, dass Anna Moretti einen Freund hatte?«

»Nein. Wen denn?«

»Hans Huber.«

»Hansi? Na so was.« Gedankenverloren blies Klara den Rauch zur Seite.

»Oder hast du eine Ahnung, warum Anna so plötzlich wieder nach Hause gereist ist?«

Klara dachte nach. Dann schüttelte sie den Kopf. »Ist sie das? Ich hab sie nur ein paarmal gesehen.«

»Noch eine letzte Frage.«

»Okay.«

»Von wem ist dieses tote Baby?«

Klara lachte hart auf. »Ihr arbeitet mit allen Tricks, was? – Ich weiß es nicht!«

Bettina erhob sich. »Na gut. Vielen Dank für deine Zeit.«

Die Künstlerin reichte ihr fast freundlich die Hand. »Ich bring euch zur Tür.«

* * *

Zurück in der *Pension Giesela* wurden sie schon sehnlichst erwartet. Aufgeregt flatterte Frau Sommer, die Wirtin, von Willenbacher zu Bettina und zurück, und es dauerte einige Zeit, bis klar wurde, dass man Frau Sommer in die Polizeiarbeit eingespannt hatte, obwohl sie dieser Belastung nicht gewachsen war.

Mit anderen Worten, sie hatte eine Nachricht aus Neustadt.

»Dringend, ganz dringend, hat der vunn de Polizei gesat, oder, Verzeihung, Inspektor … ich weeß net …«

»Was sagte er denn, und wie war sein Name?«

Frau Sommer starrte sie an. »Herrje, ich wusst jo net, dass ich was falsch gemacht hann … Ich hann mer de Name net gemerkt. – Üwwerall hann ich versucht, Sie zu verwische! De Bojjemeeschder hann ich angeruf – der is eh dehääm, weil's Luzie wieder ausgeriss is …«

Bettina hakte die Überforderte unter und setzte sich mit ihr auf das ziemlich wackelige Telefonbänkchen, das im Flur stand. »Frau Sommer. Jetzt noch mal ganz langsam. Jemand aus Neustadt hat angerufen. Ein Polizist.«

»Ja. Es is arisch dringend. Sie sollene glei anrufe. Desweje hann ich Ihne doch üwwerall hinnerhertelefoniert. Ich hann gemäänt, Sie wärn vielleicht bei 's Marquardts …«

»Okay. Sonst hat er nichts gesagt?«

»Nur, dass es arisch dringend is.«

»Gut, Frau Sommer, Sie haben doch nichts dagegen, wenn ich das Telefon mit auf mein Zimmer nehme?«

Sie hatte nicht.

* * *

Als Willenbacher nach zehn Minuten vor der Haustür wieder auf seine Chefin traf, konnte er schon an ihrem Gesicht sehen, dass es keine guten Neuigkeiten waren, welche die Neustadter so dringend auf dem Herzen hatten.

»Unser Fall ruht einstweilen, Willenbacher. Komisch, wie nebensächlich er auf einmal ist, nicht?«

»Was ist denn passiert?«

»Wir arbeiten jetzt für die Abteilung Vermisste Personen. Mit Härtings Erlaubnis.«

»Nett. Und wer ist verschwunden?«

»Ein Mädchen aus dem Ort. Die Tochter von dieser Arztfrau, bei der wir gestern waren.«

»Die Schwester vom Bürgermeister? Maria Linné?«

»Deren Tochter Luzie wird seit gestern Abend vermisst. Heute Morgen wurde Anzeige erstattet. Das Mädchen ist vierzehn. Wenn wir sie bis heute Abend nicht gefunden haben, wollen sie uns noch ein paar ihrer kostbaren Leute schicken.«

»Aber bei Minderjährigen starten wir üblicherweise sofort eine Großfahndung …« Willenbacher verstummte, als sich Bettinas Gesicht zu einer Grimasse verzog.

»Sie haben eine Suchmeldung an alle Bahnhöfe und Flughäfen geschickt.« Bettina öffnete die Autotür. »Ansonsten sind wir die Großfahndung.«

6

Es hatte zu regnen begonnen, diese satten, dicken Tropfen, die sonst nur im Gebirge fallen, wenn ein Gewitter bevorsteht. Bettina fror. Willenbacher betätigte den Türklopfer, während er von einem Fuß auf den anderen hüpfte. Ihm war auch kalt.

Augenblicklich wurde die Tür von einem hoch gewachsenen Mann aufgerissen. »Was kann ich für Sie tun?«, fragte er ungnädig.

Bettina stellte sich und Willenbacher vor. »Sie müssen Dr. Linné sein?«

Der Arzt betrachtete unbehaglich die Ausweise der Polizisten. Sein angenehmes Gesicht, die dunkelblauen Augen und grauen, welligen Haare mussten ihn unter anderen Umständen attraktiv und Vertrauen erweckend wirken lassen. Im Moment jedoch sah er alt und niedergeschlagen aus. »Endlich«, sagte er. »Kommen Sie herein. – Luzie ist verschwunden«, klagte er, während er die Polizisten durch die niedrige Eingangsdiele führte. »Wir haben die Praxis heute geschlossen ... Meine Frau und Liliane fahren bei Luzies Freunden vorbei, aber nirgendwo weiß man etwas von ihr ...« Bedrückt musterte er die Beamten.

»Wann haben Sie Luzie zuletzt gesehen?«

»Gestern Nachmittag.«

Im Privatbereich des Hauses war es dunkel, und es roch nach Büchern. Mächtige, durchhängende Balken gliederten die Räume. Der Doktor führte sie durch einen schmalen Gang zu einem helleren Raum, welcher als Essplatz und Wohnzimmer diente. Deprimiert ließ er sich auf ein Sofa mit geblümtem Bezug fallen.

Noch im Gehen nahm Willenbacher sein neues Notizbuch heraus. »Sie heißt Luzie Linné, vierzehn Jahre, einsfünfundsechzig groß, schlank, brünett, trug hellblaue Jeans, einen roten Pullover, eine orange Jacke, schwarze Boots und eine Baseballkappe?«

Linné wedelte mit der Hand, zum Zeichen, dass man sich setzen sollte. »Als ich sie zuletzt gesehen habe, ja.«

»Haben Sie nachgeschaut, ob das alle Sachen sind, die fehlen?«

Der Arzt blickte Willenbacher an. »Luzie lebt im Chaos. Außerdem leiht sie sich Klamotten von Freundinnen. In ihrem Zimmer könnte eine Wagenladung davon spurlos verschwinden.«

»Wann und wo genau waren Sie das letzte Mal mit Ihrer Tochter zusammen?«

»In der Praxis. So gegen vier.«

Das Telefon läutete. Es war ein alter schwarzer Apparat mit Wählscheibe und einem klirrenden Klingeln. Dr. Linné starrte es feindselig an. »Moment.« Er stand auf und hob den Hörer ab. »Hallo? – Hallo! Verdammt noch mal, melden Sie sich! Aufgelegt! Na toll.« Wütend knallte der Doktor den Hörer auf die Gabel. »Den ganzen Morgen schon ruft hier irgend so ein Kerl an. Sagt nichts. Wahrscheinlich einer von Luzies ›Freunden‹.« Dr. Linné nahm wieder Platz.

»Kommt das häufiger vor?«

Der Arzt seufzte ungeduldig. »Ist nicht das erste Mal.«

»Sind Sie sicher, dass es ein Mann war? Ich meine – vielleicht ist es Luzie?«

Dr. Linné schaute erstaunt. »Bestimmt nicht. Warum sollte sie anrufen, wenn sie nicht reden will? – Das ist einer von diesen Verrückten, die sich für besonders witzig halten.«

»Wie oft sind Sie heute schon angerufen worden?«

»So drei- oder viermal.«

Willenbacher klickte mit seinem Kugelschreiber. »Wir könnten eine Fangschaltung installieren lassen«, erklärte er. »Allerdings müsste der Anrufer dann länger dranbleiben, damit wir die Leitung zurückverfolgen können.«

»Meinetwegen können Sie es versuchen«, sagte Dr. Linné müde.

»Mal sehen, wann die Kollegen aus Neustadt sich freimachen können«, bemerkte Bettina säuerlich. »Gehen wir erst mal unsere Fragen durch. War Luzie irgendwie anders – aufgeregt oder traurig?«

Linné lehnte sich vor. »Wir hatten eine Meinungsverschiedenheit. Sie platzte in eine Behandlung. Das darf nicht vorkommen. Schließlich haben die Patienten eine Privatsphäre. Ich versuchte, Luzie wegzuschicken, aber sie machte eine Riesenszene. Frau Eisenbeiß, die Apothekerin, war dabei. Sie war die Patientin.«

»Dr. Linné, ist Ihre Tochter schon öfter weggelaufen?«

»Ja, aber wir mussten nie die Polizei einschalten.«

»Wann war das letzte Mal?«

»Vor anderthalb Jahren ... Wissen Sie, ich dachte immer, das Beste wäre, wenn man das nicht so ernst nimmt.«

»Und wo hat Luzie sich damals versteckt?«

»Bei einer Freundin. Yvonne. Bei der haben wir zuerst angerufen. Da war sie natürlich nicht.«

»Hat Ihre Tochter einen Freund?«

»Kann ich mir nicht denken. Da sind die Jungs aus dem Dorf, ja, aber sie ist doch erst vierzehn.«

»Wirklich nicht? Die Mädchen sind heute sehr früh so weit.«

Der Arzt seufzte wieder. »Liliane, das ist meine ältere Tochter, behauptet, sie habe was mit einem von den Mathieus, aber ich denke, es ist harmlos.«

»Wer sind die Mathieus?«

»Eine Familie, sie wohnen am Bach, in der Tannenstraße. Meine Frau ist dort gewesen. Nichts.«

»Wollte Ihre Tochter schon immer mal nach Köln oder so?«

Dr. Linné schüttelte den Kopf. »Nicht dass ich wüsste.«

»Schwärmt sie vielleicht für eine Musikgruppe, die gerade in der Nähe tourt?«

»Weiß ich nicht, aber wir können uns gern ihr Zimmer ansehen. Dort hängen ein paar Poster, wenn das hilft ...«

Dr. Linné führte sie eine steile Holztreppe hinauf ins Obergeschoss. Dort erschloss ein schmaler Flur die einzelnen Zimmer, deren Türen alle offen standen. An den rau verputzten Wänden hingen, auf dicken Holzplatten gemalt, naive Bilder. Die alten Dielen des Fußbodens knarrten unter jedem von Bettinas Schritten. Sie stellte sich vor, wie schwer es wäre, sich nachts heimlich aus diesem ächzenden Haus zu schleichen.

»Das Gebäude ist aus dem achtzehnten Jahrhundert«, erläuterte der Doktor, als habe er ihre Gedanken gelesen. »Wir haben nur das Nötigste renoviert. Im Grunde ist es noch ganz gut in Schuss.«

»Es muss schön sein, hier zu wohnen. – Ist das Luzies Schlafzimmer?« Sie hatte sich nach kurzem Umsehen für den Raum entschieden, in dem die größte Unordnung herrschte.

»Ja. Ich hoffe, dass sie es bei Gelegenheit einmal aufräumt.«

Dr. Linné klang nicht mehr allzu hoffnungslos.

Man sah sich in Luzies Zimmer um. Die Möblierung stammte vorwiegend aus dem vorigen Jahrhundert, doch davon abgesehen war es das Zimmer einer normalen Jugendlichen: Der Tisch war mit Papierbergen und Schulbüchern bedeckt, auf dem Boden lagen Schuhe und Kleidungsstücke herum, und an den Wänden hing eine Versammlung von Popgrößen und kitschigen Pferde-, Frauen- und Indianerköpfen. Auf dem Bett tummelten sich schmutzige Stofftiere in allen Farben, und als Krönung hing über dem Kopfende eine riesige australische Flagge. Einen direkten Anhaltspunkt gab es nicht. Die Poster wirkten eher nach Farben und Größen denn nach speziellen Lieblings-Musikgruppen geordnet.

Bettina trat an den Schreibtisch und sah sich die Papiere an. Blocks und Schulhefte, ein Zeichenblock mit unbeholfenen Karikaturen. Dann war da ein zerfleddertes »Ausquetschbuch«, mit mindestens fünfzig seitenlangen Einträgen, die letzten von vor einem Vierteljahr. »Das nehmen wir mit, Willenbacher.«

Er steckte es ein.

Die Untersuchung der Tischschubladen förderte Zigaretten und Liebesbriefe zutage. Die Briefe waren von einem gewissen Theo M. Bettina nahm einen heraus und suchte nach der Anschrift. Dr. Linné sah ihr dabei über die Schulter. »Sie raucht! – Ich habe diesen Mathieu nie gesehen.« Seine Augen waren auf den Brief gerichtet. »Ich meine, hier, in unserem Haus. Nie!«

»Wohnen Sie schon immer in Kreimheim?«, fragte Bettina, während sie den Kleiderschrank inspizierte.

»Meine Frau ist von hier«, entgegnete der Arzt. »Ich bin zugezogen. '79 habe ich die Praxis eingerichtet.«

»Noch eines, Dr. Linné.« Bettina gab Willenbacher ein

Zeichen, worauf dieser das Foto und die Schnupftabaksdose hervorsuchte. »Erkennen Sie die Frau auf diesem Bild?«

Der Doktor war entsetzt. Zweifellos war es kein besonders taktvoller Moment, ihm das Foto zu zeigen, jetzt, da seine Tochter verschwunden war, doch Bettina wollte nicht auf ihre »eigenen« Ermittlungen verzichten.

Dr. Linné erkannte sie nicht. Auch die Schnupftabaksdose nicht, und von einem Geheimfach in einem Sekretär des Großen Hauses hatte er auch noch nie gehört. Dass Martin Marquardt Kokain genommen haben sollte, überraschte ihn. Gekannt hatte er ihn. Schließlich hatte er seine Frau bereits '76 kennen gelernt.

»Was war Martin für ein Mensch?«

Dr. Linné sah auf die Uhr. Bettina lächelte ihn an. »Nur ganz kurz. Wie Sie wissen, sind wir eigentlich hier, um den Tod des Babys zu klären«, sagte sie.

»Er war ein netter Kerl«, sagte Dr. Linné.

Von Frauengeschichten wusste er nichts. Von Anna Moretti hatte er nie gehört, und der Name Hohenadel sagte ihm zwar etwas, aber die Tochter hatte er kaum jemals gesehen, und die Sorrel war ihm »zu aufgedonnert – in jeder Hinsicht«.

Mehr war nicht aus ihm herauszuholen.

Willenbacher steckte seinen Stift weg. »Dann gehen wir also die verlorene Tochter finden«, sagte er. »Wir haben sie bestimmt bald wieder, Sie werden sehen.«

* * *

Die verlorene Tochter indessen erwachte mit einem unangenehm kratzigen Gefühl im Hals, frierend und hungrig aus ihrem bleiernen Schlaf. Sie warf die schmutzigen Lumpen, mit denen sie sich zugedeckt hatte, beiseite und stieg mit steifen Gliedern aus dem Versteck.

Unten auf dem ersten Boden, der jetzt im Tageslicht staubig und klein aussah, streckte sie sich ausgiebig und sah auf die Uhr.

Viertel vor elf. Bald würde die Polizei sie suchen. Mit Hunden. Das Klügste wäre gewesen, sich von Marko und Rebecca finden zu lassen, doch diese Chance war vorbei. Nach der auswärts verbrachten Nacht würde Mama sie *wirklich* umbringen, wenn sie wieder zurück nach Hause käme. Jetzt war es ernst, das wusste Luzie, und ihr war klar, dass sie einen guten Plan brauchte.

Sie ließ sich vor der Heuluke nieder, so, dass man sie von außen nicht sehen konnte, und starrte auf die trübe Frühlingslandschaft vor ihr. Die alte Garage war umgeben von Weide und Wald, auf die der Regen in gleichmäßigen grauen Fäden fiel.

Sie musste von hier verschwinden. Erstens würde man hier nochmals gründlicher suchen, zweitens war es auf die Dauer zu kalt, und drittens hatte sie bereits so großen Hunger, dass sie die leichte Morgenübelkeit kaum am Essen gehindert hätte. Am besten wäre sie schon längst weg.

Nur: Wohin?

Ins Dorf gehen und Essen kaufen wäre schreiende Dummheit. Auf die Straße gehen und Autos anhalten genauso, denn bei der Gelegenheit würde sie auf jeden Fall ein Kreimheimer aufgabeln.

Zu Theo würde sie gehen, klar.

Sie streckte sich. Theo. Er war süß. Er würde sie verstecken. Er würde mit ihr durchbrennen.

Sie dachte an das riesige, weitläufige Gehöft, in dem die ebenso unüberschaubare Familie Mathieu »hauste«, wie ihre Mutter sagte. Es war ein verlockender Gedanke.

Dann musste sie an die anderen Male denken, als sie sich bei ihren Freundinnen versteckt hatte. Es hatte nie geklappt.

Irgendjemand hatte sie immer aufgestöbert und geglaubt, eine gute Tat zu tun, wenn er sie wieder ihren Eltern übergab.

Im Hellen konnte sie nicht zu Theo, ohne entdeckt zu werden. Er wohnte auf der anderen Seite des Dorfes. Irgendjemand würde sie sehen. Besser, sie wartete damit, bis es dunkel war.

Ihr Magen knurrte.

Ob sie versuchen sollte, Rebecca um Hilfe zu bitten? Luzie dachte über diese Frage nach, entschied sich aber dagegen. Ihr kam eine neue Idee. Wenn alle Erwachsenen bei der Arbeit waren, mussten viele Wohnungen jetzt leer stehen. Und Frau Kropp, die Putzfrau des Dorfes, wohnte ganz in der Nähe. Man konnte sich durch den Wald zu ihrem Haus schleichen. Luzie war schon häufig bei den Kropps gewesen. Die waren bestimmt längst nicht mehr da. Und die Hintertür war bei ihnen sowieso nie abgeschlossen.

* * *

Im Sägewerk läutete die alte und schrille Sirene die Mittagspause ein. Durch die verstaubte Glasscheibe in Hansis »Büro« konnte man sehen, wie die Männer die Geräte ausschalteten und ihre Arbeitsplätze verließen. Die tiefe Stille, die jedes Mal eintrat, wenn das Kreischen der Sägen plötzlich aufhörte, wurde nur von den vergleichsweise schwachen Stimmen der Arbeiter gestört.

Einer der Männer löste sich aus der Gruppe derer, die auf den Ausgang zustrebten. Sein Ziel war Hansis Kabuff. Als er die Tür öffnete, rieselte feiner Holzstaub in den Raum und legte sich auf die dicken Schichten alten Sägemehls.

Hansi blickte auf. »Schöni.«

Der Genannte trat ein und zog sich einen Hocker mit zersplitterter hölzerner Sitzfläche heran.

»Ist irgendwas?«, fragte Hansi mit so viel Interesse, wie

ein Mann aufbringen konnte, der gerade Zahlen in einen Taschenrechner tippte.

Schöni wusste nicht, wie er beginnen sollte. »Glaubst du, dass dieses rote Weib was rauskriegen wird?«, fragte er schließlich.

Seufzend legte Hansi den Rechner weg. »Was meinst du damit? Was sollte sie denn rauskriegen?«

»Das weißt du genauso gut wie ich.« Schöni sah trotzig aus. »Du warst doch damals auch dabei.«

»Hör zu«, war die Antwort. »Weißt du noch, was wir abgemacht haben?! Es war ein Unfall.«

»Schon, aber diese Tussi schnüffelt ein bisschen viel.«

Hansi blickte seinen Kollegen fest an. »Wenn keiner was sagt, dann kann auch nichts herauskommen. Außerdem war es *wirklich* ein Unfall. Oder hast du Martin etwa absichtlich die Flasche mit dem Frostschutzmittel gegeben?«

»Ich?! Ich bin es nicht gewesen. Sind wir jetzt schon so weit?! Suchst du etwa einen Schuldigen?!«

»Okay«, sagte Hansi. »Beruhige dich. Gut, du hast ihm die Flasche nicht gegeben. Zufrieden? Und selbst wenn, du bräuchtest dich nicht aufzuregen. Es war ja keine Absicht.«

»Ich habe kein gutes Gefühl«, erklärte Schöni düster. »Wenn die Rotfüchsin alles rauskriegt, dann sind wir wegen unterlassener Hilfeleistung dran. Alle.«

Dieser Gedanke beschäftigte die Männer einen Augenblick.

»Wir haben nicht gewusst, dass das Zeug so giftig ist«, sagte Hansi schließlich. »Und außerdem waren wir – weggetreten. Ja. Daraus kann uns ja wohl niemand einen Strick drehen.« Er betrachtete Schöni grimmig. Die Nacht, nach der Martin Marquardt gestorben war, war nicht Hansis Lieblingsthema. Genauer gesagt plagten ihn wie Schöni seit Jahren Gewissensbisse, doch er hatte sie mittlerweile erfolgreich verdrängt. Und nun kam dieser Kerl und wühlte alles wieder auf. »Wir waren betrunken«, sagte er mehr zu sich selbst, »und keiner von uns war dieses *Zeug* richtig gewöhnt. Wir konnten ja nicht wissen, wie es auf uns wirken würde.«

Schöni war nicht sonderlich überzeugt. »Wir haben gelacht!«, sagte er beschämt. *»Gelacht!* Einer von uns hätte es doch wissen müssen, hätte überlegen müssen – Erste Hilfe, Arzt oder so …«

»Schöni, mach mich nicht wahnsinnig! Wer hat uns den Koks gegeben? Hm? Wer wollte immer saufen und Frauen aufreißen?! Ja, Martin! Wer ist also schuld?!«

»Martin«, echote Schöni mechanisch und wenig überzeugt.

Quietschend wurde die Tür geöffnet, worauf beide Männer erschreckt herumfuhren.

Max Marquardt, ihr Chef, trat ein, beide Männer eindringlich mit seinen schwarzen Augen musternd. »Woran ist mein Bruder schuld gewesen?«, erkundigte er sich in seiner knappen Art.

Eine längere Pause entstand. Schöni, der von seinem Hocker aufgestanden war, wich langsam in den Hintergrund zurück.

Hansi fuhr sich mit der Hand durch die Haare. »Äh – wir haben von früher gesprochen, Herr Marquardt. Über ein – Fußballspiel. Gegen Frankenfels, und der Martin hat einen Elfmeter versaut und …«

»Schön«, unterbrach Marquardt, »hier sind die Bestellungen für nächste Woche.« Er warf einen Packen loser Blätter auf Hansis staubigen Schreibtisch, was eine Wolke Holzmehl aufwirbelte. Dann sah er mit undurchdringlicher Miene von einem zum andern.

»Und sonst? Läuft alles zur Zufriedenheit?«, fragte er schließlich.

»Sicher.« Hansi entspannte sich. »Also gestern ist Säge I ausgefallen, aber das wissen Sie ja.«

Marquardt nickte. »Nächsten Monat kriegen wir eine neue. Im Juni kommt sowieso die Genossenschaft zur Sicherheitsprüfung, bis dahin muss sie ersetzt sein. Geben Sie Obacht, Herr Huber, dass da nichts passiert.«

Der grobschlächtige Mann zuckte die Achseln. »Da kann gar nichts passieren, Herr Marquardt. – Und was sollen wir machen? Soll ich den ganzen Tag lang einen an den Knopf stellen? – Der schläft mir ja ein vor Langeweile.«

»Hm. Einen Monat muss es noch gehen. – Und Sie, Herr Schöninger? Wie geht es Ihnen?«

»Oh, gut, gut«, sagte Schöni, der mittlerweile im Halbdunkel an einem völlig verstaubten Regal lehnte, auf dem eine schmutzige Kaffeemaschine trüben Kaffee warm hielt. »Danke der Nachfrage, Herr Marquardt. Gestern hatten wir 'n bisschen Leerlauf wegen Säge I, aber das holen wir heute schon wieder auf. Also auf jeden Fall kann die Lieferung morgen raus. Ja.«

»Schön«, sagte Marquardt steif, »dann machen Sie mal immer so weiter, meine Herren. Mahlzeit.«

»Mahlzeit, Herr Marquardt«, grüßten die beiden Arbeiter höflich und beobachteten, wie ihr Chef hoch aufgerichtet aus dem armseligen Büro schritt und sorgfältig die Tür hinter sich schloss.

Aufseufzend sank Schöni auf seinen splitterigen Hocker. »Mann!«, sagte er beklommen. »Meinst du, der hat was gehört?«

Hansi zuckte die Achseln und trank einen Schluck aus einem zerkratzten Kaffeehumpen.

»Meinst du, der weiß was über – die Sache?«

Hansi hatte jetzt genug von der Rederei. Er setzte sich wieder an seinen Platz, stellte den Kaffeehumpen mit einem

Knall auf den Schreibtisch und sah Schöni fest in die Augen. »Schöni. Pass auf. Erinnerst du dich an die Ermittlungen? An den Polizisten, der Martins Tod untersucht hat?«

Schöni nickte.

»Gut. Schau, Schöni, wenn du was zu sagen gehabt hättest, dann wäre es besser gewesen, du hättest es diesem Polizisten mitgeteilt. Verstehst du? Jetzt ist es zu spät. Wenn jetzt irgendwas rauskommt, wird es peinlich. Wir haben damals alle geschwiegen. Das war falsch, aber es ist passiert. Und jetzt, nach all den Jahren, wenn du da ankommst und sagst, ja, ich war dabei und der Kropp und der Schmitt und der und der, die waren alle dabei und haben die ganze Zeit nichts gesagt, das klingt komisch! Da wird man sich fragen: Wieso haben die alle das vertuscht?! War da vielleicht doch Mord im Spiel?« Er beugte sich vor. »Verstehst du mich, Schöni?! Es ist passiert, der Martin ist tot, und wir werden weiter schweigen. Das ist das Einzige, was wir jetzt noch tun können.« Hansi sank wieder gegen die Lehne und nippte an seinem Kaffee. Über den Becher hinweg sah er seinen Freund an.

Dieser nickte langsam. »Wir müssen schweigen«, wiederholte er.

Hansi schluckte den Kaffee und nickte zurück.

»Aber ich frage mich doch«, sagte Schöni in Gedanken, »wer das Frostschutzmittel in diese Flasche getan hat. Das frage ich mich schon seit zwanzig Jahren.« Er sah prüfend in Hansis Augen.

Der Vorarbeiter zuckte die Achseln. »Ja, das war komisch. Aber schließlich suchen sie nach dem Mörder des Kindes und nicht nach Martins ... und sie werden sowieso nicht viel finden.«

»Außer sie finden deine alte Flamme Anna«, bemerkte Schöni unvorsichtigerweise.

Hansis Augen schossen Blitze. »Anna hatte damit überhaupt nichts zu tun! Die war –«

»... ein Eiszapfen. – He, Moment, das hast du damals selbst gesagt!«

Hansi war aufgestanden. »Hör bloß auf, so eine Scheiße zu erzählen«, drohte er.

»Schon gut«, wehrte Schöni ab. »Aber wer weiß? Sie ist so schnell verschwunden damals ... Vielleicht hat sie doch was gewusst oder, hm, gehabt ...«

»Lieber Schöni«, sagte Hansi kalt, »ich glaub, du merkst selbst nicht, was für einen Mist du da von dir gibst. Wenn Anna ein Eiszapfen war, wo soll sie dann das Kind hergehabt haben?! Schalt dein Hirn ein, bevor du losquatschst, Mann!«

»Ogottogott«, machte Schöni beleidigt. »Hab dich doch nicht so!«

»Und ich sag dir eins, diese Scheißsprüche will ich nicht mehr hören!«

»Gott! War ja nicht so gemeint. Echt!«

* * *

Ein eisiger Windstoß ließ die beiden Polizisten erschaudern, als sie aus dem alten Audi kletterten. Die Wärme der letzten Woche schien so unwirklich wie ein Schneeschauer im August. Bettina wünschte, sie hätte ihre Winterjacke da. So musste sie sich damit begnügen, den Kragen hochzuklappen und sich zu bewegen. Vielleicht würden sie die Kleine ja finden, bevor sie erfror.

Der Freund des verschwundenen Kindes wohnte mit seiner Mutter und zwei kleineren Schwestern in einer Wohnung, die im Souterrain eines weitläufigen und sehr verwahrlosten Bauernhofes eingerichtet worden war. Persönlich war er nicht anwesend.

»Er isses Luzie suche«, erklärte seine verlebt aussehende Mutter, während sie eine Zigarette am Stummel der alten anzündete. Gleich darauf goss sie streng riechenden Kaffee in Steinguttassen und stellte diese unaufgefordert vor die beiden Polizisten hin. »Kummt schunn alsemol vor, dass mir welle von die Bulle dohänn, awwer do drinn bei mir, do warn noch kää. Isch bin aa net so äänie, wann ehr wisse, was isch mään. Ei, unn de Theo is schunn e liewer Bu.«

»Hier isses net«, sagte eine dicke alte Dame, die sich in eine Eckbank gezwängt hatte und wahrscheinlich Theos Großmutter oder Tante war. »Die Mudder vum Luzie unn de Marko warn schunn do unn hänn alles abgesucht. Net dass mer net wisse, wer sich do bei uns veschdecke dut, aber die feine Dame«, näselte sie plötzlich hochdeutsch, »konnte uns natürlich nicht glauben«. Sie hatte ein Werbeblatt eines Supermarktes in Kaiserslautern vor sich liegen und studierte die Angebote, während sie sprach.

»E liewes Kleenes, es Luzie«, setzte Theos Mutter das Gespräch fort. »Des hat als Zores dehääm! Des is kää so e Feines wie die annere Marquardts all. Allso basse duts jo net so zu dene. Es is mehr so, wie de Maddin war. E Sonnescheinsche.«

»Hat sie nicht vielleicht bei Ihnen angerufen?«, fragte Willenbacher mit gespitztem Bleistift in der Hand.

»Nää.« Die Frau senkte die Stimme. »Unn des geht im Moment aa net, wann Se veschdehe dun.«

»Ist Ihr Telefon kaputt?«

»Net derekt, Wachtmeeschder, es is eher abgeschdellt. Uff de Poschd war isch schunn, awwer es is e Kreuz mit dere Schulze, die des macht, die is werklich viel zu knickerisch. Unn es Sozi bezahlt net, debei lerne schunn die Kinner in de Schul, dass telefoniere e Grundrecht is, oder net?!«

Willenbacher nickte hastig und sah sich um. »Also hier wird sie sich kaum verstecken können.« Die Wohnung der Leute war so klein, dass man sie praktisch mit einem Blick durchsuchen konnte.

Aber natürlich könnte man ihnen gerne auch noch das restliche Haus zeigen.

Es begann eine lange, ermüdende Führung durch winzige, ineinander übergehende Wohnungen, die sich nur durch die jeweiligen abgestandenen Essensgerüche unterschieden. Einige der Anwesenden waren auf die Polizei nicht sonderlich gut zu sprechen, und Bettina war froh, dass Theos Mutter ihnen lässigen Begleitschutz gewährte. Natürlich war Luzie nirgendwo, aber so viel war klar: Wenn die Mathieus wollten, konnten sie ohne Zweifel eine ganze Schulklasse bei sich verstecken. Bereits nach zwei Wohnungen verlor man total den Überblick.

Theos Mutter gab in ihrer lapidaren Art Kommentare zu den jeweiligen Einrichtungsgegenständen. »E schäänes Sofa, gell? Het es Schakelin am Schberrmüll gefunn. So was schmeiße die Leit fort. Debei is noch neddemol es Polschder verriss – eschd.«

Bettina war fasziniert, aber auch sicher, dass sie hier ihre Zeit vertat. »Wenn Sie Luzie sehen, sagen Sie uns dann Bescheid?«, fragte sie die Mutter, die eben eine der vielen Treppen in den zweiten Stock hochsteigen wollte.

»Awwer Se hänn doch noch gar net alles gesieh!«

Bettina lächelte. »Wir vertrauen Ihnen vollkommen. Hier ist meine Karte.« Sie schrieb die Nummer der Wache in Neustadt darauf. »Also, das hier ist die Neustadter Nummer. Oder sagen Sie einfach in der *Pension Giesela* Bescheid. Wir kommen dann.«

Die Frau glaubte es nicht. »Wolle Se net doch noch do owwe nogucke?«

Bettina gab ihr die Hand. »Sie sind schließlich auch eine Mutter«, sagte sie. »Sie können sich wahrscheinlich besser vorstellen als ich, was das heißt, wenn das eigene Kind plötzlich wie vom Erdboden verschluckt ist. Ich bin sicher, dass wir uns auf sie verlassen können, Frau Mathieu. Sie könnten mir jetzt nur noch sagen, wo Ihr Sohn gerade ist.«

Wo ihr Sohn nach der Vermissten suchte, konnte sie auch nicht sagen. Vielleicht im Dorf bei den Freundinnen.

Bettina nahm sich Luzies Ausquetschbuch vor, um es Theo gleichzutun.

* * *

Zu Luzies »Freundinnen« zählten Klara Sorrel und der katholische Pfarrer.

»Die können wir abhaken«, erklärte der kleine Willenbacher. »Die sind erwachsen.« Er kramte ein Mars aus seiner Jackentasche, wickelte es aus und betrachtete es zweifelnd.

Bettina schaute aus dem Autofenster hinaus in den Regen.

»Da vorne ist es.« Willenbacher biss nach einigem Zögern in den zerquetschten Schokoriegel.

»Wer wohnt dort noch mal?«

Willenbacher blätterte. »Jaqueline Kratz.«

»Hübscher Name.«

Einige Nicoles, Jessicas und Verenas weiter erklärte Willenbacher, er könne jetzt kein Backstreet-Boys-Poster mehr sehen. »Sollen wir noch nach Neustadt zu den anderen Schulkameradinnen fahren?«

»Ich glaube, bis heute Abend bleiben wir vorerst hier in Kreimheim.« Bettina blickte auf eine Liste, die sie gemeinsam mit den diversen Freundinnen erstellt hatte.

»Gang unter der Burgruine – Scheune bei den Steinmanns, wer immer das ist – Keller unter der Kirche – Dachboden im Großen Haus … wir haben noch einiges zu tun. Am besten trennen wir uns. Sie kriegen die Burgruine, Willenbacher.«

Willenbacher schaute in den Regen hinaus. »Das ist nicht Ihr Ernst. Bei dem Wetter sitzt das Mädchen doch nicht in irgend so einem nassen, dunklen Gang. Vielleicht in einer Scheune, ja –«

»Okay, dann machen wir das zuletzt. Sie setzen mich bei der Kirche ab und nehmen sich die Scheune vor.«

»Gut.« Willenbacher startete den Wagen. »Wenn Sie *mich* fragen, die ist längst in Frankfurt oder sonst wo.«

* * *

Der Pfarrer von Kreimheim war ein rundlicher Mann mit ganz leicht schlingerndem Gang und einer tiefen, dröhnenden Stimme, die verriet, dass er aus dem Norden stammte. »Frau Kommissar. Kommen Sie erst mal rein.«

Die Eingangshalle des Pfarrhauses war mit Bildern von Schiffen und Meeren geschmückt.

»Das is 'n Wetterchen, nich?« Der Pfarrer beobachtete vergnügt, wie Bettina sich schüttelte.

Sie reichten sich die Hand. »Ich bin Kriminalkommissarin und untersuche …«

»… die Geschichte mit dem toten Baby.« Der Pfarrer nickte. »Möchten Sie einen Tee? – Einen echten«, setzte er hinzu. Er lächelte. »Ich würde ihn nehmen, denn so gut wie bei mir kriegen Sie den sonst in der Pfalz nich.«

Bettina verstand, wieso der Pfarrer zu Luzies »Freundinnen« zählte. Ihr Magen grummelte. Das Früstück war schon ganz schön lange her.

»Gehen wir in mein Arbeitszimmer.«

Der Raum war dunkel, ein typisches Altherren-Arbeitszimmer mit vielen Büchern in wuchtigen Schränken, einem leidlich aufgeräumten Schreibtisch und einer altmodischen Vitrine, welche römische Scherben, versteinerte Ammoniten und die Leichen eines Nashornkäferpärchens beherbergte.

Der Pfarrer öffnete eine Dose, trat mit dem Wasserkocher zu einem zerbeulten Emaillewaschbecken. »Wie schön, dass Sie gerade zur Teezeit vorbeikommen«, sagte er. »Nur schade, dass die Umstände so traurig sind.« Es schien ihm selbstverständlich, dass die Polizei mit ihm über den Fall reden wollte.

Bettina setzte sich auf einen der Stühle, die vor dem Schreibtisch standen, und ließ sich von der Wärme des Zimmers umarmen. Der Pfarrer plauderte über die Zeit, als er noch zur See gefahren war, und den Unterschied zu seinem jetzigen Leben in der Pfalz.

»Kandis? – Kluntje heißt das bei uns. Und Sahne? Sie müssen Sahne nehmen.«

Bettina nickte. In diesem Raum schien die Zeit langsamer zu vergehen. Sie war überrascht, erst eine Viertelstunde hier zu sein. »Wie sind Sie nach Kreimheim gekommen?«, fragte sie, nachdem sie ihre Tasse feierlich entgegengenommen hatte.

Der Pfarrer lehnte sich zurück und kostete beifällig seinen Tee. »Habe hier eine Tante. Tante Martha. Hat die Bäckerei. Ihr Sohn ist jetzt der Bäcker.« Er stellte die Tasse ab. »Bin oft in den Ferien hier gewesen. Tante hat mich immer gepäppelt. Bin jede Woche auf die Waage gestellt worden, und wehe, ich hatte nichts zugenommen!« Er lächelte bei dem Gedanken.

»Sie kennen die Leute hier also schon länger?«

Er nickte. »Praktisch seit ich lebe. Na ja. Nich dass ich oft da gewesen wäre. Bin nach dem Studium erst mal als Schiffspfarrer auf so 'n Vergnügungskutter rumgeschippert, aber nich dass Sie glauben, ich wäre vorher nich schon mal auf 'm richtigen Schiff gewesen.« Er zwinkerte. »Ich wollte nich immer Pfarrer sein.«

»Vor fünfundzwanzig Jahren, waren Sie da schon hier? Fest, als Pfarrer?«

»Ja, vor dreißig Jahren hab ich hier angefangen. Ganz schön lange, wie?«

»Vor zwanzig bis fünfundzwanzig Jahren wurde das Kind vergraben, das wir bei Marquardts gefunden haben.«

Er nickte und nahm einen Schluck Tee.

»Was glauben Sie, weshalb es ausgerechnet bei Marquardts vergraben wurde?«

Er warf ihr einen Blick zu. »Na, es wird dann wohl von den Marquardts sein.«

Eine schöne logische Antwort. »Von wem von ihnen?«

Er lächelte nicht. »Das ist schwierig. Ich glaube nich, dass ich darüber was sagen kann.«

»Weil Sie es nicht wissen oder weil Sie es nicht sagen wollen?«

Er schüttelte den Kopf. »Ich weiß es nich. Das ist so: Für Dummheiten war immer Martin zuständig, aber das hier ist schlimmer als Dummheit, und Martin war auch keine Frau. Vielleicht war es ein Mädchen, das mit ihm irgendwie zusammen war.«

»So ein Mädchen suchen wir.«

Der Pfarrer sah sie an. »Soviel ich weiß, waren das ganz schön viele.«

»Können Sie sich an bestimmte erinnern?«

Er schüttelte den Kopf.

»Also, ich würde sagen, ich verletze das Beichtgeheimnis nich, wenn ich Ihnen sage, dass bei mir noch keine einen

Kindsmord gebeichtet hat. Und mehr weiß ich auch nich, Frau Kommissar.«

»Hm.« Bettina nahm noch einen Schluck Tee. Er hielt, was der Pfarrer versprochen hatte, war köstlich, ein dunkles, starkes, aromatisches Getränk.

»Was ist mit den anderen beiden?«, fragte sie. »Maria Linné und ihrem Bruder Max?«

Der Pfarrer blickte über seine Tasse hinweg. »Dass Maria etwas mit dem Kind zu tun hat, glaube ich nich. Sie ist eine sehr eifrige Christin«, er rollte leicht die Augen, »liebt ihre eigenen Kinder heiß und innig. Außerdem war sie damals schon –«, er rechnete, »über zwanzig, in Ausbildung und verlobt. Kein Alter, in dem man noch derartig verzweifelt sein kann.«

Bettina nickte. »Und der Bürgermeister?«

Der Pfarrer kratzte sich am Kopf. »Schon immer verschlossen. – Aber schließlich sind es die Frauen, die die Kinder kriegen. Sie sollten eher nach einem Mädchen suchen.«

»Okay. Hatte er Freundinnen? Max, meine ich?«

Der Pfarrer zögerte eine Weile. »Kennen Sie die Geschichte von David und Bathseba?«

Bettina schüttelte den Kopf.

»Aber Sie wissen, wer Aline Marquardt war.«

»Ja, Martins Frau.«

Der Pfarrer trank noch einen Schluck Tee und schüttelte den Kopf. »Als David ein mächtiger König war, fiel ihm Bathseba auf. War mit einem seiner Gefolgsleute verheiratet. Er wollte diese Frau besitzen, stellte also deren Mann bei der nächsten Schlacht in die erste Reihe, dass er fiel.«

»Ich verstehe nicht ganz«, erklärte Bettina verwirrt.

Die Augen des Pfarrers blinzelten, als er weitersprach. »Dann folgt in der Bibel das Gleichnis von dem Mann, der viele Tiere und Herden besaß. Dieser Mann wollte keines seiner eigenen Tiere schlachten, als er einen Gast bewirten musste. Nahm stattdessen einfach seinem armen Nachbarn das einzige Lamm weg.«

Bettina blickte immer noch verständnislos.

»Aline wurde Martins Frau, aber Max hat sie mit nach Kreimheim gebracht.« Bedächtig trank der Pfarrer an seinem Tee.

»Wirklich?«

»Ja, so weltfremd is die Bibel gar nich. Martin war bei den Frauen hier sehr beliebt. Kaum eine hätte ihn abgewiesen, aber er musste Aline haben, die Einzige, die ihm nich zustand. *Aline war nämlich mit Max verlobt.*«

* * *

Der Abend näherte sich unmerklich, ohne dass die geringste Spur von Luzie zu finden gewesen wäre. Die Dunkelheit entstand am Rande des Sichtfeldes, kroch aus dem Wald in die ohnehin düsteren Regenwolken. Es nieselte.

»Ich weiß nicht, wo wir jetzt noch suchen sollen.« Rebecca war erschöpft. »Außerdem muss die Polizei längst da sein. Lass uns zurück zu eurem Haus gehen und die Dachböden absuchen.«

»Das macht Onkel Max«, sagte Marko.

Beide waren, abkommandiert vom Familienrat in Gestalt von Tante Maria, schon den ganzen Tag auf der Suche. Sie hatten in Onkel Max' altem BMW die tradierten Verstecke wie Burgruine, Waldhäuschen und diverse alte Scheunen abgesucht und waren hungrig und abgekämpft.

»Die ist garantiert bei den Mathieus«, erklärte Marko zum hundertsten Mal, »bei denen würde ich mich auch verstecken. Da behält keiner den Überblick.«

»Wir waren schon zweimal bei Mathieus«, sagte Rebecca. »Einmal ist Schluss. Ich würde sagen, wir suchen noch mal in der alten Garage, und dann gehen wir heim. Ich hab Hunger.«

Statt einer Antwort fasste Marko hinter sich und fischte eine angeschlagen aussehende Tafel Schokolade aus dem Haufen auf dem Rücksitz. Er warf sie Rebecca auf den Schoß und sagte: »Du brauchst bloß was zu sagen. Ich werde dich ernähren.«

Rebecca betrachtete die Schokolade, überdachte das Angebot und verzichtete.

»Ah, wir sind da!«

»Und noch jemand. Hm, Ludwigshafener Kennzeichen. Das sind diese Polizisten.«

Die Kommissarin trat vor die Tür der Scheune. »Hallo, ihr zwei! Ist das die Garage Ihres Vaters, Marko?«

Er nickte.

»Ist ja wirklich riesig.« Sie schaute hinauf zu der rostigen Schiene, auf der die hölzerne Schiebetür lief. »Da drin kann man fast eine Autofabrik aufmachen.«

Marko lächelte geschmeichelt. »Na, es war ja auch so eine Art Fabrik. Mein Vater hatte immer seine zwei, drei Autos in Arbeit.«

Sie betraten die Werkstatt. Ein länglicher Tisch, ein rostiges Regal, Werkzeuge und verschrammte Behälter standen und lagen inmitten von Plunder, der sich im Lauf der Zeit angesammelt hatte. Lange Spinnweben schwebten leise durch die Luft, von seidenen Fäden gehalten. Eine davon verfing sich in den langen roten Haaren der Kommissarin, ohne dass sie es merkte.

»Ihr Vater starb hier, nicht?«, fragte sie Marko leise. Ihr Assistent war nicht zu sehen.

»Ja, er trank Frostschutzmittel«, antwortete Marko mit lauter Stimme.

»War jemand bei ihm, als das passiert ist?«

»Nein. Er muss die Flaschen verwechselt haben.«

»Und dann hat Ihr Onkel die Autos verkauft …?«

»Ja. Er interessiert sich nicht besonders dafür.« Markos Stimme klang bedauernd.

»Aber Sie tun es, nicht wahr? Was fahren Sie denn für ein Auto?«

Marko räusperte sich. »Hm. Ich hatte einen Fiat. Aber leider hatte ich einen Unfall …« Das Thema schien irgendwie peinlich.

Bettina schaltete ihre Taschenlampe an, denn mittlerweile war es in der Garage ziemlich dunkel geworden. »Luzie ist nicht mehr da«, erklärte sie gespielt beiläufig.

Marko blieb stehen, so dass Rebecca auf ihn drauflief.

»Nicht mehr hier – also ist sie doch da gewesen?!«

Rebecca rieb sich in der Dunkelheit die Schulter.

Bettina beleuchtete den staubigen Boden vor ihnen mit der Taschenlampe. »Weder auf dem Speicher noch in der Höhle hinter der Arbeitsgrube.«

»Wie haben Sie die Höhle gefunden?!«

Als Antwort bewegte Bettina die Lampe. Auf dem staubigen Boden wurden deutliche Fußspuren sichtbar. »Ihr beide wart gestern Abend schon mal da, aber ihr habt Luzie nicht gefunden, weil sie sich auf dem Dachboden versteckt hat. Und sie hat ihre Fußspuren verwischt.« Das Licht wanderte weiter zu einer unauffälligen Schleifspur. »Wozu sie diesen alten Besen verwendet hat.« Sie leuchtete den Besen an.

Marko schnalzte mit der Zunge. »Das kleine Miststück!«

Der Lichtkegel wies jetzt auf die Leiter, die zum Boden führte. »Die war hinter dem Haufen da versteckt. Oben auf dem Boden ist noch mal eine Art zweiter Speicher eingezogen. Da hat sie wohl die Nacht verbracht.«

»Zweiter Speicher?!« Marko konnte es nicht fassen.

»Tja, auch deine Jugend geht einmal zu Ende«, bemerkte Rebecca, die hinter den beiden anderen herstolperte. »Wer weiß, vielleicht ist Luzie einfach wieder nach Hause gegangen, und wir wissen noch nichts davon.«

»Nein, ist sie nicht. Willenbacher hat vorhin überall herumtelefoniert. – Beim Herausgehen hat sie sich die Mühe allerdings nicht gemacht, mit dem Spurenverwischen, meine ich.« Bettina strahlte mit der Taschenlampe einige Fußstapfen an, die zur Hintertür hinausführten. »Willenbacher verfolgt gerade draußen die Fährte weiter. Ah, da ist er ja.« Die Hinterpforte der Garage öffnete sich mit einem durchdringenden Quietschen. »Hallo. Haben Sie was gefunden?«

»Leider nein.« Willenbacher schüttelte sich. »Scheißregen. Auf der Wiese geht's noch, aber nach fünfzig Metern steht man im Wald, und da ist nichts mehr zu wollen. Wenn uns die Neustadter jetzt nicht die Hunde schicken, sind sie selber schuld, wenn wir die Scheißgöre nicht finden. – Oh, guten Abend.«

Marko war vorgetreten. Er konnte die Schultern auf das Doppelte aufplustern, wenn er wollte. »Luzie ist meine Cousine.« Wehe, du sagst noch einmal Scheißgöre, bedeutete sein Ton.

»Wir haben eine viel versprechende Spur entdeckt.« Willenbacher war nicht sonderlich beeindruckt. »Das ist eine gute Nachricht, denn es bedeutet, dass sie noch nicht weit sein kann.« Er schüttelte sich wieder. »Können wir jetzt endlich in Neustadt anrufen?«

Bettina hielt die Lampe auf ihre Uhr. »Okay. – Meinen Sie, dass Härting Ihnen ein Handy beschafft, für den nächsten Fall? Sie verstehen sich doch so gut mit ihm.«

»Immer muss ich schleimen gehen.«

Weder Bettina noch Willenbacher hatten bemerkt, dass der nächste gemeinsame Fall für sie schon selbstverständlich war.

* * *

Es klingelte.

Es klingelte wieder.

Mit einem Ruck wachte Luzie auf. Wie spät war es? Draußen dämmerte es schon, und sie hatte hier den Fernseher laufen. Bestimmt konnte man sie von außen sehen, und die Kropps mussten auch gleich da sein. Rasch schaltete sie das Programm aus.

Das Klingeln hörte auf.

Luzie lauschte. Sie saß im Schlafzimmer der Kropps vor dem kleinen Schwarzweißfernseher, denn nach unten an das große Gerät hatte sie sich nicht getraut. Zwar lag das Haus der Kropps in einem relativ einsamen Talausläufer abseits vom eigentlichen Dorf, aber immerhin führte eine öffentliche Straße daran vorbei, von der aus man direkt ins Wohnzimmer sehen konnte.

Wer konnte das sein, der hier abends klingelte? Die Post? Vielleicht jemand, der sie suchte. Sie kauerte sich hinter das Bett. Die Kropps waren es wohl kaum, denn die würden nicht an ihrer eigenen Tür klingeln.

Geräusche an der Hintertür wurden laut.

Der Jemand kam ins Haus.

Da war der lang gezogene, schleifende Ton, welcher anzeigte, dass die Tür geöffnet wurde. Dann Schritte. Luzie beschloss, unters Bett zu kriechen, doch dort lagerten leere Flaschen. Möglichst leise stellte sie sich hinter die Tür. Normalerweise war das ein gutes Versteck.

Der Besuch blieb nicht lange. Bereits nach zwei Minuten konnte sie das Quietschen der Hintertür wieder hören. Die Schritte verstummten.

Sie schlich zum Fenster. Wer war das gewesen, und was hatte er hier gemacht?

Die dunkel gekleidete Gestalt duckte sich unter dem anhaltenden Regen. Sie kam Luzie bekannt vor.

Sehr bekannt.

Dann klappte eine Autotür. Der Motor des Wagens sprang an. Obwohl Luzie sich verrenkte, konnte sie das Auto nicht erkennen, da es hinter Kropps dichter Buchsbaumhecke stand. Es fuhr davon.

Luzie rutschte auf den Boden. Mysteriös.

Was sollte dieser komische Besuch?

Von Neugier übermannt, beschloss sie, im Erdgeschoss nachzusehen.

Ohne Licht zu machen, stieg sie die Treppe hinab und warf gerade einen Blick in die Küche, als sie vor dem Haus Schritte und Schlüsselklappern hörte. Das musste jetzt einer der Kropps sein.

Sie hatte keine Zeit mehr nachzusehen, was die Tupperdose mit dem hübschen lila Deckel enthielt, welche offensichtlich soeben auf den Küchentisch gestellt worden war. Stattdessen öffnete Luzie den Kühlschrank und nahm eilig ein Glas Gurken und eine Tafel Schokolade heraus. Dann verzog sie sich auf den Speicher, wo es ein altes Bett und ein paar Decken gab.

Hier würde sie keiner finden.

* * *

»Wo, sagten Sie, ist diese Garage?«

Der Mann hatte sich als Einsatzleiter vorgestellt, worauf Bettina erklärte, wenn er das sei, dann habe sie ihn während ihres Einsatzes heute lebhaft vermisst.

Kommissar Knappe war nicht zum Scherzen aufgelegt. Er war von kleiner Statur, hatte dunkle Haare, einen melierten

Bart und misstrauische Äuglein. Geschäftig hatte er sich mit »seinen Männern« in der *Bredouille* versammelt und erwartete von Bettina das vermisste Mädchen auf einem silbernen Tablett.

»Hier.« Bettina wies auf eine Stelle der Karte, die sie auf einem der Kneipentische ausgebreitet hatte. »Da waren wir vor anderthalb Stunden. Sie muss die letzte Nacht dort verbracht haben. Dann scheint sie hier …«, sie deutete auf die Stelle, »in den Wald gegangen zu sein. Dort haben wir die Spur verloren. Jedenfalls stehen die Chancen gut, dass sie noch in der Nähe ist.«

Willenbacher und ein paar Männer aus dem Dorf beugten sich ebenfalls über die Karte. Pat, die Wirtin, versuchte, einige der untätig herumstehenden Beamten zu einem Bierchen zu überreden.

»Schade, dass Sie erst so spät kommen konnten. Bei dem Regen werden die Hunde wohl kaum mehr etwas finden.«

Kommissar Knappe runzelte die Stirn. »Wir haben auch noch andere Sachen zu tun.«

Bettina lächelte ihn an.

Die Falten auf Knappes Stirn wurden tiefer. »Sie sind aus Ludwigshafen, nicht?« Er nickte wissend.

»Haben Sie an die Fangschaltung bei den Linnés gedacht?«

Knappe schnaubte nur. »Es geht los, Leute. Sie zeigen uns diese Scheune, wo sich das Kind angeblich aufgehalten hat.«

Bettina lächelte wieder. »Das wird Willenbacher tun. Ich muss zu unseren Ermittlungen.«

* * *

Mittlerweile hatte man das Gefühl, dass der dünne Regen einfach irgendwo über dem Boden hängen blieb, so gesättigt war die Luft mit Feuchtigkeit. Von weitem konnte man das gedämpfte Gebell der Spürhunde hören.

Bettina schloss die Autotür hinter sich zu. Nur wenige Fenster des Großen Hauses waren erleuchtet, und ihr Licht drang nicht weit in die matte Finsternis hinaus. Jetzt schlug der Hund an. Das Bellen mischte sich mit dem dumpfen Geräusch der Wassertropfen, die in der Dunkelheit von den Bäumen fielen.

Sie klopfte an die Hintertür.

Ein Fenster im ersten Stock wurde aufgerissen und Rebecca schrie: »Ich komme!«

Die Bibliothek war tatsächlich noch größer als Martin Marquardts ehemaliger Salon; sie musste eine Längsseite des Hauses einnehmen. Die Einrichtung bestand aus dunklen Einbauschränken, Perserbrücken, schweren Sesseln und Schreibtischen. Im offenen Kamin am Kopf des Raumes brannte ein gigantisches Feuer, und gekrönt wurde die ganze Pracht von einer Art gotischem Spitzbogengewölbe.

»Putzig, was?«, rief Rebecca fröhlich. »So klein und schnuckelig.« Sie lachte. »Kommen Sie nur weiter. – Herr Marquardt ist vorne am Kamin.«

Angesichts der endlosen Bücherregale und eines übermannshohen Ölgemäldes (ein Seestück) fiel es Bettina schwer, ihr Staunen zu verbergen, wohingegen Rebecca völlig unbefangen auf einen der Schreibtische zusteuerte. Seine blanke Holzplatte war mit ordentlichen Papierstapeln bedeckt. »Frau Boll ist da«, rief sie.

»Guten Abend, Kommissarin.« Der Bürgermeister hatte hinter dem Tisch gesessen und erhob sich nun. »Wie geht es voran? Sie suchen mit Hunden nach Luzie?«

»Hm. – Hallo.« Bettinas Aufmerksamkeit wurde noch von dem enormen Kaminfeuer in Anspruch genommen. Einen Kamin dieser Größe hatte sie mal in einer mittelalterlichen Burg gesehen.

»Waren Sie auch bei den Linnés?«, fragte der Bürgermeister indessen. »Haben Sie meine Schwester Maria benachrichtigt?«

Sie musste sich zusammennehmen. »Ja. Die Männer aus dem Dorf haben sich bereit erklärt mitzuhelfen. Das hat sie einigermaßen beruhigt.«

»Schön von ihnen«, sagte Marquardt, für den die Hilfsbereitschaft der Männer nicht billig gewesen war. Mechanisch nahm er seine Brille ab. Die weiche Beleuchtung ließ ihn jünger wirken. Geschickt verstauten seine schmalen Hände die Brille im Etui, dann wandte er sich einem Rosenholztischchen zu, auf dem nicht ganz staubfreie kristallene Karaffen aufgebaut waren. »Trinken Sie einen Cognac mit mir?« Er lächelte sie an. »Es ist ein *wirklich* guter. – Sie sind nicht etwa noch im Dienst?!«

»Doch. – Leider«, setzte Bettina rasch hinzu.

Er ließ die Hand sinken. »Rebecca wird gleich Kaffee kochen.«

Er musterte sie etwas zu aufmerksam, fand Bettina. Dann wurde ihr heiß bewusst, dass sie den ganzen Tag im Regen herumgelaufen war. Vermutlich hatte sie sich nicht gerade oft die Haare gekämmt, und ihre Wangen brannten von dem Aufenthalt an der frischen Luft. Sie musste aussehen wie ein Feuerlöscher. Und zu alledem schien man auch noch eine Antwort von ihr zu erwarten. Sie machte eine komische Grimasse; wurde deswegen noch verlegener.

Um die Augen des Bürgermeisters bildeten sich zwei winzige Fältchen. »Kaffee?«

»Oh! – Ja. Ja, vielen Dank.«

Mit Rebecca ging die letzte Möglichkeit, unauffällig zu verschwinden, dahin.

»Setzen Sie sich, Kommissarin – Frau Boll.« Marquardt wies auf einen Sessel mit dunkelgrünem Samtbezug. »Vielleicht sollten Sie sich hier ein Büro einrichten. So oft, wie Sie herkommen – Platz hätten wir jedenfalls genug.«

Sie antwortete nicht, sondern sah sich nur etwas spöttisch (wie sie hoffte) in dem großartigen Raum um. – *Du musst etwas sagen,* schalt sie sich gleichzeitig. *Sprich! Du machst den Eindruck, als könntest du nicht bis drei zählen.* Sehr professionell. Sie räusperte sich. »Wie halten Sie das hier nur aus? Es ist …« Sie hob die Hände.

»… ein Museum?«

»Na ja – ja.«

Der Bürgermeister lächelte und griff erneut nach der Karaffe. »Was den Vorteil hat, dass der Cognac *wirklich* alt ist. Probieren Sie ihn.«

»Nein – nein, danke.«

»Sie verpassen was.« Er schenkte sich selbst ein Glas voll. »Wie wäre es mit Sherry? Er ist völlig ungefährlich, glauben Sie mir. Sogar meine Schwester nimmt davon.«

Bettina schüttelte den Kopf.

»Na gut. Sie wollten etwas mit mir besprechen?« Andächtig schnupperte der Bürgermeister an dem schimmernden Cognac und blickte dann unvermittelt auf. »Verraten Sie es mir. Wie habe ich mich verdächtig gemacht?«

»Oh! Da – da gibt es noch ein – ein paar Ungereimtheiten.«

Bettina wünschte, sie könnte mit sich selbst vor die Tür gehen und sich zur Aufmunterung ein paar Ohrfeigen verpassen. Es steigerte nicht gerade die Autorität einer Polizistin, wenn sie bei Befragungen in hilfloses Stottern ausbrach.

»Soll das bedeuten, dass Sie mich gerade beschatten? Werden Sie auch vor meiner Schlafzimmertür übernachten?« Ein warmes Leuchten hatte sich in Marquardts Augen geschlichen; er stand gegen den Schreibtisch gelehnt und hielt seinen Drink unbewegt in der Hand.

Bettina musste sich zwingen, dem Blick standzuhalten. »Fühlen Sie sich schuldig?«, fragte sie nicht ganz so lässig, wie sie eigentlich wollte. »– Eigentlich macht Willenbacher immer die Observierungen. Sie können ihn aber gern ausleihen, wenn Sie das beruhigt.«

Ein Kräuseln hob Marquardts Mundwinkel, er schwenkte sein Glas und betrachtete dann gedankenvoll die trägen Wellen, welche die goldene Flüssigkeit darin schlug. »Sie haben großen Eindruck auf meinen Neffen gemacht, wissen Sie das?« Er legte den Kopf schräg. »Marko spielt anscheinend wirklich mit dem Gedanken, seine Vergangenheit als Punk zu vergessen und Karriere bei der Kripo zu machen.«

»Schön.« Bettina sehnte sich nach einem Spiegel, obwohl ein dumpfes Gefühl ihr sagte, dass die Gewissheit sie auch nicht besonders aufgemuntert hätte. Wenn sie nur nicht diesen uralten Pullover angezogen hätte …

»Er würde sogar das Sägewerk dafür aufgeben.« Marquardt hielt sein Glas so, dass er die Kommissarin als winziges schwimmendes Bild darin einfangen konnte. Das Rot ihrer Haare brach sich in dem alten, kantigen Kristall und trieb wie ein feuriger Dunst über dem dunklen Goldton des Cognacs. Er musste ihren Vornamen erfahren.

»Wirklich?«

Er blickte auf. »Um ehrlich zu sein, interessiert es ihn sowieso nicht besonders. – Ihr Name ist Boll, nicht? Sind Sie vielleicht verwandt mit den Neustadter Bolls?«

Die Kommissarin schüttelte den Kopf.

Marquardt versank wieder in seinem Glas. »Das ist ganz witzig bei Ihren Neustadter Namensvetterinnen, die heißen alle Barbara. Ich glaube, in Neustadt gibt es drei Barbara Bolls.«

»Ich bin die einzige Bettina in unserer Familie«, erklärte die Kommissarin prompt.

Bettina. »Ich kenne diese Leute ein bisschen, sie behelfen sich mit Abkürzungen. Eine nennt sich Barbie, die andere Babs und …«

»Ich habe keinen Spitznamen, wenn Sie darauf hinauswollen«, sagte Bettina. Ihr Tonfall war trocken, doch ihr Blick wanderte rastlos durch den Raum. Von seiner Schreibtischkante aus konnte Marquardt verfolgen, wie sie die Beine übereinander schlug, Dreckspritzer auf ihrer Jeans entdeckte und die Füße hastig wieder vor sich stellte, um den Schmutz zu verbergen. Dann erblickte sie die verhüllte Staffelei, die neben dem Kamin lehnte. »Malen Sie?«, erkundigte sie sich rasch.

»Oh nein, das ist Klaras Staffelei. Sie ist eine Künstlerin aus dem Dorf.« Die Nervosität Bettina Bolls wirkte nicht beruhigend auf Marquardt – obwohl es rein theoretisch nur von Vorteil sein konnte, sie ein wenig abzulenken.

»Ich habe sie kennen gelernt.«

»Sie porträtiert mich«, gab Marquardt zu und betrachtete seine Hände.

»Darf ich es sehen?«

»Bitte nicht. – Klara mag es nicht, wenn man ihre Werke vorzeitig ansieht«, versicherte er zu schnell und verfiel dann in Schweigen.

»Weshalb ich gekommen bin …«

Bettina erhielt keine Antwort. Marquardt war ganz in den Cognac vertieft, doch seine Schultern strafften sich.

»Es – hm, es ist ein wenig schwierig …«

Er sah auf. »Wieso?«

»Tja, irgendwie … weiß ich nicht so recht, was ich Sie fragen soll.« Sie holte tief Luft. »Oder sagen wir mal, *wie* ich es fragen soll. – Ich möchte, dass Sie mir von Ihrer Familie erzählen. Von Ihrem Bruder, Ihrer Schwester … Ich will sie einfach besser kennen lernen.«

Besser kennen lernen wollte sie ihn.

Unwillkürlich atmete er auf. Es musste der Cognac sein. Der warme, flüchtige Alkohol, der sich aus seinem flüssigen Zustand befreite und ihn berauschte.

Du bist eine Idiotin, sagte sich Bettina unterdessen. *Unvorbereitet.* Was sollte sie schließlich fragen? Stimmt es, dass Ihr Bruder Ihnen die Frau ausgespannt hat? Haben Sie ihn vielleicht deswegen umgebracht?

»Meine Familie – ich werde Sie wahrscheinlich zu Tode langweilen.«

»Sie können mich gar nicht langweilen«, antwortete sie, bevor sie nachgedacht hatte, und bereute es sofort.

Marquardts Augen glühten.

Sie musste fort. Aufstehen. Sie war froh darüber, dass ihr Gesicht schon von der frischen Luft draußen gerötet war. Mit Erleichterung entdeckte sie in einer Nische hinter dem Schreibtisch silbern gerahmte Fotografien, die Familienmitglieder zeigten. »Darf ich mir die ansehen?«

»Aber bitte.«

Einen weiten Bogen um ihn schlagend, erreichte sie die Nische.

Viele der Bilder zeigten einen strahlenden jungen Mann. Sein Lächeln war bestechend, und er hatte ein offensichtliches Gespür für Posen gehabt. Trotzdem war er nicht ganz so schön, wie Bettina ihn sich vorgestellt hatte. »Das also ist Ihr berühmter Bruder Martin.«

»Ja.« Mit leichten Schritten war Marquardt ihr gefolgt, stand hinter ihr und kniff die Augen zusammen, als er die Fotografien betrachtete.

»Haben Sie die gemacht?«

»Einige.«

»Hm. Und das muss Aline sein.« Die Frau hatte sich immer dicht hinter Martin gehalten. Ihr Gesicht war zart, die ganze Erscheinung ätherisch. Kaum zu glauben, dass ein Riese wie Marko Alines Sohn sein sollte.

»M-hm.« Marquardt bewegte sich hinter ihr; er verströmte einen feinen Seifengeruch. Bettina versuchte, sich auf die Fotografien zu konzentrieren. »Sie ist viel schöner als Martin.«

»Die Bilder treffen ihn nicht«, erklärte Marquardt mit dem Bedauern eines Fotografen. »Was ihn ausmachte, war sein Charme.«

»Aber Aline ist getroffen?«

»Ja«, sagte er rau.

»Und wo sind Sie? Ich sehe kein Foto von *Ihnen.*«

Er wies auf ein Bild am Rande der kleinen Galerie, das einen schlaksigen, ernst blickenden Teenager zeigte.

»Wieso gibt es keine späteren Bilder von Ihnen?«

»Keiner außer mir hat fotografiert.«

»Oh.« Unvermittelte Traurigkeit überkam Bettina. »Und wer hat dieses Bild dort von Ihnen gemacht?«

»Martin.« Marquardts Stimme klang schroff.

»Und das ist Ihre Schwester Maria mit Familie? – Da ist ja Marko dabei.«

»Ja.« Er beugte sich vor, um besser zu sehen. »Nach Martins Tod hat Maria ihn zu sich genommen. Sie wollte sich von Anfang an um Marko kümmern, nachdem Aline gestorben war. Es ging so weit, dass sie daran dachte, ihre Ausbildung aufzugeben, aber Martin hat das nicht geduldet.«

»Sie ist sehr fürsorglich.«

»Ja, Familie und Kinder bedeuten alles für sie. Sie regte sich sogar über dieses Kindermädchen auf, nach dem Sie suchen. Es wäre ihr lieber gewesen, wenn sie sich ganz allein um Marko hätte kümmern können.« Er sah sie an. Aus der

Nähe waren seine Augen nicht mehr schwarz, sondern tiefdunkelblau oder -braun, je nachdem, wie der Feuerschein hineinfiel.

»Wann kam er zu Ihnen?«, hörte Bettina sich von ferne fragen.

»Als er vierzehn war.« Sie hatte Sommersprossen, ganz wenige, auf der Nasenspitze. Und einen Leberfleck direkt über ihrer rechten Augenbraue. Das war hübsch. Ja, hübsch …

»Hat er sich nicht mit den Linnés verstanden?«

Marquardt zuckte mit den Achseln. »Ich denke, Maria hat ihn zu sehr unter Druck gesetzt. Sie ist das, was man ›Übermutter‹ nennt. Nicht gerade, was sich ein vierzehnjähriger Junge wünscht.«

Wissende Augen. Und diese schimmernden Haare … Hastig nahm er einen Schluck von seinem Cognac, ohne den herrlichen Geschmack zu spüren.

Sie wies auf sein Glas. »Kann ich doch einen haben?«

»Sicher.« Beinahe hätte er ihr sein eigenes Glas in die Hand gedrückt. »Moment.« Er kam mit einem gefüllten Glas zurück und reichte es ihr.

»Danke.« Sie legte die Finger um das kalte, kantige Material. »Und deswegen ist auch Luzie verschwunden?«

»Wegen ihrer Mutter? – Ja, Luzie ist schon öfter ausgerückt.« Er lehnte sich an ein Bücherregal, bemüht, eine größere Distanz zu halten. »Eine Tragödie, nicht? – Wenn man die Kinder zu sehr liebt, rennen sie einem weg. Vermutlich muss ich froh sein, nie eigene bekommen zu haben.«

»Hm.« Bettina dachte an Adrienno und Samantha-Sue. Die Umstände von deren Geburt konnte man kaum günstig nennen, und doch …

»Sie sind anderer Meinung, Frau Boll.« Marquardt wirkte belustigt. »Vielleicht meinen Sie, ich sollte doch noch heiraten? Kinder haben und unglaublich glücklich werden?« Seine Augen glänzten, während er sich zu ihr vorbeugte.

Sie trat einen Schritt zurück.

Hatte er eben von *Heiraten* gesprochen?! »Verzeihen Sie.«

Das Schweigen dehnte sich und wurde peinlich. Sie sahen sich nicht an. *Sei nicht so verdammt verklemmt*, sagte Bettinas innere Stimme. *Deine Schwester würde sich schlapplachen. Sprich! Erkundige dich, wer das Bild gemalt hat, wer das Haus gebaut hat oder so etwas! Oder schmeiß dich in Gottes Namen ran …!*

Sie blickte auf. Der Bürgermeister studierte so angelegentlich den Inhalt seines Glases, dass sie sich erst recht albern vorkam.

Irgendetwas musste passieren.

Wie jede gute Hausangestellte verpasste auch Rebecca niemals ihr Stichwort. Sie kam in genau diesem Moment, schob sich mit einem Tablett durch eine nahe gelegene Tür, summte fröhlich und richtete Kaffee, Zucker und Sahne, hauchdünne Tassen und Plätzchen auf einem Tischchen an.

»Wunderbar.« Bettina fühlte sich durch die Erleichterung in Marquardts Stimme fast beleidigt. »Rebecca, Sie dürfen uns nicht zu sehr verwöhnen, sonst lässt Marko Sie nicht wieder weg.«

»Der kann ja kommen, wenn er was will«, lachte diese und ging rasch und hüftschwingend davon. Die Tür fiel hinter ihr ins Schloss und ließ eine noch tiefere Stille zurück.

»Zucker? Oder Sahne? Wie viel Stücke?« Behutsam reichte Marquadt Bettina die zarte Tasse.

Sie setzte sich wieder. Der Sessel strahlte eine unwiderstehliche Sicherheit aus. »Da gibt es noch etwas, das ich Sie fragen möchte.« Dankbar betrachtete sie die dunkle Flüssigkeit, die samtig glänzte, sich unmerklich in der elfenbeinfarbenen Tasse bewegte. Die Wärme war durch die dünnen Porzellanwände spürbar, der bittere Geschmack füllte ihren Mund und schien sie gegen weitere Verlegenheiten zu wappnen.

»Bitte, fragen Sie doch.« Auch Marquardt hatte sich seinen Sessel herangezogen.

»Es geht um Ihren Bruder.«

Dieses unglaubliche Timbre in ihrer Stimme. Es musste Tausende von Zigaretten gekostet haben.

»Sein Charakter wird ziemlich widersprüchlich beschrieben.«

»Tatsächlich?«

»Angeblich war er der Charme in Person, aber andererseits völlig rücksichtslos, wenn es darum ging, seine Bedürfnisse zu befriedigen.«

»Sie werden noch feststellen, Frau Boll, dass dies kein Widerspruch ist.«

»Wenn ich älter und weiser bin, meinen Sie?«

Eine Art Melancholie ergriff Marquardt. Älter und weiser wie ich, dachte er. Oder nennen wir doch das Kind beim Namen. *Alt* und weise wie ich.

»Also, diese Fotos aus Ihrem Sekretär«, sprach Bettina weiter, »die zeigen doch, dass Ihr Bruder einen sehr – hm – *speziellen* sexuellen Geschmack hatte.« Sorgfältig mied sie Marquardts Blick. »Und andererseits heißt es dann wieder, dass Martin im Umkreis von zwanzig Kilometern mit jeder Frau geschlafen hat, und zwar ohne Rücksicht auf Alter, Familienstand und Aussehen. Finden Sie das nicht widersinnig?«

Langsam schüttelte er den Kopf. »Eigentlich nicht. Und die Gerüchte sind sowieso übertrieben.«

»Aber nicht die Fotos, oder? Sie sagten selbst, dass Ihr Bruder sie gemacht haben könnte.«

»Wahrscheinlich hat er sie irgendwo gekauft. Ich glaube, was Martin an diesen Bildern wirklich reizte, war, sie zu besitzen, obwohl das illegal ist. Das Motiv war zweitrangig.« Er wirkte jetzt müde, lehnte sich im Sessel zurück und hatte die Lider halb geschlossen.

»Wissen Sie, was mich *wirklich* interessiert?« Bettina tauschte die Kaffeetasse doch wieder gegen das Cognacglas. »Warum sich all die Leute, auf deren Kosten Martin lebte, nicht gewehrt haben.« Sie versteckte sich hinter dem Glas und beobachtete den Bürgermeister genau. »Wie verstanden *Sie* sich mit Ihrem Bruder?«

Als Antwort traf sie ein schwarzer Blick. »Gut.«

»Ich bin vorhin beim Pfarrer gewesen. Er erzählte mir eine Geschichte.«

»Ach ja?«

»Genau gesagt, aus der Bibel. Es ging um einen Mann namens Urija.«

»Tatsächlich?«

»Er war ein Diener des Königs David, er hatte eine schöne Frau und …«

»Ich kenne diese Bibelstelle«, unterbrach der Bürgermeister grob. »Und Ihr salbungsvoller Ton kann nur heißen, dass Sie vorhaben, mich da irgendwie reinzuverwickeln.« Mit harschen Bewegungen stand er auf, drehte ihr den Rücken zu, während er sich nachschenkte und weitersprach. »Sie meinen Aline.«

»Ja«, gab Bettina zu. Voyeurin, schalt sie sich. *Du stehst auf diese Sachen, nicht?* Ja, sie stand darauf.

»Der Pfarrer hat Ihnen erzählt, dass sie mal kurz mit mir verlobt war, bevor sie Martin heiratete. Das war kein Geheimnis. Jeder andere aus dem Dorf hätte es Ihnen auch verraten können.« Abrupt drehte er sich um; sein Lächeln war aggressiv. »Was wollen Sie wissen, Kommissarin? Warum ich nicht einfach eine andere geheiratet habe? – Ich kann Ihnen nicht sagen, wie ich diese Weiber hasse, die meinen, mich trösten zu müssen!«

Er erschrak über seine Worte. Er hatte sie angegriffen. Gleich würde sie ihn kalt mustern und höhnisch fragen, wie er darauf käme, dass *sie* ihn trösten wolle. »Weiber«. Er hatte *Weiber* gesagt.

Sie starrte ihn grün an und schüttelte schließlich ernsthaft den Kopf. »Hatte Martin überhaupt keine Skrupel, Ihnen das anzutun?«

»Sie brauchen mich gar nicht so mitleidig anzuschauen.« Ihre sachliche Reaktion reizte ihn noch mehr. »Dafür gibt es keinen Grund. So tragisch war die Angelegenheit auch wieder nicht.«

»Es hat Sie *nicht* getroffen?!«

»Ich war froh, dass ich wusste, woran ich war.« Mit einer wegwerfenden Geste wischte er Alines Verrat fort, lehnte sich an seinen Schreibtisch und sah Bettina herausfordernd in die Augen.

»Und Aline? Fand sie Ihren Bruder so unwiderstehlich?«

»Sie war impulsiv.« Es schien wie in Zeitlupe abzulaufen, als die Kommissarin ihre schmutzigen Beine doch übereinander schlug. Die Geste entwaffnete ihn. Niemals hatte eine so ungewaschene Frau in diesem Sessel gesessen, aber auch nie eine so hübsche.

»Ihr Bruder sah Aline zum ersten Mal, nachdem sie schon mit Ihnen verlobt war, nicht wahr?«

»Ja.«

»Und wie lernten *Sie* sie kennen?«

»Auf der Uni …«

»Sie war Pianistin, nicht?«

»Richtig. Es war aber mehr Zufall, dass ich eines ihrer Konzerte besuchte. Doch Sie haben Recht, so ging es mit uns los. Sie war die Tochter eines Professors. Professor Wahl … Ich hatte eine Stelle als Hilfskraft bei ihm bekommen … Professor Wahl erkannte mich und lud mich nach dem Konzert ein, mit auf die Party zu kommen. Aline und ich verliebten uns schnell und beschlossen zu heiraten.« Ein bissiger Zug verzerrte sein Gesicht. »Den Rest kennen Sie.«

»Sie war ein Wunderkind.«

»Nein. Sie hatte Tiefe … Aber sie war irgendwie nicht zu fassen. Ein Star.«

»Sie hatte Tiefe und fiel trotzdem auf *Ihren Bruder* herein?«

Gegen seinen Willen musste Marquardt lächeln. »Langsam werden Sie parteiisch, Frau Boll.«

Sie grinste schief. »Martin hat seine Gemeinheiten offenbar nie bezahlt. Das müsste ihm doch irgendjemand übel nehmen! – Doch alle Leute, die wir fragen – und Sie voran – erzählen nur, wie nett und charmant er war. Irgendwas stimmt da nicht.«

»Oh, er hat bezahlt.«

»Wie denn?«

Der Bürgermeister trank sein Glas aus. »Na, er war nett und charmant«, sagte er und lachte kurz und bitter. Einen Moment schien es, als habe er vor, sein Glas in den Kamin zu schleudern. »Nein. – Martin verachtete die Leute, die ihm alles nachsahen, weil sie sich blenden ließen. Er war reich und begabt. Niemand zwang ihn, gut zu sein, zu arbeiten und so weiter. Doch diese Freiheit konnte er nicht nutzen – sie machte ihn wütend. Irgendwie fehlte ihm etwas … Ich habe lange darüber nachgedacht.«

»Das hört sich aber nicht nach Bezahlen an. Eher nach Zynismus.«

Maquardt blickte auf. »Tja. Ein armes Opfer war Martin nicht, das stimmt … Aber trotzdem war er nicht so einfach gestrickt, wie Sie glauben.« Seine Stimme hörte sich scharf und fremd an, fand er. Sie dagegen lauschte unangenehm teilnahmsvoll.

»Und wie war er? Es interessiert mich wirklich.«

Sie hatte sich vorgebeugt. Ihre grünen Augen blickten vertrauensvoll gespannt. Das ist ihre Masche, dachte Marquardt grimmig: Sie sieht naiv aus, erfasst aber alles, was man sagt. Sie will mich aushorchen. Er hörte sich antworten: »Na schön. Wenn es Sie *persönlich* interessiert ...«

»Sehr.«

Er bohrte sich in diesen grünen Blick, der nicht stark genug war, um den seinen lange zu ertragen. Trotzdem hatte er das unbehagliche Gefühl, nicht der wahrhaft Überlegene zu sein. Er sagte: »Meinem Bruder fehlte ein Ziel.« Dann starrte er wieder eine Weile ins Feuer. »Er konnte nur reagieren. Nennen Sie es Mangel an Kreativität ... Jedenfalls interessierte er sich nur für das, was ihm direkt unter der Nase vorbeikam. Und er wusste vage, dass er auf die Art niemals *wirklich* etwas erreichen würde. Das machte ihn so destruktiv. Seine Erfolge waren nicht echt. – Komisch nicht? Dabei hatte er so viele ...« Er betrachtete seine Hände. »Kennen Sie das noch, Frau Boll, Bobby McGee? – Das war früher in, als ich ...« Noch jung war, hatte er sagen wollen, doch er konnte es nicht aussprechen. Nicht, wenn sie ihn so mitfühlend ansah.

Bobby McGee. Auf irgendeine Weise schien das die magische Frage zu sein. »Ein Sänger?«, fragte Bettina vorsichtig.

Sie hatte die falsche Antwort gegeben. Seine Miene wurde steinern, und er sagte vorwurfsvoll: »Sie sind zu jung.«

»Oh, lieber Himmel!« Sie ärgerte sich über sich selbst. Er hätte weitergesprochen. Stundenlang, wie mit sich selbst, wenn sie den blöden Bobby McGee wiedererkannt hätte, wer immer das auch war. »Schön. Ich bin achtundzwanzig. – Und ich möchte mich bei Ihnen dafür entschuldigen. Das ist wirklich unverschämt von mir.« Wütend starrte Bettina in Marquardts dunkles Gesicht. Nun hatte er es doch noch geschafft, sie zu provozieren. »Drücken Sie sich doch freundlicherweise so aus, dass ein unreifes Wesen wie ich Ihnen folgen kann.«

»Reden Sie nicht so einen Unsinn«, sagte Marquardt roh. *Unreif!* So würde er die Kommissarin – Bettina – *kaum* bezeichnet haben. Doch ihr eben das zu versichern oder auch nur etwas Begütigendes zu sagen, brachte er nicht über sich. Es war schon idiotisch genug, dass er hier saß und einen altmodischen Song zitierte. »Me And Bobby McGee«, erklärte er dann mit dieser gewissen Kälte, die viel einfacher ist als Freundlichkeit, »ist ein Lied von Janis Joplin. Eine berühmte Zeile daraus heißt: *›freedom's just another word for nothing left to loose‹*, zu Deutsch –«

»Ich verstehe Englisch«, versetzte Bettina kühl. Sie maßen sich mit Blicken.

»Alles, was mein Bruder besaß, flog ihm zu«, sagte Marquardt endlich. »Er hatte tatsächlich nichts zu verlieren.« Seine Augen waren nachtschwarz. »Deswegen versuchte er ständig, sich irgendwie künstlich zu betäuben.«

* * *

Der Regen hatte Luzies Spuren verwischt. Die Hunde konnten nichts finden; so durchstreiften die Männer mit ihren Taschenlampen den angrenzenden Wald. Gegen neun Uhr klingelten sie an Kropps Haustür.

Nach einiger Zeit öffnete der ungehaltene Eddie Kropp. Er trug einen alten Jogginganzug und Schlappen. In der Hand hielt er ein angebissenes Quarkbrot.

»Was?!«, fragte er unfreundlich. Die Worte wurden von einer Bierfahne begleitet.

Der junge Beamte stellte seine Fragen, die Eddie samt und sonders verneinte. Schließlich musste der Beamte genauso schlau wie vorher wieder abziehen, und Eddie knallte die Tür hinter ihm zu. »Unverschämtes Gesindel«, knurrte er. Er hatte es nicht gern, wenn man seinen wohlverdienten Feierabend störte.

7

Obwohl Luzie gern damit prahlte, ihr halbes Leben auf Dachböden verbracht zu haben, fühlte sie sich auf *diesem* nicht wohl. Vielleicht war es nur die ungewöhnliche Kälte, der Zug, der Luzie in unregelmäßigen Abständen streifte wie etwas Lebendiges.

Ihr war übel.

Einer der Ziegel über Luzies provisorischem Lager war zerbrochen. Regenwasser sammelte sich in dem Riss, tropfte aber nicht herab, sondern rann an der Unterseite der Scherben entlang und löste sich in unbestimmbare Feuchtigkeit auf. Die alte Matratze, die sie mit einer schmutzigen Decke überzogen hatte, roch schimmelig.

Sie wollte hier weg.

Zumal diese Stimme in ihrem Kopf, die sie tagsüber hatte ausknipsen können, immer lauter wurde.

Hier liegst du auf einem Berg Müll, sagte die Stimme. Erinnerst du dich an dein warmes Bett zu Hause?

Elend starrte Luzie die unverkleideten Ziegel an. Es raschelte. Es tropfte. Es war kalt und feucht, und sie hatte nichts mehr zu essen. Geh doch wenigstens zu Theo, fuhr die Stimme in schmeichlerischem Tonfall fort. Mathieus können dich verstecken. Und wenn sie dich dann finden – *dort* hast du wenigstens Theo in der Nähe.

Luzie zog die Flauschdecke, die sie aus Kropps Wohnzimmer mitgenommen hatte, enger um sich.

Überhaupt solltest du momentan besser auf dich achten, stichelte die Stimme. In deinem Zustand …

Das Mädchen schaltete ab. Neben der gammeligen Matratze stand ein Karton mit einem breiten japanischen Namenszug; vermutlich war der große Fernseher, der jetzt im Wohnzimmer stand, darin verpackt gewesen. Ab und zu ließ sich ein sanftes Rascheln aus der Richtung vernehmen.

Unglücklich schloss sie die Augen. Wäre doch nur Theo hier! Doch er wusste nicht, wo sie war, und wenn sie zu ihm ging, würde man sie finden. Sie war allein. Sie hatte keinen einzigen Menschen, der ihr beistand.

Tja, aber vielleicht hast du bald einen, dem *du* beistehen musst, sagte die Stimme honigsüß und hörte sich eindeutig nach Liliane an.

Luzie beschloss zu schlafen.

Von draußen hörte sie entfernt die Hunde bellen, die nach ihr suchten. Morgen würde sie früher aufstehen und zu Theo gehen. Sie döste ein, ohne die Stimme noch einmal zu hören, und fiel in tiefen, lähmenden Schlaf.

* * *

Diesmal war die Nacht noch nicht herum, als Bettina geweckt wurde. Vor Aufregung heiser, klopfte Frau Sommer an ihre Tür und schrie schrill, es sei »arisch« wichtig. Ergeben wälzte sie sich aus den Kissen und warf ihren Bademantel über. Draußen herrschte tiefe Dunkelheit.

Ein Beamter, der sich als Polizeiobermeister Ohm vorstellte, erwartete sie im Hauseingang. »Der Kommissar meinte, es würde Sie interessieren«, sagte er halblaut. »Wir haben etwas gefunden.«

Der schlaftrunkene Willenbacher trug sein Sweatshirt verkehrt herum, was Frau Sommer veranlasste, besorgt um ihn herumzuhüpfen.

»Was denn?«, fragte Bettina. Willenbacher ließ sich willenlos bemuttern. Es war halb vier, und er hatte bis zwei Uhr bei der Suchaktion geholfen.

»Einen menschlichen Schädel. Ein Kollege hat ihn im Wald unter einem Blätterhaufen entdeckt. Er muss schon lange da liegen.«

Ohm verfolgte, wie Willenbacher mit Frau Sommers Unterstützung das Sweatshirt über sein aus der Hose gerutschtes Unterhemd streifte.

»Nur den Schädel?«

»Ja, aber der Erkennungsdienst ist natürlich benachrichtigt. Möglicherweise finden wir auch noch den Rest …«

»Wo genau ist die Fundstelle?«

Der Beamte zuckte die Achseln. »Wir können genauso gut auch gleich hinfahren. Es ist ein Tal hinter dem Burgberg. Ziemlich steil und schmal. Kein Weg führt da runter. Einsam gelegen.«

»Und Luzie Linné?«

Ohm schüttelte den Kopf. »Immer noch keine Spur. Wir suchen noch bis heute Nachmittag, dann hören wir auf.« Seine Hosen waren dreckverspritzt, seine Stiefel starrten vor Schlamm. Frau Sommer hatte ihn deswegen nicht ins Obergeschoss gelassen.

Bettina nickte und bot dem Beamten eine Zigarette an.

»Also los. Feuer? – Willenbacher, wollen Sie wirklich nicht wieder ins Bett?« Sie sog den Rauch tief in die Lungen.

Der Kollege verneinte und rieb sich gleichzeitig die Augen.

»Na schön. Gehen wir und sehen uns das mal an.«

* * *

Die Hunde ließen sich nur schwer beruhigen; die Leute vom Erkennungsdienst stöhnten über das unwegsame Gelände und das feuchte Wetter. Man hatte einen Dieselgenerator heranschaffen müssen, um den Platz beleuchten zu können. Dichtes Buschwerk erschwerte zusätzlich die Arbeit.

»Schöner Platz für ne Leiche«, sagte Kommissar Knappe, während er sich von einer Brombeerranke befreite. »Kein Mensch hätte die je gefunden.« Er beobachtete, wie die junge Kommissarin den steilen Hang neben ihm herablief. Ihr Assistent Willenbacher stolperte schwerfällig hinterdrein. »Tja, sieht so aus, als hätten Sie jetzt richtig was zu tun.« Er lachte kurz. »Kennen Sie unseren Doktor schon? Doktor Hammur, das ist die Kommissarin mit dem toten Baby.« Originelle Vorstellung.

Über einen Busch hinweg reichte sie dem Arzt ihre Hand. Er hatte ein südländisches Gesicht und unter seinen beachtlichen Augenbrauen prangte eine kräftige Nase. »Hab schon von Ihnen gehört«, bemerkte er geringschätzig.

»Und ich hoffe, dass ich bald wieder was von dem Baby höre«, entgegnete Bettina kühl.

Doktor Hammurs beleidigter Blick sprach Bände. »Wir haben einiges zu tun momentan – außerdem sind die paar Knochen längst in Mainz. Steigen Sie *denen* aufs Dach, wenn Sie wollen.« Er beugte sich wieder über den moderigen Haufen, der im Zentrum der Lichtkegel auf Untersuchung wartete. Man konnte nicht viel sehen. Das einzige Zeugnis menschlicher Überreste war ein gelb schimmerndes Ding, das Bettina nicht auf Anhieb als Schädel erkannt hätte.

»Frau Boll, nicht?«, fragte der Arzt, ohne sie anzusehen. »Wissen Sie, Frau Boll, Sie kommen immer mit Fragmenten.« Behutsam nahm er den Knochen aus seinem Bett aus Blättern und lockerer Erde. »Wenn Sie Ihre Toten ein wenig früher entdecken würden, dann könnte ich Ihnen auch mehr Ergebnisse bringen.«

Hilfsbereit hielt ein Assistent einen großen Plastikbeutel auf. Dr. Hammur verstaute den Schädel darin.

»Tut mir Leid, dass ich Ihnen keine frische Leiche servieren kann, Doktor.«

Umsonst wartete sie auf Antwort, denn der Medizinmann hatte sich wieder seinem Assistenten zugewandt und fühlte sich ganz offensichtlich nicht angesprochen. Achselzuckend kämpfte Bettina sich einen Busch weiter.

Auf den Blättern ringsum sammelten sich dicke, im grellen Kunstlicht glitzernde Wassertropfen, die niederfielen und beim Auftreffen ein sattes Geräusch verursachten. Weder Menschen noch Werkzeuge wurden von ihnen verschont.

Mühsam bog Bettina Zweige zur Seite. Einem Beamten, der leise vor sich hin fluchte, weil ihn das stachelige Geäst eines Busches behinderte, half sie, indem sie sich mit dem Rücken dagegenlehnte.

»Danke.« Der Polizist bearbeitete den Boden mit einer Schaufel und einem groben Sieb.

»Haben Sie außer dem Schädel noch etwas anderes gefunden?«

Er streifte sie mit einem kurzen Blick. »Ein paar Halswirbelknochen ... Teile von Gewebe ... ist alles da hinten.« Mit dem Ellbogen wies er auf ein kleines Häufchen aus Plastiktüten, welches in Griffweite lag. Bettina nahm alle Beutel, hielt jeden einzelnen hoch gegen das Licht aus den Strahlern. In fünf der Plastikbehälter befanden sich Knochenstücke, zwei andere beinhalteten jeweils einen Stofffetzen. Es war ein grober, dunkel verfärbter Stoff.

»Sackleinen?«

»M-hm.« Der Beamte brummte, weil ihn wieder ein Tropfen getroffen hatte. »Scheißregen.«

Ein Mann mit schmutzigen Jeans und einem blauen Flanellpullover drang durch die Büsche zu Bettina vor. »Kommissarin Boll?«

»Ja.«

»Schulze.« Er reichte ihr seine Hand, über die er einen Gummihandschuh gezogen hatte. »Wir haben einen Teil des Restes gefunden«, sagte er und fuhr sich über die Stirn. »Nicht viel, aber so lang wie die Leiche hier schon liegen muss … Tierfraß und alles …«

Bettina nickte. »Alles werden wir sowieso kaum finden können.«

»Deprimierend, was? – Doktor? Wollen Sie mitkommen? Ich zeige Ihnen die neue Fundstelle.« Entnervt pflückte er ein paar halb vermoderte Blätter von seinem Pullover. »Hier kann ja kein Mensch arbeiten.«

Während Bettina, Knappe und der Doktor samt Gefolge sich gemeinsam hinter Schulze durch das Astwerk arbeiteten, zählte dieser die Fundstücke auf. »Oberschenkelknochen – möglicherweise Teile der Wirbelsäule … Jemand muss die Leiche einfach hier abgelegt haben, damit die Tiere den Rest besorgen … Verdammt!« Er rieb sich seine Wange, auf der ein roter Striemen sichtbar wurde, und bog Bettina den heimtückischen Ast zurück. »Hier ist es.«

Kollegen waren damit beschäftigt, eine Stelle des Unterholzes von Blättern zu befreien; andere richteten zwei starke Strahler aus. Von der Leiche war außer ein paar braunen, moderigen Knochenstücken von armseliger Größe nicht viel zu erkennen.

Dr. Hammur bedeutete seinem Assistenten, für Nachschub an Plastiktüten zu sorgen; der Polizeifotograf fluchte, weil das Regenwasser in seine Kamera zu dringen drohte.

»Der die Leiche hierher brachte, wusste, was er tat«, stellte Kommissar Knappe fest, nachdem auch er sich an einem dornigen Zweig die Hand aufgerissen hatte. »Wir hätten nie was gefunden, wenn diese Vermisste nicht wäre …«

Einer der Beamten, die den Boden untersuchten, schrie auf. »Schaut hier!«

Alle drängten die paar Schritte auf ihn zu. Er hielt ein winziges Ding in der Hand, einen schmutzigen, kleinen Gegenstand, den er vorsichtig mit seinen gummibehandschuhten Fingern abrieb.

Der Gegenstand begann zu glänzen.

»Gold!«

Es war ein goldenes Kreuz, ein Anhänger. Der Beamte reichte ihn Bettina. Sie betrachtete ihn lange. An dem Kreuz hing ein winziger Jesus, naturalistisch ausgeformt, leidend. Das Schmuckstück war kitschig, aber sicher nicht wertlos. Ein goldenes Kreuz und Sackleinen … »Sie haben keine Schuhe gefunden, oder?«, fragte sie.

»Wir müssen erst noch die Erde hier durchkämmen«, sagte Schulze. »Aber wer weiß, ob wir überhaupt noch was finden.«

»Es würde mich interessieren, was die Person angehabt hat«, murmelte Bettina.

Sie wandte sich an Dr. Hammur. »Können Sie mir sagen – ganz grob – seit wann die Leiche hier liegt?«

»Ihre Lieblingsfrage.«

»Nur, solange ich keine Antwort darauf bekomme.«

Er hob die Hände. »Wissen Sie! Wollen Sie nicht die Untersuchungsergebnisse abwarten? Es gibt Fälle, da sieht ein Toter schon nach drei Jahren so aus, und in diesem Urwald wäre das auch kein Wunder …«

»Aber er *könnte* auch schon länger da liegen, sagen wir, fünfzehn, zwanzig Jahre …?«

Ungeduldig stemmte der Doktor die Fäuste in die Hüften. »Ich kann es noch nicht sagen! Vielleicht fünfzehn

Jahre … Was Sie von mir verlangen, ist, als wenn ich Sie nach dem vollen Namen des Toten fragte!«

Bettina zuckte die Achseln. »Anna Moretti?« Sie grinste in Dr. Hammurs verblüfftes Gesicht. »Das ist nur eine Vermutung, natürlich.«

Der Doktor schnaubte. »Fünfundzwanzig Jahre sind das Alleräußerste.« Er beugte sich wieder über die Knochen. »Sie kriegen dann meinen Bericht.«

* * *

Der Haken an Kropps Speicher war, dass er kein Fenster besaß.

Luzie hatte sich vorgenommen, noch vor fünf Uhr aufzustehen, um sich endlich zu Theo schleichen zu können.

Doch als sie aufwachte, musste sie feststellen, dass es schon nach halb acht war. Die Dunkelheit des Speichers hatte ihr Zeitgefühl durcheinander gebracht. Müde rieb sie sich den schmerzenden Kopf. Ihr Schlaf war tief und traumlos gewesen, doch nicht erholsam. Sie fühlte sich matt. Hatte sie nicht von einem Stöhnen geträumt, von schauerlichen Schreien, von Hilferufen? Jetzt war alles ruhig, doch auch diese Stille war unheimlich. Lauernd.

Wenn nur Theo da wäre. Er würde sie auslachen. »Mäuse, Luzie, bloß kleine süße Mäuse«, würde er sagen. Und sie würde ihn dafür kitzeln.

Wenn sie ihn wenigstens hätte anrufen können. Aber bei Mathieus war mal wieder das Telefon abgestellt.

Luzie seufzte. Sie stand auf, streckte sich und hob die Decke auf. Ein Gutes hatte die Sache: Die Kropps mussten längst bei der Arbeit sein.

Auf dem Esstisch in der Küche stand noch das Geschirr vom Abendessen. Die Tupperdose, die am Abend zuvor gebracht worden war, lag weiß verschmiert in der Spüle. Anscheinend hatte sie diesen wirklich guten Schnittlauchquark enthalten, den es mittwochs in der Bäckerei zu kaufen gab. Leider befanden sich nur noch Reste davon in der Schüssel, wie das Mädchen enttäuscht feststellte. Unlustig öffnete sie den etwas schmuddeligen Kühlschrank.

Sie wählte eine Tomate und drei gammelig aussehende Möhren, die sie heftig unter dem Wasserhahn schrubbte. Mit diesen Vorräten beladen, stieg sie die Treppe zu Kropps Schlafzimmer hoch, um fernzusehen und zu überlegen, was sie machen sollte.

Noch auf der Treppe biss sie in die erste Möhre, die ungewöhnlich süß schmeckte. Luzie freute sich ein wenig. Dann öffnete sie die Tür zum Schlafzimmer, und der Bissen blieb ihr im Halse stecken.

* * *

Eine der tragenden Säulen des Kreimheimer Gemeinwesens – und unzweifelhaft die dickste – war Marlene Eisenbeiß, das selbst ernannte schlechte Gewissen des Ortes. Um stets im Bilde zu sein, behielt sie die Straße vor dem Apothekenschaufenster immer im Auge, und so war es nicht verwunderlich, dass sie die Erste war, die Luzie entdeckte.

»Sie sah aus wie der leibhaftige Tod«, berichtete sie später den anderen Damen des Dorfes. »Aber das ist ja auch kein Wunder, das arme Ding …«

Zu diesem Zeitpunkt jedoch hielt Marlene Eisenbeiß, eingedenk ihres kleinen Zussammenstoßes in der Arztpraxis, Luzie keineswegs für ein »armes Ding«, und sie hatte auch nicht vor, das Mädchen einfach so an der Apotheke vorbeigehen zu lassen. Schließlich wurde es seit zwei Tagen vermisst, und Frau Eisenbeiß war verantwortungsbewusst genug zu wissen, wann sie gebraucht wurde. Somit war es reine Pflichterfüllung, als sie sich mit ihren hundertachtzig Pfund Lebendgewicht und der nötigen Aufregung auf die Straße stürzte.

»Luzie Linné! Halt, aber sofort! Luzie!«

Das Mädchen blieb stehen und drehte sich um. »Ihr Gesicht war leichenblass!«, sollte Marlene Eisenbeiß später schildern. »Und sie schlotterte am ganzen Körper. Ich dachte schon, sie bricht mir auf der Stelle zusammen ...«

Mit abwesendem Blick sah Luzie die Apothekerin an – »Sie schaute direkt durch mich durch, so als wäre ich gar nicht da, richtig unheimlich ...« – und sagte einfach: »Ich glaube, sie sind tot.«

Dann drehte sie sich wieder um und ging weiter, doch Eisenbeiß wäre nicht sie selbst gewesen, wenn sie Luzie hätte gehen lassen. Sie lief ihr nach und rief ziemlich streng: »Was soll das heißen?!«

Marlene Eisenbeiß hatte nämlich seit jeher ein feines Gespür fürs Verbrechen.

* * *

Die große Menge müder und verdreckter Polizisten war in den nicht minder großen, aber dafür um vieles reineren »Frühstückssaal« der *Pension Giesela* geströmt, und nachdem Frau Sommer vergebens versucht hatte, die Invasion schmutziger Stiefel aufzuhalten, gab sie sich geschlagen und kochte erst mal Kaffee.

Und Kaffee war das, was sie alle brauchten – kaum einer von ihnen hatte überhaupt geschlafen. Die Männer waren so dreckig, dass Frau Sommer blass und immer blasser wurde, wenn sie ihren einst so sauberen Esssaal betrachtete.

Kommissar Knappe hatte Furcht erregende Schatten unter den Augen. Er rührte vier Stück Zucker in seinen Kaffee und rauchte Kette. »Wissen Sie, wir dachten, wir seien so nah dran gewesen.« Er sah Bettina über seine Tasse hinweg an. »Sind Sie wirklich sicher, dass sie in diesem Schuppen war?«

Bettina nickte. Knappe stellte diese Frage zum fünften Mal, aber sie nahm es ihm nicht übel. Sie war auch müde.

»Was kann sie in diesem Scheißwald gewollt haben? – Entschuldigung. Keine Straße in der Nähe, kaum ein Haus – Christian, wir müssen nachher noch mal die Häuser überprüfen.«

Der Angesprochene, ein rotgesichtiger Mann, nickte, ebenfalls zum wiederholten Male.

»Die finden wir hier nicht mehr«, erklärte ein anderer. »Die ist längst über alle Berge, wahrscheinlich in Frankfurt oder so. Das geht heutzutage ruckzuck.«

Knappe sah den Mann an und nickte düster. »Diese schlaflosen Nächte bringen mich noch um.«

Willenbacher kaute an seinem Brötchen. Er war frisch, gut gelaunt und der Einzige, der ausgeschlafen wirkte. »Seien Sie doch nicht so pessimistisch«, flötete er. Die Nacht hatte ihm einen wunderschönen Mordfall beschert. »Bestimmt finden wir bald einen Hinweis.«

»Wahrscheinlich geht gleich die Tür auf, und sie kommt rein«, knurrte der rotgesichtige Mann mit einem vernichtenden Blick in Willenbachers Richtung.

Auf dieses Stichwort erschien Frau Sommer, aufgeregt mit ihrem Spültuch wedelnd. »Äää … Frau Inspektor … Do is wer für Sie …«

Auftritt Eisenbeiß mit einer nicht erkennbaren Person im Schlepptau. »Ich habe sie«, verkündete die Apothekerin triumphierend ihrem unverhofft großen Publikum. »Hier ist Luzie.« Voller Stolz schob sie das apathische Mädchen in den Vordergrund.

Knappe schüttelte den Kopf, starrte abwechselnd Luzie und den Rotgesichtigen an.

Marlene Eisenbeiß stellte sich in Positur. »Hier ist Luzie, aber das ist nicht alles. Sag, was du gesehen hast, Luzie.«

Luzie sagte es, und eine Stunde später wimmelte das Haus der Kropps vor Polizisten.

* * *

Ein Mann vom Erkennungsdienst wies dem Doktor und seinen Assistenten den Weg zum Schlafzimmer. Bereits auf dem Treppenabsatz konnten sie den Geruch von Erbrochenem wahrnehmen.

»Puuh. Was haben die denn gefeiert?« Einer der jungen Männer fächelte sich mit der Hand Luft zu.

Oben baute der Polizeifotograf gerade sein Stativ ab; die rothaarige Ludwigshafener Polizistin und ihr Kollege erwarteten den Arzt bereits.

Die Kommissarin sah übernächtigt aus, doch ihr Assistent wirkte munter und ausgeruht. »Guten Morgen.«

»Morgen. So schnell sieht man sich wieder.« Dr. Hammur schien den stechenden Geruch überhaupt nicht wahrzunehmen. »Seitdem Sie in Kreimheim arbeiten, schwingt Gevatter Tod ganz schön die Sense, Frau Boll.« Gut gelaunt betrachtete der Arzt die schauerliche Szenerie auf dem Bett.

»Ich hab einen Vertrag mit ihm«, gab diese zurück. »Hoffentlich sind Sie jetzt zufrieden. Ich meine, was die Vollständigkeit der Leichen angeht.«

»Absolut.« In Dr. Hammurs blassem Gesicht schimmerten winzige schwarze Bartstoppeln. Er begann, seine Tasche auszupacken. Die Assistenten standen noch unnütz herum und ekelten sich vor dem Anblick, der sich ihnen bot: Eddie und Margit Kropp lagen in ihren ehemaligen Mageninhalten. Als habe er sein Leben an ihr festklammern wollen, waren Eddies Beine fest um eine Decke geschlossen. Seine verrutschte Pyjamahose gab den Blick auf geflickte Feinrippunterhosen frei, und die weit offen stehenden Augen blickten stumpfer, als es ihnen je zu Lebzeiten möglich gewesen war.

Kropps Frau sah kaum besser aus. In seltsamem Winkel zusammengekrümmt, krampfte sich ihr Körper um eine ausgelaufene Flasche.

»Sieht so aus, als hätten sich die Guten vergiftet.« Dr. Hammur öffnete seine Tasche. »Dieser Ort hier ist ein verdammt gefährliches Pflaster.« Er stieg über eine leere Flasche hinweg zu Eddie Kropp und untersuchte ihn rasch. »Tot. Ziemlich schrecklich, so zu sterben.«

Auch für Margit Kropp kam jede Hilfe zu spät. Die Assistenten gingen die Bahre holen.

»Kann es eines von diesen Mitteln gewesen sein?« Bettina hielt dem Doktor eine Klarsichthülle mit mehreren Arzneipäckchen hin. »Die haben wir in Frau Kropps Nachttisch gefunden.«

»Hm.« Der Arzt wechselte seine Gummihandschuhe und nahm einige Gläschen mit Schraubverschluss aus seiner Tasche. »Zeigen Sie mal her.« Mit seiner freien Hand hielt er den Beutel mit den Medikamenten hoch. Dann schüttelte er den Kopf. »Kann ich mir nicht vorstellen. Das sind relativ harmlose Schmerz- und Schlafmittel. Wir werden das natürlich genauer überprüfen.«

Er gab die Medikamente an Willenbacher weiter und begann, Proben des Erbrochenen in die kleinen Gläschen zu füllen. »Was haben sie zu Abend gegessen?«

»Wir haben Proben von Brot, sauren Gurken, Leberwurst und angemachtem Quark. Dazu Bier und«, Bettina hielt einen etwas größeren Plastikbeutel hoch, »das hier.« In der Tüte befand sich eine schmutzige Limonadenflasche, die mit klarer Flüssigkeit gefüllt war.

»Selbstgebrannter«, sagte der Arzt.

»Genau.« Bettina runzelte die Stirn. »Kann es das Zeug gewesen sein? Vielleicht ist es giftig, durch falsches Brennen oder so.«

Der Arzt hob eine Augenbraue, sein Blick streifte kurz die herumliegenden Flaschen. »Ein Kenner wie unser Herr Kropp hier hätte das gemerkt«, erwiderte er und schüttelte den Kopf.

Die Sanitäter erschienen mit der Bahre und luden Eddie Kropp schnell und geschickt darauf.

»Ich denke, das Gift war im Essen. Wahrscheinlich ein Pflanzengift. Belladonna. Digitalis. Etwas in der Art.«

Er streifte die Handschuhe ab, nachdem er alle Gläser beschriftet und in Plastikbeutel verpackt hatte. »Wahrscheinlich haben sie das Gift gestern Abend zu sich genommen. Sagen wir, gegen acht oder neun. Dann müssen die ersten Symptome gegen Mitternacht aufgetreten sein. Erst Übelkeit und Erbrechen, dann Herzrasen, schließlich Krämpfe, Lähmung und Tod.« Er lächelte Bettina an. »Wenn es Digitalis war. Man braucht seine Zeit, um an diesem Zeug zu sterben.«

»Wenigstens können Sie mir diesmal den genauen Todeszeitpunkt sagen.«

Der kleine Willenbacher erschien in der Schlafzimmertür, hielt sich die Nase zu und gab Dr. Hammur ein Zeichen.

»Man verlangt nach Ihnen, Frau Boll.« Er schloss seine Tasche. »Sie kriegen meinen Bericht.«

Willenbacher war aufgeregt und zog Bettina förmlich aus dem Raum. »Wir haben den Beweis«, erklärte er. »Es war Mord.«

»Wieso? Was haben Sie gefunden, Willenbacher?«

Er führte sie triumphierend ins Wohnzimmer, wo eine uniformierte Beamtin mit hellem Pulver hantierte. »Wir müssen es mitnehmen«, erklärte sie. »Ah, Frau Boll. Schauen Sie sich das an.« Sie wies auf das Telefon, ein einfaches schwarzes Modell. Bettina sah nichts.

»Tja, das ist es nämlich.« Willenbacher drehte das Telefon herum. Das Anschlusskabel fehlte.

»Jemand hat die Kropps vergiftet und das Telefonkabel entfernt, damit sie keine Möglichkeit hatten, noch rechtzeitig einen Arzt zu rufen«, sagte er. »Raffiniert, was?«

Die uniformierte Kollegin öffnete einen großen Klarsichtbeutel und hob das Telefon vorsichtig hinein.

Bettina nickte. »Das ist wirklich komisch ... Gut gemacht, Willenbacher. Suchen Sie nach dem Telefonkabel. Vielleicht wurde es versteckt. – Hatten die Kropps übrigens ein Auto?«

»Nein«, antwortete Willenbacher sofort. »Habe ich schon überprüft. Margit Kropp hatte nie einen Führerschein, und Eddie ist seiner vor fünfzehn Jahren abgenommen worden. Er hat die zweite Prüfung, die er hätte ablegen müssen, nicht gemacht.«

»Alkoholprobleme«, murmelte Bettina zerstreut. »– Wissen Sie was? Wenn Luzie nicht da gewesen wäre, hätte der Mörder genügend Zeit gehabt, zurückzukommen und das Kabel wieder anzuschließen.«

Die drei Beamten sahen sich an. Willenbacher kratzte seinen Kopf. »Aber dann – haben wir ja vielleicht eine Zeugin! Wenn der Mörder *hier gewesen* ist ...«

Der Beamte, der draußen im Regen die heranrückenden Dorfbewohner aufgehalten hatte, kam tropfend ins Zimmer. »Entschuldigen Sie, Kommissarin – da ist eine Frau, die behauptet, sie müsste unbedingt zu Ihnen. Sie klingt ziemlich verwirrt, aber vielleicht wollen Sie sie doch anhören.«

»Wer ist es?«

»Vermeer oder so.«

»Wo ist sie?«

»Noch vor der Tür.«

»Bringen Sie sie herein.«

Marlies Vandermeer sah müde und verheult aus; ihre Jacke war völlig durchnässt. »Ich muss mit Ihnen sprechen!«, rief sie, als sie Bettina sah. »Es ist wichtig.«

»Ja?«

Die Frau brach in Tränen aus.

»Ganz ruhig.« Aus ihren Taschen förderte Bettina ein zerknautschtes Päckchen Tempos zu Tage und versorgte die Weinende damit. Dann rückte sie ihr einen Stuhl zurecht. Marlies Vandermeer schluchzte auf, als sie sich setzte, und fragte: »Sind sie tot, die Kropps?«

»Am besten, wir gehen der Reihe nach vor, und Sie sagen uns erst mal Ihren Namen.«

Die Frau versuchte, ruhiger zu werden. Sie schneuzte sich, atmete tief durch. »Vandermeer. Marlies.« Sie beobachtete Willenbacher, wie er sein Notizbuch aufschlug und mitschrieb. »Es war für uns gedacht. Das Gift. Mein Mann liegt im Krankenhaus.« Sie kämpfte wieder mit den Tränen. »Und wenn die Kropp nicht wäre, dann wäre er jetzt tot!« Sie nahm ein frisches Tempo aus der Packung.

Bettina suchte sich selbst einen Stuhl, setzte sich rittlings darauf und fasste der Frau sanft an die Schulter. »Das müssen Sie mir erklären, Frau Vandermeer. Wie kommen Sie darauf, dass Sie gemeint waren?«

Die Frau schluckte. »Frau Kropp ist – *war«,* sie sah auf, prüfend, ob sie auch mitleidig genug gewirkt hatte, »unsere Putzfrau. Donnerstags kommt – kam sie immer zum Putzen.«

Willenbacher blickte leicht ungeduldig.

Die Frau schniefte. »Also, gestern war die Kropp wie immer da. – Sie müssen wissen, dass sie oft gestohlen hat. Sie hat unseren Schnaps getrunken, wenn es keiner gesehen hat, und sie hat Sachen aus dem Kühlschrank mitgenommen.«

Bettina spürte ein leichtes Kribbeln. »Und sie hat gestern wieder etwas aus dem Kühlschrank mitgehen lassen?«

Vandermeer nickte dankbar. »Wissen Sie, die Frau ist – war ganz einfach unverschämt. Es ist schon vorgekommen, dass sie Sachen in *Tupperschüsseln* mit nach Hause genommen hat.«

»Was hat sie gestern mitgenommen?«

Die Frau schniefte wieder. »Quark.«

Willenbacher und Bettina sahen sich an, elektrisiert. »Angemachter Quark, mit Schnittlauch drin?«, fragte Bettina langsam.

Vandermeer nickte lebhaft. »Ja, wissen Sie, den gibt's nur mittwochs in der Bäckerei. Dann kommt nämlich das Eierauto, und ich bestelle immer ein ganzes Pfund, weil mein Mann ihn so gern isst.«

Der Gedanke an ihren Mann trieb ihr erneut die Tränen in die Augen. Sie benutzte ein weiteres Tempo. »Ich selbst mag ihn nicht so gerne, schließlich ist das Zeug schrecklich fett …«

»Wann haben Sie gemerkt, dass etwas fehlte?«

Das Gesicht der Frau wirkte faltig und verzerrt. Sie rieb sich die Augen, rutschte auf ihrem Stuhl herum. »Als ich das Abendessen machte. Ich bewahre den Quark in einer Tupperschüssel auf. Als ich sie öffnete, sah ich, dass nur noch ein Rest drin war.« Sie schniefte. »Und ich hab mir noch gesagt, was für eine Unverschämtheit das ist, mir vor meinen Augen das Essen aus dem Kühlschrank zu klauen, denn schließlich bin ich die ganze Zeit da gewesen. Normal hat sie nämlich nur gestohlen, wenn ich fort war.« Ihre Augen weiteten sich. »Aber überlegen Sie mal, was passiert wäre, wenn sie den Quark nicht mitgenommen hätte …«

Bettina tätschelte Marlies Vandermeers Hand. »Nun, es ist nicht passiert, oder? Sie müssen jetzt einen klaren Kopf bewahren, Frau Vandermeer. Vor allem, falls wirklich jemand – böse auf Sie sein sollte.«

Die Frau nickte niederschlagen.

»Ist so etwas denn schon einmal vorgekommen? Gibt es jemanden, der Ihnen nach dem Leben trachtet?«

Vandermeer begann wieder zu weinen. Gleichzeitig schüttelte sie heftig den Kopf.

»Denken Sie noch mal darüber nach, ja? – Was für eine Art von Vergiftung hat man bei Ihrem Mann festgestellt? Ist er in Lebensgefahr?«

Ein Kollege mit einem Handy trat auf Bettina zu und hielt es ihr hin. »Für Sie.«

Bettina winkte ab.

»Nein«, heulte Marlies. »Sie haben ihm den Magen ausgepumpt und behalten ihn nur noch zur Beobachtung da. Sie haben das Gift analysiert. Es hat einen komischen Namen, warten Sie …«

Das Handy gab ungeduldige Geräusche von sich, worauf der Beamte beschwichtigend hineinsprach. Vandermeer zuckte mit den Achseln. »Es fällt mir nicht ein. Con–, Canvalldingsda. Jedenfalls ist es das Gift gewesen, das auch in Maiglöckchen vorkommt.« Sie sah die Beamten hoffnungsvoll an. »Es war im Quark. Ich musste ein bisschen von allem, was mein Mann gegessen hatte, mit ins Krankenhaus nehmen …« Erneutes Schluchzen.

Maiglöckchen. Das Gesicht des Spurensicherungsbeamten war genauso erstaunt wie Willenbachers.

Die drei Polizisten sahen einander an. Dazwischen quäkte die blecherne Stimme aus dem Telefon. Wer hatte jemals von einem Todesfall durch Maiglöckchen gehört?

Es war Härting, was sich Bettina eigentlich hätte denken können.

»Hallo Böllchen, *Sie* tun aber wichtig. Haben wohl keine Zeit mehr für Ihren alten Hauptkommissar.«

Bettina betrachtete das Handy in ihrer Hand. Ein schönes Teil. Das würden die Neustadter jetzt entbehren müssen.

»Und was man von Ihnen für Sachen hört. Graben die ganzen alten Leichen aus.«

Bei Härting hörte es sich an wie ein Gesellschaftsspiel. »Guten Tag, Hauptkommissar Härting.«

»Hören Sie zu, Böllchen, ich hab den Neustadtern versprochen, dass Sie den Fall lösen. Und zwar bald. Haben Sie schon ein paar Fakten zusammengetragen?«

»Ich bin dabei, den Tatort zu besichtigen. Zu mehr –«

»Schön, schön, Böllchen. Die Neustadter werden sich bei Ihnen melden. Sie kriegen ein bisschen Verstärkung. – Na ja, seien Sie froh, dass Sie Willenbacher haben. – Und Böllchen?«

»Frau Boll.«

»Okay, Böllchen, ich meine, *Frau Boll,* versuchen Sie sich über Wasser zu halten. Ich komme, so bald ich mich hier freimachen kann.«

Noch bevor Bettina sich richtig aufregen konnte, klingelte das Telefon ein zweites Mal. Kommissar Adelfinger teilte ihr mit, dass zwei Beamte zu ihr abkommandiert seien, und dass er über die Ermittlungen unterrichtet zu werden wünschte.

8

»Nein, ich werde mich nicht ins Bett legen, Mama«, sagte Luzie gereizt, als es an der Haustür klingelte.

Maria Linné betrachtete ihre Tochter voller Sorge. »Es tut mir so, so Leid, Schatz. Du hast einen schweren Schock. Ich glaube, du brauchst einen schönen heißen Kakao.« Sie lief ziellos im Zimmer auf und ab.

Luzie dachte, dass ihre Mutter den Kakao viel nötiger hatte als sie selbst. »Ich geh aufmachen.«

Maria Linné starrte die Tür an. »Oh. Ja, Schatz, es hat ja geklingelt. Setz dich, Schatz. Ich mach das.« Sie eilte hinaus. Luzie ließ sich wieder zurück aufs Sofa sinken. Von draußen hörte man Stimmen: die aufgeregte der Mutter und die rauchige dieser Kommissarin. Kurze Verhandlung, dann fiel die Tür mit lautem Krachen zu, und Schritte auf gewachstem Holzboden wurden hörbar.

Wieso muss sie nur immer so die Tür knallen, dachte Luzie mürrisch.

Dann standen die Frau von der Polizei und ihr kleiner Assistent mit dem hochnäsigen Gesichtsausdruck im Wohnzimmer. »Hallo, Luzie.«

Maria Linné war um Gastfreundschaft bemüht. Mit nervöser Stimme zählte sie Getränke auf. » … Kaffee, habe ich sowieso gerade gekocht, oder wollen Sie vielleicht einen Orangensaft, jetzt um diese Tageszeit braucht der Körper einen Vitaminstoß. Oder Sprudel. Wir haben auch …«

Bettina erklärte, sie hätte gerne einen Kaffee. Willenbacher lehnte brummig ab.

»Gut. Ein Kaffee und ein Kakao.« Sie nickte zu ihrer Tochter hinüber. Das Mädchen seinerseits starrte missmutig auf den Teppich vor sich. Es trug einen orangefarbenen Jogginganzug und ein rotes T-Shirt, was sich farblich so ziemlich mit jedem der rustikalen Einrichtungsgegenstände biss. Ein Bild des Protests.

Bettina setzte sich direkt neben Luzie auf das Sofa.

»Ich hab schon hundertmal alles erzählt«, teilte diese ihr ungeduldig mit. »Keine Ahnung, was Sie jetzt noch wissen wollen.«

»Erst mal wollen wir dir was zurückgeben.« Auf ein Zeichen hin holte der noch unschlüssig herumstehende Willenbacher Luzies »Ausquetschbuch« aus seinem Köfferchen.

Gnädig nahm sie es in Empfang. »Hätte ich mir denken können, dass die in meinen Privatsachen herumkramen, wenn ich weg bin.« Sie nickte in Richtung Küchentresen, wo ihre Mutter mit Geschirr hantierte.

»Luzie! Benimm dich wenigstens vor der Polizei, hörst du? Hier ist dein Kakao.« Maria Linné kam mit einem Tablett aus der offenen Küche herüber. Das Mädchen pfiff durch die Zähne. »Mann, das gute Geschirr! – Ich will keinen Kakao.«

Die Mutter stellte sich taub und setzte den Kakao auf einem zierlichen Tischchen neben Luzie ab. » … dürfen sich nicht von ihrem schlechten Benehmen beleidigen lassen. Luzie ist einfach in der Pubertät – ein schlimmes Alter, ich sehe das oft in der Praxis. Tja, mein Mann arbeitet schon wieder, doch für mich war das alles ein bisschen viel.« Ihr unsteter Blick streifte kurz das Mädchen, welches sich mit hochgezogenen Beinen in eine Ecke der Couch quetschte. »Diese Sorgen sind schrecklich, schrecklich, wissen Sie.«

Die Mutter nahm ein Blumenbild, welches über dem Sofa prangte, ins Visier. »Wenn das eigene Kind verschwunden ist – über mehrere Nächte hinweg –, man stellt sich furchtbare Sachen vor. Und die armen Kropps! Da sieht man, was alles passieren kann, wenn nicht Sauberkeit oberster Küchenchef ist. Und Luzie war in dem Haus …« Sie zitterte. »Ich bin wirklich ganz, ganz krank vor Sorge. Immer noch.« Maria Linné nickte heftig und rührte Milch in ihren Kaffee. »Du brauchst gar nicht zu lachen, Luzie. – Sie glaubt es nicht. – Ich mache mir *wirklich* Sorgen um dich.« Maria Linné sah verletzt aus. Anklagend betrachtete sie die kunstvoll gedrechselten Füße des Sofas.

Bettina atmete tief durch. »Ich weiß, die Umstände sind nicht gerade günstig, aber wir müssen trotzdem unsere Arbeit tun. Vielleicht können wir Luzie kurz allein sprechen?«

In die Augen der Mutter trat ein besorgter Ausdruck, doch sie beherrschte sich. »Oh! Ja, sicher, sicher, Sie wollen über die Kropps sprechen. Eine Lebensmittelvergiftung, nicht?«

»Das wird noch untersucht. Hat Frau Kropp übrigens auch bei Ihnen geputzt?«

»Ja, sicher, ich meine, man kriegt doch sonst niemanden hier in Kreimheim. Die Nachteile des Dorflebens.«

»Wann kam Frau Kropp zu Ihnen?«

»Montags und freitags von vier bis sechs in der Praxis und dann noch montagmorgens von acht bis elf hier im Haus. – Wirklich, ich denke schon den ganzen Morgen an diesen schrecklichen Unglücksfall. Und wenn Luzie auch dieses verdorbene Essen …!« Leidvoll betrachtete die Frau ihre Tochter, welche den Blick gelangweilt erwiderte. Das brachte Maria Linné dazu, aufzustehen. »Tja. Es ist wohl vernünftiger, wenn ich gehe. Wenn ich dabei bin, denkt sie sich doch wieder nur Frechheiten aus. Ich werde nach dem Garten sehen.« Unentschlossen blieb die Mutter stehen.

Bettina lächelte sie an. »Danke.«

Maria Linné zögerte immer noch. »So, Luzie, jetzt kannst du endlich mal mit ›vernünftigen‹ Leuten reden. Das wünschst du dir doch immer.« Sie lächelte schmerzlich und ging durch eine schwere Tür mit Glaseinsätzen ins Freie.

Mit Luzie schien der ganze Raum aufzuatmen. Nachlässig gab sie ihre zusammengekauerte Haltung auf und ließ die Beine vom Sofa baumeln.

»Ich hasse Kakao«, sagte sie bedeutungsvoll. »Habe ich nie gemocht, aber das ignoriert sie einfach.« Sie wies mit dem Kinn auf ihre Mutter, die verloren im Regen stand und schließlich um die Hausecke verschwand.

Bettina rückte näher. »Sie bemuttert dich zu viel, hm?«

Luzie nickte und lehnte sich zurück.

»Und deshalb bist du abgehauen.«

»M-hm.« Das Mädchen begann, mit der Kordel seiner Kapuze zu spielen.

»Weißt du, wie dein Cousin Marko sich geärgert hat, als ich ihm dein Versteck in der alten Garage gezeigt habe?«

Luzies spöttischer Blick schien zu sagen, dass man sie mit derart kindischen Themen nicht ködern konnte. Trotzdem antwortete sie.

»Er ist ja auch schon zu alt, um es zu kennen. – Ich wette, Rebecca hat ihn ganz schön ausgelacht. Ich habe die beiden gehört, als sie nach mir suchten. Marko ist ein schrecklicher Angeber, vor allem bei Frauen.« Sie lächelte altklug.

Bettina musste grinsen. »Aber Rebecca magst du.«

»Na ja, sie ist ganz okay.«

Bettina beugte sich vor. »Und du hast wirklich die ganze Nacht dort oben auf dem Speicher verbracht? Konntest du denn überhaupt schlafen?«

Luzie nickte. »Komisch, was? Da hatte ich überhaupt keine Angst. Und kein Kissen und nichts. – Ich bin sowieso in letzter Zeit so müde.« Sie wandte den Kopf.

»Und dann? Am nächsten Morgen? Bist du gleich zu den Kropps gegangen?«

»Na ja, ich bin so gegen neun aufgewacht. Mann, war mir da kalt! Und dann hab ich mir überlegt, was ich jetzt machen soll, ich meine, ich konnte eigentlich nirgendwohin, es war ja schon hell …«

»Aber die Kropps wohnten in der Nähe.«

Luzie nickte. »Klar, und ich hatte tierisch Hunger und musste einfach ins Warme.«

»Wie bist du in das Haus reingekommen?«

»Durch die Hintertür, die steht immer offen.«

»Wissen das viele Leute?«

»Wahrscheinlich jeder im Dorf, hier wird sowieso nichts abgeschlossen. Meistens sind noch nicht mal die Eingangstüren abgesperrt.«

»Okay. Dann hast du was gegessen und dich aufgewärmt, bis, sagen wir, elf.«

Luzie nickte wieder.

»Was hast du gegessen?«

Luzie überlegte. »Brot. Leberwurst. Eine Dose Pfirsiche, eine Tafel Schokolade. Ich glaube, das war's.«

»Hast du diese Schüssel im Kühlschrank gesehen?« Willenbacher hatte die Tupperschüssel, in der sich der Quark befunden hatte, ausgepackt und hielt sie hoch.

Luzie warf einen kurzen Blick auf die Dose. »Nein«, sagte sie und zog die Kordel ihrer Kapuze bis zum Anschlag.

»Und heute Morgen?«, fragte Willenbacher.

Luzie nickte lässig. »Ja. Heute Morgen hab ich sie gesehen, auf dem Tisch. Mann, und ich hab mich noch geärgert, dass mir der Quark nicht schon gestern aufgefallen ist.«

»Ein glücklicher Zufall, dass du ihn übersehen hast. Das Gift war im Quark.«

Das Mädchen wurde blass. Ihre Augen weiteten sich leicht. Dann senkte sie den Kopf und drückte die Knoten ihres Kapuzenbandes fest zusammen.

»Und danach? Was hast du nach dem Essen gemacht?«

Luzies Stimme klang trotzig. »Ferngesehen.« Vermutlich war diese Antwort in der Familie nicht besonders beliebt.

»Was weißt du über Maiglöckchen, Luzie?«

Überrascht aufsehend, zog das Mädchen die Stirn kraus. »Na, das sind so weiße Blumen. Die blühen jetzt gerade.«

»Sonst nichts?«

In Luzies Augen flackerte Erkenntnis. »Oh ja«, sagte sie. »Ich glaube, sie sind giftig – sind die Kropps daran gestorben?!«

»Wissen wir noch nicht.« Bettina dachte nach. »Du hast also ferngesehen. – Da war im Schlafzimmer auch noch ein kleines Gerät, Willenbacher, nicht?«

»Ja. Ein alter Schwarzweißfernseher.«

»Warst du zum Fernsehen im Wohnzimmer oder im Schlafzimmer, Luzie?«

»Zuerst kurz im Wohnzimmer, aber dann kam mir das zu gefährlich vor. Da ging ich hoch ins Schlafzimmer. War zwar nicht besonders interessant, denn der Fernseher kriegt nur die ersten drei Programme, aber das war immer noch besser, als gefunden zu werden.«

»Und wann kamen die Kropps nach Hause?«

»So gegen fünf.«

»Was hast du dann getan?«

»Ich ging auf den Speicher. Also der ist wirklich nicht besonders gemütlich. Total versifft und voller Mäuse.« Sie zuckte wieder die Achseln. »Na ja, die eine Nacht ging's.«

»Diesmal war es dir unheimlich?«

»Es war unheimlich dreckig, sagen wir so.«

»Okay, Luzie. Du hast wirklich nichts gehört? Keine Schreie? Stöhnen? Du hast fest geschlafen?«

Luzie nickte betreten. »Ich weiß, ich hätte ihnen helfen können. Einen Krankenwagen rufen oder so.«

»Aber du hast geschlafen ... Hast du, als du bei den Kropps warst, das Telefon benutzt, Luzie?«

Das Mädchen blinzelte. »Nein.«

»Niemals? Hast du nicht vielleicht versucht, hier anzurufen?«

Luzie schüttelte den Kopf.

»Aber gestern Morgen hat jemand mehrmals hier angerufen, ohne sich zu melden. Passiert es öfter, dass jemand bei euch Telefonterror macht?«

»Hat er gekeucht?«, erkundigte sich Luzie sachlich.

Die beiden Polizisten sahen sich an.

»Wir hatten nämlich eine Zeit lang einen Keucher«, fuhr das Mädchen fort. »Papa hat immer gesagt, dass es ein Freund von mir wäre, aber ich habe keine solchen Freunde. Meiner Meinung nach«, sie senkte die Stimme, »war es der Meier, unser bescheuerter Grundschuldirex. Die Eltern haben mir zwar verboten, das zu sagen, aber der hat sie nicht mehr alle.«

Bettina unterdrückte ein Lächeln und schüttelte den Kopf. »Interessant. Aber dieser Anrufer hat nur gehorcht.«

Luzie zuckte die Achseln. »Es gibt immer Verrückte.«

»Du hast gar keine Ahnung, wer es gewesen sein könnte?«

»Nein.«

»Und du hast tatsächlich Kropps Telefon nicht benutzt? Wolltest du nicht deinen Freund Theo anrufen?«

Die Miene des Mädchens verdüsterte sich. »Nein. Das geht zurzeit nicht. Man hat ihnen das Telefon abgestellt. Wieso fragen Sie das?«

»An dem Telefon der Kropps fehlte das Anschlusskabel.«

Luzie blickte verständnislos.

»Kannst du dir das irgendwie erklären?«

Kopfschütteln. »Wer weiß, was die Kropps im Suff tun«, sagte sie. »Keine Ahnung.«

»Glaubst du, dass jemand das Kabel *absichtlich* herausgezogen haben könnte?«

Das Mädchen spielte wieder mit ihrer Kapuzenkordel. »Und was hätte der davon gehabt?«

»Vielleicht wollte irgendjemand nicht, dass sie einen Krankenwagen rufen konnten.«

Luzie vermied es, in die ernsten Gesichter der Polizisten zu sehen. »Ein Mord …«, murmelte sie.

Bettina seufzte. »Ja, es bedeutet aber noch etwas anderes. Du warst den ganzen Tag im Haus, Luzie.«

»Sie meinen, ich bin es gewesen?!« Luzies Augen leuchteten. Die Idee schien ihr zu gefallen.

»Eigentlich weniger.« Nach einem Blick auf Luzies Gesicht sagte Bettina rasch: »Natürlich bist du eine *Hauptverdächtige*. – Aber außerdem auch noch unsere *Hauptzeugin …«*

Der kleine Willenbacher beugte sich vor. »Du hast den Mörder vielleicht gesehen.«

Luzie starrte die Polizisten an. Ihr Gehirn arbeitete.

»Luzie. Du musst uns erzählen, wer gestern das Haus der Kropps betreten hat. Du musst versuchen, dich an jeden, wirklich jeden zu erinnern. Auch wenn es nur der Postbote war.« Bettinas Stimme war sanft, doch ihr Blick eindringlich.

Das Mädchen machte ihre eigenen Augen schmal und dachte fieberhaft nach. »Ich weiß nicht … Ich kann mich nicht erinnern. – Doch. Morgens war wirklich der Postbote da. Deswegen bin ich nach oben zu dem kleinen Fernseher gegangen. Aber dann …« Sie schüttelte den Kopf.

»Ist der Postbote ins Haus gekommen?«

»Nein.«

»Was hat er gebracht?«

»Weiß ich nicht. Briefe wahrscheinlich.«

»Woran hast du ihn erkannt?«

»Ich kenne ihn einfach. Herr Moog. Er pfeift immer und fährt Fahrrad. Ich hab ihn durchs Wohnzimmerfenster gesehen.«

»Und sonst?«

Luzie schwieg und starrte in weite Fernen.

»Luzie?«

»Nein, sonst kam keiner.«

»Hm. Und abends, als die Kropps wieder zu Hause waren? Hatten sie Besuch?«

»Ja. Irgendjemand klingelte und wurde wieder weggeschickt. Ich glaube, ein Polizist.«

»Da warst du schon auf dem Speicher.«

»Ja.«

»Konntest du verstehen, was unten gesprochen wurde?«

»Ja, denn ich hab die Tür aufgelassen. Ich – na ja, ich hatte Angst. Ich dachte, die Kropps lassen vielleicht jemanden rein, der mich dann findet. Ich wollte mich rechtzeitig verstecken können.«

»Woran hast du gemerkt, dass es ein Polizist war?«

»Er fragte nach mir.«

»Kam außer dem Polizisten noch jemand zu den Kropps?«

Luzie sah von einer zum anderen.

»Luzie. *Der Mörder weiß, dass du da warst.* Wenn du noch jemanden gesehen hast, musst du uns das sagen, sonst bist du in *Gefahr.«*

»Hm.«

Bettina fasste sich an die Stirn. »Hör zu, Luzie, hast du vielleicht irgendwann tagsüber geschlafen?«

Das Mädchen schüttelte mit großen Augen den Kopf.

»Du hättest also in jedem Fall mitgekriegt, wenn jemand ins Haus gekommen wäre?«

Sie nickte.

»Und du hast niemanden gesehen?«

Wieder Nicken.

»Ich glaube dir nicht, Luzie.« Bettinas grüne Augen bohrten sich in Luzies braune. »Du kennst denjenigen, der gekommen ist, hab ich Recht?«

Eine Träne lief über Luzies Wange. Ganz langsam rollte sie hinab, ohne von Luzie im Geringsten beachtet zu werden.

Die Stimme der Kommissarin wurde dunkel und sanft, hypnotisierend. »Luzie. Sag mir, wer es war.«

Das Mädchen räusperte sich. »Aber sie war es nicht. Das weiß ich ganz genau.«

»Wer, Luzie?«

»Sie kam abends, hat Frau Kropp besucht. Ich hab gedacht, es wär wieder die Polizei, deswegen hab ich gelauscht. Sie – haben sich ziemlich laut unterhalten.« Luzie sah angstvoll auf.

Im Flur hörte man gedämpft die Stimmen von Liliane und ihrer Mutter. Gleich würde die Tür aufgehen und die Spannung wäre dahin.

»Wer?«

Luzie schluckte. »Klara«, sagte sie. »Aber sie war es nicht, das schwöre ich.«

* * *

Willenbacher erklärte, er müsse jetzt endlich etwas essen, als er die Tür zur *Bredouille* aufstieß. »Haben Sie keinen Hunger, Kommissarin?«

»Weiß ich noch nicht. Da sind Sie ja!« Sie trat in die

dämmerige Schankstube, schälte sich aus ihrer nassen Regenjacke. »Sie sind die Verstärkung aus Neustadt, hab ich Recht?«

Die Beamten standen höflich auf und reichten ihr die Hand. Sie sahen sich ziemlich ähnlich und hießen Schuster und Schumacher.

»Boll. Und das ist Willenbacher.«

Pat tauchte mit struppigen Haaren hinter der Theke auf. »Morgen, Kommissarin. Gehören die beiden Jungs zu Ihnen?«

Bettina musste lächeln. Mittags siezte Pat einen wieder. »Ja. Sie sind aus Neustadt. Machen Sie schon etwas zu essen, Pat?«

Schumacher sah demonstrativ auf die Uhr. Es war bereits halb eins.

»Denke schon.« Sie kam hinter der Theke hervor und präsentierte sich in voller Schönheit. Schilfgrüne Leggins, die genauso gut auch Schlafanzughosen hätten sein können, klebten an ihren Beinen. Dazu trug sie ein fleckiges Sweatshirt mit grellorangem Muster und Pantoffeln mit kleinen Bommeln obendrauf.

»Was wollt ihr haben?« Mit einem ziemlich unappetitlichen Lappen fuhr sie über den Tisch, an dem sich Schumacher und Schuster niedergelassen hatten.

»Aber Sie haben eben gerade gesagt, dass Sie nichts machen«, beschwerte sich der Beamte.

Pat beugte sich vor, damit ihr Busen besser zur Geltung kam. »Das war, bevor ich wusste, dass ihr Polizisten seid, Schätzchen.«

Sie überging die Entrüstung des Kollegen mit einem Zwinkern. Man bestellte Teller mit Hausmacher und Schinkenbrote, und nachdem Pat mit Inbrunst ihr Entsetzen über den »grausamen Doppelmord« losgeworden war (natürlich hatte sie längst davon gehört), verzog sie sich in ihre düsteren Gemächer.

Während des kurzen Essens schilderte Bettina den bisherigen Verlauf der Ermittlungen.

»Wir haben vier Todesfälle«, erklärte sie, während sie misstrauisch die dicke Butterschicht unter dem Schinken inspizierte. »Die beiden Kropps, die heute Morgen gefunden wurden, und dann noch zwei Unbekannte. Von den beiden älteren Leichen sind nur Reste erhalten, doch wir vermuten aufgrund der Fundorte Gewaltverbrechen. Eine der Leichen war ein Baby. Die andere halten wir für eine gewisse Anna Moretti, was wir aber kaum werden beweisen können.«

»Und Sie glauben, dass diese Fälle alle zusammenhängen?« Schuster mampfte mit gutem Appetit sein Brot mit kaltem Schwartenmagen.

Bettina hob die Achseln. »Das wird sich zeigen. Eine direkte Verbindung gibt es noch nicht. Immerhin, wir wissen schon ganz genau, woran die Kropps gestorben sind. Eben sind die Ergebnisse gekommen.«

Etwas zerstreut deutete sie auf einen schmalen Ordner, in dem sich mehrere Faxe befanden, und beschloss, die überflüssige Butter nicht vom Brot zu kratzen. Ein wenig Fett konnte nicht schaden.

»Was war es? Gift, nicht?«

»Ja«, erwiderte sie kauend. »Convallatoxin. Kommt in Maiglöckchen vor«, sie schluckte, »wurde mittels Maiglöckchenblüten verabreicht. Angeblich ist Convallatoxin eines der stärksten Herzgifte, die es gibt, und die Blüten sind die giftigen Teile.«

»Maiglöckchen?!«

»Ja. Die Blüten sind nicht nur giftig, sondern auch weiß. Der Mörder hat sie einfach klein geschnitten und in eine

Schüssel mit Quark getan. Fällt nicht auf. Hat zwar einen etwas bitteren Geschmack, der aber zu dem pikanten Quark passt. Ein ideales Gift also.«

Schumachers Gabel sank auf den zugehörigen Teller. »Das ist tödlich?«

»M-hm. Je nach Dosis, natürlich.«

Willenbacher zog aus der Mappe ein Fax hervor. »Maiglöckchen sind hochtoxisch, vor allem zur Blütezeit«, rezitierte er. »Allerdings sind sie heutzutage schon so weit ausgestorben, dass kaum jemand über sie Bescheid weiß.«

»Aber hier in Kreimheim gibt es riesige Mengen davon.« Gedankenvoll betrachtete Bettina, wie sich das Kondenswasser auf ihrem schlecht gespülten Glas sammelte, und wischte dann mit einem Finger daran herum. »Eine komische Sache. Wir haben noch einen zweiten Vergiftungsfall im Ort. Äußerst seltsam ... Auch hier wurde Quark mit Maiglöckchenblüten vergiftet, doch das Opfer, ein Mann namens Vandermeer, zeigte nur leichte Symptome. Er wurde gestern Nacht ins Krankenhaus eingeliefert, kann jedoch schon bald wieder entlassen werden.« Stirnrunzelnd blickte sie in die Runde. »Vandermeers Frau hat mit uns gesprochen. Sie gibt an, dass Frau Kropp gestern Nachmittag bei ihr zum Putzen war. Abends fehlte dann von dem Quark. Sie verdächtigt die Kropp, weil diese schon häufig Lebensmittel gestohlen hat. Wir müssen also in Betracht ziehen, dass es die Kropps möglicherweise nur zufällig erwischt hat. Aus Versehen sozusagen ...« Sie nickte ihrem verschmierten Glas zu.

Willenbacher fuchtelte mit seiner Gabel und ergriff das Wort. »Dieser Quark ist gar nicht so leicht erhältlich. In der Bäckerei haben wir eben erfahren, dass man ihn nur mittwochs kaufen kann, wenn ein gewisser Bauer aus Neustadt liefert. Deswegen haben die meisten Kunden Quarkabonnements.«

»Und was ist mit den anderen Leuten, die von dieser Lieferung gekauft haben?«, erkundigte sich Schuster. »Haben die sich nicht vergiftet?«

»Anscheinend nicht. Es sind noch ein paar Kollegen draußen, die das überprüfen, aber es sieht so aus, als sei nur Vandermeers Quark mit Maiglöckchen versetzt worden.«

»Und Kropps.«

Bedeutungsvoll schüttelte Willenbacher den Kopf. »Nein. Frau Kropp hatte keine Bestellung, und sie hat auch vorgestern nichts gekauft. Deswegen hat sie den Quark entweder geschenkt bekommen oder gestohlen.«

»Ich versteh nicht ganz, wie man offenen Quark stehlen kann«, sagte Schumacher kritisch. »Das ist doch ein Wahnsinnsaufwand. Man braucht eine Dose oder etwas Ähnliches, um ihn reinzutun …«

»Ich glaube, der Quark, um den es geht, ist so eine Art Spezialität hier.« Bettina sah von ihrem Glas auf. »Er ist auch nicht gerade billig. Vielleicht war er es der Kropp wert.«

»Oder jemand hat ihn zu den Kropps gebracht«, setzte Willenbacher dagegen. »Dazu würde passen, dass an Kropps Telefon das Anschlusskabel entfernt war. Außerdem passt der Plastikbehälter, in den man den Quark getan hat, nicht zu den anderen Tupperdosen in Kropps Küche.«

»Da haben wir schon das erste Problem«, sinnierte Bettina. »Welches Opfer ist das echte? – Natürlich müssen wir genau prüfen, wer Zugang zu Vandermeers Küche hatte.«

»Noch mal«, sagte Schuster. »Bei diesen Vandermeers verschwindet Quark, und bei den Kropps taucht er wieder auf.«

»Ja, und in beiden Haushalten ist er vergiftet.« Zielsicher spießte Willenbacher ein Gurkenstück auf seine Gabel.

»Da hat jemand großen Wert darauf gelegt, uns zu zeigen, dass der Quark von Vandermeers kommt«, bemerkte Bettina, wieder in die Betrachtung ihres Glases versunken. »Es ist doch ziemlich riskant, gleich in zwei Haushalte einzudringen, um das Essen zu vergiften.«

»Vielleicht will diesen Vandermeers ja tatsächlich jemand sehr übel«, sagte Schumacher. »So ungewöhnlich ist es nicht, dass eine Putzfrau mal ne Kleinigkeit mitgehen lässt.«

»Und das Telefonkabel?«, fragte Willenbacher.

Das fehlende Telefonkabel war ein Rätsel, das eine allgemeine Schweigesekunde wert war.

»Und wenn es einen ganz normalen Grund dafür gibt, dass es verschwunden ist? Vielleicht war es kaputt?«

»Also im Mülleimer ist es nicht gewesen«, versicherte Willenbacher. »– Aber es gibt noch eine dritte Möglichkeit.« Dramatisch sah er in die Runde.

»Was denn?«

»Passt auf. Es ist doch sehr raffiniert, das eigene Essen mitzuvergiften, wenn man jemand anders umbringen will. – Vandermeers Mann leidet ein wenig, um zu den armen Opfern zu gehören, aber der wirklich tödliche Stoff wird an die Putzfrau verschenkt. Dann passt auch das Telefonkabel ins Bild, und ich wette, dass diese lila Tupperdose den Vandermeers gehört.«

»Gut, Willenbacher, dann werden wir die Heulsuse besuchen gehen.«

Bettina winkte Pat zu. »Und Sie beide, meine Herren«, sie beugte sich vor, »werden das Telefonkabel suchen. – Willenbacher, die beiden brauchen Klara Sorrels Adresse.«

Der Polizeiobermeister bedachte seine Kollegen mit einem schadenfrohen Blick. »Wenn ihr bei der was findet, dann seid ihr fähig«, sagte er, während er ein Blatt aus seinem Notizblock riss.

»Wieso?«

»Werdet ihr schon sehen.«

* * *

Der Regen fiel heftiger. Er färbte die Luft mit einem kalten Blaugrau, das sich auf die Landschaft übertrug und die Stimmung drückte. Willenbacher fluchte aus vollem Halse, weil es vor dem Haus der Vandermeers keinen Parkplatz gab. Schließlich manövrierte er den Audi in einen Feldweg.

»Die paar Meter bis zum Haus müssen wir rennen«, sagte er, missmutig auf den Matsch schielend, in dem er das Auto geparkt hatte. »Fürs Landleben bin ich einfach nicht geschaffen.«

»Haben wir keinen Schirm?«

Der Kollege schüttelte heftig den Kopf, holte Luft und stürzte sich todesmutig ins Freie. Bettina beschwor ihren auch nicht gerade stark ausgeprägten Pioniergeist, bevor sie es ihm nachtat.

Vor Vandermeers Tür angekommen, waren beide klitschnass.

Bettina läutete mehrmals, worauf die Tür unsanft aufgerissen wurde und eine ungehaltene Vandermeer erschien. »Was soll diese unverschämte Klingelei …! Ach, Sie sind es.« Verwirrt ließ sie die gespannten Schultern sinken.

»Können wir mit Ihnen sprechen?« Willenbacher schüttelte sich drohend.

Unschlüssig trat Vandermeer einen Schritt zur Seite. In der rechten Hand hielt sie ein dickes Mettwurstbrot. »Aber, bitte, kommen Sie nicht mit diesen nassen Schuhen rein. Ich habe gerade erst alles sauber gemacht.« Vergeblich versuchte sie, das Brot hinter ihrem Rücken zu verstecken. Ein wenig verlegen blieb sie in der blitzblanken Diele stehen, um die Polizisten beim Schuheausziehen zu beaufsichtigen.

Dann ging sie voraus in ein Wohnzimmer, das den Charme eines Möbeldiscounters besaß. Mit einem Wink in Richtung der üppigen lila Sitzgruppe forderte sie auf, Platz zu nehmen.

»Einen Moment.« Sie verschwand in die hinteren Gefilde ihres schmucken Eigenheims und tauchte gleich darauf brotlos wieder auf. Dann ließ sie sich auf der Kante eines plüschigen lila Sessels nieder und holte aufatmend ein Päckchen extralanger Zigaretten aus ihrer Tasche. »Möchten Sie eine?«

Willenbacher rauchte sowieso nicht; auch Bettina winkte ab. »Danke, ich halte mich an meine eigene Marke.«

Vandermeer rückte den Aschenbecher auf dem gefliesten Couchtisch in gerechten Abstand zwischen sich und Bettina. Ihr Blick wanderte ruhelos zwischen Willenbachers und Bettinas nassen und dreckverspritzten Kleidern hin und her. Sie hielt die lange Zigarette geziert wie ein Meißener Tässchen.

»Hübsch haben Sie es hier«, log Bettina einleitend.

Die Frau entspannte sich etwas. »Na ja, wir haben viel von Mint, wissen Sie. Nicht billig, natürlich, aber man fühlt sich einfach wohler damit. Dieser Ofen zum Beispiel …«

Willenbacher betrachtete das gute Stück mit unverhohlenem Abscheu.

Er hatte nicht gewusst, dass man über Mint außer Porzellanpuppen und neu geprägten Golddublonen auch noch Möbelstücke bestellen konnte, die so groß waren, dass man sie nicht gnädig übersehen konnte. Glücklicherweise achtete Vandermeer nicht auf ihn. Sie begann aufzutauen, was bedeutete, dass ihr anfängliches Misstrauen in Selbstgefälligkeit umschlug und ihr Blick wohlwollend auf den Schätzen ruhte, von denen sie sprach.

Bald schnitt Bettina das eigentliche Thema an. »Frau

Vandermeer, dieser Quark, den Frau Kropp da bei Ihnen gestohlen haben soll, beschäftigt uns. Wir müssen mit Ihnen noch mal darüber sprechen.«

»Bitte.« Als Willenbacher eines der vielen lila Kissen auf dem Sofa umordnete, begannen ihre fahlen grünen Augen aufgeregt hin und her zu tanzen. Es schien lebenswichtig, dass keines der Möbelstücke aus Marlies' persönlichem Kontrollbereich geriet.

»Sie haben am Mittwochmorgen gegen acht Uhr bei Frau Jüngling ein Pfund davon gekauft.«

»Ja, ich habe eine Dauerbestellung. Das ist praktischer. Ich nehme meine Tupperdosen mit und lasse mir alles direkt einpacken, wegen der Umwelt und so.«

Bettina nickte huldvoll. »Schön. Und wann haben Sie zum ersten Mal davon gegessen?«

Frau Vandermeer musste nicht lange überlegen. »Von dem Quark? Das war am Mittwochabend. Ich selbst habe nichts davon genommen, aber mein Mann isst ihn gern.«

»Und er hat am Mittwochabend davon gegessen.«

»Ja.«

Willenbacher kritzelte eifrigst in seinem Notizbuch. »Und wurde nicht krank.«

»Nein.«

»Das nächste Mal, als Sie davon aßen, war der Quark vergiftet?«

»Ja, das war dann gestern Abend.«

»Wer außer Ihnen und Frau Kropp hatte Gelegenheit, an den Quark heranzukommen?«

Marlies Vandermeer schüttelte den Kopf. »Niemand.«

»Außer Ihnen war niemand hier im Haus? Keine Nachbarin? Kein Vertreter? Kein Handwerker?«

»Nein.«

Das klang sicher. »Okay.« Bettina nickte. »Dann würde

mich interessieren, ob Sie irgendwann zwischen vorgestern und gestern Abend das Haus verlassen haben.«

»Hm. Sicher habe ich das. Also erstens gehe ich einkaufen, so gegen halb neun; das dauert ungefähr eine halbe Stunde. Dann komme ich nach Hause, ziehe mich um und gehe joggen.«

»Und das haben Sie gestern auch alles so gemacht.«

»Ja.«

»Wann arbeitete Frau Kropp bei Ihnen?«

»Nachmittags, von zwei bis halb fünf.«

»Während dieser Zeit haben Sie das Haus nicht verlassen?«

»Nein.«

»Wie lange waren Sie joggen?«

»Tja. Ich bin um das Große Haus gelaufen. Das dauert ... etwa anderthalb Stunden.«

»Gestern hat es geregnet«, stellte Willenbacher misstrauisch fest.

Mit großer Geste lehnte sich Marlies Vandermeer zurück. »Ich habe ein Fitnessprogramm«, sagte sie von oben herab. »Untrainierte Menschen machen einfach einen schlampigen Eindruck.« Ihr Blick sagte deutlich, was sie von Willenbachers kleinem Bauchansatz hielt. »Früher hab ich mir auch keine Gedanken darüber gemacht. Ich hab mich nie bewegt. Nie!« Sie warf ihre Haare zurück, als würde sie für ein Modemagazin interviewt. »Ich bin sogar mit dem Auto ins Dorf gefahren, um einzukaufen, aber dann hab ich irgendwann selbst gemerkt, dass es so nicht weitergeht. Ich ...«

»Ich nehme an, im Dorf weiß man, dass Sie regelmäßig joggen.«

»Ach, sicher, das tratscht sich alles herum – Sie wissen ja, wie das ist.« Vandermeer lachte gekünstelt. Sicherlich gab es kaum ein interessanteres Gesprächsthema als ihre Jogging-stunden.

»Vielleicht merken Sie, worauf wir hinauswollen«, fuhr Bettina fort. »Wir haben jetzt festgestellt, dass Sie das Haus täglich für einige Stunden verlassen. – Sie haben doch sicherlich eine Hintertür?«

»Ja, in der Küche.«

»War die Tür gestern verschlossen, als Sie das Haus verließen?«

Vandermeer schüttelte den Kopf. »Es ist so grausig, wirklich, jetzt schließe ich alle Türen ab und mache die Fenster zu. Mein Mann sagt …«

»War sie verschlossen?«, unterbrach Willenbacher.

»Nein, natürlich nicht. Ich weiß, man muss das machen, wegen der Versicherung, und mein Mann sagt auch immer …«

»Wer könnte wissen, dass Sie eine Dauerbestellung für den Quark in der Bäckerei haben?«

Vandermeer hob die Hände. »Du liebe Güte. Wahrscheinlich könnte es jeder wissen, der dort einkaufen geht.«

»Also das ganze Dorf.«

»Ja, leider haben wir nur diesen einen Laden. Früher, da hatten wir noch eine Metzgerei und …«

»Kennen Sie diese Dose?« Ein schon fast klassisch zu nennender Unterbrecher Willenbachers. Elegant hatte er die bewusste Tupperdose ins Spiel gebracht und hielt sie der verhörten Person mit dem typischen Eifer eines Anwärters der höheren Beamtenlaufbahn vor die Nase.

»Ich glaube schon. Woher haben Sie die denn?«

»Aus dem Haus der Kropps.«

»Da drin hat die Kropp den Quark mitgenommen?!«

»Ist das Ihre Dose?«

»Ja.« Vandermeer wirkte aufgebracht. »Das ist doch wirklich frech, oder? Ich meine – finden Sie nicht auch, dass das *frech* ist? – Gut, andererseits sollte ich ihr irgendwie dankbar sein. Schließlich …« Sie war zu verwirrt, um weiterzusprechen.

»Sie wissen genau, dass es *Ihre Dose* ist?«

Vandermeer runzelte die Stirn. »Ich denke schon. Alle meine Tupperdosen haben diese lila Deckel. Das ist eine Serie, die erst vor zwei Jahren herausgekommen ist, und ich musste sie einfach haben, weil die Farbe so schön ist.« Mit Begeisterung sah sie sich in ihrem Wohnzimmer um. »Jedenfalls, ich hab meine alten Dosen verschenkt und bin auf die hier umgestiegen, aber die anderen Frauen aus dem Dorf sind bei ihren Stammserien geblieben.«

Marlies Vandermeer wusste das alles so genau, weil sie die treibende Kraft bei sämtlichen Kreimheimer Tupperpartys war.

»Haben Sie die Dose vermisst?«

Vandermeer stand auf. »Nein. Ich sollte lieber nachsehen, ob eine fehlt.«

Man folgte Vandermeer auf Strümpfen zur Küche. Hier war das allgegenwärtige Lila in Form von Kunstblumen mit schwarzen Fliesen kombiniert. An einer Wand hingen polierte Kupferpfannen, die gleichzeitig ungebraucht und unbrauchbar aussahen; sie waren reine Zierde.

»Ich seh schon, dass eine fehlt«, sagte Marlies Vandermeer über eine schwarz schimmernde Schranktür gebeugt. »Ja, diese Dose, die Sie da haben, muss eine von mir sein.«

Bettina und Willenbacher besichtigten noch den Behälter, in dem Vandermeer normalerweise den Quark aufbewahrte. Er unterschied sich durch nichts von seinen Geschwistern und lag völlig unschuldig in dem teuren Einbauschrank.

»Es muss eine schreckliche Arbeit sein, das alles so sauber zu halten«, sagte Bettina wie in Gedanken.

Dem konnte Vandermeer nur zustimmen. Wobei das Wort »nur« den vielfältigen und wenig gewürdigten Mühen, die Vandermeer nun schilderte, nicht ganz gerecht wurde.

Mit halb geschlossenen Augen lehnte Bettina an einem Schrank, streute ab und zu ein Kompliment ein und sagte schließlich: »Ich verstehe nicht, wieso Sie die Kropp überhaupt beschäftigt haben. Wenn ich mir das hier so ansehe … das kann doch unmöglich *die* so hingekriegt haben.«

Vandermeer glühte und begann Türen zu öffnen, damit sich die Polizisten von der porentiefen Reinheit selbst des hintersten Winkels überzeugen konnten. Willenbacher gähnte offen.

»Und all diese Kunstgegenstände …« Mit Überwindung bestaunte Bettina den überbordenden Nippes. »Das muss Sie doch wahnsinnig gemacht haben. Ich meine, erstens, dass die gute Frau Kropp wahrscheinlich nie gewusst hat, wie man so was wieder richtig *platziert* …«

Dieses Wort gefiel Vandermeer ausnehmend gut. Ihre Stachelbeeraugen fanden für einen Moment Ruhe. »Sie haben wirklich Recht«, gab sie eifrig zu. *»Abstauben* war für die doch ein Fremdwort! Wirklich, was wir mit *der Frau* mitgemacht haben, nicht nur ich, auch die anderen im Dorf, ich kann Ihnen sagen …«

Bettina blickte verständnisvoll. »Und nicht nur das, ich habe gehört, dass die Gute auch ab und zu einen über den Durst …?«

Marlies nickte heftig. »Na, und ob! – Und hat alle Verstecke gefunden, die alte Schlampe. Vom Schnaps, meine ich. Unglaublich, dass man in seinem eigenen Haus den guten Likör verstecken muss, aber so war's. Die hat vor nichts Halt gemacht.«

»Hm.« Stirnrunzelnd betrachtete Bettina die Masse der

»Kunstgegenstände«, während Willenbacher bereits zum dritten Mal auf die Uhr sah. »Wahrscheinlich hat sie Ihnen dann im Rausch auch einige kostbare Sachen kaputtgemacht.«

»Oh ja.« Bei dem Gedanken bewegten sich Marlies' Augen unruhiger denn je, und sie führte die Polizisten zurück ins Wohnzimmer, wo sie ihnen unter anderem eine Vitrine voll historisch wertvoller Fingerhutnachbildungen präsentierte. Margit Kropp hatte einige der besten Stücke auf dem Gewissen.

Mitfühlend betrachtete Bettina die übrig gebliebenen Preziosen. »Und Lebensmittel hat sie auch noch gestohlen, sagen Sie.«

»Ja! Ich bin mittwochs deswegen immer zu Hause geblieben. Da kommt man nach Hause, und das Abendessen ist verschwunden. Wirklich.«

»Wenn Sie da waren, hat Frau Kropp also nichts gestohlen.«

»Normalerweise nicht.«

Nachdenklich wiegte Bettina den Kopf. »Wissen Sie was? Ich an Ihrer Stelle hätte die Frau längst hinausgeworfen.«

Achselzuckend antwortete Vandermeer, man könne hier in Kreimheim sonst niemanden bekommen.

»Aber Sie brauchten Frau Kropp doch gar nicht. So wie ich die Sache verstanden habe, kam sie einmal die Woche, trank von Ihren Alkoholika, warf ein paar teure Kunstgegenstände um, leerte Ihren Kühlschrank, kassierte den Lohn – und den Rest der Woche brachten Sie dann das Haus wieder in Ordnung.«

Vandermeer steckte sich eine Zigarette an. »So kann man es ausdrücken. Das war unsere Frau Kropp.«

Bettinas Augen leuchteten grün wie die einer Katze. »Soll ich Ihnen was sagen? Ich hätte diese Frau keine vierzehn

Tage behalten. Nicht, wenn ich mein Haus so – kostbar eingerichtet hätte wie Sie.«

Unbehaglich sog die Frau Rauch in die Lungen. Der kleine Willenbacher hatte sich aufgesetzt und blickte aufmerksam von einer zur anderen.

»Na ja, ich habe vielleicht ein wenig übertrieben«, erklärte Marlies Vandermeer. »Frau Kropp hatte auch ihre guten Seiten. Schließlich war sie ehrlich …«

Bettina zog eine Augenbraue hoch.

»Ich meine, sie hat kein Geld gestohlen. Bei ner Mathieu dagegen müsste man immer Angst haben …«

Mit einer Handbewegung wischte Bettina dieses Argument fort. »Was ist wertvoller«, fragte sie, »ein bisschen Haushaltsgeld oder eine original vergoldete Nachbildung von Maria Theresias Fingerhut mit Zertifikat?«

Marlies Vandermeer sah hypnotisiert in Bettinas glänzend grüne Augen.

»Ich sage Ihnen, warum Sie die – wie sagten Sie eben? – ›alte Schlampe‹ nicht rausgeworfen haben: Es ging nicht. *Weil sie etwas wusste.*«

* * *

Beim Einkaufen wurde Rebecca mit Fragen bestürmt.

Da sie im Großen Haus arbeitete, wurde vorausgesetzt, dass sie über alle wichtigen Vorgänge des Dorfes Bescheid wusste. Sie wich den Fragen über Lebensmittelvergiftung aus, sah mit an, wie einige der Stammkunden der Bäckerei ihre Quarkbestellungen kündigten, und machte, dass sie schleunigst wieder nach Hause kam.

Obwohl es noch immer regnete, war sie zu Fuß unterwegs, hauptsächlich, um Stinkes eine Freude zu machen. Der Hund liebte es, seine Nase ausgiebig in den Wind zu halten; selbst Stürme und Hagelschauer konnten ihm dieses

Vergnügen nicht verleiden. Als sie die Bundesstraße hinter sich gelassen hatten, konnte das Mädchen ihn von der Leine lassen. Langsam stapfte sie ihm durch den Regen hinterher.

Wieso die Kropps?

Rebecca glaubte keine Sekunde an das Märchen von der Lebensmittelvergiftung, das die Dorffrauen sich einredeten. Komisch, sonst nahmen sie doch immer gleich das Schlimmste an. Es schien, als wollten sie keinen Mord in ihrer Mitte wahrhaben.

Für Rebecca war klar, dass die Kropps ermordet worden waren. Man musste nur an den Tag zurückdenken, an dem sie die Fotos und das Kokain gefunden hatten. Frau Kropp hatte etwas auf diesem Foto erkannt. Sie hatte sehr heftig reagiert. *Dieser Mistkerl*, hatte sie gesagt. Wen hatte sie gemeint? Grübelnd kickte die Studentin einen nass glänzenden Kiesel beiseite.

Im Grunde war es doch so: Wenn Kropps Tod etwas mit den Fotos zu tun hatte (und davon war Rebecca fest überzeugt), dann war der Mörder höchstwahrscheinlich ein Mann. Schließlich war das Mädchen auf den Bildern ein Opfer gewesen. Ein zum damaligen Zeitpunkt minderjähriges Opfer, das mit mildernden Umständen rechnen konnte, falls es nach so langer Zeit tatsächlich als die Mutter des toten Babys identifiziert würde.

Der Mann, der es zum Opfer gemacht hatte, dagegen … der war ein Verbrecher. Und hatte das stärkere Motiv, Zeugen oder Mitwisser aus dem Weg zu räumen.

Ein zweiter feuchter Kiesel musste dran glauben. Sie trat ihn mit solcher Kraft, dass er von einem Baum abprallte.

Es war angenommen worden, dass die Fotos Martin Marquardt gehört hatten, schließlich waren sie in seinem Sekretär versteckt gewesen. Und sie waren alt.

Aber andererseits konnte *Martin* die Kropps nicht umgebracht haben.

Und er war nie der *einzige* Mann im Großen Haus gewesen.

Dieser Gedanke blinkte wie Leuchtschrift in Rebeccas Kopf und warnte signalrot: *Gefahr, Gefahr …!*

Ihr Schritt verlangsamte sich. Was sollte sie jetzt tun? Abwarten und sich womöglich von Herrn Marquardt abmurksen lassen?

Sei nicht albern, sagte sie sich. Du bist doch nur so eine Art Putzfrau.

Aber das war in Kreimheim auch nicht der sicherste Beruf.

»Rebecca!«

Offensichtlich wartete dort am Großen Haus schon das nächste Problem. Kurzfristig verdrängte Rebecca den Gedanken an eine Abreise.

Eine kleine Person, winkend und rufend, außerdem klitschnass: Luzie.

»Hi«, sagte Rebecca, als sie herangekommen war, »find ich gut, dass du wieder da bist.«

Luzie traten Tränen in die Augen. Wortlos schmiegte sie sich an die Ältere. Doch nach einer Minute erinnerte sie sich, dass sie ein unabhängiger Teenager war, und schob Rebecca peinlich berührt wieder von sich.

»He! Ich dachte, du hättest einen Schock. Musst du nicht im Bett liegen?«

Luzie schüttelte sich verächtlich. Stinkes tat es ihr sofort nach, so dass die Wassertropfen nur so flogen.

»Warst du wirklich über Nacht bei den Kropps?«, fragte Rebecca und klapperte mit den Schlüsseln.

»M-hm.«

»Armes.«

Sie stapften die enge Hintertreppe hoch zur Küche. Die Studentin stellte den Einkaufskorb auf den unbenutzten Holzkohleherd, während Luzie einen Stuhl zur Heizung schob, diese voll aufdrehte und sich elend hinkauerte. Erst als Rebecca ihr ein Handtuch reichte, redeten sie wieder.

»Rebecca?«

»Ja?«

»Ich glaube, ich bin schwanger.«

* * *

»Ja, sie hat mich erpresst«, sagte sie böse. »Jahrelang! – Und dabei …« Marlies Vandermeer zog heftig an einer ihrer langen Zigaretten, wobei sie sich vertraulich vorbeugte. »Glauben Sie, ich war die Einzige? – Schön wär's gewesen. Fragen Sie doch mal im Dorf!« Sie machte eine umfassende Handbewegung in Richtung Großes Haus; ihre Mundwinkel zogen sich bitter nach unten. »Die hatten alle was mit ihm …! – Jede Einzelne!«

»Wie lange dauerte das Verhältnis?« Willenbachers Stimme war betont sachlich, während Marlies Kette rauchte und um ihre Fassung rang.

»Ich war siebzehn … Martin – ich glaubte …« Sie schluckte. »Meine Mutter hat gesagt, ich wäre naiv. Ich habe sie ausgelacht! Es war wie im Traum, und ich glaubte nun mal, er hätte – er würde …« Sie war den Tränen nahe.

»Sie glaubten, er würde Sie ebenso lieben wie Sie ihn.« Bettina konnte ihre Stimme sehr weich und tief klingen lassen. Diese traurige Geschichte erinnerte sie an ihre Schwester.

Vandermeer nickte. »Nun, dann heiratete er. Diese komische Geigerin oder was sie war – als ob die hierher gepasst hätte.« Sie schniefte.

Bettina suchte nach Tempos. Bei Vernehmungen von

Vandermeer schien dieses Requisit unerlässlich. »Und die Hochzeit überraschte Sie?«

Marlies nickte. »Keinem hat er was gesagt. Doch damals hatte ich schon gemerkt, dass er nicht nur was mit mir hatte … Eigentlich hab ich das schon nach einem halben Jahr gemerkt … Aber noch schlimmer war …« Heftiges Schluchzen.

»Frau Vandermeer?«

Erst einmal musste sie sich räuspern. »Also, ich bin dann nach Kaiserslautern gegangen, um eine Lehre zu machen. Dabei lernte ich meinen Mann kennen …«

Bettina wusste, wie die Geschichte weitergehen würde. »Aber bald darauf zogen Sie gemeinsam wieder hierher.«

»Ja. Und dann – ich weiß auch nicht, wie, aber dann …« Sie weinte haltlos.

»Er hat nicht locker gelassen«, sagte Bettina sanft. »Schwor Ihnen wieder ewige Liebe. Ihr Widerstand reizte ihn umso mehr, und Sie konnten sich nicht wehren. Sie betrogen Ihren Mann mit ihm.«

Vandermeer nickte und weinte.

Bettina hörte nicht auf zu sprechen. »Frau Kropp kannte Ihr Geheimnis. Womöglich hat sie mal einen Brief oder etwas Ähnliches gefunden … Was hat sie verlangt? Geld? Und sie wollte natürlich ihren Arbeitsplatz bei Ihnen nicht verlieren … Möglicherweise ist sie Ihnen einfach irgendwann zu sehr auf die Nerven gegangen …«

Vandermeer blickte auf, die Augen weit aufgerissen. »Sie glauben, ich hätte sie vergiftet«, sagte sie. Ihre Stimme klang erstaunt.

Bettina beugte sich vor. »Ich weiß nicht, was ich glauben soll«, sagte sie. »Sie behaupten, dass jemand Sie vergiften wollte, aber Sie erzählen mir gleichzeitig, dass es niemanden gibt, dem Sie das zutrauen würden.« Bettina wartete, bis sich das gesetzt hatte. »Außerdem hatten Sie nicht nur beste Gelegenheit, den Quark zu vergiften, sondern auch ein Motiv.«

Marlies Vandermeer schüttelte den Kopf. Aus ihren fahlen Augen quollen keine Tränen mehr.

»Aber ich war es nicht.«

* * *

»Wieso haben wir sie nicht verhaftet?«, fragte Willenbacher missmutig, als sie wieder im Auto saßen. »Sie hatten doch schon fast alles aus ihr rausgekitzelt. Noch zwei Stunden Verhör, und der Fall wäre gelöst.« Ärgerlich zerrte er an seinem Gurt.

»Wenn sie es überhaupt war.« Bettina startete den Wagen.

Willenbacher blickte entgeistert. »Aber Sie haben eben bewiesen, dass sie es gewesen sein muss! Was wollen wir mehr – Gelegenheit, Motiv, alle Indizien sprechen gegen sie ...!«

»Das Motiv, Willenbacher. Ich verspreche Ihnen, dass wir die Vandermeer verhaften, wenn sich keine andere Spur zeigt. Aber wir sollten es nicht überstürzen.«

Willenbacher grummelte Unverständliches. »Was soll an dem Motiv verkehrt sein?«, begehrte er schließlich auf. »Das Motiv ist doch klar!«

Die Räder drehten durch. Ungeduldig nahm Bettina den Fuß vom Gas.

»Sie war es«, beharrte Willenbacher störrisch.

Bettina stellte den Motor ab und wandte sich ihrem Kollegen zu. »Okay. Bitte. Dann erklären Sie mir, *warum.*«

»Das hat sie doch selbst gesagt! Sie hatte eine Affäre mit Martin M., nachdem sie verheiratet war. Die Kropp weiß davon und erpresst sie. Daraufhin bringt sie sie um.«

Bettina schüttelte den Kopf. »Die Kropp hat sie jahrelang

erpresst. Da geht die Vandermeer doch nicht plötzlich hin und begeht einen Mord.« Abermals ließ sie den Motor aufheulen.

»Vielleicht wurde es ihr einfach zu bunt? Vielleicht hat die Kropp ihr einen Fingerhut zu viel zerschmissen?!«

Der alte Audi bewegte sich drei Zentimeter nach vorne, um erneut hängen zu bleiben.

»Ich sage ja nicht, dass die Vandermeer es *auf keinen Fall* war. – Wieso mussten Sie das Auto bei dem Wetter auf einem Feldweg parken, Willenbacher?!«

»Sehen Sie hier irgendwo was anderes als Feld?! – Wahrscheinlich hat die Kropp rausgekriegt, dass das tote Kind von der Vandermeer war.«

»Und wann hat Frau Vandermeer dieses Kind bekommen?« Resigniert ließ sich Bettina gegen die Sitzlehne sinken.

»Vor ihrer Heirat natürlich. Als sie in Kaiserslautern in die Lehre ging.«

Bettina schüttelte den Kopf. »Passen Sie auf. Ich finde, wir haben eben eine wichtige Sache erfahren, über die wir erst mal nachdenken sollten.«

»Was soll das sein?«

»Na, dass Margit Kropp eine *Erpresserin* war. Vielleicht hatte sie ja noch andere Leute auf ihrer Liste.«

Willenbachers finstere Miene erhellte sich ein wenig. »Könnte stimmen«, knurrte er gnädig.

»Außerdem möchte ich noch persönlich mit Klara Sorrel sprechen. – Tut mir Leid, Willenbacher, aber Sie müssen raus und schieben.«

Der Polizeiobermeister musterte erst seine Vorgesetzte, dann blickte er hinaus in den strömenden Regen. »Iiich?!«

Bettina nickte liebenswürdig. »Sie sind der Kerl.«

»Ich bin *emanzipiert.*«

»Und *ich* sitze am Steuer.«

Fluchend öffnete Willenbacher seine Tür.

»He, ich fahr Sie auch zu Kropps Haus, Willenbacher«, rief Bettina ihm nach.

»Was soll ich da tun?«

»Na, Margit Kropps ›Liste‹ finden.«

»Und was machen Sie in der Zeit?«

»Herrenbesuche.«

* * *

»Sie dürfen das nicht so ernst nehmen«, sagte Jan Vandermeer ein wenig blasiert. Er lag in einem weißen Krankenhausbett und wandte den Kopf unwillig, als sei er des Gedankens an seine Frau überdrüssig. »Meine Frau hat – na ja, sie hat eine blühende Fantasie.« Er nickte und schielte auf die Zigaretten, die aus Bettinas Jackentasche herausschauten.

Diese zog sich unaufgefordert einen Besucherstuhl aus weißem Plastik heran. »Ihr Krankenhausaufenthalt hier ist aber nicht der Fantasie Ihrer Frau entsprungen, Herr Vandermeer.«

Er runzelte die Stirn. »Na jaa …«

Vandermeer war ein attraktiver Mann. Sein gutes Aussehen verdankte er haupsächlich vollem Haar und markanten Zügen, und erst beim zweiten Hinsehen bemerkte man, dass sein Gesicht in den wenigen Augenblicken, da er es nicht spöttisch oder aggressiv zusammenzog, irgendwie auseinander zu fließen schien. Obwohl er über vierzig sein musste, hatte er sich eine gewisse jugendliche Arroganz bewahrt.

»Wissen Sie, ich kann mir nicht vorstellen, dass jemand die Kropps umbringen wollte«, sagte er ungeduldig. »Kleine Leute … Niemand Besonderes.« Seine Handbewegung wischte die Existenz der Kropps einfach weg. »Ach ja, auf *sie* hatte meine Frau es ein bisschen abgesehen – hat bei uns geputzt, aber nicht so ordentlich, wie sie sollte.« Ironisch zog er seine beweglichen Augenbrauen hoch. »Und das war sicher die größte Sünde, die Frau Kropp jemals begangen hat – meiner Meinung nach war es ein Unfall. Die Jüngling, unsere Bäckersfrau, ist schon über siebzig und, na ja, ein bisschen schwerfällig. In dem Alter verliert man eben leicht den Überblick ...«

Er ließ sich in die Kissen zurücksinken und musterte Bettina mit frechem Interesse. Er hätte ihr genauso gut auf den Hintern klopfen können.

»Wir halten den Tod der Kropps für *Mord*«, versetzte sie kalt.

»Wir?« Seine Augen glänzten verächtlich.

Sie schüttelte den Kopf. »Herr Vandermeer, ich bin nicht zu meinem Vergnügen hier. Die Kropps sind gestorben, weil sie von Ihrem Quark gegessen haben. Gibt Ihnen das *nicht* zu denken?«

Vandermeer rollte die Augen. »Maiglöckchen! Daran stirbt man doch nicht. Sie suchen am falschen Ende. – Sehen Sie mich an! Bin ich vielleicht tot?!«

Nachdenklich betrachtete Bettina ihr Gegenüber. »Nein«, sagte sie langsam. »Nein, sind Sie nicht.«

»Na also.« Vandermeer ließ sich wieder in die Kissen zurücksinken und lächelte unangenehm. »Meiner Meinung nach haben die Kropps es endlich geschafft, sich zu Tode zu saufen, meine Liebe. Haken Sie da mal nach.«

Aber klar, Chef, dachte Bettina verärgert. Laut sagte sie: »Eines würde mich dann doch interessieren, Herr Vandermeer.«

Er schwenkte gnädig die Rechte.

»Was halten Sie von der Theorie, dass Sie zur Tarnung etwas Gift zu sich genommen haben und Ihre Frau den übrigen, aber tödlichen Quark an die Kropps verschenkt hat? – Das ist im Moment die offizielle Ansicht der Polizei.«

Kurz hob Vandermeer die Augenbrauen. Fast zu flüchtig, um wirklich in Bettinas Bewusstsein zu dringen, schimmerte hinter den auseinander driftenden Gesichtszügen urtümliche Aggressivität hervor. Einen Moment später hatte er sich wieder unter Kontrolle.

»Die Ansicht der Polizei – oder Ihre?« Er seufzte herablassend.

Contenance, dachte Bettina und sagte frostig: »Sie sollten sich konzentrieren, Herr Vandermeer. Und meine Fragen beantworten.«

»Na gut. Diese Mordtheorie – ich nehme an, sie stammt tatsächlich von Ihnen? – ist doch an den Haaren herbeigezogen.« Seine Stimme hatte einen beschwichtigenden Tonfall, als redete er mit einem Kind. »Glauben Sie mir – das mit den Maiglöckchen kann nur ein dummer Zufall in dieser unhygienischen kleinen Bäckerei gewesen sein. Wenn Sie bei denen mal in die Backstube geschaut hätten, dann wüssten Sie, wovon ich spreche.«

Bettina kratzte sich am Kopf. »Hören Sie. Sie haben am Mittwochabend schon von dem Quark gegessen. Das hat Ihnen laut Aussage Ihrer Frau nicht geschadet. Tags darauf essen Sie wieder davon, und Sie müssen ins Krankenhaus. Das heißt doch, dass irgendwann zwischen Mittwoch- und Donnerstagabend das Gift in den Quark gelangt sein muss.«

»Das ist Quatsch«, entgegnete Vandermeer fast liebenswürdig. »Das Zeug kommt direkt vom Bauern. Meine Frau hat da so einen kleinen Spleen, ›direkt vom Erzeuger‹, das gefällt ihr. Muss sie in irgendeinem dieser Volkshochschulkurse aufgeschnappt haben.« Vandermeers kumpelhaftes Augenzwinkern ekelte Bettina mehr als seine Frechheiten. Sie sah ihn kühl an.

»Jedenfalls weiß kein Mensch, was dieser Bauer da alles reinschnippelt. Der geht kurz vor der Lieferung raus in den Garten, holt sich irgendwelches Grünzeug von der Weide und schneidet es in den Quark. Dass da mal ein Maiglöckchen dazwischen ist, braucht eigentlich niemanden zu wundern.«

Triumphierend musterte der Mann Bettina. Sie schwieg eine Weile und sagte dann: »Sie haben also keine Feinde?«

Er lachte herzhaft. »Feinde?! – Wo sind wir denn hier? Chicago?«

»Es gibt vielleicht Leute, denen irgendetwas an Ihnen missfällt«, sagte Bettina mit mehr Inbrunst als nötig. »Denen Sie im Weg stehen. – Führen Sie eine gute Ehe?«

Vandermeer zog die Nase kraus. »Sie sind ganz schön keck.« Es klang anerkennend; seine Augen glitzerten. »Wieso interessiert Sie meine Ehe?«

»Aus dienstlichen Gründen.«

»Soso.« Er lächelte wissend.

Bettina holte tief Luft. »Tun Sie es?«

»Tue ich was?!«

»Eine gute Ehe führen.«

Ein anzügliches Grinsen zerriss sein Gesicht. »Oh, schon klar, ich dachte einen Moment – na gut. Sicher führen wir eine gute Ehe. Kommt natürlich drauf an, was Sie darunter verstehen.« Er zwinkerte.

Bettina übersah das Angebot. »Und niemand hätte durch Ihren Tod Vorteile?«

Arrogant hob er die Achseln. »Gehören diese Fragen eigentlich zum Verhör oder nur zur Taktik?«

»Ich verhöre Sie nicht, Herr Vandermeer. Ich führe nur …«

» … eine Befragung durch, alles klar. Meine Frau würde die Lebensversicherung kriegen, wenn Sie das meinen, aber sie ist besser dran, wenn ich weiter für sie zur Arbeit gehe, denke ich.«

»Was arbeiten Sie?«

»Ich bin für einen Pharmakonzern tätig.«

»Als was?«

»Außendienst und Beratung«, antwortete Vandermeer gedehnt. »Im Raum Kaiserslautern, Westpfalz und Saarland.«

»Haben Sie viele Konkurrenten?«

Er verzog die Mundwinkel. »Das ist ein hartes Business, glauben Sie mir. Wer da nicht fit ist, geht unter. Aber das ist heute überall so.«

»Okay.« Bettina beugte sich vor. »Wo waren Sie am letzten Donnerstag?«

»Ah, jetzt gehts ans Eingemachte, was? Ich muss Sie enttäuschen, Frau Boll. Ich war zwar auf Tour, aber ich habe einen Zeugen. Ich arbeite nämlich gerade einen neuen Kollegen ein.«

»Wie heißt er?«

»Franz Müller.«

Bettina schrieb sich dessen Adresse auf. »Alles klar. – Von wem, glauben Sie, ist dieses tote Baby, das in Kreimheim gefunden wurde?«

Er blickte ihr anzüglich tief in die Augen. »Wechseln Sie ständig das Thema, um mich zu verwirren? – Keine Ahnung, von wem dieses Balg gewesen sein soll. Ich bin kein Kreimheimer.«

Reserviert musterte Bettina Vandermeers Gesicht. »Und was hielten Sie von Martin Marquardt? – Sie müssen ihn noch gekannt haben.«

Vandermeer zog ausweichend seine dünne weiße Bettdecke zurecht. »Ich weiß, es ist verboten, aber hätten Sie eine Zigarette für mich?« Er deutete auf Bettinas Jacke. »Ich hab gesehen, dass Sie auch rauchen.«

Sie hielt ihm das Päckchen unter die Nase.

»Danke«, grinste er. »Feuer?«

»Martin Marquardt«, erinnerte Bettina, während sie erst einmal ihre eigene Zigarette anzündete. »Bitte.« Sie warf ihm das Feuerzeug hin. »Wie war er?«

»Na, er war – von Beruf Sohn eben.« Aus seiner Stimme sprach Neid. »Der konnte wahrscheinlich nicht mal seinen Namen schreiben, und sein Glück war, dass er das auch nicht musste.«

»Wussten Sie, dass Ihre Frau in ihrer Jugend mit ihm – befreundet war?«

Vandermeers haselnussbraune Augen verdunkelten sich. »Oh ja. Glauben Sie ja nicht, dass meine Frau mich das vergessen ließe.« Er zog heftig an seiner Zigarette. »Nicht mal hundert Schmalzdackel wie dieser Richard – wie heißt er noch? – Gere würden den gottverdammten Marquardt aufwiegen.«

»Sie sind *eifersüchtig?«*, fragte Bettina erstaunt.

Er schenkte ihr einen ironischen Blick. »Auf einen toten Mann?«

Ein *toter* Mann … »Wussten Sie, dass Margit Kropp eine Erpresserin war?«, fragte sie, dem Rauch ihrer Zigarette wie in Gedanken nachblickend.

Wieder zog Vandermeer erstaunt die Augenbrauen nach oben. Es sah aus, als hätte er Schwierigkeiten, die einzelnen Teile seines Gesichts beisammenzuhalten.

»Die Kropp? Wen hat *die* denn erpresst?«

Bettina sah ihm in die Augen. »Was würden *Sie* denn sagen, wen sie erpresst hat?«

»Was soll denn jetzt wieder diese Frage?«, erkundigte er sich gereizt und starrte herausfordernd zurück. »Woher, um Himmels willen, soll ich wissen, welche kleinen Geheimnisse diese Putzfrau ausgegraben hat?«

Gelassen verschränkte Bettina die Arme. »Das hatte ich gerade vor, Sie zu fragen. Soviel ich weiß, kannte sich die Kropp ganz gut im Liebesleben ihrer Mitmenschen aus.«

Vandermeer starrte sie aufgebracht an. »Liebesleben, ja?«, äffte er Bettina nach. »Mitmenschen?!« Dann drückte er seine Zigarette heftig in einem Unterteller aus. Als er wieder aufblickte, grinste er böse. »Sie meinen, ob ich Verhältnisse habe?«

Bettina lächelte zustimmend.

»Und Sie glauben wirklich, dass ich *Ihnen* das sage?! Damit Sie mich direkt verhaften und absurderweise als Kropps unglücklichen Mörder präsentieren?! Das können Sie vergessen, Frau Boll.« Er nickte bekräftigend. »Ich bin meiner Frau treu.«

»Sicher.« Sie zwinkerte ebenso aufdringlich, wie er es vor nicht fünf Minuten getan hatte, und es befriedigte sie, dass der Mann im Krankenhausbett rot wurde.

»Überprüfen Sie mich doch!«, schnappte er. »Sie werden feststellen, dass ich …«

»Das werden wir auch tun, Herr Vandermeer«, entgegnete Bettina. »Keine Angst. – Aber zuerst möchte ich, dass Sie sich noch etwas ansehen.« Mit raschem Schwung warf sie die Fotos aus Marquardts Sekretär auf sein Bett. Überrascht fiel Vandermeers Gesicht auseinander. »Wer ist das denn?«

»Das wollte ich von Ihnen wissen.«

Er schnalzte mit der Zunge und hob eines der Bilder vorsichtig hoch. »Das ist ja wirklich was ganz besonders Nettes … Wo sind die her?«

Sie betrachtete ihn aufmerksam. »Wir vermuten, dass Martin Marquardt sie gemacht hat.«

»Ohhhh …!« Plötzlich presste sich Vandermeer gegen das hochgeklappte Kopfende seines Bettes. Seine Wut war überraschend. »Für solche Leute sollte man die Todesstrafe wieder einführen. Und das passt! Das passt, also wirklich, dieses ekelhafte Arschloch …!« Er konnte sich kaum beruhigen. »Er war also ein Kinderschänder, ja? Kein Wunder! Glaube ich unbesehen! Das …«

»Tatsächlich?!«

Er starrte Bettina an. »Hab ich schon wieder was Falsches gesagt, Frau Boll?! Langsam glaube ich, dass Sie mich irgendwie auf dem Kieker haben. Finden Sie es richtig, dass solche Kerle Kinder vergewaltigen dürfen?!«

»Nein.« Sie knetete ihre Lippen. »Sie hassen ihn immer noch.«

»Na, sehen Sie sich das doch an!« Entrüstet wies er auf die Fotos. »Sagt doch alles. Ich hab immer gewusst, dass der Typ ein Verbrecher war. Mit seinen Scheißautos, seinem Scheißhaus und seinem Scheißsägewerk – ein Scheißmarquardt eben! Und das war dahinter: Verbrechen! Kinderschänderei, Vergewaltigung …«

» … Ehebruch«, fügte Bettina an. Ihre grünen Augen begegneten Vandermeers aufmerksam. »Es ehrt Sie, dass Sie sich so sehr wegen dieses Kindes echauffieren«, sagte sie leichthin. »Keiner, dem ich dieses Bild bisher zeigte, hat sich so aufgeregt wie Sie.«

Eine Art Reflex zwang seine Hand an die Kehle. Er blickte die Kommissarin an, als habe sie sich in eine völlig neue Person verwandelt. Ganz süßes Mädchen, hatte er gedacht, als sie das Zimmer betreten hatte. Rothaarig und ein bisschen widerspenstig. Und nun hatte sich herausgestellt, dass sie noch schlimmer war als eine dieser unerträglichen Emanzen. Er hätte sich nie auf ein Gespräch mit ihr einlassen dürfen.

»Hatten Sie persönliche Streitigkeiten mit Martin Marquardt?«, fragte inzwischen die Frau, die schlimmer war als eine Emanze. »Ist irgendetwas zwischen Ihnen vorgefallen?«

Jan Vandermeer versetzte den Fotos einen Schnipser mit Daumen und Zeigefinger und funkelte Bettina an. »Was soll denn vorgefallen sein?!«

»Sie waren eifersüchtig auf Martin und sind es immer noch«, sagte Bettina trügerisch sanft.

»Vielleicht«, fauchte Vandermeer. »Hören Sie bloß auf, mich so anzulauern!« Er war immer noch erregt. »Ich sag es Ihnen schon. Dieser Martin …«

»Ja?«

Eine Ader klopfte an Vandermeers Schläfe. »Sie hatten ein Verhältnis.«

Bettina spürte unerklärliche Erleichterung. »Sie wissen es?«

Der Mann blickte auf. »Und Sie auch …?!« Seine Augen wirkten wie matte Steine.

Sie hätte sich auf die Zunge beißen mögen. »Ich meine …«

Er winkte ab. »Schon gut. Meine Frau hat es Ihnen erzählt. Klar. Wieso nicht? Ich erzähle es Ihnen schließlich auch.« Seine Stimme klang gepresst. Irgendwie hatte der Mann ein Talent, alles, was seine Persönlichkeit ausdrückte, zusammenzuziehen wie die Augenbrauen.

»Seit wann wussten Sie es?«, fragte Bettina.

»Seit fünfzehn Jahren«, sagte er hart. »Ich hab ein Foto gefunden. Mit Datum.«

»Als es passierte, hatten Sie keine Ahnung?«

Er schüttelte den gesenkten Kopf. »Ich hab immer viel zu tun, damals ganz besonders …«

»Aber«, fragte Bettina leise, »weshalb haben Sie Ihrer Frau nichts gesagt? Sie wurde jahrelang von der Kropp erpresst.«

»Wie konnte *ich* das denn ahnen?«, fragte Vandermeer ärgerlich. »Sie sind gut, Frau Boll. Meine Frau macht einen

Seitensprung, und Sie werfen *mir* vor, dass die Kropp sie damit erpresst hat!«

»Na gut.« Bettina knabberte an ihrem Daumennagel. »Aber wie standen Sie zu seinen Lebzeiten zu Martin? Konnten Sie ihn da auch nicht …?«

»Nein, konnte ich nicht«, fiel ihr Vandermeer ins Wort. »Aber er war mir ziemlich egal.«

»Ihre Frau hat Ihnen tatsächlich nie von Martin erzählt?«

»Oh, sie redet pausenlos von ihm! Hat sie Ihnen nicht sein Loblied gesungen?! Ihnen mit bebenden Lippen gestanden, was für ein wundervoller Mann er war?! – Und die Kropp hat sie erpresst, ja? Geschieht ihr irgendwie recht.«

»Wann begann Ihre Frau von Martin zu reden?«

»Ach du lieber Himmel, schon immer! Er hatte ja den großen Vorteil, dass er tot war. Eine Legende.«

»Ist er tatsächlich.« Bettina erhob sich. »Jeder Kreimheimer hat sich eine schöne, bunte Legende um ihn gewoben … Na gut. Das war's schon, Herr Vandermeer.«

»Schon …«

»Ja.« Sie begann, die Fotografien einzusammeln. »Vielleicht kommen wir noch mal auf Sie zurück.«

»Gern, wenn Sie nicht gerade wieder einen Mörder brauchen.« Er lächelte zynisch. »Auf Wiedersehen.«

An der Tür drehte sie sich noch einmal um. »Warum haben Sie Ihre Frau nicht verlassen – nachdem …?«

Wieder hochnäsig zuckte Vandermeer mit den Achseln. »Na, sie ist doch meine Frau, oder? – He, Frau Boll!«

Ein letztes Mal wandte sie sich um.

»Können Sie mir nicht wenigstens noch eine Zigarette dalassen?«

Sie warf ihm das halb volle Päckchen zu.

* * *

Im Grunde war es immer ein armseliges Haus gewesen. Eine Arbeiterkate, von den anderen Häusern des Dorfes durch seine Lage und die neue Bundesstraße isoliert, mit einem ungepflegten Obstgarten, der im Regen umso trostloser aussah. Missmutig stapfte Willenbacher durch den nassen Garten, um das Haus durch die Hintertür zu betreten. Für die hatte er sich den Schlüssel bei seinem Kollegen Schuster geholt.

Die Tür stand offen.

Willenbacher bekam einen Schrecken, doch dann erinnerte er sich, wie eine Kollegin über die Tür geflucht hatte. Anscheinend war das Schloss seit Jahren nicht mehr benutzt worden und inzwischen völlig eingerostet. Trotzdem durfte man die Tür zu einem Tatort nicht einfach unverriegelt lassen.

Unbarmherzig tropfte der Regen herab, während Willenbacher das Schloss untersuchte. Es war ein uraltes Ding, das man vermutlich mit jedem beliebigen Werkzeug knacken konnte. Jemand hatte daran herumgekratzt, um es wieder gängig zu machen. Oder um es aufzubrechen?

Er probierte seinen Schlüssel aus. Das Schloss ächzte, bewegte sich schließlich quietschend und widerwillig. Es bedurfte größter Kraftanstrengung, die verzogene Tür nahe genug an den Rahmen zu drücken, um wirklich abschließen zu können.

Willenbacher musste erst einmal Luft holen, bevor er die Tür wieder öffnete. Denn dazu war rohe Gewalt vonnöten: Die schlampige Neustadterin war wohl ganz einfach zu faul oder (wahrscheinlicher) zu schwach gewesen, um das Gebäude korrekt zu versiegeln. Alles Weitere konnte sowieso erst die Untersuchung des Hauses zeigen.

Die Hintertür führte in die Küche, in der es kühl war und nach altem Rauch und Bier roch. Ein Geruch, der sich wahrscheinlich seit Jahrzehnten in den Räumen festgesetzt und jetzt seine Erzeuger überdauert hatte.

Willenbacher schaltete das Licht ein und sah sich um. Nichts deutete auf einen Einbruch.

Wo könnte er hier noch etwas finden? Wo würde eine Frau ihre Geheimnisse verstecken?

Kleiderschrank, Schmuckkästchen, Beautycase.

Mit anderen Worten, er musste wieder nach oben ins Schlafzimmer.

* * *

Als Bürgermeister Marquardt zurück zum Großen Haus kam, wurde er in der Küche von vier niedergedrückten jungen Leuten erwartet.

»Hallo! Guten Abend. Luzie! Da bist du ja wieder. Du hast uns allen ganz schön Sorgen gemacht.« Er legte kurz einen Arm um ihre Schultern, nachdem er seinen Aktenkoffer auf einen Stuhl hatte gleiten lassen. Dann trat er zum Kühlschrank und nahm eine Milchflasche heraus.

Alles schwieg betreten, nur Marko erhob sich, lässig wie immer, und hielt dem Onkel sein eigenes Glas hin. Stirnrunzelnd goss Marquardt auch dieses voll. Sein Gesicht und seine Stimme waren ruhig, doch Rebecca bemerkte, wie die schmale Hand, welche die Flasche hielt, zitterte.

»Will mir vielleicht mal einer sagen, was diese tragische Trauerstimmung soll? Hallo, Theo. Wie geht es deiner Mutter?«

Theo stand auf und schüttelte Marquardt die Hand, ohne einen Ton zu sagen. Argwöhnisch blickte der Bürgermeister von einem zum anderen. »Okay, Leute. Was ist passiert?«

Luzie räusperte sich. Ihr Gesicht war von jenem dramatischen Ernst erfüllt, den vorwiegend junge Menschen verspüren. »Ich gehe nicht wieder nach Hause«, sagte sie mit dünner Stimme. »Nie mehr.«

Marquardt schloss die Augen.

Seine Nichte erhob sich aus ihrer Kauerstellung und streckte ihm offene Handflächen entgegen. »Onkel Max, warum kann ich nicht zu dir ziehen? Ich weiß, du brauchst jemanden, der hier aufräumt und kocht, und ich kann das alles machen. Ich werde deine Haushälterin.«

»Und versauerst bei mir altem Mann«, scherzte Marquardt, doch seine Augen lachten nicht.

»Du bist nicht alt«, widersprach Luzie. »Du könntest Rebecca heiraten.«

Dieser neue Gedanke verblüffte Rebecca und Marko gleichermaßen.

Der Bürgermeister lächelte. »Dann wird aber nichts aus deiner Karriere als Haushälterin, Schatz.« Er trank von seiner Milch, ohne die Nichte aus den Augen zu lassen. »Rebecca ist nämlich eine Perle.«

»Aber sie will einen richtigen Beruf«, brachte Luzie traurig vor. »Sie wird Lehrerin und hat dann keine Zeit für so was.« Ihre Handbewegung umfasste viel sagend die ganze Küche.

Marquardt blinzelte das Mädchen über sein Glas hinweg an. »Und du willst keinen ›richtigen‹ Beruf?«

Luzie ließ den Kopf hängen.

»Liebe junge Dame, du kommst jetzt mit in mein Arbeitszimmer. Wir müssen sowieso miteinander sprechen.« Der Bürgermeister nahm seine Milch und den Aktenkoffer. »Marko, ich hoffe, ihr habt Maria schon angerufen. Ich möchte nicht, dass sie sich aufregt, weil unsere Luzie wieder fort ist.« Väterlich legte er den Arm um das Mädchen, drehte kurz noch einmal den Kopf zurück und sah prüfend in die Runde. Was für ernste Gesichter! Wie jung sie alle waren!

»Er ist fünfundvierzig, aber meistens halten ihn die Leute für älter«, hörte er Marko zischeln.

Und er war alt.

* * *

Sie hatte Frank in der Tür erwartet, deswegen war Bettinas Blick auf die Höhe etwas oberhalb der Klinke gerichtet, doch die Person, die ihr öffnete, war eine Frau mittleren Alters in einer altmodischen Kittelschürze. Sehr gerade stand sie in der Eingangstür des meierschen Holzhauses und betrachtete Bettina mit milder Strenge.

»Frau Meier?«, fragte Bettina probeweise, doch die Frau hob abwehrend die Hände.

»Wenn Sie jetzt extra aus Frankenfels gekommen sind, dann können Sie warten«, sagte sie nicht unfreundlich. »Aber der Herr Direktor hat gerade zu tun.«

»Ich bin nicht aus Frankenfels«, erklärte Bettina. »Ich bin auch nicht die Mutter eines Schulkindes.« Sie zeigte ihren Polizeiausweis vor.

Die Frau an der Tür veränderte ihre Haltung nicht. »Sie können reinkommen, aber ich weiß nicht, ob der Herr Direktor mit Ihnen sprechen wird.«

Das Arbeitszimmer dieses dämlichen Lehrers war gehütet wie Fort Knox. Er hat was zu verbergen, dachte Bettina gereizt. Darauf werde ich ihn ansprechen. Sie hatte nicht die geringste Lust, Meier wieder zu sehen, doch sie musste dringend etwas überprüfen.

»Ich bin die Nachbarin«, erklärte die Frau inzwischen und führte Bettina in die bunte Küche. »Frau Oswald.«

Frank und seine Geschwister waren heute nicht zu sehen. Die Küche war sauber aufgeräumt, in der Spüle wartete etwas Geschirr in dampfendem Wasser. Frau Oswald bat Bettina, sich zu setzen, und verschwand in Richtung Arbeitszimmer.

»Zehn Minuten«, verkündete sie, als sie wiederkam, und machte sich über das Geschirr in der Spüle her.

»Ich war der Meinung, Frau Kropp sei die einzige Haushaltshilfe hier im Ort gewesen«, sagte Bettina, die sich in die Tür gelehnt hatte. Sie wünschte, sie hätte Beweise, die gegen Meier sprächen. Dann würde sie sein verdammtes Arbeitszimmer stürmen und ihn auf die Wache nach Neustadt schleppen.

Frau Oswald blickte auf. »Ich bin die *Nachbarin«*, erklärte sie ungehalten. »Keine *Putzfrau*. Ich mache hier ein bisschen Ordnung. Nachbarschaftshilfe, wenn Sie verstehen.«

Bettina war erstaunt. Diese Frau hatte das Gebaren eines Dienstmädchens. Allein, wie ehrerbietig sie »Herr Direktor« sagte, war unglaublich, wenn man bedachte, dass sie nicht dafür bezahlt wurde. »Nachbarschaftshilfe.«

»Ganz recht.« Mit selbstgefälliger Bescheidenheit stellte Frau Oswald eine knallrote Tasse in das Abtropfgitter.

»Und was tut Herr Meier für Sie?«

Die Frau stemmte die nassen Hände in ihre nicht vorhandene Taille. »Also wissen Sie, der Mann hat drei kleine Kinder. Sollen die den ganzen Tag allein gelassen werden?«

»Schon gut. Es hat mich nur interessiert. – Sie sind sehr gründlich. – In Ihrer Hilfe, meine ich.«

Frau Oswald nickte huldvoll und wandte sich wieder dem Geschirr zu.

»Ich höre, Frau Meier hat Probleme mit dem Alkohol«, sagte Bettina angelegentlich. Die offensive Unterwürfigkeit dieser Frau reizte sie irgendwie.

Frau Oswalds Nacken lief rot an. »Ich glaube nicht, dass *Sie* das etwas angeht«, erregte sie sich, ohne sich umzudrehen. »Das ist eine Familienangelegenheit.«

»Sind *Sie* mit den Meiers verwandt, Frau Oswald?«

Nun drehte sich Oswald doch in Bettinas Richtung. »Der Herr Direktor mag es nicht, wenn über seine Frau gesprochen wird«, warnte sie bedeutungsvoll.

»Wieso?«, fragte Bettina fröhlich.

»Hören Sie, die Kinder können jeden Moment runterkommen. Wenn Sie …«

Im Gang wurde eine Tür aufgerissen. »Frau Oswald, meine Paprika! Denken Sie noch dran?«

»Ja, Herr Meier«, schrie Frau Oswald zurück. Damit schritt sie zum Kühlschrank und nahm einen Teller mit hübsch arrangiertem Gemüse heraus. »Da. Den können Sie mitnehmen.«

Bettina musste sich sehr energisch sagen, dass sie es war, die etwas wollte, und dass es sie nicht umbrachte, einen Teller mit Gemüse zu tragen, wenn sie sowieso eine Hand frei hatte, doch es kostete sie Überwindung. Zum Ausgleich klopfte sie nicht an Meiers Tür, sondern trat einfach ein, was ohne Zweifel ein Sakrileg war.

Meier war dann auch etwas irritiert, als er Bettinas ansichtig wurde. »Frau Oswald!«, schrie er.

Sofort eilte diese herbei. »Das ist die Polizistin, die Sie sprechen will«, erklärte sie beflissen und warf Bettina einen vernichtenden Blick zu.

»Haben Sie meine Paprika?«, fragte Meier und sah auf den Teller, den Bettina in der Hand hielt.

»Sie hat sie«, sagte Frau Oswald in einem Ton, als hätte Bettina sich das Gemüse unrechtmäßig angeeignet.

Meier seufzte. »Es ist gut, Frau Oswald. Stellen Sie es dahin.« Die letzten Worte waren keineswegs an Bettina gerichtet; Meier blickte mit leichtem Vorwurf immer noch seine Nachbarin an.

»Sicher«, machte diese und schaute ihrerseits auffordernd

in Richtung Bettina. Diese drückte Oswald den Teller wieder in die Hand und setzte sich ungefragt vor den riesigen Schreibtisch. Meiers Gesicht wurde daraufhin einen Moment lang stumpf, als hätte er es ausgeknipst, und Frau Oswald seufzte lange und viel sagend, während sie mit Märtyrermiene die Paprikastücke auf den Schreibtisch stellte. Dann verließ sie geräuschvoll das Zimmer.

Da sie nun allein waren, konnte Meier sie nicht mehr ignorieren. »Ich habe keine Zeit!«, sagte er unfreundlich und blickte starr auf die Hefte, die er vor sich ausgebreitet hatte, als müsse er sich mühsam im Zaum halten, um den ungebetenen Besuch nicht anzuschreien. Die unterschwellige Aggressivität, die Meier umgab, war plötzlich fast körperlich spürbar.

Bettina lächelte angestrengt. »Herr Meier, trotz unserer vielen Arbeit haben wir Zeit gefunden, uns nochmals mit Ihrer Klage wegen sexueller Belästigung zu befassen, wie Sie bei meinem Kollegen Willenbacher angeregt haben.«

Meier sah nun etwas interessierter aus und nickte. Fraglos akzeptierte er, dass sein Anliegen Vorrang vor einem frischen Mordfall hatte. Bettina hatte gewusst, dass sie in diesem Punkt keine Überzeugungsschwierigkeiten haben würde.

Sie machte ein unterwürfiges Gesicht. »Meine Vorgesetzten sind der Meinung, dass es uns vielleicht möglich wäre, unter einem anderen Gesichtspunkt das Verfahren neu aufzurollen, verstehen Sie?«

Meier drehte seinen Stuhl zur Wand, so dass Bettina in den Genuss seines jugendlichen Profils kam. »Das«, sagte er langsam, »wäre sehr wertvoll für den Ort. Kreimheim leidet unter der Freizügigkeit dieser Frau. – Ich glaube, Sie wissen, was ich meine.«

»Ganz genau«, sagte Bettina wahrheitsgetreu.

Er blickte auf, nahm ein Stück Paprika und biss krachend hinein, so dass der Saft spritzte. Er sah jung aus wie ein Student, aschblond, gesund, mit Stoppelhaaren und nicht allzu intelligentem Gesichtsausdruck. Das war es, was Bettina so an ihm reizte: dass er sie, obwohl sie ihn nicht respektierte, manipulieren konnte. Saß sie hier etwa nicht einen halben Meter unter ihm und schmierte ihm – möglicherweise ergebnislos – Honig ums Maul? Erlaubte sie ihm nicht noch, sie beim Reden mit Paprikasaft zu bespucken?

»Unsere Jugend muss geschützt werden«, erklärte er kauend. »Es geht nicht, dass Minderjährige …«

Bettina stand auf. »Verzeihen Sie, Herr Meier, aber darüber haben wir bereits ausführlich gesprochen. Was ich möchte, sind die Beweise.«

Er nahm noch ein Stück Paprika; seine Miene wurde stier. »Das kann man gar nicht oft genug erwähnen, Frau äh – ach ja, Boll.«

Über die Paprika hinweg musterte er sie. Seine starren Augen zeigten eine Spur Argwohn. Bettina glaubte dahinter zu lesen, wie er auch sie hassen, verfolgen und zu vernichten versuchen würde, wenn sie noch den geringsten Fehler beginge. So, wie er Klara hasste.

»Wenn Sie wüssten, welchen Schaden die Entwicklung eines Fünfjährigen – wie erkläre ich das jetzt …«

Bettina sank auf den Armesünderstuhl zurück und beobachtete Meiers Bewegungen, während er sprach. Obwohl sein Gesicht völlig unbewegt war, gestikulierte er viel; seine Gebärden brachen mehr oder weniger konvulsivisch aus ihm hervor. Bettina fühlte sich immer unbehaglicher. Nach einer für sie endlosen Weile kam sie noch einmal auf das abgewiesene Verfahren zu sprechen.

Meier reagierte misstrauisch. Während er emsig Vitamin C konsumierte, erklärte er, wie sehr ihn die Einstellung des

Verfahrens wegen Geringfügigkeit (!) damals geschmerzt und wie schwer sein Vertrauen in die deutsche Gerichtsbarkeit darunter gelitten habe. Davon abgesehen sei aber sein Verantwortungsbewusstsein für das Gemeinwohl ungebrochen. Und dieses zwang ihn, der Kriminalpolizei zu empfehlen, die Lasterhöhle der Sorrel zu durchsuchen, dann brauchte man *ihn* künftig nicht mehr zu belästigen …

Bettina schüttelte mit mühsamem Respekt den Kopf. »Verstehen Sie, Herr Meier«, sagte sie und beugte sich vor, »wir müssen das Übel gleich bei der Wurzel packen. Für *diesen* Fall haben Sie Beweise. Fotos. Hier können wir etwas *ausrichten.*«

Obwohl Meier ein Schwätzer war, ließ er sich von der Aussicht auf konkrete Erfolge verführen. Er nickte widerwillig. »Mag sein, dass Sie die Sorrel …«

Bettina unterbrach ihn hastig. »Herr Meier. Ich kann Ihnen etwas sehr Positives verraten. Vertraulich, natürlich.«

Meier senkte zustimmend den Kopf.

»Es ist nämlich so: Was Sexualdelikte gegen Kinder betrifft, hat sich die Stimmung in den Gerichten gerade in der letzten Zeit sehr verändert. Diese vielen schrecklichen Verbrechen haben auch die Öffentlichkeit hellhörig gemacht, verstehen Sie? ›Wehret den Anfängen‹ ist jetzt die Devise, nach der geurteilt wird.« Im Stillen leistete Bettina bei allen *wirklich* gequälten Kindern Abbitte. »Man hält uns sogar an, verstärkt auf derartige Hinweise, wie Sie ihn zu einem etwas unglücklichen Zeitpunkt gegeben haben, einzugehen. Ihr Fall hätte heute durchaus eine große Chance, zu Ihren Gunsten entschieden zu werden, Herr Meier.«

Der Grundschuldirektor lehnte sich in seinem Stuhl zurück und sprach eine Weile eher zweifelnd über Verantwortung, Bürgerpflichten und das Böse an sich, doch Bettina wusste, dass sie ihn an der Angel hatte. Seine Bewegungen wurden sparsamer, was vermutlich bedeutete, dass er sich schon seinen Triumph über die verhasste Sorrel ausmalte. Vergessen lagen die vitaminreichen Paprikastücke auf ihrem Teller.

»Ein Problem gibt es allerdings«, sagte Bettina ernst, nachdem sich in Meiers Monolog eine gewisse Zuversicht abzuzeichnen begann. »Es geht nur, wenn Sie die Fotos noch haben. Natürlich will man solchen Schund nicht länger als nötig aufbewahren …«

Aber selbstverständlich warf Herr Direktor Meier keine Beweisstücke weg. Zielsicher öffnete er eine Schreibtischschublade mit einem Schlüssel, den er seiner Hosentasche entnahm. Die bewussten Fotos befanden sich in einem säuberlich beschrifteten Umschlag; Meier hatte sogar die Verfahrensnummer seiner abgewiesenen Klage darauf notiert. Umständlich erklärte er sich bereit, dem Gericht bei Bedarf eine vollständige Analyse der potentiellen Gefahren des Materials für Minderjährige aus professionell pädagogischer Sicht zu liefern. Inzwischen sah Bettina die Bilder durch, die sehr klar und deutlich zeigten, was Meier fürchtete. Sie zeigten aber auch noch etwas anderes.

Der Besuch war doch nicht umsonst gewesen.

* * *

»Ich verstehe nicht, was du meinst.« Klara Sorrel kniete vor einer riesigen Schwarzweißfotografie, in der sie träumerisch mit einer Rasierklinge herumkratzte. Die Fotografie zeigte das Gesicht eines Mannes.

»Ist doch klar.« Bettina saß auf einem Barhocker mit zerfetztem Bezug, ließ die Beine baumeln und den Blick schweifen. Das allgegenwärtige Chaos herrschte auch hier im »Atelier«, wobei »Atelier« eine romantische Bezeichnung Klaras für den halb ausgebauten Dachboden ihres Fertighäuschens war. Fröhlich stapelten sich hier Malutensilien und Rahmenteile, verschiedene Papierbogen und sonstiger kreativer Plunder. Vor dem einzigen Dachfenster wartete die Staffelei, und auf mehreren großen Tischplatten waren Werke in verschiedenen Stadien der Fertigstellung verteilt. »Ich meine, dass du gestern Abend bei den Kropps gewesen bist.«

Klara wiegte den Kopf. »Das kann nur Schicksal sein. Wenn in Kreimheim ein Mord passiert – von der Wahrscheinlichkeit her sowieso Utopie –, muss *ich* natürlich die letzte Person am Tatort gewesen sein. Aber ich habe die Kropps nicht vergiftet.« Sie sah lächelnd auf. »Klingt höchst verdächtig, nicht?«

Bettina lächelte ebenfalls. »Ja, das tut es.«

»Deine komischen Kollegen, die meine Wohnung durchsucht haben, fanden das auch … Ich nehme an, du würdest einen Kaffee aus meiner Küche ablehnen.« Sie seufzte, streckte sich und stand auf. »Wie ist es? Ich mache mir jetzt einen. Oder hast du Angst?« Ihre changierenden Augen glänzten türkisblau.

»Sollte ich das? – Aber mach mir nur einen mit, wenn du Zucker hast.«

Die Künstlerin zog einen schmutzigen Wasserkocher unter ölgetränkten Lappen hervor.

»Ihr sollt euch gestritten haben. Es ging um Geld, nicht?«

Sorrel schüttelte den Kopf. »Hat die Kropp das Gespräch auf Band aufgenommen oder was? Woher weißt du das alles?«

»Von Luzie.«

»Hm.« Bettina konnte Klaras Augen nicht sehen, da diese sich betont geschäftig um das Kaffeepulver kümmerte.

»Luzie scheint dich zu mögen. Sie war ziemlich fertig, weil sie dachte, dass sie dich in Verdacht bringt.«

»Hat sie doch auch, oder?«

»Ich denke, du bist unschuldig.«

Klara schenkte Bettina einen maliziösen Blick. »Lieber Gott. *Du* bist spitzfindig. Ich hab bei den Kropps eigentlich nichts Besonderes gemacht – wenn du's genau wissen willst: Sie hatte noch Geld von mir zu kriegen. Das ist alles, und es war auch nicht das erste Mal.«

Bettina beobachtete, wie die Künstlerin mit fahrigen Bewegungen heißes Wasser in zwei Tassen goss. »Hat sie dich erpresst?«

Sorrels Erstaunen wirkte echt. »Erpresst?! Weshalb denn? Nein, du wirst es nicht glauben, aber es ging um meine Otto-Bestellung. Ganz einfach. Frau Kropp ist – *war* – Sammelbestellerin.«

Diese Antwort nahm Bettina ein wenig den Wind aus den Segeln.

»Geld ist bei mir sowieso ein akutes Thema. Ich meine, ich hab da diesen Schreibjob, aber ehrlich, manchmal glaube ich, ich sollte alles hinschmeißen.« Ihre Augenfarbe schlug in ein düsteres Grau um. »Im Grunde hast du als ernsthafte Künstlerin keine Chance, wenn du dich gegen die Posterindustrie durchsetzen musst.« Sie fuchtelte wild mit dem Kaffeelöffel herum. »Die Leute geben mehr Geld für ihre Rahmen aus als für den Kitsch, den sie reinstecken wollen.«

Bettinas Stimme blieb sachlich. »Du hattest also kein Geld und wolltest einen Aufschub.«

»Ja. Bist du jetzt zufrieden? Ich denke, ihr habt Kropps Haus durchsucht. Da werden auch die Otto-Listen dabei sein.«

Sie reichte Bettina eine Tasse, auf der stand: *Wenn es etwas zu stehlen gibt, stehle ich es (Picasso).* Bettina drehte sie zwischen den Händen. Sie hatte heute schon viel zu viel Kaffee getrunken.

Sorrel steckte sich eine Zigarette an. »Was ist übrigens mit diesem Toten, den man im Wald gefunden hat?«, fragte sie. »Ist der auch ermordet worden? Soll ich dir was sagen?! Ich habe es gewusst. Ich habe es *so was von gewusst*, dass irgendeiner von diesen verlogenen Spießbürgern Leichen im Keller hat, das war sonnenklar.« Heftig paffte sie an der Zigarette.

»Und wer?«

Klara fuhr auf. »Ist doch egal! Ich wette, jeder hat von dem Toten gewusst. Alle sind schuld! Diese ganze Scheißdorfidylle!« Sie zitterte; plötzlich wurden ihre Augen grün. »Weiß man schon, wer der Tote war?«

Bettina zuckte die Achseln. »Wir haben ja praktisch nichts gefunden. Ach! Da fällt mir was ein.« Sich weit vorbeugend, nestelte sie an ihrer Jacke, die neben ihr auf einer außerordentlich staubigen Heizung zum Trocknen ausgebreitet war. »Hast du das schon mal gesehen?« Vorsichtig reichte sie Klara den Plastikbeutel, der das goldene Kreuz enthielt.

Klara nahm die Tüte wie ein Heiligtum, drehte das Schmuckstück feierlich in seiner Plastikhülle. »War das bei der Leiche?« Ihre Stimme klang sanft.

»Im Wald, ja.«

»Ob das Kreuz noch ein Trost war …?«

»Die Frage ist, weshalb man es der Toten gelassen hat.«

Klara blickte auf. »Religion? Und es war eine *Frau?*«

»Wir haben die schwache Vermutung, dass es Anna Moretti gewesen sein könnte.«

»Das Kindermädchen.« Sorrel pfiff durch die Zähne. »Vielleicht hatte *sie* ein ungewolltes Baby.«

»Können wir noch nicht sagen.«

Sie schwiegen einen Moment.

»Wir haben bei der Leiche keine Kleider gefunden«, fuhr Bettina schließlich fort. Ihre Stimme klang sehr weich. »Nur ein Stück Sackleinen, in der Nähe des, hm, Kopfes.«

Klara hustete und ließ sich wieder auf die Knie nieder.

Ihre kaum gerauchte Zigarette drückte sie auf einem Unterteller aus. »Ich hab dieses Kaff so satt. Ich ziehe hier fort. Sobald ich was anderes finde, bin ich weg.« Sie nahm die Rasierklinge zur Hand.

»Wer ist das?«, fragte Bettina, auf die Fotografie deutend.

»Mein Vater.« Wolllüstig kratzte Klara an seinem Gesicht herum.

Bettina beobachtete sie eine Weile schweigend. Dann fragte sie: »Machst du auch Aktfotos von dir selbst?«

»Noch nie probiert. Wäre eine Idee.« Sie summte, während sie dem Bild ihres Vaters die Augen auskratzte.

»Wie soll dieses Bild heißen?« Bettina war von ihrem Hocker heruntergestiegen und kniete jetzt neben der Künstlerin, die unendlich tief in ihre Arbeit versunken schien.

»Es heißt: ›Wie könnt ihr schlafen‹. Ist aus der Bibel.« Sie lachte rauh.

»Er muss dir etwas Furchtbares angetan haben.«

Klara schüttelte den Kopf. »Er hat nur geschlafen.«

»Als was passierte?«

Sie hörte nicht auf, den Kopf zu schütteln. »Ich weiß nicht.«

Das Bild lag plötzlich vor ihr. Sie hatte nicht gesehen, wie dieses lästige rothaarige Mädchen es ausgepackt hatte.

Es war wie ein Schlag ins Gesicht.

Grauenvoll, es zu sehen.

All die Jahre war es ihr wie ein großer, dunkler Knoten in ihrem Kopf vorgekommen. Mühsam hatte sie ihr Leben um die blinde Stelle herum gelebt, hatte versucht, mit ihrer Kunst dem Schrecken eine Form zu geben. Dadurch wurde er nicht kleiner, aber berechenbarer. Vor zwei Tagen, als sie das Bild zum ersten Mal sah, hatte sie kaum verstanden, was es bedeutete. Es kam zu plötzlich. Sie hatte sich nie so gesehen. Sie war cool geblieben.

Doch jetzt wusste sie, dass sie es war, die da lag und gequält wurde, und das alte Foto konnte nicht annähernd darstellen, was man ihr angetan hatte.

Es war entsetzlich. So beiläufig. Armselig. Minderste Qualität. Sadomaso-Kitsch.

Sie stieß Bettinas Arm weg, der sie trösten sollte.

9

Im Großen Haus herrschte Hochspannung.

Maria Linné hatte einen offiziellen Besuch angekündigt, und diese Nachricht schwebte nun wie eine Gewitterwolke über der ohnehin schon nervösen Gesellschaft.

Man rüstete sich auf beiden Seiten: Maria Linné hatte ihren Gemahl und die übrig gebliebene Tochter aufgescheucht, um mit ihnen gemeinsam das überzeugende Schauspiel einer durch widrige Umstände dezimierten, unglücklichen Familie zu geben, während im Großen Haus eher defensive Taktiken geprobt wurden: Um eine direkte Konfrontation von vornherein auszuschließen, hatte man Luzie, die sowieso völlig erschöpft war, ins Bett gesteckt, und Theo, der werdende Vater, war angesichts der drohenden Gefahr gegangen, ohne dass man ihn extra hätte darum bitten müssen.

Marquardt, nach der Unterredung mit Luzie noch unruhiger, hatte sich mit Marko und Rebecca in seinem Arbeitszimmer verschanzt. Die Schwangerschaft Luzies sollte vorläufig ganz verschwiegen werden, um die Aufregungen nicht noch zu steigern.

»Da kommt sie«, murmelte Marko, als aus dem Untergeschoss Stimmen und Schritte zu hören waren. Er sah auf die Uhr. »Ich muss gleich weg. Wo nur die Jungs bleiben …«

Rebecca beobachtete den Bürgermeister. Auf den ersten

Blick wirkte er kühl und unnahbar wie immer, doch sein Gesicht war weiß, und seine Hände bebten. Er verliert die Fassung, dachte Rebecca beunruhigt.

In diesem Moment betrat die Familie Linné in geschlossener Formation die Bibliothek.

»Guten Abend, Max. Marko.« Maria Linné nickte kühl in die Runde, ohne Rebecca eines Blickes zu würdigen.

Liliane genoss diesen Augenblick.

»Wir sind gekommen, um Luzie abzuholen. Sie muss sich jetzt endlich ausruhen.«

Marquardt blieb hinter seinem Schreibtisch sitzen und sah seine Schwester an. »Hallo, Maria.« Liliane und Dr. Linné begrüßte er mit einem Nicken. »Setzt euch doch erst einmal.«

»Ich glaube nicht, dass wir dafür Zeit haben, unser Abendessen steht im Ofen. Wir wollen nur Luzie abholen und gleich wieder gehen.«

»Luzie schläft«, sagte Marquardt fest.

Die Mutter begann zu zittern. »Sie hat ihr Bett zu Hause.«

»Maria, ich glaube, es wäre besser, wenn Luzie vorerst hier bliebe. Bis sich – hm, die Fronten geklärt haben.«

»Sie will nicht zurück«, warf Marko vorlaut ein, worauf sich mehrere missbilligende Augenpaare auf ihn richteten. Er hob die Hände. »Ich sage nur die Wahrheit.«

»Wir sind Luzies Eltern«, ließ sich Dr. Linné vernehmen. »Bis zu ihrer Volljährigkeit entscheiden wir, wo sie wohnt.«

Marquardts Blick war nach wie vor auf seine Schwester gerichtet. »Luzie befindet sich in einem ziemlich … labilen Zustand. Sie hat bei den Kropps schreckliche Sachen gesehen. Ihr Weltbild ist völlig erschüttert.«

Liliane schnaubte. Sie kannte niemanden mit robusterem Gemüt als Luzie.

Maria Linné begann zu weinen.

»Wir werden sie mitnehmen«, entschied Dr. Linné. »Bei uns kann sie sich genauso gut erholen.«

Müde lehnte sich der Bürgermeister in seinem Sessel zurück. »Seid doch froh, wenn sie erst mal hier bleibt«, sagte er beschwichtigend. »Wir sind alle überreizt und geschockt von diesem Wahnsinn, der im Dorf passiert ...« Er rieb sich die Nasenwurzel, wie um Kopfschmerzen zu vertreiben, doch Rebecca sah, wie seine schwarzen Augen unter den halb geschlossenen Lidern leuchteten. Er beobachtete die Anwesenden. Und er wollte Luzie unbedingt hier behalten. Wieso nur?

Die umsichtige Liliane reichte ihrer Mutter ein Taschentuch.

»Ich weiß nicht, was diese schrecklichen Unfälle mit unserer Luzie zu tun haben sollen«, schluchzte diese. »Wirklich, Max, du entfremdest mir meine Kinder!«

»Singular, bitte«, meinte Marko mit seinem untrüglichen Gespür für den richtigen Moment. »Ich bin kein Kind von dir.«

Plötzlich war der junge Mann erneut einer Menge böser Blicke ausgesetzt, was ihn überhaupt nicht zu stören schien. Mit aufreizender Lässigkeit streckte er seine Beine aus und gähnte. »Wieso die Aufregung?! Ist doch klar, dass Luzie nicht nach Hause will. Sonst wär sie nicht abgehauen. Logisch, oder?«

»Marko!«

Der junge Mann sah seinen Onkel mitleidig an und sprach weiter. »Lasst sie doch einfach ein bisschen hier und überlegt euch, wieso sie überhaupt ausgerissen ist. Vielleicht hatte sie ja einen *Grund.*«

Natürlich waren Schuldzuweisungen in diesem delikaten Moment völlig ungeeignet, den Konflikt beizulegen. Maria

Linné heulte auf, der Arzt legte mitfühlend den Arm um seine weinende Frau, Liliane schoss böse Blicke, und der Bürgermeister vergrub den Kopf in seinen Händen.

»*Dich* geht das alles gar nichts an«, bellte der Arzt. »Wie du eben so schön gesagt hast, bist du kein Mitglied *unserer* Familie.«

Marquardt sah sich genötigt, einzugreifen, bevor es zum offenen Streit kam. Mit beiläufiger Stimme sagte er: »Marko und Rebecca, wie wäre es, wenn ihr uns allen einen Kaffee kochen würdet. Ich glaube, wir haben ihn nötig.«

Froh, der geladenen Atmosphäre zu entkommen, stand Rebecca auf. Marko folgte ihr aufreizend langsam, nicht ohne jeden der Anwesenden mit spöttischen Blicken zu bedenken.

Lilianes Augen folgten beiden geringschätzig.

Als sie außer Hörweite waren, atmete Rebecca hörbar auf. »Ist das immer so bei euch?«

Marko zuckte die Achseln. »Die vertragen nur die Wahrheit nicht. Und dabei *wissen* sie das Schönste nicht mal. Ich wette, Tante Maria wird Luzies Schwangerschaft zur zweiten unbefleckten Empfängnis in der Geschichte der Menschheit erklären.«

»Es hörte sich an, als hätte alles, was sie sagten, eine ganz andere Bedeutung.« Rebecca fühlte sich unbehaglich.

Marko sah auf die Uhr. »Ich geh da jedenfalls nicht mehr rein. Für heute Abend hatte ich genug Familie. – Hoffentlich kommen die Jungs bald. – Und du hast versprochen, mitzukommen, kleine Rebecca.«

»Nenn mich nicht klein«, antwortete diese zerstreut, an Marquardts aufmerksamen Blick denkend. »Ich glaube nicht, dass ich mit will …«

»Stell dich nicht so an«, sagte Marko charmant.

Rebecca versuchte ein Lächeln. »Am Anfang hab ich noch gedacht, dass Kreimheim ein ganz langweiliges, verschlafenes Nest ist …«

Marko blieb stehen und lächelte triumphierend. »Ich weiß. Aber jetzt bist du bekehrt, oder?«

»Allerdings.«

* * *

»Was haben die Leute vom Erkennungsdienst gesagt?«, erkundigte sich Bettina, während sie das unvermeidliche Rosenpaprika von ihrem Essen kratzte. »Ich glaube nicht, dass sie sehr begeistert waren.«

Willenbacher schüttelte den Kopf. »Sie kommen morgen. Zweimal Kreimheim in vierundzwanzig Stunden reicht, haben sie gesagt.«

»Hm.« Bettina deutete auf Schusters Teller. »Schwartenmagen …!? Entschuldigung, aber ich frage mich immer, wie man so was runterkriegt.«

Pat hatte den vier Polizisten großzügigerweise das Hinterzimmer überlassen, einen Raum, in dem sich moderige Bügelwäsche stapelte und die einzige Lampe ein unangenehm grelles Licht verbreitete, aber zumindest hatten sie hier einen privaten Tisch und waren ungestört.

»Wir hätten natürlich damit rechnen müssen, dass bei den Kropps jemand einbricht«, erklärte Bettina, auf einem Stück »Gequellte« kauend. »Es reicht eben nicht, die Vordertür zu versiegeln und zu hoffen, dass keiner die Hintertür aufkriegt. Und die Hinterbliebenen scheinen sich auch nicht um das Haus zu kümmern.«

»Wirklich eine ärgerliche Sache, das«, sagte Willenbacher, der in Kropps Schlafzimmer auf ein riesiges Chaos gestoßen war. »Vor allem, weil ich nicht mal weiß, ob der Einbrecher das gefunden hat, was er suchte.«

»Morgen kriegen wir das raus. Und immerhin haben wir jetzt, da es zu spät ist, eine Wache.«

»Und die Analysen kommen jetzt so viel schneller.« Willenbacher deutete auf mehrere Schnellhefter, die hinter ihm auf dem Bügeltisch lagen. »Mit Gruß von Dr. Hammur. Ich hab sie schon gelesen.«

»So. Dann lassen Sie mal hören, Willenbacher. Wissen Sie denn etwas Neues über das Baby, um mal damit anzufangen?«

»Ja. Die Mainzer sind sich ziemlich sicher, dass sie den Todeszeitpunkt auf etwas vor dreiundzwanzig Jahren eingrenzen können.«

»Das ist doch schon mal was. Und die Todesart?«

»Sie gehen davon aus, dass es erstickt oder erfroren ist.«

»Geschlecht?«

»Höchstwahrscheinlich männlich.«

»Hm. Sonst nichts?«

»Über das Baby, nein.« Er tunkte ein großes Stück Bratwurst in seinen Kartoffelbrei, den Pat als »Grumbeerschdambes« bezeichnet hatte. »Und die Sache mit Anna Moretti ist auch nicht gerade ergiebig. Die Telefonnummer, die dieser Hans Sowieso angegeben hat – Sie erinnern sich?«

Bettina nickte kauend.

»Die gehörte tatsächlich früher zu einem Waisenhaus. Und Anna Moretti ist auch dort aufgewachsen, aber mehr konnten wir nicht rauskriegen. Das Heim ist vor ein paar Jahren aufgelöst worden. Ob und wann die Moretti da noch mal aufgekreuzt ist ...« Willenbacher zuckte die Achseln.

»Sie war Freiwild«, murmelte Bettina niedergeschlagen.

»Tja. – Aber wenigstens haben wir was Neues über die Leiche aus dem Wald.« Heftig blätterte Willenbacher in einem schon etwas zerfetzten Schnellhefter. »Dr. Hammur hat den Todeszeitpunkt auf vor mindestens achtzehn, zwanzig Jahren festgelegt, nach unten offen – er liebt es einfach, sich festzulegen.« Kopfschüttelnd wickelte er ein paar matschige Röstzwiebeln um seine Gabel. »Immerhin, er ist sich zu achtzig Prozent sicher, dass es eine Frau war. Und dieses Sackleinen um den Kopf … Sieht so aus, als hätten wir unser kleines Fotomodell gefunden.«

»Schön.«

»Dr. Hammur wird auch das Skelett nach Mainz zur Genanalyse schicken, um festzustellen, ob das Baby mit der Leiche verwandt war.«

»Aber Hansi sagte, dass Anna nicht schwanger gewesen ist«, stellte Bettina nachdenklich fest.

»Vielleicht war das Kind von ihm«, spekulierte Schumacher, hob sein leeres Glas und sah auf dessen Grund.

Bettina dachte an Hansis Gefühlsausbruch. »Das könnte natürlich sein«, sagte sie langsam. »Aber sie wurde mit Sackleinen um den Kopf gefunden …«

»Ihr Tod war vielleicht 'n Unfall, so eine Art Lustmord während einer Vergewaltigung«, mutmaßte Schuster mit gierigem Funkeln in den Augen. »Und hatte gar nichts mit dem Baby zu tun.«

Nachdenklich schob Bettina ihr Glas herum. »Aber die Frau auf dem Foto ist nicht Anna Moretti.«

Das war Willenbacher gar nicht recht. »Aber Dr. Hammur sagt …«

»Willenbacher. Es müssen *mehrere* Opfer gewesen sein.« Bettina blickte in verständnislose Gesichter. »Im Grunde ist das nur logisch, meine Herren. Ein Vergewaltiger ist ein Triebtäter. Und was wissen Sie über Triebtäter?«

Die Antwort kam von dem blonden Schumacher. »Er folgt einem krankhaften Verlangen, das er durch Sexualdelikte oder andere Straftaten abreagiert.«

»Und erlischt das Verlangen nach der ersten Tat?«

Schumacher zögerte. »Normalerweise wird es größer.«

»Also ist es mehr als wahrscheinlich, dass Anna nicht die einzige vergewaltigte Frau hier war.«

Die drei Männer nickten. Willenbacher sah auf. »Aber woher wissen Sie …?«

»Erinnern Sie sich, dass ich vorhin zu unserem Freund Kurt Meier wollte?«

In Willenbachers Augen blitzte Schadenfreude auf. »Der war es!«

»Nicht so voreilig. Sie haben den nützlichen Hinweis gebracht, dass Meier die Malerin wegen Belästigung angezeigt hat und zu diesem Zweck Bilder von ihr machte. Nun, ich habe mir diese Bilder besorgt. Sie sind wirklich sehr scharf und deutlich. Man sieht alles. Jede Narbe.«

»Narbe.«

»M-hm. Solche Verletzungen, wie die auf dem Foto, hinterlassen Narben, Willenbacher.«

»Und die Sorrel hat zugegeben …?«

»Wenn sie das so nennen wollen … Sie hat bestätigt, dass sie das Mädchen auf dem Foto war, ja.«

Nach kurzer Verblüffung erhellte sich Willenbachers Miene. »So ist es im Grunde auch logischer. Passen Sie auf. Sorrel wird vergewaltigt. Man macht Fotos von ihr. Sie bekommt ein Kind und so weiter. Wenn Marquardt der Täter war, dann war sie damals dreizehn, höchstens fünfzehn. Dieses Alter passt auch wesentlich besser zum Verdrängen einer Schwangerschaft. – Und damit ist Sorrel abgehakt. Marquardt sucht sich als nächstes Opfer Anna Moretti aus, die er in seinem Wahn tötet. Na, wie hört sich das an?«

»Logisch, würde ich sagen.« Schuster kratzte sich am Kopf. »Dazu würde auch passen, was wir heute bei zwei alten Damen in Frankenfels erlebt haben.«

Schumacher hörte auf, seinen Teller mit Brot abzuwischen, und blätterte in seinem Notizbuch, welches griffbereit neben ihm auf dem Tisch lag. »Es war ganz komisch«, sagte er. »Die beiden sind praktisch die einzigen noch lebenden Verwandten der Kropps. Sie haben deren Tod – sagen wir – erstaunlich gefasst aufgenommen, vor allem, weil sie davon überzeugt sind, dass sie nichts erben können. Die verstorbenen Kropps haben nämlich den größten Teil ihres Einkommens in Alkohol umgesetzt. Außer dem Haus besaßen sie so gut wie nichts, und darauf liegt eine Hypothek.«

»Aber das Interessanteste kommt erst noch«, sprach Schuster weiter. »Wir haben den beiden alten Mädchen nämlich dieses Foto gezeigt.« Seine Hand winkte viel sagend. »Die eine der beiden hat einen richtigen Schreikrampf gekriegt, als sie es sah ...« Er blickte ernst. »Es sah so aus, als hätte sie sich wiedererkannt.«

»Noch eine. Unglaublich.« Bettina nahm eine Zigarette aus ihrer Schachtel und klopfte damit heftig auf den Tisch.

»Diese kleinen Nester sind die schlimmsten«, sagte Schuster.

Willenbacher kaute auf dem Griff seiner Gabel. »Aber etwas ist unlogisch«, stellte er schließlich fest. »Wenn Martin Marquardt auch all diese Frauen vergewaltigt hat – die Kropps kann er nicht getötet haben. Unmöglich. – Doch wer ist es dann gewesen?«

Bettina schlug ihre Beine übereinander und betrachtete ihre sommersprossigen, länglichen Hände, die sich unruhig beim Halten der Zigarette abwechselten. »Wir haben im Grunde mehrere Ansätze«, sagte sie. »Frau Vandermeer wurde erpresst. Ihr Mann, bei dem ich vorhin gewesen bin, hasste Martin Marquardt ... vielleicht wusste die Kropp ja etwas über Martins Tod ... Andererseits sind da diese Fotos und wahrscheinlich mehrere Vergewaltigungen, und dafür haben wir mit Klara eine Zeugin.« Sie nickte. »Und Klara sagt, es seien mehrere gewesen.«

»Mehrere Vergewaltiger?«

»M-hm. Zwei … oder auch drei. Ihr wurde auf dem Schulweg plötzlich ein Sack über den Kopf gestülpt, und ein paar Kerle schleppten sie weg.« Etwas fahrig suchte Bettina nach dem Aschenbecher. Die Kreimheimer hatten sie schon angesteckt mit ihrer Nervosität. »Allerdings kann sie sich nicht mehr genau erinnern … Und sie will es auch nicht, fürchte ich.«

»Dann leben vielleicht zwei von den Kerlen noch«, meinte Willenbacher, begeistert seine Gabel schwenkend. »Martin M. ist tot, gut, aber die Kropp hat rausgekriegt, wer einer der beiden anderen Vergewaltiger war. Und – Moment mal, es kann doch auch noch ganz anders gewesen sein … Was, wenn Martin M. es überhaupt nicht war? Es gibt ja noch einen anderen erwachsenen Mann im Großen Haus …«

10

Sechs Uhr. Wenn das so weitergeht, brauche ich keinen Wecker mehr, dachte Bettina. Sie war mit einem Ruck aufgewacht und fühlte sich sofort hellwach. Im Zimmer war es stickig; sie hatte abends vergessen, das Fenster zu öffnen. Rasch holte sie das nach und sog gierig den frischen Sauerstoff ein.

Eine Henne, die die Aktion beobachtet hatte, gluckte hoffnungsvoll und kam zum Fenster, um nachzusehen, ob Bettina ein paar Brotkrümel für sie ausstreuen würde. Sie pickte auf dem kahl gescharrten Boden herum und entfernte sich schließlich enttäuscht. Dann kam das Huhn einem anderen zu nah und wurde mit einem scharfen Schnabelhieb verjagt. Offensichtlich passierte ihm das öfter, denn sein Kopf war an mehreren Stellen wund gehackt.

Deprimiert wandte Bettina sich ab und betrachtete das etwas zu heimelig eingerichtete Zimmer. Geblümte Baumwollrüschen überall, dazwischen weißer Lack. Unerträglich niedlich. Schnell zog sie sich an. Sie würde wieder einen Spaziergang machen.

* * *

Draußen regnete es nicht mehr, doch der Himmel war tief verhangen und diesig. Von der Linde vor dem Haus tropfte es.

Bettina klappte ihren Kragen hoch und schritt langsam

zum Marktplatz. Das Morgenlicht erschien noch grau; die großen Peitschenleuchten brachten die ineinander gebauten feuchten Häuser zum Glänzen. Einige Fensterläden standen bereits offen, obwohl es Samstag war, und hinter den Fenstern schimmerten Glanzpapiereier und -hasen. Wenn man die Dorfstraßen entlangging, konnte man kaum glauben, dass die Bewohner größere Probleme hatten als die Füllung des Osterbratens.

Ohne auf ihren Weg zu achten, wählte Bettina eine schmale Seitenstraße und war nicht überrascht, sich direkt beim Friedhof wiederzufinden. Diesmal hatte sie den neueren Teil vor sich.

Beschnittene Buchsbaumhecken grenzten einzelne Abteilungen ab, und der Hauptweg war frisch mit Kies bestreut und mit jungen Linden bepflanzt worden. Weiter vorne werkelte eine alte Frau an einem tadellos gepflegten Grab.

Um aufdringlichen Fragen zu entgehen, setzte Bettina ein grüblerisches Gesicht auf. Sie hatte vor, rasch an der alten Dame und dem Grab vorbeizukommen, doch dann bemerkte sie die Inschrift, die in den rötlichen Stein eingemeißelt war:

Margarete Holler
Ihr sind ihre vielen Sünden vergeben,
weil sie so viel Liebe gezeigt hat.
Lukas 7,47

Die Zahlen darüber sagten, dass das Mädchen nur sechzehn Jahre alt geworden war. Bettina blieb stehen und vergaß, was sie eben noch über die Neugier gedacht hatte. »Wie viele Sünden kann man denn mit sechzehn begangen haben?«, fragte sie den Rücken der Frau.

Diese sah auf und nickte zum Gruß. Ihr von feinen Fältchen durchzogenes Gesicht wurde von intensiv veilchenblauen Augen beherrscht. »Eine Menge, Fräuleinchen.« Sie musterte Bettina mit freundlichem Interesse. »Sie sind doch das Fräulein von der Polizei?«

Bettina stimmte zu und wies auf das Grab. »War das Ihre Tochter?«

»Sicher, Fräuleinchen.«

»Was ist mit ihr passiert?«

Die Frau schenkte Bettina ein herzerwärmendes Lächeln. »Sie war eine Hure, Fräuleinchen. Und ihr Vater ein Witzbold. Hatte immer was übrig für einen guten Scherz, sogar am Grab seiner Tochter.«

Ein Gefühl der Unwirklichkeit überkam Bettina. Vermutlich hatte sie sich verhört. Die alte Dame machte ein liebenswürdig-verschwörerisches Gesicht, als habe sie soeben das Rezept für besonders gute Anisplätzchen verraten.

»Ja, das ist Ihnen unangenehm, was, Fräuleinchen? Ja, so sind die Menschen.« Die alte Dame wandte sich wieder dem Grab zu. »Keine Angst, ihr Vater hat gekriegt, was er verdiente, da drüben liegt er, Gott sei seiner armen Seele gnädig.« Sie wies auf ein Grab mit einem schwarzen Granitblock und jätete weiter, als habe sie Bettina nie gesehen.

»War Margarete krank?«, fragte diese dennoch weiter.

»Gretchen. Hat sich in ihrem Kleiderschrank erhängt.« Die Alte nickte vor sich hin, nicht unfroh. »Das ist die Welt, Fräuleinchen.«

Der schwarze Granit glänzte kalt und zog Bettina wider Willen an. Das dazugehörige Grab war sorgsam gepflegt und eingefasst und mit dem der Tochter bis auf den Stein identisch.

Du sollst ein Zicklein nicht in der Milch seiner Mutter kochen.

Deuteronomium 14,21b

Valentin Holler

Ungläubig starrte Bettina die Inschrift an.

Die Frau hinter ihr begann zu lachen. »Für ihn konnte ich die Inschrift aussuchen.« Geduldig und gleichmäßig zupfte sie kaum sichtbare Unkräuter aus der schwarzen Ziererde. »Ich meine, die Grabinschrift sollte das Leben eines Menschen charakterisieren. Und das Alte Testament hat so viel Wahres, nicht? – Na ja, als er noch lebte, wollte er nicht auf mich hören.« Mit der Schulter deutete sie auf den dunklen Granitblock, der das Grab ihres verstorbenen Gatten beschwerte. »Die Leute hier halten mich für verrückt, aber die haben noch niemals sehen wollen, was sich direkt vor ihren Augen abspielt. Was klar und offensichtlich ist, will keiner sehen.« Ihr veilchenblauer Blick streifte abschließend Bettinas Gesicht.

Bettina floh.

Sie floh in den älteren Teil des Friedhofes, verließ ihn durch eine rostige Pforte und war erleichtert, davor eine relativ trockene Bank zu entdecken. Sie hatte Kopfschmerzen, und obwohl sie wusste, dass sie dadurch stärker würden, zündete sie sich eine Zigarette an.

Frierend schloss sie die Augen, lehnte sich zurück und sog den warmen Rauch tief ein. Ihre freie Hand, die eiskalt war, hatte sie in der Jackentasche verstaut.

»Kommissarin! Träumen Sie?! Ist Ihnen nicht gut?« Der Mann, dem die Stimme gehörte, schnaufte und sprach abgehackt, er sprang von einem Bein auf das andere.

Bettina schlug die Augen auf. »Oh. Bürgermeister. Ich habe nachgedacht.«

Marquardt war im Trainingsanzug und lief auf der Stelle.

»Sie joggen?«

»Jeden Samstag und Sonntag.« Er musterte Bettina neugierig. »Sie sehen aber blass aus. Vielleicht kommen Sie besser mit und trinken bei uns etwas Warmes.«

Zweifelnd betrachtete Bettina den aufgeweichten Waldweg, auf den Marquardt mit dem Daumen wies. »Ich glaube nicht, dass ich mit Ihnen Schritt halten kann.«

Der Bürgermeister lächelte. »Ich bin wirklich nicht besonders schnell. Sie sind sehr früh wach, Frau Boll.«

»Ich habe einen pflichtbewussten Hahn vor meinem Schlafzimmerfenster.«

Marquardt hörte auf, auf der Stelle zu laufen. Er lächelte immer noch. In seinem schlammverspritzten Jogginganzug sah er regelrecht mager aus. »Na ja, Ihre Arbeit ist ja auch nicht gerade die netteste. Diese ganzen Morde …«

Jetzt kommt gleich die Nummer mit dem lieben, sensiblen Frauchen, dachte Bettina resigniert. Eine Frau wie Sie …!

»Haben Sie schon einen Verdächtigen?«, fragte Marquardt stattdessen. »Achtung, ich glaube, Sie brennen sich gerade ein Loch in die Jacke.«

Entsetzt bemerkte Bettina, dass er Recht hatte. Sie sprang auf und warf die Zigarette fort. Sie landete in einer Pfütze und verlosch. »Danke. Ich habe sie einfach vergessen. Tja, Rauchen ist ungesund.« Sie war verlegen. Sie erinnerte sich nicht, sich gekämmt zu haben, nachdem sie aufgestanden war, und unter ihrer Jacke trug sie das älteste Kleidungsstück, das sie besaß, einen verfilzten blauen Pullover. Und zu allem Überfluss träumte sie und brannte sich Löcher in die Klamotten. »Ich glaube, ich muss jetzt gehen.« Sie sah, wie er seine linke Hand schnell auf die Hüfte legte, als wollte er gleich einen Revolver ziehen.

»Das Große Haus ist nicht sehr weit«, erklärte Marquardt. »Nach allem, was ich von Frau Sommers Kaffee gehört habe …«

Jetzt lächelte Bettina. »Da haben Sie leider Recht, aber ich kann trotzdem nicht mitkommen. Ich hab noch zu tun.

Jedenfalls, vielen Dank. Wir werden sicher heute irgendwann vorbeischauen.« Sie stopfte die Haare unter ihren Kragen, steckte die Hände in die Jackentaschen und drehte sich um. Dann fiel ihr etwas ein. »Ach, Bürgermeister?«

»Ja?«

Er stand noch auf der gleichen Stelle und blickte sie an. Die Art, wie er seine Hüfte festhielt, schien Bettina irgendwie verkrampft. »Ach, nichts.« Zu gerne hätte sie ihn gefragt, was er da in seiner Tasche spazieren trug, doch plötzlich traute sie sich nicht mehr. Ein weiteres Beispiel für die Klasse-Polizeiarbeit, für die du so berühmt bist, Bettina, höhnte sie innerlich. »Wiedersehen.«

Der Bürgermeister sah ihr nach, doch sie ärgerte sich zu sehr über sich selbst, um es zu bemerken.

* * *

Gegen halb neun waren drei Beamte vom Erkennungsdienst eingetroffen, die das verwüstete Schlafzimmer der Kropps noch einmal gründlich unter die Lupe nahmen. Sie machten Fotos, als Bettina heraufkam, um den Tatort persönlich zu begutachten.

Der Fotograf nickte ihr zu. »Morgen. Lange nicht gesehen.«

»Guten Morgen.«

Der Boden war komplett mit Kleidungsstücken übersät; die Schranktüren waren aufgerissen, die Schubladen der Nachtschränkchen herausgezogen. Auf dem Bett lagen mehrere Schuhkartons und eine alte Hutschachtel voller Krimskrams. Überall lugten die leeren Flaschen hervor, die die Kropps nur notdürftig vor sich selbst versteckt hatten.

Bettina blieb hinter dem Mann mit der Kamera und wandte sich an dessen Kollegen, der sich ebenfalls bemühte, nicht vor die Linse zu kommen.

»Hallo, Herr Schulze. Vielen Dank noch mal für das Handy. Sie kriegen es dann wieder, wenn wir den Mörder haben.«

Der Mann nickte belustigt. »Dann halten Sie sich mal ran.«

»Wissen Sie eigentlich, wer gestern Vormittag Kropps Hintertür abgeschlossen hat?«

»Das war die Salewski«, mischte sich Schulzes rothaariger Kollege ein. »Ich habe sie gesehen. Hat ganz schön geflucht, die Kleine.« Die Männer lachten.

»Und sie hat die Tür richtig abgesperrt? Nicht bloß versucht?«

Der rothaarige Beamte hob die Arme. »Gesehen hab ich es nicht, aber wenn Sie die Salewski kennen würden ...« Er schwieg bedeutungsvoll, und seine Kollegen lachten noch mehr.

»Salewski ist sehr gründlich«, erklärte Schulze grinsend. »Die würde lieber die Nacht vor der Tür stehen bleiben, als zugeben, dass sie sie nicht zugekriegt hat.«

Bettina sah in die Männergesichter und fühlte sich Salewski verbunden. Sie winkte Willenbacher heran. »Können Sie das überprüfen, Willenbacher? – Weiß einer von euch, wie wir Frau Salewski jetzt erreichen können?«

»Sie ist wahrscheinlich bei ihren Eltern«, antwortete der Rothaarige unwillkürlich. Die beiden anderen Spurenermittler blickten interessiert und grinsten sich zu.

»Sie geht samstags immer zu ihren Eltern«, erklärte der Rothaarige stirnrunzelnd. »Weiß gar nicht, was daran komisch sein soll.«

Bettina lächelte hinterhältig. »Wir brauchen die Telefonnummer.«

»Los, rück sie schon raus, Ben«, sagte Schulze. »Genier dich doch nicht so. Du bist hier unter Freunden.«

Knurrend zückte dieser sein speckiges Portmonee. »Da gibt's gar nichts zu lachen. Hab sie mal beim Einkaufen getroffen und«, er reichte Bettina einen Zettel, den diese an Willenbacher weitergab, »hab sie zu ihren Eltern gefahren. Nicht, was ihr denkt.«

»Natürlich nicht«, meinte Schulze grinsend.

»Wir denken doch gar nichts«, sagte der Fotograf ebenso fröhlich.

Bettina lächelte ein stilles Lächeln.

»Möchte wissen, was der Einbrecher hier gesucht hat«, sagte Schulze später, während er seinen Koffer mit den Arbeitsutensilien öffnete und ein Paar Gummihandschuhe überstreifte.

»Fotos, Briefe oder Ähnliches.« Widerwillig fasziniert nahm Bettina ein rosa Spitzenkorsett von dem Haufen, der das Bett verdeckte. »Whow! Schick, was? – Diese Kropp war eine Erpresserin. Hier muss irgendein Gegenstand gewesen sein, der den Mörder belastete. Leider wird er kaum ohne diesen Gegenstand gegangen sein.«

Schulze sah sich um. »Vielleicht finden wir ja noch was.«

»Hm. Wo Sie gerade dabei sind, können Sie tatsächlich mal nach Otto-Bestellunterlagen suchen. Die sind in dem ganzen Wirbel irgendwie untergegangen, aber wir brauchen sie dringend. Angeblich war die Kropp Sammelbestellerin.«

»Okay.«

Willenbacher drückte gerade den Knopf, der die Verbindung unterbrach, und gesellte sich zu seinen Kollegen. »Sie sagt, dass sie die Tür abgeschlossen hat.« Er zuckte die Achseln. »Was jetzt?«

»Jetzt fahren wir nach Neustadt, Willenbacher. Aber zuerst gehen wir noch auf einen Sprung bei unserem Freund Hansi vorbei.«

* * *

Die Baumstraße, in der Hansi wohnte, wurde von einer Villa im Bauhausstil beherrscht. Sie befand sich auf dem höchstgelegenen Grundstück und war von mehreren alten Bäumen umgeben. Unter diesen stand ein schimmernder weißer Porsche. Willenbachers Augen begannen zu leuchten, als sie langsam an dem Grundstück vorbeifuhren. »Mann!«, sagte er anerkennend. »Ein 944 Turbo S2 Cabrio! Geiles Auto.«

Bettina glaubte, das Auto schon einmal gesehen zu haben. »Können Sie das Kennzeichen erkennen, Willenbacher?«

»M-M 234. Wieso?«

»Das ist bestimmt das Haus von diesem Architekten. Hohenadel. Ich habe seine Tochter neulich gesprochen. Der Porsche ist ihr Auto.«

Willenbacher blickte dem »geilen Auto« sehnsüchtig hinterher. »Einen guten Geschmack hat sie.«

»Sie behauptet, sie sei mit unserem Martin Marquardt verlobt gewesen. Ich glaube, wir sollten noch mal mit ihr sprechen.«

»Wir wollen auch nach Neustadt«, erinnerte Willenbacher. »Heute ist Samstag. Da arbeiten die nicht den ganzen Tag.«

»Schon gut. Da vorne ist es. Wahrscheinlich wird uns Hansi sowieso nichts Großartiges sagen können, aber wir müssen es zumindest versuchen. Na ja«, fügte sie ein wenig zusammenhanglos hinzu, »wenigstens ist das Wetter besser geworden.«

Ein, zwei Sonnenstrahlen hatten sich tatsächlich durch die Wolkendecke gekämpft. An einigen Stellen lichtete sich das mürrische Grau des Himmels zu einem freundlicheren Hellblau.

»Das hält nicht«, orakelte Willenbacher mit mutwilligem Pessimismus. Er stieg aus und klingelte an der Tür, welche sich durch ein selbst getöpfertes Schildchen als Besitz der Familie Huber auswies.

Hansi öffnete ihnen persönlich. Drei viertel neun, und er war noch im Schlafanzug; schließlich war heute Samstag. »Ach Gott. Polizei! Sie sind aber früh.«

Bettina lächelte sonnig. »Nicht früher als Sie neulich, Hansi.«

Der große Mann fuhr sich mit der Hand durch die wirren Haare. »Also, wir finden alle, dass es furchtbar ist, was in Kreimheim passiert. Ich kenne Eddie schon mein ganzes Leben lang! Ich meine, ich *kannte* ihn ...« Unbehaglich brach er den Satz ab.

»Können wir reinkommen?« Es war im Freien immer noch ungemütlich kalt.

Hansi trat einen Schritt zurück und ließ die Beamten eintreten. Er hatte wohl Kinder, denn auf dem gefliesten Boden lagen Spielsachen. Außerdem roch es leicht nach Hund. Eine verschlafene Frauenstimme rief aus dem oberen Stockwerk: »Wer war das denn, Schatz? Also wirklich, um *die* Zeit, samstags ...«

Hansi schrie »Moment!«, und schob seine Gäste in ein bieder eingerichtetes Wohnzimmer, das durch eine gewisse liebevolle Nachlässigkeit gemütlich wirkte.

Bettina wählte einen bequemen Sessel, Willenbacher das Sofa. Sie lauschten, wie Hansi geräuschvoll die Treppe erklomm, ein kurzes Gespräch mit seiner Frau führte, in irgendeinem Schrank kramte und schließlich wieder ins Erdgeschoss zurückpolterte. Jetzt trug er Jeans und ein Sweatshirt, doch er war barfuß, immer noch ungekämmt und verstört.

»Ach Gott, die armen Leute«, sagte er, noch bevor er das Wohnzimmer richtig betreten hatte. »Ich musste den ganzen Tag an sie denken. Im Dorf sagen sie, es sei eine Lebensmittelvergiftung gewesen.«

Dieser Satz war eine Frage. Hansi ließ sich mit vollem Gewicht neben Willenbacher auf das ächzende Sofa plumpsen und brachte es dann fertig, wie ein einziges besorgtes Fragezeichen auszusehen.

»Sie sind vergiftet worden«, erklärte Bettina.

Hansi war bestürzt. »Ich kann es nicht glauben«, sagte er immer wieder und schüttelte unablässig den Kopf.

»Haben Sie vielleicht eine Idee, wen sich die Kropps zum Feind gemacht haben könnten?«

Er hatte keine.

»Okay.« Bettina schlug die Beine übereinander. Hansi beobachtete sie mit banger Aufmerksamkeit.

»Ich wollte eigentlich schon gestern zu Ihnen kommen, Hansi. Wenn Sie von den Kropps gehört haben, dann wissen Sie doch sicherlich auch, dass wir im Wald – noch etwas gefunden haben.«

Der riesige Mann nickte beklommen. »Einen Toten.«

»Überreste einer Frauenleiche.«

Er verschluckte sich. »Frau- Frauenleiche …?!«

Bettina seufzte. »Höchstwahrscheinlich. Sie scheint schon ziemlich lange dort zu liegen. Genauer gesagt haben wir nicht mal ein vollständiges Skelett gefunden. Nur ein paar einzelne Teile …«

Willenbacher holte auf Bettinas Wink hin einen Plastikbeutel hervor. » … und das hier. Kennen Sie dieses Kreuz?«

»Nein.« Hansi nahm das Schmuckstück, hielt es weit von sich weg und drehte es zwischen seinen starken Fingern. Sein Gesichtsausdruck war undurchdringlich.

»Wir dachten, Sie würden sich vielleicht an diesen Schmuck erinnern. Könnte er nicht Ihrer Freundin Anna Moretti gehört haben?«

Das Kreuz drehte sich in seiner Hand. »Ich weiß nicht«, erklärte er zweifelnd. »Ich – ich kann mich nicht mehr sehr gut an Anna erinnern.«

»Immerhin konnten Sie sich vor zwei Tagen daran erinnern, dass Sie mal mit ihr verlobt waren.«

Hansis Blick glitt wieder zur Tür. Er schüttelte den Kopf und sagte: »Ja. Aber – woher wollen Sie wissen, dass diese Leiche da im Wald Anna war?«

»Das wissen wir eben nicht«, erklärte Bettina geduldig. »Deswegen sind wir hier. Passen Sie auf, Hansi. Sie sind zu mir gekommen und haben mir gesagt, Anna sei plötzlich verschwunden und hätte sich nie wieder gemeldet. Sie haben selbst gesagt, dass Ihnen ihr Verschwinden seltsam vorkam.«

Der große Mann schluckte.

»Wenn es Sie nicht gäbe, wäre diese Frau ein Phantom, Hansi. Niemand kann sich richtig an sie erinnern. Sie hat keine Familie. Keiner vermisst sie. Ohne Sie ist Anna Moretti nicht mehr als ein Name, Hansi.«

Niedergeschlagen ließ Hansi das Kreuz in seine riesige hohle Hand fallen und hielt es sich direkt vor die Augen.

»Können Sie sich erinnern, dass Anna eine ähnliche Kette hatte?«

Der Mann starrte nur schweigend den Anhänger an.

»Sie sind der Einzige, den Anna hatte, Hansi«, sagte Bettina.

Er nickte trübsinnig.

»Können Sie sich vorstellen, weshalb jemand einen Grund gehabt haben könnte, sie umzubringen?«

»Sie wissen doch gar nicht, ob es Anna gewesen ist!« Hansis Ton wurde eine Spur aggressiv. »Das können Sie nicht wissen!«

»Nein«, sagte Bettina. »Beweisen können wir es noch nicht.«

Hansi rieb sich mit seinen großen Händen über das Gesicht. »Anna war ein Engel«, bekannte er trostlos. »Ein Engel.« Dann schien er sich der Realität wieder bewusst zu werden, denn sein Blick wanderte unruhig zur Tür, als fürchtete er, seine Frau könnte gleich dort auftauchen. Er räusperte sich. »Anna ist nicht wie die anderen Weiber hinter Martin Marquardt hergerannt. Sie wollte nichts von ihm, hat nur mich geliebt.«

»Und das war ungewöhnlich?«

»Klar. Die anderen Weiber ...«, wieder blickte er wachsam zur Tür, »hätten jeden Kerl zum Teufel geschickt, falls der Marquardt sich für sie interessierte. – Komisch, nicht? All die Jungs haben ihre untreuen Frauen geheiratet, nur meine treue ... Und ich dachte immer, sie hätte mich verlassen.« Er stockte.

Nun hörte man Schritte; es polterte, und schließlich ertönte eine angenehme Stimme, noch bevor die dazugehörige Frau ins Zimmer gekommen war. »Schatz, geh in die Küche. Die Leute wollen nur mit Papa reden. Na los.« Das Kind blieb unsichtbar, doch Betty Huber betrat das Wohnzimmer. Eine rundliche, gemütlich aussehende Frau, angetan mit einer Kittelschürze.

»Hallo, guten Morgen. Sie sind doch von der Polizei, stimmt's?« Sie wartete keine Antwort ab. »Ich koche jetzt Kaffee. Möchten Sie auch einen?« Die Augen der Frau blickten neugierig, aber freundlich. Interessiert musterte sie die beiden Polizisten.

Bettina winkte ab. »Nein, danke. Wir müssen gleich weiter. Nur noch zwei, drei Fragen.«

»Ich habe von den Kropps gehört.« Frau Huber blieb im Türrahmen stehen. »Eine furchtbare Sache, das. Wurden sie wirklich ermordet?!«

»Ja. Vergiftet.«

Sie schien befriedigt. »Wundert mich nicht«, erklärte sie.

»Wieso?«

»Na, was die immer gesoffen haben. Ich hab immer gesagt, die saufen sich noch mal zu Tode. Hab ich gesagt, Hansi, oder?«

Hansi nickte gequält.

»Haben Sie die Kropps näher gekannt?«

»Na ja, hier auf dem Dorf kennt sich jeder.«

»Wissen Sie, ob jemand Streit mit ihnen hatte?«

Das Ehepaar schüttelte einmütig den Kopf. Dann leuchteten die Augen der Frau auf. »Ein paar von den Frauen haben immer über sie geschimpft, wenn Sie das meinen.«

»Weswegen?«

»Na ja, sie war schon ziemlich unverschämt, glaub ich. Sie hat während der Arbeit getrunken. Nicht mal ihre eigenen Sachen. Hat sich einfach bedient. Ich hab immer gesagt, dass das kein gutes Ende nimmt.«

»Hm.« Bettina wandte sich wieder an Hansi, den die Anwesenheit seiner Frau zu beunruhigen schien.

»Können Sie sich noch an das Bild erinnern, Hansi, das ich Ihnen neulich zeigte? Das mit dem Mädchen?« Bettina kramte in ihrer Tasche und holte die Vergrößerung heraus.

Er nickte.

»Das haben wir bei dem Nachlass von Martin Marquardt gefunden, wie Sie vielleicht gehört haben«, erläuterte Bettina seiner Frau.

Diese war herangetreten und leckte sich die Lippen. »Bei Martin?«

»M-hm. Es ist ein selbst gemachtes Foto. Möglicherweise hat er dieses Foto gemacht. Würden Sie ihm das zugetraut haben?«

»Ich glaube, der mochte solche Dinge«, erklärte Hansis Frau.

»Wissen Sie das genauer?«

Rascher Seitenblick auf ihren Angetrauten. »Das war so ein Gerücht, als Martin noch lebte.«

»Was meinen Sie mit ›solche Dinge‹?«

Die Ehefrau und Mutter besann sich ihrer guten Erziehung und errötete schamhaft.

»Was mochte Martin? Sex mit Minderjährigen? Sadomaso-Spielchen?«

»Ja.«

Willenbacher, der mitstenografierte, warf ihr einen ungnädigen Blick zu. »Was, ja?«

»Alles beides«, erklärte Betty Huber hastig. »Ich werde mal nach Markus sehen.« Sie verschwand.

»Haben Sie auch von diesem Gerücht gehört, Hansi?«, fragte Bettina.

Düster blickend schüttelte dieser den Kopf und gab Bettina das goldene Kreuz zurück.

»Hansi. Denken Sie bitte noch mal über alles nach. Wir vermuten, dass derjenige, der die Kropps umgebracht hat, auch etwas mit dem Verschwinden Ihrer Anna zu tun hatte. Sie müssen uns einfach alles sagen, was Ihnen einfällt.« Bettina schrieb ihm die Nummer des Handys auf eine Karte. »Rufen Sie uns an.«

Willenbacher packte den Anhänger wieder ein. »Ist er wirklich nicht von Anna?«, fragte er ein letztes Mal.

»Ich weiß es nicht.« Hansi sah den Polizisten nach, bis sich die Tür hinter ihnen schloss. Dann nahm er die Karte, die Bettina vor ihn hingelegt hatte, und zerriss sie systematisch in kleine Fetzen.

* * *

Obwohl Neustadt eigentlich keine eigene Gerichtsmedizin besaß, hatte man im Hetzelstift den alten Prosekturraum wieder hergerichtet. Die offiziell zuständige Stelle in Mainz hatte mit den Leichen der Spielhallenmordserie genug zu tun.

Die Prosektur lag etwas versteckt im Erdgeschoss des Altbaus. Es war ein hoher, lichter Raum, im typisch matten Krankenhausweiß gestrichen, der ungeachtet seiner traurigen Bestimmung eine merkwürdige Heiterkeit besaß.

Dr. Hammur war bereits anwesend. Sie begegneten ihm auf dem Gang.

»Guten Morgen«, sagte er zu Bettina. »Ich brauche samstags eigentlich nicht zu arbeiten, aber nachdem Sie mich derartig mit Leichen eingedeckt haben, bleibt mir kaum etwas anderes übrig.«

Bettina lächelte. »Ob Sie es glauben oder nicht, ich nehme gerade meinen Jahresurlaub.«

»Hab ich schon gehört. Wollen Sie sich Ihre Opfer noch mal ansehen? Sie liegen im Prosekturraum.« Lässig stopfte der Doktor seine Hände in die weißen Hosentaschen. »Ich wollte Sie sowieso noch sprechen … Wegen diesen Maiglöckchen. Wir haben da ein paar Tests gemacht …«

Er schob die Polizisten in den grell erleuchteten Sezierraum, der mit Regalen und gefliesten Arbeitstischen ausgestattet war. Chirurgische Instrumente warteten sauber aufgereiht auf ihren Einsatz, und in der Mitte des Raums waren zwei Tote aufgebahrt. Bettina erkannte Margit Kropp, die man aufgedeckt hatte. Ein junger Mann im weißen Kittel belud einen Rollwagen mit Instrumenten.

Dr. Hammur hatte Bettina beim Arm genommen und führte sie zu Frau Kropps sterblichen Resten. Dort zog er sich Handschuhe über, während sein Assistent den Rollwagen herbeifuhr.

» … habe keine große Erfahrung mit Convallaria majalis, deswegen habe ich noch einen Kollegen zu Rate gezogen.«

Er streifte Bettina mit einem kurzen Blick. »Wissen Sie, wie viel von dem Gift man braucht, Frau Boll, um einen Menschen zu vergiften?«

»Keine Ahnung.« Mit einer Mischung aus Faszination und Abscheu beobachtete sie, wie Dr. Hammur ein Skalpell zur Hand nahm und mit einem raschen Schnitt Margit Kropps Bauchdecke öffnete.

»Vier bis sechs Gramm.« Dr. Hammur arbeitete schnell und geschickt. Er sprach so gelassen, als würde er in das Innere eines Autos statt in das eines Menschen greifen. »Das hört sich nicht gerade enorm an, ist aber ziemlich viel, Frau Boll. Zu viel.«

»Wie meinen Sie das?«

Der Doktor winkte seinem Assistenten, der ihm ein schaufelartiges Instrument reichte. »Lassen Sie es mich so sagen: Wir haben den restlichen Quark untersucht. Der hat vor Maiglöckchen gestrotzt. Jeder, der davon aß, musste wahnsinnig krank werden ... aber sterben? Da bin ich mir nicht so sicher.« Er nickte mit kantigen Bewegungen. »Normalerweise sind die Reaktionen auf Gift ziemlich unterschiedlich, je nach Körpergewicht, geistiger sowie körperlicher Verfassung und so weiter. Auch wenn zwei Menschen dieselbe Menge von dem gleichen Gift essen, können ihre Reaktionen sehr unterschiedlich ausfallen.«

Bettina lehnte sich an einen grauen Holzstuhl. »Ich verstehe nicht ganz, worauf Sie hinauswollen. Möchten Sie mir sagen, dass die Kropps gar nicht vergiftet wurden?«

»Doch, das sind sie«, sagte Dr. Hammur. »Zweifellos sind sie das. Ich kann nur noch nichts Genaues sagen ... Hören Sie. Da war doch dieser Vermeer, dieser Mann, der sich ebenfalls mit Maiglöckchen vergiftet hat.«

»Vandermeer, ja?«

Dr. Hammur hatte sich weit über die Leiche gebeugt und

betrachtete ein Organ, das Bettina von ihrem Stuhl aus nicht erkennen konnte. Sie war nicht traurig darüber. Ihre Kopfschmerzen meldeten sich wieder, leise pochend.

»Wir haben den Quark untersucht, den seine Frau mit in die Klinik gebracht hat. Dieser Quark enthielt weniger Maiglöckchenblüten als Kropps, das stimmt schon … Wissen Sie, ich glaube nur, dass dieser Vermeer eine wesentlich natürlichere Reaktion gezeigt hat. Er wurde sehr krank, aber er hat es überlebt. Locker überlebt.«

Dr. Hammur brachte das Organ, welches er bearbeitet hatte, zum Vorschein. Soviel Bettina erkennen konnte, war es Margit Kropps Leber. Willenbacher war nahe herangetreten, um keine Bewegung der Ärzte zu verpassen. Eine derartige Begeisterung konnte Bettina nicht aufbringen.

»Und die Kropps hätten es auch überleben können. Vielleicht wäre einer von ihnen ins Koma gefallen. Vielleicht wäre einem nur sehr schlecht geworden.«

Der Assistent hielt hilfsbereit einen Plastikbeutel auf.

»Sie meinen, dass die Kropps gar nicht an den Maiglöckchen gestorben sind, sondern an einem anderen Gift?«

Dr. Hammur nickte, während er die Leber eintütete. »Das könnte ich mir vorstellen. Allerdings müssen wir erst noch ein paar Tests machen – na, warten Sie lieber erst mal den Bericht ab, bevor Sie sich jetzt verrückt machen, Kommissarin.« Er sah sie an. »Ich kann auch Unrecht haben. Die beiden könnten ebenso gut durch die Convallaria majalis vergiftet worden sein. Was wir in Eddie Kropps Magen und dem Erbrochenen gefunden haben, reicht für eine knappe letale Dosis.« Er runzelte die Stirn. »Wissen Sie, ich versuche mich nur in den Mörder hineinzudenken. Es ist eine unsichere Sache, jemanden mit Maiglöckchen zu töten, so viel ist klar.«

»Dieser Mörder konnte sich keine Unsicherheit leisten«, sagte Bettina nachdenklich. »Er wurde erpresst.«

Dr. Hammur nickte. »Das ist es, was ich meine, Frau Boll. Jemand, der sichergehen will, dass sein Kandidat auch wirklich den Jordan überschreitet, verlässt sich nicht auf Maiglöckchen. Hier bei den Kropps hatte jemand sehr viel Glück … oder noch eine kleine Todesversicherung in der Hinterhand.« Er wandte sich wieder der Leiche zu. »Und wenn das so war, dann hat sich derjenige ziemlich gut ausgekannt. Unsere Kandidaten zeigen alle typischen Symptome von Convallatoxin-Vergiftung. Sie haben eine Dosis eingenommen, die möglicherweise zum Tod führen könnte. Alles passt.« Er schüttelte den Kopf. »Vergessen Sie's. Wir machen unsere Tests, und dann reden wir noch mal darüber. Manchmal glaube ich, dass ich schon Gespenster sehe.«

»Wieso? Ich finde sehr interessant, was Sie da sagen«, erklärte Bettina. »Wir wissen jetzt, dass der Täter entweder sehr naiv oder sehr gerissen war. Was für eine Art von Gift vermuten Sie denn?«

Dr. Hammur legte das Instrument, das er in der Hand hielt, fort und richtete sich auf. »Tja. Der Witz ist, dass Convallatoxin in einigen Herzmedikamenten in konzentrierter Form verwandt wird. Convallaton, Convalpur … Ein solches Mittel zu verwenden, wäre natürlich wahnsinnig raffiniert … Möglich wäre aber auch Digitoxin. Dieses Gift ruft praktisch die gleichen Symptome hervor, ist aber noch wirksamer.«

»Hat es denn abweichende Symptome gegeben?«

Dr. Hammur schüttelte den Kopf. »Aber wie gesagt, wir müssen erst die Tests abwarten.«

»Ist es schwierig, sich eines dieser Gifte zu besorgen?«

Dr. Hammur zog die Brauen hoch. »Theoretisch ja.«

»Und praktisch?«

»Praktisch hat jeder irgendeine herzleidende Großtante, die es vielleicht nicht merkt, wenn man sich an ihrem Nachtschränkchen vergreift. Dann gibt es noch den Schwarzmarkt. Apotheker, Ärzte ... die kommen verhältnismäßig leicht an solche Medikamente.« Er nahm das Instrument wieder zur Hand und beugte sich über Margit Kropp.

»Und Pharmareferenten?«

»Die kommen da auch dran, allerdings nicht so leicht wie ein Arzt.«

»Medikamente für Herzkranke.«

»Ja.« Dr. Hammur setzte mit Hilfe seines Assistenten einige weitere Schnitte.

»Ich habe noch eine Frage«, erklärte Bettina.

Der Arzt nickte mit abgewandtem Gesicht.

»Zu den Zeiten.«

»Unsere Standardfrage.«

»Genau. Haben Sie den Todeszeitpunkt bei dem Baby jetzt bestimmen können?«

»Wollen Sie auch noch die Stunde?! – Vor dreiundzwanzig Jahren, wie ich im Bericht geschrieben habe. Genauer kann ich es nicht sagen.«

»Wie exakt ist diese Angabe?«

Dr. Hammur drehte sich um. »Plusminus ein halbes Jahr.«

»Und die Leiche aus dem Wald?«

»Achtzehn bis zwanzig Jahre oder länger. Sie müssen sich eben noch etwas gedulden, Kommissarin. Die Ergebnisse können noch nicht da sein.«

»Und die Genuntersuchung?«

Dr. Hammur wandte sich wieder Margit Kropps Überresten zu. »Nicht in der nächsten halben Stunde, liebe Frau Boll.«

»Aber bald?«

Der Arzt brummte etwas Unverständliches. »Ist schon auf dem Weg nach Mainz.«

»Gut.« Bettina wandte sich zum Gehen. Willenbacher blieb bei der Leiche stehen und betrachtete interessiert Margit Kropps Innereien.

»Eigentlich könnten wir auch allen Kreimheimerinnen einen Bluttest aufdrücken. Dann wüssten wir wenigstens, von wem das tote Baby ist«, sinnierte Bettina.

»Dafür suchen Sie sich aber ein anderes armes Opfer als mich«, erklärte Dr. Hammur entschieden. »Ich werde nicht herumrennen und dem halben Dorf Blut abnehmen.«

»Ich bringe Ihnen Verdächtige, Dr. Hammur.«

* * *

Der Porsche stand noch immer in der Einfahrt. Willenbacher blieb andächtig davor stehen, während Bettina den Eingang zur Villa des Architekten suchte. Das war nicht einfach. Mehrere Betonvorsprünge wirkten wie Hinweise auf eine Eingangstür und verbargen doch nur Fenster oder Blumenbeete.

Schließlich entdeckte Willenbacher die Tür hinter einer quadratischen Wand.

Ein schlanker älterer Herr, der sich sehr gerade hielt, öffnete. »Bitte?«

»Herr Hohenadel?«

Er nickte.

Bettina zeigte ihren Ausweis vor. »Wir untersuchen die Todesfälle, die in Kreimheim passiert sind. Dürfen wir hereinkommen?«

Hohenadel betrachtete seine ungebetenen Gäste zweifelnd. »Ich glaube nicht, dass ich Ihnen helfen kann. Ich weiß nichts über das Ehepaar Kropp.«

»Eigentlich wollten wir mit Ihrer Tochter sprechen. Das ist doch ihr Auto, vor der Tür?«

Sonja Hohenadels Vater war überrascht und wurde noch

abweisender. »Sie wohnt schon seit Jahren nicht mehr in Kreimheim. Ist bloß momentan auf Besuch.«

»Sie können beruhigt sein. Wir haben mit Ihrer Tochter bereits gesprochen und wollen noch ein paar Ungereimtheiten klären. Alles reine Routine.«

Ziemlich widerwillig ließ der Architekt die Polizisten ein und führte sie durch eine prachtvolle Halle in das ebenso große Wohnzimmer, welches eine halbe Etage tiefer lag. Überall waren die Betonwände roh belassen worden; es gab nur wenige ausgesuchte Möbel. Er bat die Polizisten auf eine riesige, mit grobem Baumwollstoff bezogene Couch und blickte unschlüssig. »Sie schläft noch. Ich weiß wirklich nicht, wieso Sie glauben, Sonja könnte Ihnen helfen. – Sie braucht viel Ruhe«, setzte er drohend hinzu. »Wann war das, als Sie mit ihr sprachen?«

»Vor vier Tagen«, erklärte Bettina sanft. »Ich habe sie in Neustadt besucht.« Es trat eine kleine Pause ein. »Sie haben ein schönes Haus«, sagte sie schließlich.

»Heutzutage würde man so was nicht mehr bauen«, antwortete Hohenadel, während er Bettina prüfend musterte. Sein Gesicht entspannte sich etwas. »Allein wegen des Wärmeschutzes. Wenn ich all diese Wände hier nach der neuen Wärmeschutzverordnung bauen würde, dann wären sie mindestens einen halben Meter dick. – Und natürlich müsste ich zweischalig bauen, um sie dämmen zu können …«

Bettina, die keine Ahnung hatte, was zweischalig war oder wie dick Wände sein mussten, nickte wissend. »Was für ein Jammer.«

Sonja Hohenadels Vater sah sich um. »Na ja, es wäre eben alles viel klobiger.«

Wie sich herausstellte, erstreckte sich Willenbachers jüngst zu Tage getretenes Kunstverständnis auch auf Architektur. Er schloss die Augen bis auf einen Spalt, wobei er nach Bettinas Dafürhalten ein ziemlich dämliches Gesicht machte, deutete auf eine frei stehende Betonwand und erklärte mit Kennermiene, dort würde sich ein Kamin gut machen. Eine Sekunde lang starrte Hohenadel ihn an, und Bettina befürchtete, sie würden wegen Willenbachers Vorwitzigkeit oder seines schlechten Geschmacks endgültig des Hauses verwiesen, doch zu ihrer Überraschung zeigte sich auf Hohenadels Gesicht der Anflug eines Lächelns.

»Ja? Wieso?«

»Man hat einfach das Gefühl, dass dort ein Kamin sein müsste. Dann könnte man am Feuer sitzen und trotzdem hinausschauen ...«

Hohenadels Lächeln wurde tiefer. »So. Dann kommen Sie mal mit, junger Mann. Es gefällt mir, dass Sie das gleich gesehen haben.«

Er führte Willenbacher um die Wand herum. Dort schien sich tatsächlich ein Kamin zu befinden. Bettina folgte beiden neugierig. Man musste zwei Stufen abwärts gehen, um in einen kleinen, von drei Seiten verglasten Raum zu gelangen, in dem es breite Sessel und eine Couch gab, die auf den Kamin ausgerichtet war. Dieses Zimmer wirkte bewohnt; hier lagen Zeitschriften herum, und auf einem Tisch wartete eine vergessene Tasse.

Willenbacher wurde gerade aufgefordert, den Ausblick von jedem einzelnen der Sessel zu bewundern, als Bettina Schritte hörte.

»Hallo«, rief Sonja Hohenadel mit ihrer leicht schleppenden Stimme und lehnte sich an die Wand, die den Kamin beherbergte. »Vater, mit wem sprichst du denn da? – Ach, Sie waren doch bei mir, am Dienstag.« Sie nickte Bettina zu. »Frau Boll, richtig?«

»Guten Morgen, Sonja«, sagte ihr Vater erfreut. »Denk dir, der, hm ...«

»Obermeister Willenbacher.«

Die Frau zog eine Augenbraue hoch.

»Also, Obermeister Willenbacher, hat vom Wohnzimmer aus erkannt, dass hier ein Kamin sein muss.«

Sonja betrachtete Willenbacher mit spöttischem Interesse. »Sie machen ihn glücklich«, sagte sie. »Du darfst dich aber nicht zu sehr aufregen, hörst du, Vater?« Sie winkte Bettina, ihr zu folgen. »Kommen Sie. – Oder wollten Sie die Führung mitmachen?«

Erleichtert schüttelte Bettina den Kopf. Im Gefolge der dunkelhaarigen Frau durchquerte sie das Erdgeschoss bis zur Küche.

»Möchten Sie einen Kaffee?«, fragte Sonja Hohenadel dort. Es war eine rhetorische Frage, denn sie schenkte bereits zwei Tassen ein. »Zucker? Milch haben wir keine, glaube ich.« Sie sah im Kühlschrank nach.

Der Raum hatte annähernd die Größe eines Basketballfeldes. Es gab keine Einbaumöbel, nur hölzerne Tische an den Wänden, ein paar niedrige Schränke, einen Spülenschrank und Elektrogeräte aus Edelstahl.

»Vater hält sich für einen Vertreter der Moderne.« Hohenadel steckte sich eine Zigarette an, und Bettina war froh, endlich auch eine rauchen zu können. Sie ließ sich Feuer geben.

»Ist er aber nicht wirklich, und wenn Sie mich fragen, ist das auch nicht schade.« Sonja trank einen großen Schluck Kaffee und schwang sich auf einen der Arbeitstische.

Bettina suchte sich einen Stuhl.

»Er hat viel zu viel Fantasie.« Nachdenklich zog die schmale Architektin an ihrer Zigarette. »Aber natürlich ist er entzückt, wenn einer kommt und sagt, da muss der Kamin sein. – *Form follows function,* wissen Sie.« Sie warf Bettina einen prüfenden Blick zu, zuckte dann die Achseln und sagte: »Na, macht nichts. Sie wollten sicher wieder über diese Morde sprechen.«

»Ganz recht.« Bettina kramte in ihrer Tasche. »Seit wann sind Sie hier?«

Hohenadel beobachtete sie aufmerksam. »Seit vorgestern.«

»Was haben Sie am Donnerstagvormittag gemacht?«

In Sonja Hohenadels Augen blitzte es belustigt. »Wie habe ich mich bloß verraten? Sie sind doch gerade dabei, mein Alibi zu überprüfen, oder?«

Bettina lächelte. »Alles reine Routine.«

»Donnerstag. Ich fuhr gegen acht in Neustadt los, kam dann, na ja, so gegen halb neun hier an.«

»Und dann?«

»Ich habe mit meinem Vater gefrühstückt. Dann gingen wir spazieren.«

»Wohin?«

»Durchs Dorf und dann auf die Burgruine.«

»Wie lang dauerte das?«

»Bis Mittag.« Sie lächelte. »Tut mir Leid. Ich habe einen Zeugen.«

Bettina erwiderte das Lächeln. »Ja, ab halb neun. Haben Sie die Leute gekannt, die umgekommen sind? Die Kropps?«

»Ja, natürlich. Noch von früher, da hat *sie* mal kurz bei meinen Eltern gearbeitet. – Eine Katastrophe. Sie hat sich während der Arbeit betrunken. Vater hat sie nicht lange behalten.« Sonja baumelte mit den Beinen wie ein kleines Kind. Diese vierzigjährige Frau hatte die Gabe, mädchenhaft zu wirken, ohne lächerlich zu sein.

»Kennen Sie Herrn und Frau Vandermeer?«

»Sicher. Die liebe Marlies. Kein großes Licht. – Ihn habe ich zwei- oder dreimal gesehen, aber nur von weitem.«

»Können Sie sich vorstellen, dass irgendjemand sie umbringen will?«

Hohenadel hob ironisch die Augenbrauen. »Hat Marlies Ihnen das weisgemacht?«

»Angeblich hat es jemand versucht.« Rasch erzählte Bettina von den beiden Vergiftungsfällen Kropp und Vandermeer.

»Hm.« Hohenadel kaute auf ihrer Zigarette herum, betrachtete sie dann angeekelt und drückte sie in einem breiten Edelstahlaschenbecher aus. »Überrascht mich nicht, dass die Kropp in Erpressungen machte. Sieht fast so aus, als ob Marlies die Kropps ermordet hätte, nicht?« Sonjas dunkle Augen leuchteten. »Hätte ich ihr nie zugetraut.« Aus ihrer Stimme klang so etwas wie Anerkennung. »Weshalb wurde sie erpresst?«

»Sie war eine der Frauen, mit denen Martin Marquardt …«

»Ich erinnere mich.«

»Sie haben davon gewusst?«

Sonja produzierte ein gekünsteltes Lachen. »Jeder wusste es. Die arme Marlies ist ein wenig ungeschickt. Sie konnte noch nie etwas geheim halten.«

»Glauben Sie, dass ihr Mann davon gewusst hat?«

»Vandermeer?« Die Architektin schüttelte den Kopf. »Kann ich nicht sagen. Aber wahrscheinlich nicht. Ehemänner wissen das nie, und außerdem ist er ein Fremder hier im Dorf. Dem sagt keiner was.«

»Hm. – Es würde mich interessieren, ob das tote Baby von Marlies Vandermeer gewesen sein kann?«

Hohenadel warf ihr einen scharfen Blick zu. »Weiß ich nicht.«

»Das Baby ist vor ungefähr dreiundzwanzig Jahren auf die Welt gekommen. Damals war Marlies Vandermeer zwanzig Jahre alt.« Und Hohenadel neunzehn.

»Ich glaube, damals war Marlies gar nicht hier. Hatte sie nicht einen Ausbildungsplatz in Kaiserslautern …?«

Bettina nickte. »Aber sie muss doch auch mal nach Hause gekommen sein. Vielleicht ein bisschen fülliger als sonst …?«

Die Architektin schüttelte den Kopf. »Ich kann mich nicht erinnern.«

»Dann eine andere Frage.« Sie legte Hohenadel die Fotos vor. »Das haben wir bei Martin Marquardts Nachlass gefunden. Würde so was zu ihm passen?«

Hohenadel reagierte gelassen. »Auf jeden Fall. Martin stand auf diese Fesselspielchen.«

»Halten Sie das Foto für gestellt?«

»Gestellt? Wie meinen Sie das? Wie kann man das stellen?«

»Gut, dann anders gefragt. Glauben Sie, das Mädchen hat gewusst, worauf es sich einließ, und freiwillig mitgemacht?«

Das brachte Hohenadel zum Nachdenken. »Hat sie nicht?«

»Hat Martin auch mit Ihnen solche ›Spielchen‹ gemacht?«

Unbefangen nickte Sonja. »Ja. Ich wollte es mal ausprobieren, und am Anfang hat es mir auch gefallen, aber dann …« Sie überlegte.

»Könnten Sie das Mädchen auf diesem Bild sein?«

Elegant streckte die Frau ihre Hand aus. »Zeigen Sie noch mal.« Sie betrachtete es lange. Ihr Gesicht war nun leer, bar jeder Emotion. »Nein. So wild ist er bei mir nie gewesen … Er durfte mich nicht verletzen, das war Bedingung. Aber das hier …« Sie starrte das Foto an. »Wahrscheinlich haben Sie Recht, und es ist doch gestellt. Die Leute zahlen was für solche Bilder.«

»Es sieht doch ziemlich echt aus, oder?«

»Aber es ist nicht mal Martins Zimmer. Offensichtlich hat er es irgendwo gekauft.«

»Hatten Sie manchmal den Verdacht, dass Martin andere Frauen zu solchen Dingen zwang?«

Hohenadel sprang vom Tisch und stellte sich vor das riesige Fenster. »Nein.« Ihre Stimme klang trotzig. »Es war schlimm genug, dass es sie gab.«

»Okay.« Bettina nahm das Kreuz aus der Tasche und trat neben sie. »Erkennen Sie vielleicht diesen Anhänger?«

»Bedaure. Nie gesehen.« Nachdenklich betrachtete Bettina die stromlinienförmige Frau von der Seite. Nichts an ihr war zu viel: die Haare eine dunkle, glatte Kappe, der Körper gepflegt und schmal, die teure Kleidung eng anliegend, elegant, aber völlig schmucklos. Gab es nicht irgendwo eine Sekte, deren Mitglieder aus Bescheidenheit keine Knöpfe benutzten, sondern nur Haken und Ösen? Bettina steckte die Kette wieder ein. Es war schon seltsam, wie sich zwei völlig gegensätzliche Wesenszüge in einem winzigen gemeinsamen Detail trafen. »Noch eine letzte Frage.«

Sonja nickte.

»Was ist mit Max Marquardt? Halten Sie es für möglich, dass er der Fotograf war? Dass er denselben Geschmack wie sein Bruder hat?«

Hohenadel lachte trocken. »Kann ich mir nicht denken. Was mich betrifft, so hat er immer widerstanden.« Sie drehte sich um und lachte Bettina ins Gesicht. »Er ist wie die heilige Maria. Schwebt immer in höheren Sphären.« Die Architektin kam ins Grübeln. »Allerdings stellt es sich dann ja oft heraus, dass diese einsamen, abgedrehten Typen wirkliche Perverse sind.« Sie nickte. »Kann ich mir insofern schon vorstellen, dass Max diese Fotos gemacht hat.«

* * *

»Das Haus ist einfach genial«, sagte Willenbacher, der ermuntert worden war, wieder zu kommen. »Wahnsinn. Wie er das Bad eingerichtet hat. Eine Wand und dahinter WC und Waschbecken. Davor steht die Badewanne. Fenster bis zum Boden. Von der Badewanne aus kann man die Burg sehen.«

»Und umgekehrt?«

»Was?«

»Kann man auch von der Burg aus in die Badewanne schauen?«

Willenbacher zog die Augenbrauen hoch. »Sie hätten es sehen sollen«, erklärte er hochnäsig. »So etwas muss man gesehen haben, bevor man darüber reden kann.«

Bettina schnallte sich an und startete den Audi. »Hat Hohenadel Ihnen auch erzählt, dass seine Tochter am Donnerstag hier war?«

»Und im Schlafzimmer. Eine geschwungene – Donnerstag?« Willenbacher ließ seinen Gurt los, der mit einem Quietschen zurückschnappte. »Aber was sollten die beiden für einen Grund haben, die Kropps umzubringen?«

Bettina schüttelte müde den Kopf. »Weiß nicht. Das Kind? Dr. Hammur würde jetzt sagen: Da müssen wir erst auf die Ergebnisse warten.«

Willenbacher grinste und schob diesmal den Gurt fest in seinen Verschluss. »Wo fahren wir jetzt hin?«

»Zu Vandermeers. Haben Sie mal ein Aspirin?«

* * *

Ein Dorf wie Kreimheim stellte an seine Bewohnerinnen gewisse Ansprüche. Es war nicht damit getan, dass man sein Haus sauber hielt, die Wäsche immer blütenweiß war, die Garage aufgeräumt und so weiter. Es war auch notwendig, all die anfallenden Arbeiten in einem regelmäßigen Turnus zu erledigen. Putzte man beispielsweise mittwochs statt freitags, galt man schnell als ein wenig leichtsinnig. Hatte man montags seine Wäsche nicht auf der Leine, so kam man bald in den Ruf, es mit der Sauberkeit nicht allzu genau zu nehmen.

Da Marlies Vandermeer stets eine der heftigsten Verfechterinnen dieser heiligen Gesetze gewesen war, hätte es keine ihrer Nachbarinnen verwundert, dass sie sich jetzt mit hochrotem Kopf mehrmals entschuldigte. Schließlich war es bereits Samstag, und sie hatte gerade erst mit dem wöchentlichen Großputz begonnen, der eigentlich freitags fällig war.

»Es ist uns wirklich vollkommen egal, wann Sie putzen«, sagte Bettina verblüfft, während sie sich die Schuhe an einem Putzlappen abwischte. »Außerdem kam Frau Kropp doch auch nicht freitags zu Ihnen.«

Dies war etwas anderes. Frau Kropp war mehr fürs Grobe da gewesen, um den Zustand der freitäglichen Sauberkeit möglichst lange aufrechtzuerhalten. Marlies Vandermeers Stimme klang trotzig. »Achtung! Passen Sie auf den Boden auf.«

Bettina nickte und balancierte irgendwie über den feucht glänzenden Boden. Willenbacher wurde genötigt, seine Schuhe auszuziehen.

Im Inneren des Hauses sah es aus, als wollte man umziehen: die Stühle umgedreht auf den Tischen, alle Teppiche aufgerollt und die schrecklichen lila Polstermöbel auf eine Seite des Wohnzimmers geschoben. Unaufgefordert schloss Bettina die weit offen stehenden Fenster, nahm sich einen Stuhl herunter und setzte sich darauf. Willenbacher tat es ihr nach; Vandermeer drückte sich unschlüssig in der Tür herum.

»Wir müssen noch mal mit Ihnen reden«, erklärte Bettina überflüssigerweise.

»Warum?!«, fragte Marlies ungnädig.

»Kommen Sie her und setzen Sie sich zu uns. Es dauert vielleicht ein bisschen.«

Dass sie in ihrem eigenen Haus zum Sitzen aufgefordert wurde, war schwer zu schlucken, doch schließlich steckte Marlies gehorsam ihren patentierten Wischmopp in die passende Halterung am Eimer und nahm auf einer freien Sofakante Platz.

»Ist Ihr Mann wieder aus dem Krankenhaus zurück?«

»Nein. Er kommt morgen früh raus.«

»Geht es ihm besser?«

Vandermeers Blick tanzte durchs Zimmer. Sie suchte etwas. »Er musste sich nur von dieser schrecklichen Nacht erholen. Gottlob hat er nicht allzu viel von dem Gift abbekommen.«

Bettina sah sich um, entdeckte Vandermeers Zigaretten auf dem Tisch mit den Nippessachen und hielt sie der Besitzerin hin.

»Danke.« Energisch öffnete Marlies ein Fenster.

»Frau Vandermeer, Sie kennen doch sicherlich Sonja Hohenadel. Die Architektin.«

»Ja. Sie hat nach München geheiratet.« Marlies' Gesicht zeigte vage Sehnsucht.

»Jetzt ist sie wieder hier in Neustadt.«

Ein wenig Klatsch war genau das Richtige für Marlies Vandermeer, die nach ihrem Geständnis letztes Mal keine große Lust mehr hatte, mit den Polizisten zu reden. Ihre Augen wurden groß. »Hat sie sich doch scheiden lassen?«, fragte sie, unbestreitbar erfreut. »Ich dachte, das sei nur ein Gerücht.«

»Ja, sie hat sich scheiden lassen. Momentan ist sie hier bei ihrem Vater zu Besuch.«

»Sieht sie immer noch so gut aus?«

Die beiden Polizisten blickten sich an.

»Sie haben sie doch gesehen, oder? Sonja hatte immer eine Superfigur.« Traurig sah Marlies an sich hinunter.

»Ich fand sie nicht sonderlich attraktiv«, log Bettina schnell. Sie hoffte, dass die beiden Frauen sich in nächster Zeit nicht treffen würden. »Sie sah ziemlich verlebt aus.«

Willenbacher blickte strafend. Sonja Hohenadel war nichts weniger als verlebt, doch Vandermeer schien der Gedanke zu gefallen.

»Waren Sie in Ihrer Jugend gut mit Sonja befreundet?«

Vandermeer nickte. »Na klar. Sie ist ja nur ein Jahr jünger als ich, und wir wohnten in der gleichen Straße. – Ich wusste, dass sie irgendwann zunehmen würde. Mein Mann sagt immer …«

»Stimmt es, dass sie mit Martin Marquardt verlobt war?«

Vandermeer lachte gekünstelt. Es sollte verächtlich klingen. »Das hat *sie* immer behauptet. Martin dagegen, der hat was ganz anderes gesagt …«

»Was hat er gesagt?«

Vandermeer zog an ihrer Zigarette und blickte zu Boden. »Dass sie ihm auf die Nerven ging.«

»Hm. Frau Vandermeer, wir müssen Sie etwas Wichtiges fragen.«

»Ja?«

»Bezüglich dieser Fotos.« Willenbacher nahm die inzwischen abgegriffenen Klarsichtfolien aus der Tasche. »Haben Sie die schon gesehen?«

»Ja, ein anderer Polizist ist gestern Abend damit hier gewesen.«

»Können Sie etwas erkennen, was Ihnen bekannt vorkommt?«

»Nein, aber das hab ich schon dem anderen Beamten gesagt.«

Sie sah sich die Bilder kaum an, aber so rasch gab Willenbacher nicht auf. Eines der brutalsten legte er direkt neben sie auf das lila Polster. »Glauben Sie, dass Martin Marquardt dieses Foto gemacht haben könnte?«

Marlies zuckte die Achseln. »Kann sein. Woher soll ich das wissen?« Angeekelt warf sie einen kurzen Blick auf das Bild.

»Hat er nie versucht, mit Ihnen etwas Vergleichbares zu machen? Sie zu fesseln oder zu verletzen?«

Vandermeer wurde rot. »Während dem, hm …« Sie machte eine fahrige Handbewegung.

»Während dem Sex, ja.«

Vandermeer schwieg verlegen.

»Wir wollen nur etwas über Martins sexuelle Vorlieben wissen«, versicherte Bettina sanft. »Das ist alles. Schließlich haben Sie selbst gesagt, dass Sie ein Verhältnis hatten.«

Vandermeers Hand zitterte, als sie ihre halb gerauchte Zigarette ausdrückte. »Mit Martin war es wunderschön«, sagte sie etwas zu laut. »Wenn er solche Sachen mit Sonja versucht hätte, würde es mich nicht wundern.«

»Bei Ihnen reichte ihm dann wohl, dass er Sie gegen Ihren Willen haben konnte.«

Vandermeer ließ sich reizen. »Sie haben doch keine Ahnung«, fauchte sie. »Ich wette, *Sie* hatten noch *nie* so einen guten Liebhaber.«

Willenbacher lehnte sich zurück und grinste. Bettina runzelte die Stirn.

»Martin war wundervoll, er – er war ein Zauberer …« Vandermeer begann zu weinen.

»Wissen Sie, Frau Vandermeer, dass Sie unsere Hauptverdächtige sind?«, fragte Bettina streng. »Sie sollten uns die Wahrheit sagen.«

Marlies bekam einen Schluckauf. »Haupt – *Hauptverdächtige?!*«

»Ja, Sie hatten die beste Gelegenheit, die Kropps zu vergiften. Sie hatten ein Motiv. Alles weist auf Sie. Wir könnten Sie jederzeit festnehmen.«

Vandermeer hatte aufgehört zu weinen und starrte die Polizisten an.

»Ich dachte, das wäre bei unserer letzten Unterredung schon durchgedrungen«, sagte Bettina. »Warum haben Sie nichts von dem Quark gegessen, Frau Vandermeer?«

»Aber ich …« Erneut bahnte sich ein Schluchzen seinen Weg.

»Lieben Sie Ihren Mann?«

»Natürlich«, schnaubte Frau Vandermeer. »Was glauben Sie, weshalb die Schlampe von Kropp mich erpressen konnte …?!«

»Frau Vandermeer, von wem ist das Kind, das man bei Marquardts gefunden hat?«

»Ich weiß es nicht!«, schrie sie. »Wieso fragen Sie mich das ständig?!«

»Könnte es sein, dass es vielleicht von Sonja Hohenadel ist?«

Diese Frage beruhigte Vandermeer sofort. Der Gedanke gefiel ihr sogar. »Das würde zu ihr passen«, sagte sie mit nicht mehr ganz so zitteriger Stimme.

»Haben Sie jemals Anzeichen für eine Schwangerschaft an Sonja bemerkt?«

Vandermeer überlegte ausgiebig. Schließlich schüttelte sie mit einiger Enttäuschung den Kopf. »Früher war Sonja immer schlank.« Das »früher« zerging ihr auf der Zunge.

»Aber Sie waren doch damals, als das Baby getötet wurde, in Kaiserslautern. Vielleicht haben Sie es deswegen nicht bemerkt.«

Sie ging Bettina nicht auf den Leim. »Damals?«

»Vor dreiundzwanzig Jahren.«

»Ich hätte es trotzdem gesehen. Sonja trug immer ganz enge Sachen.«

»In welchem Büro haben Sie noch mal Ihre Ausbildung hinter sich gebracht?«

Vandermeer nannte einen Namen. »Wieso wollen Sie das wissen?«

»Wir wollen sichergehen, dass Sie es nicht doch waren, die damals schwanger war.«

Die Frau wurde zitterig. »Wie können Sie so etwas denken«, flüsterte sie entsetzt. »Das würde – niemals könnte ich …«

Dann bekam Marlies Vandermeer einen Heulkrampf.

* * *

»Sie war es«, erklärte Willenbacher zum zehnten Mal. »Wir müssen sie einfach festnehmen.«

Bettina ließ den Wagen die Straße hinabrollen, bevor sie den Motor startete. »Und wo hat sie das zweite Gift hergehabt, Willenbacher?«

»Wahrscheinlich gab es das gar nicht. Sie ist so eine, für die Gift tödlich ist. Sie hat gelernt, dass Maiglöckchen gefährlich sind. Also tut sie möglichst viele davon in den Quark und kommt gar nicht auf die Idee, dass es nicht funktionieren könnte.«

Bettina nickte. »Schon, aber was hat sie dann mit dieser Anna Moretti gemacht?«

»Wenn es überhaupt Anna Moretti war. Was weiß ich? Vielleicht hat Anna einfach mitbekommen, wie sie das Baby vergrub.«

»Aber Anna war noch gar nicht hier, als das Baby vergraben wurde.« Bettina wurde sehr nachdenklich. Das war ihr vorher nicht klar gewesen. »Willenbacher! Diese Anna war damals noch gar nicht hier! Erinnern Sie sich? Das Baby starb vor dreiundzwanzig Jahren. Anna dagegen kam erst 1975 hierher. Das ist erst zweiundzwanzig Jahre her ...«

»Wer weiß, ob das mit den dreiundzwanzig Jahren überhaupt stimmt«, sagte Willenbacher wichtigtuerisch. »Dr. Hammur hat selbst gesagt, dass es Toleranzen gibt, und ...«

» ... dass wir das Ergebnis abwarten sollen, ich weiß.«

»Und überhaupt sind wir doch der Meinung, dass dieser Marquardt sich mit Anna vergnügt hat.«

Bettina nickte. »Es ist alles so verzwickt, Willenbacher.«

11

Luzie wollte niemanden sehen. Niemanden.

Nicht Theo. Der war zu besorgt und traute sich nicht mal mehr, sie richtig anzusehen, seit er wusste, dass sie schwanger war.

Nicht Marko. Der war heute viel zu gut gelaunt.

Nicht Rebecca. Die war nervös und fahrig.

Auch nicht Stinkes. Der ging ihr auf die Nerven.

Und erst recht nicht ihren Onkel Max. Ganz bestimmt nicht.

Sie schloss die alte Truhe, in der sich die besten Kleider ihrer Ururgroßmutter befanden. Eigentlich hatte sie auch keine Lust, sich Kleider anzusehen.

Der Dachboden des Großen Hauses hatte einmal alles enthalten, was Luzies Herz nur begehrte. Doch diese Zeiten waren vorbei.

Hier waren Zimmer mit Geheimtüren, doch gerade war Luzie klar geworden, dass die Geheimtüren nichts verbargen als Teile der Dachschräge. Es hatte geheimnisvolle Schatztruhen gegeben mit wertvollem Geschmeide, welches sich soeben als die frivole Faschingsausrüstung irgendeiner Ahnin entpuppt hatte. Der riesige alte Küchenschrank enthielt kein unglaublich wertvolles chinesisches Porzellan aus der Ming-Dynastie, sondern nur ausrangierten Nippes. Die ausgebauten kleinen Zimmer, in denen im Krieg Familienmitglieder untergebracht worden waren, wiesen keine Spuren mehr auf von flüchtigen, eleganten Adeligen eines verfolgten Herrscherhauses.

Sogar der Geist Hugo, der einst auf dem großen Trockenboden sein Unwesen getrieben hatte, war nichts weiter als eine besonders laut knarrende Bodendiele.

Nicht dass Luzie es nicht immer gewusst hätte.

Es kam einfach alles zu plötzlich. Vor vierzehn Tagen war sie noch ein Kind gewesen.

Jetzt war sie nichts mehr. Sie fühlte sich erwachsen, doch was hatte sie davon? Ihre Eltern konnten sie genauso wie vorher herumkommandieren. Sie würde weiter zur Schule gehen müssen. Sie würde – vielleicht – ein Kind bekommen. Sie hatte alle Probleme einer Erwachsenen, doch keine Rechte.

Und sie hatte etwas gesehen, was sie nicht hatte sehen wollen.

In einem der größeren ausgebauten Zimmer gab es ein Holzpodest, dessen Funktion Luzie niemals herausbekommen hatte. Vielleicht war der Raum im Krieg ein Schulzimmer gewesen. Was auch immer, auf diesem Podest wurden, so lange sie denken konnte, alte Koffer aufbewahrt. Es gab so viele Koffer, dass irgendeine Kinderbande sie gestapelt und eine Höhle daraus gebaut hatte. Die Höhle war zwar vor Luzies Zeit entstanden, doch sie hatte stets zu ihren Lieblingsplätzen gezählt, denn sie hatte ein Dachfenster, von dem aus man in den Himmel sehen konnte.

Luzie entfernte den Eingangskoffer und kletterte in die Höhle. Sie war gerade so groß, dass sie sich auf der alten Decke ausstrecken konnte. Vorsichtig zog sie den Koffer wieder vor den Eingang und machte es sich auf der muffigen Decke bequem. Sah aus dem Fenster.

Nichts. Nur graue, schmutzige Fensterscheiben, keine Drachenwolken wie früher.

Traurig überlegte sie, dass das Bedürfnis, eine schmutzige Fensterscheibe zu putzen, ganz sicher ein Indiz fürs Erwachsenwerden war. Schrecklich. Langsam fuhr sie mit der Hand über all die Lederschildchen, die an den Kofferhenkeln angebracht waren. Früher stand »Gr. Hs.« für »Großmufti Hassan«, »Marqu ….s« für »Marquise de Styles«, und »Moretti« war »Der große Moretti, der größte Magier aller Zeiten«.

Langsam glitt Luzies Blick über die dazugehörigen Koffer. Es gab elegante aus Leder, abgewetzte, kunstlederne und einen Pappkoffer. Der des großen Moretti.

Luzie schloss die Augen. Es gab keinen großen Moretti mehr.

Sie bewegte ein letztes Mal die Schildchen und kroch wieder aus der Höhle. Unglücklich klopfte sie den Staub von ihren Kleidern und verließ den Raum. Wenn sie wenigstens hätte weinen können! Doch selbst das ging nicht. Sie war jetzt erwachsen, und das Leben barg kein einziges Geheimnis mehr.

* * *

»Sie können sie jetzt nicht sehen«, sagte die dicke Frau entschieden. »Sie muss sich ausruhen.«

Die dicke Frau hieß mit Nachnamen Kropp und schnitt Zwiebeln.

Bettina und Willenbacher standen in ihrer winzigen Küche und redeten mit Engelszungen.

»Hören Sie«, schnaubte die dicke Frau, »Sie haben schon genug angerichtet, Sie und Ihr komischer Kollege da. Ich weiß nicht, was er mit meiner Minna gemacht hat, aber legal war das nicht.« Böse funkelten ihre Augen die Polizisten an, und ihr Gesichtsausdruck sagte: Schert euch zum Teufel.

»Schuster hat Ihrer Schwester nur eine Fotografie gezeigt«, erklärte Willenbacher zum wiederholten Mal. »Sie hat etwas darauf erkannt.«

»Na ja, und?« Die Frau stemmte ihre Hände in die Seite, ebenfalls nicht zum ersten Mal. »Glauben Sie vielleicht, dass ich zulasse, dass das noch mal passiert?! Da sind Sie ganz schön schief gewickelt, junger Freund. Sie haben Minna genug gezeigt. Außerdem stehen Sie mir im Weg.«

Rüde wuchtete sie ihre Pfunde an Willenbacher vorbei, um sich an dem klebrigen Herd zu schaffen zu machen. In der kleinen Küche herrschte ohnehin keine sonderlich heimelige Atmosphäre, doch gefüllt mit drei Personen und scharfem Zwiebelgeruch war sie fast unerträglich. Außerdem hatten sich die Fronten derart verhärtet, dass im Grunde ein würdevoller Rückzug der Polizisten das einzig Richtige gewesen wäre.

Die dicke Frau Kropp war eine der wenigen Verwandten der verblichenen Kropps, und ihre Schwester Minna hatte beim Anblick der Fotos aus Marquardts Schreibtisch einen Nervenzusammenbruch erlitten. Kein Wunder, dass ihre Schwester eine Wiederholung vermeiden wollte.

Willenbacher und Bettina allerdings waren nicht die fünfzehn Kilometer nach Frankenfels gefahren, um sich einfach so abwimmeln zu lassen.

»Wir können Sie auch alle beide nach Neustadt auf die Wache mitnehmen«, sagte Willenbacher drohend.

Die dicke Frau baute sich in voller Lebensgröße vor ihm auf und lachte kurz. »So?! Wie wollen Sie das machen?! Wollen Sie Ihren großen Bruder rufen?!«

Willenbacher lief rot an.

»Wir wollen nur ganz kurz mit Ihrer Schwester sprechen«, sagte Bettina schnell. »Uns interessiert, ob sie Martin Marquardt gut gekannt hat.«

»Hat sie nicht, Fräulein, und jetzt …«

Und jetzt erschien Minna Kropp in der überfüllten Küche.

»Guten – guten Tag …«

Sie trug einen Morgenmantel aus verblichenem grünem Frottee und hatte wirres dünnes Haar. Bei ihr fehlte alles, was die Schwester zu viel hatte: gesunde Farbe, Körperfülle und Temperament. Sie war grau und mager, ihre Stimme piepsig.

»Geh zurück ins Bett, Minna«, befahl ihre Schwester kurz angebunden. »Mit denen werde ich schon fertig.«

Minna zögerte, und Bettina nutzte die Gelegenheit. Sie trat vor. »Minna Kropp? Ich bin Kommissarin Boll. Darf ich Sie kurz sprechen?«

Hilfe suchend blickte Minna ihre Schwester an.

»Geh ins Bett!«, herrschte diese.

Folgsam drehte Minna sich um.

»Ich begleite Sie«, erklärte Bettina und tat es.

Minnas winziges Zimmer enthielt ein Bett, einen Schrank und einen Stuhl. Der einzige Schmuck war ein gerahmtes Kalenderblatt, welches den Eiffelturm zeigte.

Minna setzte sich auf ihr Bett, Bettina auf den Stuhl. Die dicke Schwester war nicht schnell genug, um es zu verhindern, doch sie hatte keineswegs die Absicht, es zu dulden. Schnaufend erschien sie in der Tür und schob sich zwischen Bettina und das Bett.

»Du brauchst nichts zu sagen, Minna«, schnaubte sie. »Halt bloß den Mund. Und Sie«, sie wandte sich an Bettina, »verschwinden hier. Das ist Hausfriedensbruch.«

»Wollen Sie denn nicht, dass derjenige, der Ihrer Schwester etwas angetan hat, bestraft wird?«, fragte Bettina.

»Die Einzige, die Minna etwas antut, sind Sie. Gehen Sie jetzt endlich!«

»Wie alt ist Minna?«

»Einundsechzig. Also wirklich, ich weiß gar nicht, was …« Die Frau hatte gegen ihren Willen geantwortet und war darüber selbst verblüfft.

»Wie war Minna als Kind?«

Frau Kropp überlegte. »Sie war sehr schlau. Gut in der Schule und so.«

»War sie fröhlich?«

Kropp lächelte traurig. »Eigentlich schon. Hat immer gern mit Tieren zu tun gehabt …«

»Hatte sie einen Beruf?«

»Ja, sie hat in der Gärtnerei gearbeitet.«

»Bis wann?«

»Bis sie siebenund– nein, Moment, achtunddreißig war, stimmt's, Minna?«

Minna nickte teilnahmslos.

»Achtunddreißig. Und dann …? Hatte sie keine Lust mehr?«

»Sie haben sie rausgeschmissen«, erklärte Kropp stirnrunzelnd. »Sagten, sie würde nur noch träumen. Und das stimmte, hat sie zu Hause auch getan.«

»Und vorher war sie anders?«

Kropp nickte.

»Haben Sie sich nie gefragt, weshalb sich Ihre Schwester so plötzlich verändert hat?«

Kropp nickte. »Doch! Aber sie hat es ja nicht erzählt, und was will man da machen?« Sie sah von Bettina zu Minna, dann zum kleinen Willenbacher, der im Türrahmen stand.

»Du hast nie was erzählt, stimmt's, Minna? Ich hab dich gefragt und gefragt …«

»Was will man da machen«, sagte Minna.

»Sie war mal in Paris«, sagte die dicke Frau Kropp. »Und ich hab gedacht, dass ihr vielleicht das Bild gefällt …« Sie deutete auf den gerahmten Eiffelturm.

Bettina rieb sich die Stirn.

»Hatte sie irgendwie Kontakt zu Martin Marquardt?«, fragte Willenbacher weiter.

»Glaub ich nicht«, sagte Kropp. »Martin Marquardt«, schrie sie ihrer Schwester ins Ohr. »Hast du den gekannt?«

»Was will man da machen«, sagte Minna Kropp.

* * *

»Also echt, dieser Marquardt hat auch vor nichts Halt gemacht.« Erschüttert ließ sich Willenbacher auf den Fahrersitz plumpsen.

»Wenn man sie wenigstens fragen könnte, was *wirklich* passiert ist.« Bettina massierte ihre Schläfen. »Scheißkopfweh. Wir gehen jetzt noch mal kurz zu Luzie, und dann langt es für heute. Ich habe eigentlich Urlaub.«

»Irgendwie kommen wir überhaupt nicht weiter«, meinte Willenbacher düster. »Sie sind ja fest entschlossen, diese Vandermeers laufen zu lassen, und außer denen haben wir nichts.« Er sah mit bühnenreifer Resignation aus dem Autofenster.

Bettina ließ den Wagen an.

»Ich hasse es, wenn nichts passiert«, klagte ihr Kollege.

»Wir sind hier nicht bei *Tatort*. Sie wissen doch, Willenbacher, unser Beruf ist langweilig, gefährlich und schlecht bezahlt.«

Der Obermeister lächelte grimmig.

»Da fällt mir ein, Willenbacher, vielleicht sollten wir noch mal mit Klara reden. Wenn diese Schuhfritzen das mit den Otto-Listen geklärt haben.«

»Ich denke, Sie haben Urlaub.«

Bettina schnaubte durch die Nase. »Ich hab auch ne Tante in Südfrankreich. Was glauben Sie, wann ich die zuletzt gesehen habe?«

Willenbacher grinste. »Ja, wir opfern uns für das Wohl des Steuerzahlers …«

* * *

Bei den Linnés erfuhren sie, dass Luzie kurzfristig bei ihrem Onkel im Großen Haus wohnte, und beim Großen Haus selbst fanden sie einen zerbeulten Wagen, der sich mittels seines Inhaltes aus unordentlich verstreuten Farbtuben und anderen Malutensilien als Klaras auswies. Also hatten sie beide Kandidaten auf einmal gefunden.

»Sie sind in der Bibliothek.« Wie immer hatte Rebecca geöffnet. Sie hatte Ringe unter den Augen. Stinkes, ein sicherer Indikator für Stimmungen, drückte sich müde neben dem Mädchen herum.

»Irgendwie sehen Sie erschöpft aus«, sagte Bettina, die selbst nicht gerade gesund und munter war, zu der Studentin. »Ist irgendetwas passiert?«

Rebecca schüttelte den Kopf. »Ich weiß nicht. Ich hab irgendwie Angst …«

»Wovor?«

»Hm.«

»Na los, sagen Sie es schon. Wir sind für jeden Strohhalm dankbar.«

»Um Luzie«, kam die zögernde Antwort. »Es macht mich wahnsinnig, dass sie hier ist. Ich meine, hier kann irgendwie jeder rein …« Das Mädchen schwieg betreten.

»Wieso glauben Sie, dass ihr was passieren könnte?« Willenbacher schlug einen direkt väterlichen Ton an, wie Bettina belustigt feststellte.

Rebecca druckste. »Schließlich läuft ein Mörder frei herum …« Sie schien erleichtert zu sein, die Bibliothek erreicht zu haben. »Da sind wir.« Sie öffnete die Tür zu dem hohen Raum, aus dem vornehm gedämpfte Stimmen klangen.

Das Erste, was beim Betreten auffiel, war nun natürlich Klaras Staffelei, die auf mehreren Lagen Packpapier aufgebaut war. Klara selbst sprach aufgeregt, brach aber ab, als sie die Ankommenden bemerkte, und begann, wild mit einem Spachtel an der Leinwand herumzukratzen.

Aufmerksam erhob sich der Bürgermeister aus seinem Sessel am Kamin.

»Lieber Himmel, Kommissarin, was tun Sie, wenn Sie auf einen *wirklich bösen* Buben treffen? Er hätte leichtes Spiel mit Ihnen. Sie sehen aus, als könnte Sie ein Lüftchen umpusten.«

»Ich würde natürlich einen Mann bitten, die Drecksarbeit für mich zu erledigen«, entgegnete Bettina gereizt. »Wollten Sie *das* hören?«

»Und wenn dieser Mann der Verbrecher ist?«, fragte Marquardt amüsiert.

Zu ihrem eigenen Entsetzen wich Bettina seinem fragenden Blick aus. »Dann würde ich ihn überlisten«, sagte sie lauter und trotziger, als angebracht gewesen wäre. Mit dem Gefühl, dass jeder sie anstarrte, verzog sie sich hinter die Staffelei, um Klaras Kunstwerk zu betrachten und sich zu sammeln. Leider war aber die Malerin nicht sonderlich begeistert, Bettina wieder zu sehen. Sie knurrte irgendetwas von Sonne und machte heftige Bewegungen mit ihrer freien Hand. Hastig trat Bettina aus dem Licht.

»Gefällt Ihnen das Gemälde?« Marquardt lehnte lässig an einem Bücherregal.

Das Werk war beinahe fertig. Es zeigte den Bürgermeister in entspannter Pose auf seinem Kaminsessel, lesend. Die Figur hob sich nur schwach von dem düsteren Hintergrund ab, denn die einzige auf dem Ölgemälde dargestellte Lichtquelle war das Kaminfeuer. Klara hatte dieses Feuer so leuchtend hell gemalt, dass alles daneben verblasste und der

Bürgermeister nur durch wenige Lichtreflexe überhaupt erkennbar war.

»Klara hat Sie sehr gut getroffen.« Der Mann hatte tatsächlich etwas von einem Schatten.

»Es *ist* gut«, sagte Klara ohne falsche Scham. »Eines meiner wenigen guten Bilder. Du bist einfach ein dankbares Modell, Max. Ein Mann mit Persönlichkeit.«

Marquardt grinste und war plötzlich seinem Neffen unglaublich ähnlich. »Wenn du mir weiter so schmeichelst, Klara, werde ich noch viel mehr Bilder bei dir bestellen müssen. Ein Porträt von Stinkes, zum Beispiel. Der hat auch eine enorme Persönlichkeit.«

Die Künstlerin drehte sich um und schwenkte ärgerlich ihren Spachtel. »Mach dich nicht immer selbst runter, Max. Das meine ich ernst. Du bist der einzige vernünftige Mensch hier in diesem Kaff und –«

»Es gehört natürlich zum Auftrag, dass sie mein Loblied singt«, raunte Marquardt Bettina zu, während Klara mal wieder zu einem Rundumschlag gegen das Spießbürgertum ausholte. Er war neben Bettina getreten und schien in sein Porträt versunken.

»Ist sie teuer?«, fragte Bettina, obwohl sie sich immer noch über die »wirklich bösen Buben« ärgerte.

»Unbezahlbar.«

» … habe ich schon immer gesagt, diese hinterfotzigen alten Tanten, die …«

Willenbacher hatte sich diskret auf ein Sofa verzogen, dafür betrat Marko polternd die Bibliothek und gesellte sich zu dem Grüppchen hinter der Staffelei.

»Rebecca bringt gleich den Kaffee«, sagte er mit einem Nicken in Bettinas Richtung. »Ach Gott, Klara, schon wieder am Lästern – wann malst du endlich mal von *mir* ein Bild?«

»Pass auf, Kleiner. Ich weiß, wann mich jemand auf den Arm nehmen will.« Die Malerin hatte die Fäuste in die Seiten gestemmt, ihre Wangen waren gerötet.

Grinsend sah Marko auf sie hinab. »Du kriegst noch mal nen Herzinfarkt«, prophezeite er fröhlich. »Du allein kannst die Welt nicht retten, Klara.«

»Witzbold.« Sie nahm wieder ihren Spachtel zur Hand.

»Nein, ehrlich, ich hätte wirklich gern ein Porträt. Für die Eingangshalle. Alle, die hereinkommen, wissen dann gleich, mit wem sie es zu tun haben.«

Klara sah ihn schräg an.

»Ich will mich von dir malen lassen! Ernsthaft, Klaraschatz! Natürlich muss meine Nase ein bisschen kleiner werden, und meine Hände …«

Klara hatte sich wieder zu ihrem halb fertigen Werk umgedreht.

»Ey, Klaraschatz, mach bloß nicht zu viel Farbe dran!«

Nun lächelte sie doch.

»Mein Porträt muss schwarz-weiß werden«, erklärte Marko. »So, als würde ich in den Spiegel schauen.«

»Mal sehen.«

»Marko ist farbenblind«, sagte Marquardt halblaut zu Bettina. Dann runzelte er plötzlich die Stirn. Sein Lächeln verwandelte sich in Staunen. Verwirrt starrte er auf das Porträt.

Marko sah es. »Was ist los, Onkel Max, gefällst du dir nicht?«

»Nein, nein. – Es ist nichts. Deine Bilder haben einfach eine hypnotische Kraft, Klara.« Er drehte sich um und schritt zur Bar.

»Ahhhh …! Hypnotische Kraft!« Marko boxte Klara in die Seite. »Hast du das gehört, Klara! Wir drücken uns heute wieder gewählt aus!«

Klara gab dem albernen Kerl einen Klaps mit ihrer farbverschmierten Hand. »Lass ihn in Ruhe, Marko. – Wenn du den Cognac aufmachst, Max, dann gib mir auch einen Schluck.«

Mit dem Rücken zu seinen Gästen nickte dieser.

Währenddessen ließ sich Marko vergnügt auf ein Sofa plumpsen. »Und hinterher behauptest du dann, das Bild sei unter Drogeneinfluss entstanden …! Künstler! – Für mich auch einen, bitte.«

Marquardt hielt die kostbare Karaffe hoch. »Für Sie auch?«, fragte er Willenbacher, der pflichtbewusst den Kopf schüttelte.

»Ah, ich verstehe, der Dienst. Und Sie, Kommissarin? Sie müssen einen Kleinen trinken. Sie sind leichenblass.«

»Ich muss mich schließlich meinem Beruf anpassen«, murmelte sie verärgert und sagte laut: »Nein, ich möchte nichts. Ich will lieber wissen, was Sie gerade so erstaunt hat.«

Ohne aufzusehen, schenkte Marquardt drei geschliffene Gläser voll. »Das Gemälde«, bekannte er zerstreut. »Komisch, eben bin ich erschrocken … Auf dem Bild wirkt es, als wäre ich noch nie in meinem Leben aus dem Hintergrund getreten.«

»Aber so soll es doch aussehen.« Klara war gnadenlos in ihrer Ehrlichkeit. »So bist du. Eine graue Eminenz.«

»Es sieht so aus, als würde ich in meinem Sessel auf das nächste Opfer lauern, das vorüberkommt.«

»Endlich sagst du mal was anderes als ›sehr schön, Klara‹ …« Die Künstlerin trat drei Schritte von der Leinwand zurück, um die Wirkung zu überprüfen.

»Du musst aber zugeben, dass deine Bilder hypnotische Kraft haben«, flachste Marko.

Klara machte eine ungeduldige Bewegung mit ihrem Glas. »Ruhe.« Sie blickte vom Bürgermeister zum Bild und wieder zurück. »Du hast Recht, Max«, gab sie endlich zu. Stirnrunzelnd betrachtete sie ihr Modell, während sie den Cognac in einem Zug hinunterkippte. »Ist mir vorher gar nicht aufgefallen. Du hast so einen gefährlichen Blick.«

Automatisch schenkte Marquardt ihr nach. »Auf dem Bild oder in Wirklichkeit?«

Diese Frage veranlasste Klara zu längerem Grübeln. »Auf dem Bild sowieso ... Komisch, ich hab dich vorher nie so gesehen.« Sie kratzte sich am Kopf und verschmierte dabei etwas blaue Ölfarbe auf ihrer Stirn.

»Finden Sie auch, dass ich einen gefährlichen Blick habe, Kommissarin?«, fragte Marquardt.

Diesmal wichen Bettinas Augen nicht aus. »Ich interessiere mich nicht für Blicke«, antwortete sie kühl. »Nur für Beweise. Außerdem würde ich gern mit Luzie sprechen. Allein.«

* * *

Marquardt hatte sie durch eine Tapetentür zu einem winzigen Büro gebracht, welches ursprünglich wohl das Arbeitszimmer eines Bibliothekars gewesen war. Es enthielt einen Schreibtisch, einige Regale und vier Stühle.

Ohne Zögern nahm Bettina hinter dem Schreibtisch Platz; Willenbacher blieb stehen. »Dieses alte Haus ist ein einziger Protz und Prunk«, nörgelte er, kaum dass Marquardt die Tür hinter ihnen geschlossen hatte. »Wozu zum Beispiel braucht man so ein Zimmer? Bei Hohenadel dagegen ...«

Bettina hielt sich den schmerzenden Kopf und war froh, dass Luzie nicht lange auf sich warten ließ.

Fürsorglich führte Rebecca das Mädchen durch die Tür und schubste es auf einen Stuhl. »Soll ich dir einen Kakao bringen?«, fragte sie.

»Nein, danke.« Düster starrte Luzie vor sich auf den Boden. Heute war sie grau angezogen: Sie trug einen hellen Jogginganzug und hatte sich ein Sweatshirt in dunklerem Farbton über die Schultern gelegt. Sie schien in dumpfe Gedanken versunken.

Schließlich räusperte sich Bettina. Sie schüttelte ihre Haare und streckte ihre ungeputzten Stiefeletten weit von sich. »Meine Schwester«, sagte sie langsam, »liegt im Krankenhaus.«

Luzie atmete tief durch. »Was hat sie denn?«, fragte sie, halb erleichtert, halb misstrauisch.

»Krebs.« Bettinas Stimme klang ungewohnt piepsig. Gleich würde sie heulen.

»Wird sie wieder gesund?«, fragte Luzie nach einer Weile sachlich.

»Ich weiß es nicht.« Das klang so trostlos. Bettina schluckte und wünschte, der kleine Willenbacher würde nicht zuhören.

Luzie verfolgte, wie Bettina um Fassung rang.

»Sie haben schon Metastasen entdeckt.« Über Bettinas Wange lief eine Träne. Sie wischte sie weg und nickte. »Komisches Leben, was? Ich bin viel älter als meine Schwester. Und habe keine Kinder.«

Luzie biss die Lippen zusammen.

Sie schwiegen lange.

Schließlich räusperte sich das Mädchen. »Ich – ich bin vielleicht schwanger.«

Bettina nickte und putzte sich die Nase. »Hast du einen Test gemacht?«

»Ja«, sagte Luzie unglücklich. »Meine Tage sind seit drei Monaten überfällig. Es ist von Theo.«

»Wirst du es behalten?«

Das Mädchen krampfte die Hände zusammen. »Die drei Monate sind ja eh schon rum.« Gespielt lässig zuckte sie die

Achseln. »Wahrscheinlich hätte ich das sowieso nicht überstanden. Abtreiben, meine ich.«

Das Schweigen senkte sich wieder über den Raum.

Nach einigen Minuten fragte Bettina leise: »Wen hast du bei den Kropps gesehen, Luzie? – Du musst noch jemanden gesehen haben.«

»Hab ich nicht«, sagte das Mädchen fast bedauernd, doch ihr Blick war starr, und sie sah Bettina zu lange und zu ehrlich in die Augen.

»Sag mir wenigstens eines. War es ein Mann oder eine Frau?«

In Luzies Gesicht spiegelten sich alle möglichen Gefühle, bevor sie antwortete: »Es war niemand.«

»Ich weiß, dass da noch jemand gewesen ist, Luzie. Jemand, der dir nahe steht, den du schützen willst.« Bettina fühlte sich wie eine Verräterin. »Jemand aus deiner Familie?«

Luzies Gesicht wurde steinern.

»Wer war es, Luzie?«

Das Mädchen schwieg.

»Dein Onkel Max?«

Ihre Augen wurden ausdruckslos. »Ich konnte nicht viel sehen«, sagte sie fest.

»Aber du hast etwas gesehen.«

Luzies Blick ging vom kleinen Willenbacher zu Bettina und zurück. »Es war ein Mann«, erklärte sie langsam.

Willenbacher zog hörbar die Luft ein.

»Hat dich dieser Mann jemals belästigt?«, fragte Bettina weiter.

Luzie schüttelte den Kopf. »Keine Fragen mehr.«

Willenbacher reagierte schnell. Er nahm eine der Fotografien, die sie in Alines Sekretär gefunden hatten, und legte sie Luzie wortlos vor.

Das Mädchen betrachtete sie mit verhaltener Abscheu und aufgesetztem Interesse. »Wer ist das?«

»Kennst du jemanden, der auf so was steht?«

»Englisch.« Luzie schüttelte den Kopf. »Find ich ziemlich widerlich.«

Die Aufregungen schienen doch zu viel für Bettina gewesen zu sein. Sie spürte, wie sich ein wildes Lachen in ihrem Bauch zusammenzog. Englisch. Wahrscheinlich würde Maria Linné ein Disziplinarverfahren gegen sie anstrengen, wenn sie wüsste, dass sie Luzie dieses Bild gezeigt hatten, und das Mädchen sagte ganz cool »Englisch«.

»Siehst du irgendwas auf dem Foto, das dir bekannt vorkommt?«, hörte sie Willenbacher fragen. »Hast du Freundinnen, die dir von so etwas mal erzählt haben?«

Luzie schnaubte. »Natürlich. Die haben kaum ein anderes Thema.« Um zu beweisen, dass sie tougher war als all ihre Kameradinnen, nahm sie mit sachkundiger Miene das Foto nochmals zur Hand.

Willenbacher schluckte aufgeregt. »Irgendwas auffällig?«, fragte er.

Luzie nickte und reichte ihm das Bild zurück.

»Das ist Kropps Bett«, sagte sie lässig.

Bettina bekam einen hysterischen Lachanfall.

* * *

»Dieses Mädchen …« Bettina schwenkte ihre Gabel. Sie erzählten die Geschichte bereits zum zweiten Mal.

»Es ist einfach nicht zu fassen. Wir waren blind«, sagte der kleine Willenbacher. »Wie viele Stunden haben Sie heute in Kropps Haus verbracht, Schumacher?«

Der Beamte schüttelte den Kopf über seiner Hausmacher Platte. »Den ganzen Tag«, erklärte er schuldbewusst.

»Trösten Sie sich, Schumacher, wir haben es alle nicht bemerkt«, meinte Bettina, auf einer nicht ganz durchgekochten »Grumbeer« herumkauend. Sie lachte auf. »Sitzt da, ganz cool, das kleine Luder – sie ist erst vierzehn! –, und sagt: Englisch? Find ich ekelig. – Das hat sie doch gesagt, Willenbacher, oder?«

Willenbacher nickte grinsend. »Und dann kommt dieser Hammer mit Kropps Bett. Wir haben Stunden in diesem Haus verbracht! Und es ist nicht mal ein unscheinbares Bett, sondern – wirklich – diese Eisenschnörkel springen einem praktisch ins Auge!«

»Und schließlich war es ja auch nicht so, dass wir das Bett nur mal flüchtig gesehen hätten«, setzte Bettina hinzu. »Wir haben es untersucht, haben stundenlang davor gestanden! Wahrscheinlich haben wir uns allesamt im Beruf vergriffen.« Kopfschüttelnd pulte sie ein Auge, das Pat vergessen hatte, aus ihrer Grumbeer. »Aber dieses Mädchen war so cool – na ja, ich wiederhole mich.« Sie wandte sich an Schuster. »Haben Sie denn wenigstens auch etwas Interessantes herausbekommen?«

Der Beamte schluckte seinen Bissen Bratwurst hinunter. »Geht so. Edwin Kropp«, er schlug ein hübsches schwarzes Notizbuch auf, das von keinerlei Zeichnungen verunziert war, »arbeitete an seinem Todestag, wie immer, von halb acht bis halb fünf im Sägewerk. Er verhielt sich nicht auffällig.«

Schumacher blätterte in einem identischen Buch und übernahm. »Frau Kropp arbeitete den Aussagen zufolge an besagtem Tag bei den Familien Eisenbeiß, die haben die Apotheke, dann Meier, der Schuldirektor, Jüngling, das ist eine alte Dame, und Vandermeer, die mit dem Gift. Dann haben wir Herrn Vandermeers Alibi überprüft – lupenrein. Er war den ganzen Donnerstag über mit einem gewissen Müller unterwegs – allerdings hätte er zu Hause noch genügend Gelegenheiten gehabt, an dem Quark herumzumanipulieren.«

»Hm. Wir kommen zwar weiter, aber es wird trotzdem immer verzwickter. Je mehr wir erfahren, desto weniger passt zusammen. Diese Sache mit dem vergifteten Quark bei Vandermeers lässt sich überhaupt nicht einordnen. Es konnte doch kein Mensch damit rechnen, dass die Kropp den Quark bei den Vandermeers stehlen würde!«

»Vielleicht doch«, sagte Willenbacher langsam. »Jemand, der wusste, dass die Kropp immer Quark stahl …«

Bettina sah ihn nur an. »Morgen ruhen Sie sich bitte etwas aus, Willenbacher.«

»Aber es wäre doch möglich, dass jemand ganz einfach nur den Verdacht auf Vandermeer lenken wollte«, bemerkte Schumacher. »Jemand, der wusste, dass die Frau von der Kropp erpresst wurde … Er schlich sich ins Haus, während die Vandermeer joggte, vergiftete etwas Quark, nahm die Hälfte davon mit und stellte es den Kropps in die Küche. – Ob *die* sich Gedanken gemacht hätten, wo die großzügige Spende herkam?«

Bettina nickte. »Haben Sie übrigens irgendetwas in Kropps Haus gefunden?«

»Außer dem Bett, meinen Sie?«

Die Kollegen lachten.

»Leider nein.«

»Aber die Jungs von der Spurensicherung haben ein paar Fingerabdrücke gefunden, die von dem Einbrecher stammen müssen. Offenbar hat er seine Handschuhe ausgezogen, um eine Schachtel aufzubekommen.«

»Ausgezeichnet. Wir machen Fortschritte, Mädels.« Bettina grinste ihre Kollegen an. Ihr Kopfweh war verschwunden.

»Normalerweise müssten wir nur diese Luzie noch mal

anständig verhören«, ließ sich Willenbacher vernehmen. »Sie hat ja fast zugegeben, dass sie den Mörder erkannt hat. Wir würden ihr damit nur einen Gefallen tun. Sie lebt ganz schön gefährlich da bei diesem Marquardt.« Bedeutungsvoll sah er in die Runde. »Es ist ein *Mann,* laut Luzie. Und sie will ihn um jeden Preis schützen.«

»Vielleicht ist sie nicht sicher«, erwiderte Bettina ernst, »aber unvernünftig ist sie in jedem Fall. Trotzdem, mehr als einen Beamten, der vor dem Großen Haus Wache schiebt, können wir nach diesen vagen Angaben nicht verantworten. Wir müssen warten, bis wir den Mörder überführen können.«

»Ich frage mich bloß, weshalb sie ausgerechnet zu diesem Marquardt gezogen ist, wenn sie ihn in Verdacht hat«, sagte Schuster und legte sein Besteck sorgfältig auf den Tellerrand. »Das ist doch Irrsinn.«

»Sie ist schwanger, und ihre Eltern sind ziemlich schwierig«, erklärte Willenbacher. »Außerdem will sie ihn vielleicht irgendwie im Auge behalten. Das wäre ihr zuzutrauen.«

Kneipengerüche und -geräusche fluteten in das Hinterzimmer, als Pat mit einem Tablett voller Getränke kam. Aufmunternd strahlte sie die Beamten an. »Und, hat es geschmeckt, meine Herren? – und meine Dame natürlich auch.«

»Mmmh.«

»Sicher.«

»Lecker.«

»Wo hast du so gut kochen gelernt?«, fragte Schuster.

Abends war Pat wieder siebzehn, und jeder war mit ihr per Du.

»Ich bin ein Naturtalent«, erklärte sie, eine Hand in die Hüften gestemmt und den Oberkörper so weit vorgebeugt, dass jeder, den es interessierte, ihre immer noch appetitlichen Formen bewundern konnte. »Wie heißt es so schön: Liebe geht durch den Magen.«

Sie zwinkerte dem kleinen Willenbacher zu und schien ihn gleichzeitig auszulachen, was ihn aber nur anspornte. »Kannst du alles andere auch so gut wie Kochen?«, fragte er frech und wurde ein wenig rot.

Die Männer kicherten, und Schuster rief: »Gib's zu, Pat!«

»Sonst nehmen wir dich mit auf die Wache und verhören dich die ganze Nacht lang.«

Aufreizend schob Pat ihren Busen vor. »Tja, Jungs, so was wie mich gibt's nicht überall ... ne richtige Frau is eben unersetzlich, was, Kommissarin? Was wärt ihr Kerls ohne uns!?«

Bettina lächelte höflich, doch im nächsten Moment war sie aufgesprungen und hatte Pat bei den Händen gepackt, so dass diese einige Teller fallen ließ. Krach!, gingen sie zu Bruch, und alle starrten Bettina an, die die Wirtin umarmte und wiederholt schrie, sie sei ja so dumm gewesen.

»Ist ja gut, Kindchen«, sagte Pat, doch Bettina hörte gar nicht zu.

»Du hast das falsch verstanden, Kindchen«, sagte sie schließlich, ein wenig verlegen. »Eigentlich steh ich nur auf Männer.«

12

»Haben Sie ihnen gesagt, dass sie die Fingerabdrücke von unserem Einbrecher von den Mainzern durch den Computer jagen lassen sollen?«

Ergeben nickte Willenbacher, während er das Auto anließ.

»Halt, Moment. Da ist Schuster.«

Der große dunkelhaarige Mann erschien in der Tür der *Pension Giesela* und warf einen kurzen, zweifelnden Blick zum Himmel. Es würde wieder Regen geben. Bettina winkte und kurbelte ihr Fenster hinunter. Die Arme um sich schlagend, kam Schuster näher. Es war immer noch ziemlich kalt, und er trug keinen Pullover. »Saukalt das! – Mistwetter.« Er beugte sich zum Seitenfenster hinunter.

»Sie kümmern sich heute um den Einbrecher, Schuster«, befahl Bettina aus dem laufenden Auto heraus.

Er nickte. »Hat uns Willenbacher schon gesagt. Wir werden den Kollegen aus Mainz ein wenig aufs Dach steigen. Die können sich genauso wenig wie wir mit dem Sonntag herausreden.«

»Hm. Und kümmern Sie sich bitte auch um diese mysteriösen anonymen Anrufe. Ich möchte wissen, ob außer den Linnés auch noch jemand anders welche erhalten hat.«

Schuster nickte und trat bibbernd von einem Fuß auf den anderen.

»Alles darüber, Schuster. Wie viele es waren, wer sie angenommen hat, und so weiter. Und wann, natürlich.«

Fröstelnd sagte Schuster: »Natürlich.«

»Und diese Otto-Listen ...«

»Wir sprechen noch mal mit Frau Sorrel«, erklärte Schuster, während er seine kalten Finger knetete. »Alles schon gebongt. – Sie wissen, wer der Mörder ist, nicht?«

Auf die Frage hin bewegte sich etwas in Bettinas Magen. »Wir müssen erst noch eine wichtige Sache überprüfen, Willenbacher und ich. Wenn alles gut geht, sind wir heute Nachmittag wieder da.«

Schuster versuchte, wissend zu nicken.

»Irgendwie scheint es mir so klar und logisch ...«, murmelte Bettina. »Denken Sie nur an Kropps Bett! – Na, heute Abend wissen wir mehr.«

»Und bis dahin haben die den Einbrecher in der Fingerabdruckkartei gefunden.«

»Genau. – Was ist, Willenbacher? Sind Sie fertig?«

Da Obermeister Willenbacher alles soeben Gesagte bereits am Frühstückstisch ausgiebig mit seinen Kollegen besprochen hatte, hielt er die Unterhaltung für höchst unnötig. Er hatte die Arme vor der Brust verschränkt, und sein Gesicht sagte deutlich, wie fahrbereit er war.

»Dann los. – Ach, noch eins, Schuster.«

Schimpfend stieg Willenbacher auf die Bremse. Das Auto machte einen Satz, und zu allem Übel würgte der Motor ab. Der kleine Kollege fluchte ausgiebig.

»Frauen sind eben doch die besseren Autofahrer«, sagte Bettina mit all der Würde, die jemand aufbringen konnte, der soeben knapp einem Flug durch die Windschutzscheibe entgangen war. »Das Telefonkabel, Schuster. Wenn Sie irgendwie noch Zeit haben, dann fragen Sie mal Herrn Marquardt, ob er Sie ein bisschen in seinen Schuppen kramen lässt. – Sie dürfen das Kabel natürlich nicht erwähnen.«

Der Beamte nickte und sah zu, dass er schleunigst von

dem Auto wegkam. Willenbacher warf er einen mitleidigen Blick zu.

»Also, dann, Wiedersehen. – Lieber Himmel, jetzt fängt es wieder an zu regnen.« Bettina kurbelte das Fenster hoch, und Schuster verzog sich frierend ins Haus. Willenbacher machte keinerlei Anstalten, den Wagen zu starten. Qua Geschlecht fühlte er sich vielmehr dazu verpflichtet, mittels demonstrativ verschränkter Arme Protest einzulegen.

»Worauf warten Sie eigentlich?«, fragte Bettina unschuldig.

»Auf die Untersuchungsergebnisse«, war die ungeduldige Antwort.

* * *

»Eigentlich wollten wir zu Marko«, erklärte Willenbachers Vorgesetzte, als sie beide im Frühstückszimmer des Großen Hauses gut versorgt vor kostbarem Kaffeegeschirr saßen und Willenbacher angesichts des duftenden selbst gebackenen Kuchens bedauerte, sich bei Frau Sommer mit aufgebackenen Brötchen voll gestopft zu haben.

Luzie war schon auf. Sie sah blass aus und hatte nur eine kurze Begrüßung gemurmelt. Jetzt starrte sie mürrisch in ihre Tasse und biss ab und zu in ihr Stück Kranzkuchen.

»Im Grunde sollte ich dankbar sein, dass Ihre vielen Besuche nicht mir gelten.« Der Bürgermeister ließ die Kuchengabel auf seinen Teller sinken. »Das zeigt doch, dass ich nicht gerade zu den Hauptverdächtigen zähle.«

Bettina schenkte ihm ein Lächeln. »Unsere Methode. Zuerst wiegen wir das Opfer in Sicherheit.«

Luzie sah auf und machte ein womöglich noch böseres Gesicht.

»Sie machen mir richtig Angst«, sagte Marquardt und führte eine volle Gabel gen Mund, um es sich auf halber

Strecke wieder anders zu überlegen. »Ich nehme an, dass es nicht leicht sein wird, Marko jetzt aus dem Bett zu bekommen, schließlich ist es erst acht Uhr, also mitten in der Nacht ...«

Wie aufs Stichwort erschien sein Neffe in löchrigen Jogginghosen, einem zerknautschten T-Shirt und zwei unterschiedlichen Socken. Er sah aus, als sei er gerade aus dem Bett gefallen. »Moin.« Seine Stimme war ein einziges tiefes, verrauchtes Krächzen. Hinter ihm kam Rebecca mit einer frisch gefüllten Kaffeekanne.

»Guten Morgen, Marko. Du hast Besuch.«

»Was ist los?« Verschlafen blickte der junge Mann in die Runde und hielt seinem Onkel auffordernd einen Kuchenteller hin.

»Wie alt sind Sie, Marko?«, fragte Bettina über ihre Kaffeetasse hinweg.

Marko war ohne Zögern zum Verzehr eines großen Stücks Kuchen übergegangen, was seine Antwort nicht gerade deutlich ausfallen ließ. »Dbeiubanzib«, sagte er.

»Dreiundzwanzig, ja?«

Nicken. »Bab ib dob.«

Marquardt hob die Augen zur Decke.

Bettina lächelte. »Wir möchten Ihre Großeltern kennen lernen, Marko«, sagte sie.

Marquardts Kuchengabel fiel mit leisem Klirren zu Boden. Mit schwarzen Augen sah er von einem zum anderen.

»Habe ich Sie erschreckt?«, fragte Bettina freundlich.

»Nein, ich ...« Unruhig zupfte er an einer Leinenserviette, bis er erkannte, dass es besser war, seine Hände unter dem Tisch zu verstecken.

Marko und Luzie blickten gleichermaßen verständnislos.

»Sie leben doch noch, Ihre Großeltern mütterlicherseits, oder?«

Marko hatte vergessen weiterzukauen. Er nickte heftig und biss sich dann beim Schlucken fast auf die Zunge.

»Was wollen Sie bei meinen Großeltern?« Er schüttelte den Kopf, um die letzten Reste des Schlafes zu vertreiben. »Betreiben die Bu... die Polizei neuerdings Ahnenforschung?«

»Wo wohnen sie?«, fragte der kleine Willenbacher.

»Bei Karlsruhe«, mischte Luzie sich unerwartet ein. »Wieso wollen Sie das wissen?«

Sie bekam keine Antwort.

»Könnten Sie sie vielleicht anrufen, Marko?«, fragte Bettina höflich, »und uns für heute ankündigen? – Ich hoffe, sie sind erreichbar.«

Marko erwiderte stirnrunzelnd, er wolle zuerst wissen, »was abgeht«, und biss zur Bekräftigung ein großes Stück Kuchen ab.

Willenbacher hielt ihm als Antwort das Handy hin.

»Ich weiß die Nummer nicht auswendig«, sagte der junge Mann kauend. Unsicher suchte er den Blick seines Onkels.

»Ich aber.« Der Bürgermeister hatte sich aufgerichtet. Seine Augen fixierten Bettina, während er mit Marko sprach. »Das Beste ist, du fährst mit ihnen hin, Marko.« Er nannte die Telefonnummer. Willenbacher tippte sie ein und reichte das Handy dann Marko, der es verächtlich aus den Händen des Beamten entgegennahm.

»Sie haben Unrecht«, murmelte Marquardt. Er konnte in den Augen der rothaarigen jungen Frau keine Spur mehr von warmen kupfernen Sprenkeln erkennen. Sie waren kalt und grün.

Luzie beobachtete, was sich zwischen Bettina und ihrem Onkel abspielte. »Wenn ihr zu Oma und Opa Wahl fahrt, möchte ich mit«, bat sie. »Ich hab sie schon ewig nicht mehr gesehen.«

Marquardt lehnte sich im Stuhl zurück und schloss die Augen.

* * *

Schuster und Schumacher hatten alles getan, was ihnen aufgetragen worden war, doch es war ihnen kein Fortschritt beschieden. Erfolglos hatten sie in den Nebengebäuden des Großen Hauses nach dem Telefonkabel gesucht, keiner außer den Linnés erinnerte sich an anonyme Anrufe, und die wiederum erklärten, dass Freunde von Luzie sich häufig derartige »Scherze« erlaubten.

Auch die Nachforschungen bei der Künstlerin Sorrel verliefen enttäuschend. Sie regte sich schrecklich auf und schimpfte eine halbe Stunde lang auf den Staat im Allgemeinen und die Polizei im Besonderen, bis Schumacher sie darauf hinweisen musste, dass sie sich mit Vertretern derselben unterhielt.

Zu ihrem abendlichen Besuch bei den Kropps sagte Klara Sorrel nichts Neues, und aus den Otto-Listen war nichts herauszulesen, womit man sie hätte festnageln können.

Blieb nur noch der Einbrecher, und da waren sie ganz auf die Mainzer Fingerabdruckexperten angewiesen.

Natürlich reagierten die wenigen Dienst habenden Kollegen in Neustadt nur mit einem mitleidigen Lächeln, als Schuster und Schumacher, mit pappigen Sandwiches und Dosencola bewaffnet, neben dem Telefon Platz nahmen. Das konnte dauern.

* * *

»Auf Wiedersehen.« Bettina verabschiedete sich höflich von den beiden alten Leuten.

Sie standen am Fuß des noblen Treppenaufgangs, fünf Marmorstufen, die zu dem Eingangsportal der Villa führten. Ernst reichte die Mutter der verstorbenen Aline den beiden Polizisten die Hand. Sie hatte sich wieder völlig unter Kontrolle; weder ihr Enkel noch Luzie wären darauf gekommen, dass die alte Dame soeben in der Unterredung hinter geschlossenen Türen einige Tränen vergossen hatte. Ihr Gesicht war kein bisschen geschwollen. Sie lächelte ihren Enkel an und hielt Luzie liebevoll an der Hand.

»Wir gehen schon einmal zum Auto«, schlug Bettina diskret vor.

Markos Großvater sah den Polizisten nach, als betrachte er eine seltene Spezies, von der er nicht wusste, ob er sie den höheren oder niederen Tieren zuordnen sollte.

»Zu meiner Zeit waren Polizisten ordentlich angezogen«, bemerkte er mit einem letzten Blick auf Bettinas Jeans, die am Saum ausgefranst waren, und Willenbachers bunte Jacke. »Wollt ihr wirklich mit diesen Leuten nach Hause fahren, Kinder?« Stirnrunzelnd hob er seine Brille näher an die Augen und beobachtete durch die Bäume seines Vorgartens, wie die Kommissarin ihr altersschwaches Auto aufschloss.

»Ich würde sagen, ihr bleibt über Nacht hier und nehmt morgen den Zug.«

Diesen Vorschlag lehnten Marko und Luzie einmütig ab.

»Wir müssen wieder nach Hause«, erklärte das Mädchen bedauernd.

Oma und Opa Wahl waren nicht ihre leiblichen Großeltern, liebten sie aber trotzdem herzlich. »Was hat dich die Kommissarin gefragt, Oma?«

Die alte Dame streichelte ihre Wange, eine »kindische« Zärtlichkeit, die sich das Mädchen normalerweise nicht mal von Theo gefallen ließ. Bei Oma Wahl gefiel es ihr.

»Nichts Besonderes, mein Mädchen. Wann kommt ihr uns mal für längere Zeit besuchen?«

»Im Sommer?«, antwortete Luzie unaufmerksam.

Marko verabschiedete sich mit einem festen Händedruck von seinem Großvater. »Und sag deinem Onkel Max einen schönen Gruß, mein Junge«, trug ihm dieser auf. »Er soll sich mal wieder sehen lassen. Und du hör auf, so viel zu trinken, gell?«

Marko blickte überrascht und etwas schuldbewusst. »Ich trinke *nie* viel, Opa«, sagte er mit der ganzen Würde seiner dreiundzwanzig Jahre.

Der Opa zog die Augenbrauen hoch und musterte seinen Enkel mit Belustigung. »Natürlich tust du das, mein Junge. Ich sehe es doch an deinem Gesicht. Nun, wenigstens glaubst du nicht, du seist ein Rennfahrer, wie es dein Vater tat.« Er klopfte Marko auf die Schultern. »Sag deinem Onkel, dass wir ihn vielleicht nach den Osterfeiertagen besuchen.«

Dieser Gedanke brachte Luzies Gesicht zum Leuchten. »Geil, Opa«, sagte sie, worauf die alten Leute verständnisinnige Blicke tauschten.

»Ich freue mich auch immer, wenn ich dich sehe«, erklärte der Großvater mit sanftem Lächeln. Das Schöne an Enkeln war, dass man sie nicht *selbst* erziehen musste.

»Aber, Oma, du musst uns einfach sagen, was dich die Kommissarin gefragt hat«, bettelte das Mädchen.

Die Großmutter lächelte. »Also, wenn du es durchaus wissen willst: Sie hat nur gefragt, ob es in meiner Familie Fälle von Farbenblindheit gegeben hat.«

Die beiden jungen Leute waren verwirrt. »Das war alles? Das verstehe ich nicht«, sagte Marko und schaute zu dem Wagen jenseits des Gartens hin.

»Ich auch nicht«, log die Großmutter mit fröhlichem Gesicht. In ihrem Inneren fühlte sie jedoch ein stechendes Wühlen, das jeden Moment ihren Magen auseinander reißen konnte. »Ich glaube, ihr müsst jetzt gehen, Kinder. Wir kommen euch bald besuchen.«

Alines Eltern standen noch lange vor der Tür und schauten den Kindern nach.

Schließlich, als das klapperige Auto mit dem Ludwigshafener Kennzeichen längst abgefahren war, nahm Professor Wahl die Hand seiner immer noch hübschen und zierlichen Frau und sagte: »Ich habe es gewusst.«

»Warum hast du nie was gesagt?«, erkundigte sich Markos Großmutter und schneuzte sich in ein elegantes Taschentuch.

»Es war schöner so«, sagte der Professor langsam. »Und außerdem dachte ich, du wüsstest es auch.«

* * *

»Nein! – Hör mal her!«

Mühsam wuchtete sich Schumacher aus seinem Drehstuhl hoch. »Ist das Mainz?«, fragte er den Kollegen, der in der einen Hand einen Telefonhörer hielt und mit der anderen wild gestikulierte.

»Wir haben eine Übereinstimmung«, sagte Schuster fassungslos. »Achtzehn Punkte. Wir haben ihn.«

Schumacher erwachte sekundenschnell aus seiner Apathie. »Lass hören.« Er schaltete die Freisprechanlage ein, doch der Mainzer Fingerabdruckexperte verabschiedete sich bereits.

»Ja, danke.« Schuster legte auf und grinste seinen Kollegen an. »Da kommst du nie drauf, mein Lieber!«

* * *

Bettina und Willenbacher waren auf dem Rückweg nach Kreimheim. Willenbacher nahm den Anruf entgegen.

»Es ist Schuster«, sagte er. »Oh Gott, sie haben ihn.« Sein

Gesicht zuckte aufgeregt. »Sie sagen, dass die Identifikation des Täters über Fingerabdrücke erfolgreich war. – Wie?! Reden Sie doch lauter, Mann!! – Was?! Wer ist es?! – Ich kann Sie nicht mehr hören!« Das Handy knackte. Willenbacher schüttelte es aufgeregt. »Hallo? Hallo! – Sie sind weg«, sagte er böse. »Scheiß D-Netz.«

»Was hat er gesagt?«, wollte Bettina wissen.

»Dass sie ihn haben«, erklärte Willenbacher düster. »Jetzt werden sie ihn vor uns verhaften.«

Luzie, die auf dem Rücksitz, an ihren Cousin gelehnt, geschlafen hatte, wachte mit einem Ruck auf. Ihre Stimme war noch undeutlich, ihr Geist jedoch wach. »Haben Sie ihn verhaftet?«, fragte sie.

»Ihn?«

»Den Mörder.«

»Das werden wohl die Kollegen machen«, sagte Willenbacher. Seine Stimme klang enttäuscht.

»Aber sie haben ihn?«

»Scheint so.« Willenbacher wollte nicht über Erfolge von Schuster und Schumacher sprechen.

Luzie war aufgeregt. »Wer ist es?!«, fragte sie drängend.

»Das haben sie nicht gesagt«, erklärte Willenbacher, das Handy schüttelnd.

»Scheiße«, sagte Luzie inbrünstig.

* * *

»Du musst versuchen, noch mal diesen lauernden Blick draufzukriegen, so wie gestern«, forderte Klara. Sie war drei Schritte von ihrer Staffelei zurückgetreten und betrachtete den Bürgermeister kritisch.

Folgsam zog dieser die Augenbrauen zusammen und machte ein böses Gesicht.

»Ich meinte nicht, dass du den Kinderschreck spielen

sollst.« Die Künstlerin schob sich den farbverschmierten Pinsel kurz zwischen die Zähne. »Was ist heute mit dir los?«, nuschelte sie. »Du bist nervös. Das bist du sonst nie.« Konzentriert betrachtete sie die Leinwand, streckte ihre Hand mit dem Pinsel lang aus und setzte einen winzigen Farbklecks auf das Gemälde.

»Es haben sich schon einige Maler vergiftet, weil sie ständig den Pinsel in den Mund steckten«, sagte Marquardt ungeduldig.

Klara zuckte die Achseln. »Ich verwende nur natürliche Pigmente.«

»Das sind die schlimmsten«, orakelte der Bürgermeister. »Hör zu, Klara, heute geht es nicht so lange, ich erwarte …«

»Ja!«, schrie sie erregt. »So bleiben!« Eine Sekunde lang starrte sie Marquardt an und schüttelte dann enttäuscht den Kopf. »Gestern hast du ganz anders ausgesehen, Max«, klagte sie und lächelte plötzlich. »Das war wegen dieser Kommissarin, nicht? Sie ist ein hübsches Mädchen, und du magst sie.«

Marquardt schüttelte den Kopf.

»Oh doch, Max.« Klara lächelte zufrieden. »Denk nur immer weiter an Bettina. So heißt sie, nicht? Bettina, Bettina – Du siehst herrlich teuflisch aus.«

»Ich mache mir nichts aus roten Haaren«, äußerte Marquardt grimmig. Bis vor einer Woche war das die Wahrheit gewesen.

Klara nickte, lächelte und malte. »Diese süße kleine Polizistin hält dich für den Mörder, Max.« Sie sprach, um ihn bei Stimmung zu halten. Da war etwas in ihm, das sie auf die Leinwand kriegen musste, kostete es, was es wollte.

Trocken lachte er auf. »Meinst du?«

Klara warf ihm einen prüfenden Blick zu und nickte. »Sicher. Und weißt du, warum? Sie ist scharf auf dich. Sie kann sich überhaupt nicht vorstellen, dass jemand anders als du der Mörder ist. Irgendwie logisch, meinst du nicht auch?«

Gespielt gleichgültig lehnte sich der Bürgermeister zurück. »Ich halte das weder für logisch noch für wahrscheinlich.« Plötzliche wilde Freude erfüllte ihn, doch er versuchte, seine Stimme flach und kühl klingen zu lassen. »Ich nehme an, dass mich noch mehr Leute für den Mörder halten. Rebecca, zum Beispiel, schaut mich seit drei Tagen so scheel an, dass ich mich langsam frage, wann sie mich endlich bei deiner Kommissarin verpetzt.«

Klara kniff die Augen zusammen und tat einige heftige Pinselstriche. »Das tut sie, weil sie sich gerne Schauergeschichten ausdenkt. Aber Bettina Boll ist ernsthaft hinter dir her, und sie wird dich einbuchten, mein Lieber. So oder so.« Ihr Lachen war ärgerlich aufreizend.

Marquardts Gesicht wurde nachdenklich. »Glaubst du auch, dass ich es war, Klara?«, fragte er schließlich im Plauderton.

Die Künstlerin sah in Marquardts dunkle Augen und hatte nur einen Wunsch: Das, was sie sah, malen zu können. Sie antwortete nicht; führte den Pinsel schnell und verbissen.

»Klara!« Gleich würde er aufstehen. Sie sah es und arbeitete weiter, pinselte, bis er ganz nahe herangekommen war.

»Du glaubst, dass du einen Mörder malst«, sagte Marquardt traurig über ihre Schulter hinweg. »Du glaubst, dass ich der Mörder bin.« Klara setzte unerschrocken letzte Farbtupfer, bis Marquardt die Nerven verlor und sie an der Schulter herumriss. »Antworte mir!«, herrschte er sie an.

Er sah in ein Gesicht ohne Angst. Klaras veränderliche Augen glühten im tiefsten Türkis. Sie lachte laut auf. »Du bist so dumm, Max«, stellte sie fest und lachte wieder. »Ich *weiß*, dass du nicht der Mörder bist. Du Armer, du hast die ganze Zeit geschlafen, oder?« Ihr Lachen klang irre.

Vom Gang draußen klangen leichte Schritte.

»Siehst du, da kommt die tapfere Rebecca mit dem Kaffee.«

* * *

»Was haben sie getan, verdammt noch mal?! Wo sind sie hingegangen?!« Mühsam versuchte Bettina sich zu beherrschen. Der Dienst habende Polizist, bei dem sich Schuster und Schumacher vor einer Stunde verabschiedet hatten, war ein älterer Herr, der herumkreischende Weibsbilder nicht gewöhnt war.

»Ich sage Ihnen doch, sie sind nach Kreimheim gefahren«, wiederholte er trotzig. »Mehr kann ich Ihnen nicht sagen, junge Frau, und merken Sie sich eines …«

Bettina fuhr herum, funkelte ihn grün an und knallte eine Karte vor dem Beamten auf den Tisch. »Hören Sie, wenn einer der beiden anruft, will ich *sofort* – ich sage sofort! – benachrichtigt werden. Da ist meine Nummer, alter Freund.« Sie klopfte dem Polizisten auf die Schulter. »Und hoffentlich rufen Sie mich *bald* an.« Mit diesen Worten fegte sie aus dem Raum und rannte hinunter zum Parkplatz, wo Willenbacher und die beiden »Kinder« auf dem Rücksitz warteten.

Schon von fern sah sie, wie Willenbacher in das Telefon sprach. Bettina begann zu laufen und riss Willenbachers Tür auf.

Er wedelte mit seiner freien Hand und sagte: »Schumacher? Ich gebe Ihnen die Kommissarin.« Damit reichte er Bettina das Handy.

Sie schnaufte noch vom Laufen und rief nicht gerade leise: »Schumacher! Wo sind Sie?«

Dann redete Schumacher eine Weile, und Bettina runzelte die Stirn, schüttelte ein paarmal den Kopf und sagte leise »Nein, nein! – Was?! – Also, Schumacher, das glauben

Sie doch selbst nicht. – Sie haben *was* getan? Wieso haben Sie den Bewacher vom Großen Haus abgezogen? – Ach, Sie glaubten, dass Sie mit der nicht alleine fertig werden … Okay. Warten Sie. Wir kommen. Wir sind schon da. Tun Sie bloß nichts Unüberlegtes!« Seufzend drückte sie den Knopf, der die Verbindung unterbrach. Dann lachte sie ungläubig. »Wissen Sie, wen Schuster und Schumacher gerade verhaften, Willenbacher?«

Nicht nur Willenbacher hörte gespannt zu.

»Die Apothekerin«, sagte sie. »Diese komische Marlene Eisenbeiß. Ihre Fingerabdrücke stimmen mit denen überein, die wir bei den Kropps gefunden haben.«

Hinten auf dem Rücksitz brach Marko in tiefes kehliges Gelächter aus. »Die Eisenbeiß?! – Das ist gut …« Er konnte sich nicht beruhigen.

Luzie tauchte langsam hinter dem Sitz auf, wo sie sich vergraben hatte. »Ist das wahr?«, fragte sie. »Wirklich? Die Eisenbeiß?«

Bettina musterte das Mädchen scharf. »Glaubst du das, Luzie?«

Luzie rieb sich die Stirn. Dann blickte sie auf; ihre Augen waren blau und unschuldig. »Hört sich logisch an«, antwortete sie zögernd.

Marko lachte.

* * *

»Wir setzen euch schnell ab, Leute«, hatte die Ludwigshafener Kommissarin gesagt, »und dann gehen wir und schauen, was Schuster und Schumacher machen.« Sie hatte immer wieder den Kopf geschüttelt und gesagt, dass alles dies nicht sein könnte, und Luzie hatte plötzlich ein aberwitzig leichtes Gefühl im Bauch. Vielleicht hatte sie sich doch geirrt. Vielleicht, vielleicht …

Natürlich konnte am Großen Haus niemand schnell abgesetzt werden. Der holperige Sandweg schlängelte sich wie eine Boa constrictor, und oben angekommen, hatte Willenbacher Schwierigkeiten, das Auto in Schlamm und Dunkelheit zu wenden. Und dann, als er endlich allen Stämmen des lange vernachlässigten Obstgartens ausgewichen war, tanzte dieses aufdringliche Gör von Luzie wieder vor der Kühlerhaube herum.

Der Polizist hupte und wollte vorbeifahren, doch Luzie warf sich praktisch vor das Auto, ruderte aufgeregt mit den Armen, erwischte schließlich den Griff der Beifahrertür und riss sie auf.

»Sie sind alle tot, tot, tot«, heulte sie. »Oh Gott, ich will sterben …«

* * *

Düster und drohend schien das Große Haus endlich sein wahres tödliches Gesicht zu offenbaren. Unter kaltem Regen geduckt, rannten die drei kleinen Menschen auf die im Wind hin und her schlagende Hintertür zu. Im Inneren des Hauses heulte schauerlich der Hund.

Bettina hielt die zitternde Luzie fest an der Hand, während sie im Laufen versuchte zu erfahren, was passiert war. Doch Luzie wimmerte nur und stolperte ständig, so dass Bettina Mühe hatte, sie mit sich zu ziehen. An der Hintertür weigerte sich das Mädchen weiterzugehen. Sie schrie, schlug um sich und trat mit ihren dicken Stiefeln alles, was sie erreichen konnte.

Willenbacher erwies sich als krisenfest. Er zog seine bunte Jacke aus, hängte sie – trotz heftigem Widerstand – um Luzies Schultern und begann, das Mädchen kräftig zu rubbeln. Dabei sprach er beruhigend auf sie ein.

»Geben Sie mir das Handy«, forderte er die Kommissarin

auf, die bereits in der Tür stand. »Ich bleibe hier bei ihr und rufe einen Krankenwagen.«

Da das Licht im Treppenaufgang nicht ausreichte, um die gesamte Stiege aufzuhellen, gab es überall dunkle Ecken, wo sich alles Mögliche verstecken konnte, und so bemerkte Bettina den Schuh erst, als sie darüber fiel.

Fluchend richtete sie sich auf und rieb sich ihr Knie, das sie schmerzhaft an einer Stufe angeschlagen hatte. Der Schuh war eine Gesundheitssandale mit Blümchenmuster. Wahrscheinlich gehörte sie Rebecca. Nach kurzem Zögern rannte Bettina weiter. Sie nahm jetzt zwei Stufen auf einmal, erreichte das erste Stockwerk und sah sich um.

In dem Gang, der zur Küche führte, brannte trübes Licht, der Hund heulte lauter, und sie konnte Markos Stimme hören. Eilig folgte sie dem Licht und der Stimme.

»Wach doch auf! He! Rebecca! Becca …!« Verzweifelt beugte sich der große junge Mann über Rebecca, die wie drapiert auf einem Stuhl hing, und versuchte vergebens, ein Lebenszeichen zu entdecken. Stinkes heulte und leckte abwechselnd beiden die Hand.

Im kalten Licht der Küche sah er schmutzig und ungepflegt aus. Rebeccas Gesicht zeigte eine unnatürliche Blässe.

Rasch untersuchte Bettina die Ohnmächtige. »Sie braucht dringend einen Krankenwagen. Haben Sie sie so gefunden?«

Marko nickte.

»Okay. Gehen Sie runter zu Willenbacher und sagen Sie ihm, was hier los ist. Er wird Notärzte und die Kollegen aus Neustadt anfordern. Wo ist Ihr Onkel Max?« Es war erstaunlich, wie klar und ruhig sie sprechen konnte.

»In der Bibliothek.« Markos Stimme dagegen klang piepsig. Der Schreck hatte sein Gesicht blank gefegt. Er wirkte wie ein sehr kleiner Junge, der zufällig in einen großen Körper geraten war. »Mit Klara.«

»Ist – sind die beiden auch bewusstlos?«

Marko nickte. »Ich dachte, sie sind tot«, antwortete er und wies auf Rebecca. »Wird sie sterben?«

»Kann ich nicht sagen, Marko.« Bettina warf einen kurzen Blick auf Rebeccas Kleidung. Sie hatte ihre Blümchenhose an, ein oranges Sweatshirt und orangene Strümpfe. An ihrem rechten Fuß steckte die andere Gesundheitssandale.

Bettina fand die Bibliothek auf Anhieb, was die Theorie bestätigte, dass man in Notsituationen über sich hinauswächst.

Der erste Blick zeigte nichts Beunruhigendes. Als einzige Lichtquelle warf das Feuer einen weichen Schein auf seine nähere Umgebung. In der Mitte des hohen Raumes erhob sich dunkel Klaras Staffelei, und der Bürgermeister schien in seinem Sessel am Feuer ein kleines Schläfchen zu halten. Der merkwürdig verbrannte Geruch fiel nicht sofort auf. Einzig wirklich anomal war Klara Sorrel, zusammengesunken vor ihrer Staffelei wie ein nasser Sack, den Pinsel noch in der schlaffen Hand.

Ungeduldig suchte Bettina nach dem Lichtschalter. Da sie ihn nicht gleich fand, schaltete sie alle Standleuchten an, derer sie in der Eile habhaft werden konnte. Dann untersuchte sie Marquardt. Sein Gesicht wirkte im zuckenden Licht der Flammen wach, obwohl die Lider geschlossen waren. Unlogischerweise hoffte Bettina, dass er die Augen aufschlagen und sie mit dunklem Blick ironisch ansehen würde, doch natürlich tat er nichts dergleichen. Sein Atem ging flach, das Herz schlug sehr langsam, und neben ihm auf einem zierlichen Beistelltischchen standen, fein säuberlich nebeneinander, ein kleines braunes Medikamentenfläschchen und eine halb volle Kaffeetasse.

Als Bettina seinen ungewöhnlich verdrehten Arm anfasste, sah sie die Spritze. Sie war leer, zugedrückt, stak in Marquardts rechter Armbeuge und gab ihm das Aussehen eines Junkies, der sich für den Anfang zu viel Stoff zugemutet hat.

Die Künstlerin stöhnte leise.

Zuerst erschrak Bettina, doch dann war sie mit wenigen Schritten bei ihr. Ein weiteres Stöhnen. Womöglich war sie noch bei Bewusstsein! Fieberhaft wälzte Bettina den zusammengekrümmten Körper auf den Rücken. Klaras Züge wirkten im trüben Lichtschein wie der faltige Kopf eines Äffchens. Wieder stöhnte sie. Es klang krächzend.

»Klara!« Bettina schüttelte die Frau, schlug ihr nach kurzer Überlegung ins Gesicht. »Klara! Wach auf!«

Klara wachte auf.

Unendlich langsam öffnete sie die Augen, während Bettina sie schüttelte und anschrie. »Klara? Wer war das?!«

Die Künstlerin begann schneller zu atmen, hauchte etwas Rätselhaftes.

»Was?!«

»Ich«, sagte Klara so leise, dass Bettina das Ohr an ihren Mund pressen musste, um etwas zu verstehen.

» … nicht.«

Fluchend schüttelte sie Klara erneut. Es war unmöglich, mehr herauszubekommen. Die Malerin hatte sich total verausgabt. Ihre Augen schlossen sich, und sie sank in den Dämmerzustand zurück, aus dem sie kurzfristig geholt worden war.

Die Kommissarin kniete noch neben dem reglosen Körper, als Willenbacher hineinkam. »Die Kollegen sind in zehn Minuten da«, rief er laut. »Wie geht es Marquardt? – Irgendwie riecht es hier verbrannt.«

»Wir brauchen mehr Licht«, befahl die Bolle, während sie aufstand, und tatsächlich fand er den richtigen Schalter. Die Deckenbeleuchtung flammte auf.

»Sie leben alle noch.«

Offenbar hatte die Bolle gerade etwas Interessantes im Kamin entdeckt, denn sie stocherte eifrig in den Flammen herum. Er sah sich um und pfiff plötzlich durch die Zähne. »Hey, Chefin, haben Sie das schon gesehen? – Da hat jemand auf Klaras Bild rumgemalt.«

»Was denn?«

»Mörder. Da hat jemand ›Mörder‹ draufgeschmiert.«

»Bitte?!« Willenbachers Vorgesetzte ließ das Feuer im Stich und trat zu ihm vor die Staffelei. In krakeliger roter Schrift war M Ö R D E R über Marquardts Porträt geschrieben. Diesen sechs Buchstaben folgte ein undeutliches Geschmiere.

»Und sehen Sie sich nur das Bild an.«

Die Figur auf dem Gemälde war nur noch ein Schemen, der durch Haltung und wenige markante Züge als Max Marquardt zu erkennen war. Seit sie das Bild zuletzt gesehen hatten, schien er sich noch tiefer in den Hintergrund verzogen zu haben. Sogar bei Bettina, deren Fantasie kaum von Bildern angeregt wurde, löste das Werk ein undefinierbares Gefühl der Beklemmung aus. Da die Übergänge zwischen der gemalten Figur und ihrer Umgebung fließend waren, schien es unmöglich, den Ursprung des Unbehagens einer bestimmten Stelle zuzuordnen.

»*Sie* hat das nicht auf das Bild geschrieben«, sagte Willenbacher überzeugt. »Nicht auf *dieses* Bild.« Er zog seine Augenbrauen zusammen, trat einen Schritt zurück. »Da braucht man nicht mehr ›Mörder‹ draufzuschreiben.«

Mit halb geschlossenen Augen musterte Bettina das Gemälde. Auch sie glaubte nicht, dass Klara dieses Wort geschrieben hatte, doch aus völlig anderen Gründen. Jetzt, nachdem sie in den Kamin gesehen hatte, fühlte sie ein wahnwitziges Kribbeln in ihrem Körper. Sie würde den Mörder überführen können, wenn sie nur schnell genug war …

»Wer hat es denn Ihrer Meinung nach geschrieben?«, fragte sie den Obermeister mit einer Ruhe, die sie selbst erstaunte.

Achselzuckend sah Willenbacher zu dem Bürgermeister hinüber, der mit der Spritze im Arm den Prototypen eines Selbstmörders abgab. »Er scheint es gewesen zu sein. Er hat die beiden Frauen abgemurkst und wollte sich dann selbst umbringen. Wahrscheinlich war er doch das pädophile Arschloch, das diese Fotos gemacht hat.«

»Hoffentlich werden die drei überleben«, murmelte Bettina statt einer Antwort.

Willenbacher trat neben den leblosen Mann und nahm das Arzneifläschchen mit spitzen Fingern hoch. »Morphium.« Fatalistisch schüttelte er den Kopf. »Er hat sie vergiftet.«

»Willenbacher, sehen Sie sich doch mal kurz um. Fällt Ihnen etwas auf?«

Der Kollege tat, wie ihm geheißen. Er runzelte die Stirn und sah sehr angestrengt aus. »Es riecht komisch. Nach verbranntem Öl.«

»Gut. Was noch?«

Willenbacher versuchte es erneut und schüttelte dann den Kopf.

»Schauen Sie sich mal Klaras Schuhsohlen an, Willenbacher.«

Er tat es. »Da ist Farbe dran.«

»Was für Farbe?«

»Ölfarbe.« Er runzelte die Stirn. »Sie ist noch feucht.«

»Was muss also passiert sein?«

»Sie muss in Ölfarbe getreten sein.« Er sah auf, blickte erst Bettina und dann den Boden an. Dieser war von Packpapierlagen bedeckt. Von *sauberen* Packpapierlagen.

»Irgendjemand hat die oberste Papierschicht entfernt«, rief er aufgeregt. »Aber – aber dann …«

Bettina war zum Bürgermeister getreten und drehte seine Fußsohlen nach oben.

»Sauber …!«

»Und schauen Sie sich das an.« Sie hielt dem Kollegen einen angebrannten Papierfetzen unter die Nase. »Jemand hat das Packpapier verbrannt.«

Willenbacher blickte nachdenklich. »Aber wieso?«

Bettina sah auf ihre Uhr. »Hören Sie zu, Willenbacher, was hier passiert ist, kann noch nicht lange her sein. Als ich hereinkam, war Klara noch bei Bewusstsein. Wir müssen uns beeilen. Möglicherweise haben wir Glück und finden jetzt gleich den schlagenden Beweis. Dann können wir den Mörder überführen, auch wenn die drei hier«, sie zögerte, »nicht überleben sollten.«

Willenbacher nickte. Bettina schilderte ihm kurz ihre Vermutungen, ging aber auf keine Zwischenfragen ein. Dann klopfte sie ihrem Obermeister auf die Schulter. »Sie bleiben hier und warten auf die Krankenwagen. Und kommen nach, so bald Sie können.«

»Da können Sie ganz sicher sein!«

* * *

In der Kirche hielt Pfarrer Siebenlist den Palmsonntagsgottesdienst.

Er war einer der wenigen Hirten, die das Fernbleiben seiner Schäfchen an hohen Feiertagen wie zum Beispiel Gründonnerstag oder Karfreitag mit Milde betrachteten. Andererseits hielt er die Evangelien der Karwoche für so wichtig, dass er seit einiger Zeit einen kleinen Trick anwandte. Dieser bestand darin, die entscheidenden Teile der Leidensgeschichte ganz einfach schon am Palmsonntag zu verlesen; eine Maßnahme, gegen die eifrige Kirchgänger wie Maria Linné Sturm liefen. Freilich konnten sie nicht viel ausrichten, und so kam es, dass Maria Linné und noch einige andere mit indignierten Mienen den Worten ihres heute nicht ganz so wertgeschätzten Pfarrers lauschten:

»Und er betete in seiner Angst noch inständiger, und sein Schweiß war wie Blut, das auf die Erde tropfte.«

Mit Mühe hatte Bettina das schwere Portal der Kirche aufgedrückt. Das Öffnen hatte Lärm verursacht, und nun wandten sich entrüstete Gesichter der Polizistin zu, die im Mittelgang des Kirchenschiffs stand. Doch gegen öffentliche Missbilligung war Bettina momentan immun. Die Unruhe, die in ihrem Bauch schwelte, ließ ihr keinen Raum, sich darüber Gedanken zu machen. Konzentriert ließ sie ihre Augen über die Gemeinde wandern. Es hatte Zeit gekostet herauszufinden, dass die gesuchte Person im Gottesdienst sein könnte. Hoffentlich war sie wirklich da.

»Nach dem Gebet stand er auf, ging zu den Jüngern zurück und fand sie schlafend; denn sie waren vor Kummer erschöpft.«

Die erste Reihe zierte, wie sollte es anders sein, die Familie Linné. Tochter Liliane konnte sich einen neugierigen Blick rückwärts nicht verkneifen, doch Maria und Norbert Linné verharrten in stiller Andacht neben ihrem Glaubensgenossen Kurt Meier.

»Da sagte er zu ihnen: Wie könnt ihr schlafen? Steht auf und betet, damit ihr nicht in Versuchung geratet.«

Bettina beobachtete, wie Liliane etwas zu ihrer Mutter sagte, diese sich dann umdrehte und die Kommissarin mit festem, misstrauischem Blick musterte. Wahrscheinlich glaubte sie, dass Bettina vorhatte, den Gottesdienst zu stören.

Und so war es. Während der Pfarrer mit wohltönender Stimme weiterlas, begann Bettina langsam den Mittelgang nach vorne zu schreiten. Sie wusste, dass sie unverzeihlich und außerdem riskant handelte.

Aber riskanter und unverzeihlicher war, es nicht zu tun.

»Er näherte sich Jesus, um ihn zu küssen. Jesus aber sagte zu ihm: Judas, mit einem Kuss verrätst du den Menschensohn.«

Sie suchte ein Paar Schuhe. Sorgfältig schaute sie nach rechts und nach links, musterte jeden Kirchgänger; sah Hansi mit derben, sorgfältig geputzen Schnürstiefeln, Hohenadel und seine Tochter, die sehr elegante, italienische Schuhe trug, und Marlies Vandermeer in weniger eleganten, aber dafür umso unbequemer aussehenden Pumps.

»Und einer von ihnen schlug auf den Diener des Hohepriesters ein und hieb ihm das rechte Ohr ab.«

Niemand trug Schuhe mit Farbspuren.

Je weiter Bettina nach vorne kam, desto mehr Leute starrten sie an und begannen miteinander zu tuscheln.

»Tag für Tag war ich bei euch im Tempel, und ihr habt nicht gewagt, gegen mich vorzugehen. Aber das ist eure Stunde, jetzt hat die Finsternis die Macht.«

Als sie bis zu der Bank gelangt war, in der die Linnés und Kurt Meier gemeinschaftlich beteten, hielt der Pfarrer mit seiner Lesung inne und runzelte die Stirn.

Das Getuschel in der Kirche hatte Theaterlautstärke erreicht. Die Blicke aus den vordersten Reihen waren die bösesten. Endlich fühlte sich Maria Linné moralisch verpflichtet, die Meinung der Gemeinde in Worte zu kleiden. Widerwillig rückte sie ein Stück, um der pietätlosen Kommissarin Platz in der Bankreihe zu machen, und flüsterte hörbar: »Dies ist ein Gottesdienst. Setzen Sie sich, Sie stören die Andacht.«

Bettina blieb stehen. Sie war nicht sicher, was sie jetzt tun sollte. Warten, bis die Messe aus war? Das war wohl das Beste. Sie trat einen Schritt vor, und dann sah sie es.

Ein winziger, roter Farbklecks, kaum auffällig – aber da war er. Sie hatte ihn gefunden.

»Sie haben Ölfarbe am Schuh«, sagte sie, und es kam ihr vor, als ob die Worte nicht aus ihrem Mund, sondern von irgendwo außerhalb kämen, von unten vielleicht, laut und kratzig und fremd.

Maria Linné schnaubte verächtlich und wandte ihr Gesicht dem Altar zu.

»Und wo ist Ihr Mantel?«

Tatsächlich trug Maria Linné weder Jacke noch Mantel.

Der Pfarrer räusperte sich vernehmlich.

Kurt Meier, der Handlungsbedarf erkannt hatte, kämpfte sich zum Mittelgang durch. Grob packte er Bettina am Arm. »Die Schuhe der Leute können Sie sich ein anderes Mal ansehen.«

Beifälliges Gemurmel schwoll an, und Pfarrer Siebenlist suchte mit seinem Finger die Stelle, an der er aufgehört hatte zu lesen. Meiers Griff war hart und fast lustvoll gewalttätig, doch er hatte nicht mit Widerstand gerechnet. Bettina konnte sich mit einer kurzen Bewegung befreien.

»Frau Linné, Sie haben soeben versucht, Ihren Bruder Max umzubringen.«

Nun war es in der Kirche so still, als hätte Gott persönlich den Ton ausgedreht.

Maria Linné war wie vom Donner gerührt.

Die Gemeinde schwieg.

»Maria Linné, Sie sind gerade im Großen Haus gewesen, wo Sie versuchten, Ihren Bruder, Klara Sorrel und Rebecca

Clapeyron mittels Morphium zu vergiften. Zudem stehen Sie unter dringendem Mordverdacht in den Fällen Margit und Eddie Kropp …«

Kurt Meier, der Schuldirektor, sah vor Unglauben beinahe schwachsinnig aus. Sein Mund stand halb offen.

Dr. Linné hingegen drängte sich entschlossen vor seine Frau. Ungeachtet des heiligen Ortes rief er: »Was für ein gottverdammter Blödsinn! Maria war den ganzen Tag zu Hause und ist eben mit uns zusammen zur Kirche gefahren. – Gehen Sie jetzt!«

Es setzte befreites und lautes Gemurmel ein.

Bettina dachte kurz nach. »Ich denke, dass Ihre Frau nicht wirklich mit Ihnen zur Kirche gefahren ist«, sagte sie dann langsam. »Vielleicht hatte sie etwas vergessen und musste rasch noch mal zurück nach Hause?«

Der Arzt starrte sie an. Sein Gesicht wurde rot und hart, seine Stimme grob. »Das muss ich mir in unserer *Kirche* nicht gefallen lassen!« Anklagend sah er sich um, und nun wusste die Gemeinde endgültig nicht mehr, woran sie war. Stimmen wurden laut; alle Aufmerksamkeit konzentrierte sich auf Bettina und die Linnés. Ein paar Kreimheimer, die ungünstig saßen, standen auf, um mehr mitzubekommen. Es war unmöglich zu sagen, was passieren würde, wer als Sieger aus diesem ungewöhnlichen Wettkampf hervorgehen würde.

»Es tut mir Leid«, sagte Bettina verbindlich. »Aber ich muss Maria Linné mitnehmen. – Sie sind verhaftet.« Um die Verdächtige überhaupt zu erreichen, musste sie sich an dem herausfordernd blickenden Gemahl vorbeibeugen. Maria Linné selbst sah in die Luft und zeigte keinerlei Regung.

Was nun?

»Sie haben die Wahl«, sagte Bettina schließlich, mehr zur feindselig blickenden Gemeinde denn zu der unbewegten

Frau. »Entweder Sie kommen gleich mit, oder ich muss die Kollegen zu Hilfe holen. Das wäre dann Widerstand gegen die Staatsgewalt.«

Diese Worte aus dem Mund einer ortsfremden, jungen und unmöglich angezogenen Frau lösten mehr Empörung aus als die Behauptung, dass Maria Linné eine Mörderin sei. Kurt Meier sog hörbar Luft ein.

»Ihr kennt alle Maria«, erregte sich Dr. Linné. »Das dreiste Zeug, was diese – diese *Person* von sich gibt, brauchen wir uns nicht anzuhören!« Mit fiebrigem Blick sah er sich in der Gemeinde um. »Wieso schmeißen wir sie nicht raus? Das ist immer noch ein Gotteshaus …!«

Der Pfarrer stand hinter seiner Kanzel und beobachtete mit zusammengezogenen Brauen das Geschehen. Von ihm schien keine Hilfe zu erwarten zu sein, und deshalb begann der Arzt, die Leute namentlich aufzurufen. Er sah jedem gerade ins Gesicht.

Irgendwie war es befreiend, dass endlich etwas passierte. In eine Bankreihe kam langsam Bewegung, auch die letzten Sitzengebliebenen standen nach und nach auf. Dr. Linné hörte nicht auf, mit seiner autoritären Stimme Namen zu nennen, rief bis in die hintersten Bankreihen.

Alle Genannten standen auf.

Dann strebten ein paar Leute zum Mittelgang. Andere taten es ihnen nach, bis sich schließlich eine Menge gebildet hatte, Männer und Frauen, welche die Kommissarin schweigend anstarrten. Im Grunde entwickelte es sich automatisch: Die vorne Stehenden wurden von den Nachrückenden vorgedrängt, und so schoben sich die Menschen immer näher an sie heran, bis schließlich Kurt Meier ihren Arm streifte.

Das löste größere Entschlossenheit in ihm aus. Keine Sekunde später hatte er Bettinas Arm wieder fest gepackt; sogleich taten einige Männer es ihm nach. In stillem Einvernehmen wusste man, was zu tun war.

Später sollte Bettina noch häufig über diesen erschreckenden Moment nachdenken. Sie würde ungern darüber reden oder zugeben, dass ihr kaum jemals kälter gewesen war als in diesem Augenblick, da sie von schweigenden Menschen aus deren Gotteshaus getragen wurde. Diese bedrohliche Ruhe, diese vollkommene, feindliche Übereinstimmung …

Und sie würde keine Erklärung dafür haben, weshalb sie sich kein bisschen gewehrt hatte, weshalb sie nicht gerufen oder um sich geschlagen oder gar von ihrer Dienstwaffe Gebrauch gemacht hatte. Eine rätselhaft zwingende Starre hatte von ihr Besitz ergriffen.

Die Männer trugen sie bis zu der Pforte, die als Haupteingang diente, in feierlichem Zug, mit unbewegten Gesichtern.

Dann öffnete sich die Pforte von allein; wie durch Zauberhand schwang sie nach außen auf, obwohl keiner auch nur eine Hand an die Klinke gelegt hatte. Niemand wunderte sich. Es war plötzlich selbstverständlich, dass die Tür von sich aus aufgehen würde, als spiele das ganze Gebäude mit. Als habe es sich ebenfalls gegen den Eindringling empört.

»Es war wirklich ein Wunder«, sollte Bettina später noch hundertmal sagen, »ein Wunder, dass Sie genau in *dem* Augenblick die Pforte öffneten, Willenbacher.«

Der Zauber zerbrach mit einem hörbaren Knall, ein Geräusch, das von einer auf den harten Steinfußboden aufschlagenden jungen Kommissarin verursacht wurde.

Willenbacher war so verblüfft, dass er wie all seine Helden aus den Western und Krimis reagierte. Er zog seine Dienstpistole und rief: »Hände hoch!«

Es entstand ein Tumult. Willenbacher blickte verwirrt und trotzig, bereit, seine Chefin notfalls freizuschießen.

In der Zwischenzeit versuchte Dr. Linné, seine Frau rasch und unbemerkt durch die Sakristei hinauszubringen. Die einzige Schwierigkeit bei dieser Unternehmung war der Pfarrer, der die Tür zur Sakristei versperrte.

»Lassen Sie uns durch«, herrschte Dr. Linné, doch Pfarrer Siebenlist blieb ungerührt.

»Haben Sie das alles getan, was sie Ihnen vorwirft, Maria?«, fragte er.

»Natürlich nicht«, schrie Dr. Linné.

Maria Linné sah kurz auf.

Pfarrer Siebenlist war nicht sonderlich erschüttert. Bedauernd schüttelte er den Kopf und hielt den Arm wie eine Schranke in den Türrahmen. »Das tut mir sehr Leid, Maria«, sagte er ernst.

Dann waren Kommissarin Boll und Obermeister Willenbacher da.

13

Böse Zungen behaupteten von Hauptkommissar Härting, seine gesamte kriminalistische Begabung bestünde in dem Geschick, instinktiv den Zeitpunkt zu erspüren, an dem er in eine Untersuchung eingreifen musste, um mit möglichst wenig Arbeitseinsatz die meisten Lorbeeren zu kassieren.

Dieses Gerücht mochte wahr sein oder nicht, jedenfalls saß der Hauptkommissar seit der Nachricht vom Doppelmord an den Kropps zu Hause in Ludwigshafen auf glühenden Kohlen, und nachdem er einen ziemlich langweiligen Sonntagvormittag in seinem Schrebergarten verbracht hatte, beschloss er, sich ins Auto zu setzen, um nach Kreimheim zu fahren.

Als er einige Stunden später auf der gelb-grau gestrichenen Neustadter Wache in der Karl-Helferich-Straße Ecke Wallgasse, gegenüber des Amtes für Abfall- und Wasserwirtschaft, eintraf, wurde er von hektischen Beamten davon unterrichtet, dass Frau Kommissarin Boll sich noch am Tatort befände.

Härting ließ sich die ganze Geschichte so genau wie möglich von einem hemdsärmeligen Beamten erzählen und wollte sich eben verabschieden, um die ganze Sache in seine erfahrenen Hände zu nehmen, als der Beamte »Moment!«, schrie und den Hauptkommissar zurückwinkte. »Da sind auch noch die beiden Mitarbeiter Ihrer Kommissarin, Schuster und Schumacher. Sie vernehmen gerade eine Verdächtige. Vielleicht wollen Sie erst mal mit denen reden …?«

Härtings Gesicht hellte sich auf. Ein Verhör war genau nach seinem Geschmack.

* * *

»… und das alles geht *Sie* sowieso nichts an!«

Obwohl es beinahe sieben war und die Vernehmung bereits anderthalb Stunden dauerte, saß Marlene Eisenbeiß erstaunlich aufrecht auf dem harten Holzstuhl. Ihre wogende Körperfülle wurde nur notdürftig von einem adretten Sonntagskostümchen zusammengehalten, und auf dem Tisch, hinter dem sich nicht nur Schuster und Schumacher, sondern auch Hauptkommissar Härting niedergelassen hatten, thronte ihr zum Kostüm passendes, unsägliches kleines Hütchen, ein neckisches Ding aus Filz, einer Feder und etwas Tüll.

»Es ist bewiesen, dass Sie es waren, die in das Haus der Kropps eingebrochen sind«, erklärte Schuster erschöpft. »Noch am gleichen Tag, als der Mord entdeckt wurde!«

»Für mich ist die Sache klar«, resümierte Obermeister Schumacher zum wiederholten Male und hob seinen Kopf, den er zuvor in beide Hände gestützt hatte. »Sie wollten Beweismaterial vernichten.«

Hauptkommissar Härting, soeben erst eingetroffen, hatte sich in einem kurzen Gespräch mit den beiden Beamten und einem etwas wirren Telefonat mit dem kleinen Willenbacher über die Sachverhalte informiert. Seine persönliche Erfahrung sagte ihm, dass diese fette Apothekerin sich äußerst bedenklich benahm – sie war frech und angriffslustig, wie die meisten Mörder, die er kennen gelernt hatte –, doch die verworrenen Berichte über Verletzte und eine Verhaftung in Kreimheim ließen ihn Zurückhaltung bewahren.

Die Verdächtige hatte ihrerseits für die müden Beamten nur verächtliche Blicke übrig. »Ich habe mir nur geholt, was diese unverschämte Kropp mir gestohlen hat«, erklärte sie gemessen. »Wenn Sie das ein Verbrechen nennen, dann bitte …« Sie hob die Achseln. »Aber ich muss schon sagen, dass Sie seltsame Rechtsbegriffe haben, meine Herren. Na, das ist man ja gewohnt von der Polizei …«

Schumacher, der etwas mehr Temperament als sein Kollege besaß, donnerte mit der Faust auf den Tisch. »Werden Sie bloß nicht frech hier!«

Marlene Eisenbeiß war nicht im Geringsten beeindruckt. Sie hob eine Augenbraue und machte damit klar, dass sie andere Umgangsformen gewohnt war.

»Was war das, was Sie sich geholt haben?«, fragte Härting, der bisher noch nicht eingegriffen hatte. In seiner sanften Stimme klang diese gewisse Härte durch, die die Frauen zum Sprechen brachte.

Die Apothekerin musterte Härtings biederen Anzug, seinen schmutzgrauen Schnauzer. Er hatte sich bisher so unauffällig verhalten, dass sie überrascht war, ihn reden zu hören. »Wer sind Sie überhaupt?«, fragte sie hochnäsig.

»Hauptkommissar Härting.« Er ließ sich den Hauptkommissar auf der Zunge zergehen.

Eisenbeiß runzelte die Stirn. »Sehen Sie«, sagte sie, tatsächlich etwas ruhiger, »ich habe ja längst zugegeben, dass ich bei den Kropps gewesen bin, um mir mein Eigentum wiederzuholen – den Ausdruck ›Einbruch‹ halte ich allerdings für sehr übertrieben. Jedenfalls habe ich aber mit den Morden nichts zu tun.«

»Sie haben also gefunden, was Sie suchten«, sagte Härting.

»Ja, aber darum geht es doch nicht! Ihre Beamten sind einfach unfähig, den Täter zu fassen …!« Sie bebte.

»Was war es, das Sie bei den Kropps mitgenommen haben?« In Härtings Tonfall war schmeichelnde Neugier.

Marlene Eisenbeiß verschränkte die Arme vor der Brust und schwieg.

»Hm!« Härting schüttelte mitleidig den Kopf.

Der energische Schumacher mischte sich wieder ein. »Sie ist Apothekerin«, erklärte er. »Sie kennt sich mit Giften gut aus. – Die Frage ist nur, *weshalb* sie all diese Leute vergiftet hat.«

»Das Motiv«, sagte Härting und betrachtete Marlene Eisenbeiß nachdenklich.

Diese nickte mit vor Aufregung rotem Gesicht. »Genau! Das Motiv! Das ich nicht habe!« Die Knöpfe an Marlene Eisenbeiß' Kostüm hatten die Grenze der Belastbarkeit erreicht. Noch ein tiefer Atemzug mehr, und alles würde detonieren.

»Aber das Motiv fehlt doch gar nicht«, stellte Härting mit aufreizender Bedächtigkeit fest. »Es ist doch ganz klar, dass das Motiv dieses Ding ist, das sie bei den Kropps gestohlen hat!«

Marlene Eisenbeiß' Ruh war endgültig hin. Mit mühsamer Würde erhob sie sich. Ihr Gesicht zeigte weiße Flecken auf rotem Grund, und ihre linke Hand knöpfte ungeduldig die Kostümjacke auf, unter der eine zarte Bluse nun ganz allein dem Druck standhalten musste.

»Ich will meinen Anwalt sprechen!«, schnaubte sie.

Härting setzte sein unangenehmes kleines Lächeln auf. »Ich wusste, dass Sie etwas zu verbergen haben.«

»Sie werden sich noch wundern, lieber Freund«, erklärte die Apothekerin in einem Tonfall, der jeden erfahrenen Kreimheimer veranlasst hätte, sofort das Weite zu suchen, *»wie viel* ich zu verbergen habe.«

Triumphierend lehnte Härting sich zurück. »Sie gesteht!«

»Sie haben kein Recht, mich hier festzuhalten. Dass Sie es

doch tun, werden Sie bitter bereuen! Ich habe Mittel und Wege …«

»Maiglöckchen, zum Beispiel«, versetzte Schuster.

Marlene Eisenbeiß knirschte mit den Zähnen.

»Sie haben keine Chance«, erklärte Schuster zum hundertsten Mal. »Ihre Fingerabdrücke stimmen mit den bei den Kropps gefundenen überein. Sie sind dort eingebrochen, und das beweist …«

In diesem Moment wurde die Tür zu dem kargen Raum geöffnet.

»… nicht zu fassen«, sagte eine rauchige Frauenstimme aus dem Gang. »Wenn er gesagt hätte: Mauert sie ein!, dann hätten sie es *auch* getan, Willenbacher.«

Der Obermeister drückte die Tür weit auf.

Wie immer sah man Bettina den langen Arbeitstag an. Ihre herrlichen roten Haare hingen stumpf herab, und auf ihren ohnehin nicht gerade neuen Jeans prangten einige Flecken Ölfarbe.

»Guten Abend. – Frau Eisenbeiß! Was machen *Sie* denn hier?!«

Diesem Ausspruch folgte ein längeres Schweigen.

* * *

Zuerst fand Härting seine Sprache wieder. »Böllchen! Da sind Sie ja! Willenbacher!« Er betrachtete seine Schäfchen mit falscher Freundlichkeit. »Ich dachte, Sie hätten in Kreimheim, hm, eine Verhaftung vorgenommen …«

Neugierig schielte er zur Tür hinaus, als sei dort der geheimnisvolle Verdächtige angekettet.

»Ich muss sagen, dass wir hier mit Frau, hm, Eisenbeiß gute Fortschritte machen …«

»Apropos Fortschritte«, mischte Marlene Eisenbeiß sich ein. »Ich habe alles gesagt und würde jetzt gerne gehen.«

Willenbacher begann zu grinsen. Bettina rieb sich die Stirn.

»Man hat Ihre Fingerabdrücke am Tatort bei den Kropps gefunden«, sagte sie, während sie sich aus ihrer nassen Jacke schälte und in den Hosentaschen nach Zigaretten suchte. »Ist das wahr, Schuster?«

Dieser nickte.

Stirnrunzelnd beobachtete Härting, wie sich seine Untergebene eine Zigarette anzündete. In diesen Räumen war Rauchen streng untersagt. »Böllchen, so weit sind wir längst«, bemerkte er. »Wir haben festgestellt, dass Frau Eisenbeiß sowohl Motiv als auch mehr als genügend Hintergrundwissen besaß, um die Tat zu begehen …«

Bettina inhalierte tief. »Eigentlich haben wir keinen Grund, sie hier zu behalten«, sagte sie langsam.

»Endlich mal jemand Vernünftiges in diesem Laden hier.« Triumphierend trat die dicke Frau einen Schritt vor, so dass Härting ausweichen musste.

Er war persönlich getroffen. »Aber Böllchen, diese Entscheidung ist nicht gerade klug«, rief er mit dem scheinheiligen Erstaunen, das er gern als Druckmittel benutzte. »Die Fingerabdrücke dieser Frau hier …«

»… stimmen mit denen bei den Kropps überein, ich weiß. Und Frau Eisenbeiß wäre mehr als verdächtig, wenn …«

»Ja?«

Bettina zog an der Zigarette. »Wenn wir nicht soeben die Mörderin verhaftet hätten. Sie befindet sich im Zellentrakt.«

* * *

Eisenbeiß' Tag war gerettet. Sie wuchs auf der Stelle um zehn Zentimeter, zog ihre Kostümjacke stramm, nahm Mantel und Regenschirm und stöckelte an Härting vorbei zur Tür hinaus.

Dann fiel ihr etwas sehr Wichtiges auf, was sie veranlasste, sich wieder umzudrehen und ein paar Schritte zurückzukommen. »Eine Mörder*in*?«

Bettina blickte dem Rauch ihrer Zigarette hinterher. »Was haben Sie bei den Kropps gesucht?«

Marlene Eisenbeiß schnaubte, wandte sich zum Gehen, überlegte es sich dann anders und drehte sich wieder um. »Einen Brief«, antwortete sie erbittert.

»Von wem?«

»Von mir, also …«

»An wen?«

»Also, das geht Sie jetzt nun wirklich nichts an!«

»Martin Marquardt?«

»Nein, und …«

»Haben Sie ihn noch?«

»Ja.«

»Haben Sie außer diesem Brief noch andere Sachen mitgenommen? Andere Briefe?«

Eisenbeiß wurde rot. »Ja«, gestand sie. »Aber nicht absichtlich! – Ich wollte schnell wegkommen, da habe ich einfach genommen, was da war …«

»Soso.« Hauptkommissar Härting war schnell wieder obenauf. »Zurückhaltung von Beweismaterial«, sagte er drohend. »Willenbacher, Sie bringen die Dame nach Hause und stellen die Sachen sicher.«

»Und *wer* ist es gewesen?«

»Hatten Sie je einen Verdacht gegen Maria Linné?«

»– Linné!«, keuchte die Eisenbeiß überrascht. »Ehrlich?! Die heilige – das kann nicht sein. Meinen Sie – vielleicht war es doch eine Lebensmittelvergiftung …? Dieser Quark schmeckt wirklich manchmal so komisch …«

»Liebe Frau Eisenbeiß, sind Sie sich darüber im Klaren, dass man möglicherweise *Sie* wegen Mordes an den Kropps verurteilt hätte?!«

»Kaum«, antwortete die Apothekerin überzeugt.

Müde ließ sich Bettina auf Marlene Eisenbeiß' Stuhl fallen und vergrub das Gesicht in den Händen.

»Kann ich jetzt endlich gehen?«

Härting wedelte mit seiner Rechten, worauf sich der kleine Willenbacher beeilte, die Frau hinauszuschaffen.

Nachdem sich die Tür geschlossen hatte, herrschte erst einmal Schweigen, bis Schumacher sich endlich räusperte und fragte: »Die Linné …? Aber wieso? Sie hatte doch gar kein Motiv …«

Bettina hob langsam den Kopf. »Wissen Sie, was *mich* interessiert?« Sie machte eine Kunstpause und betrachtete ihre glimmende Zigarette. »Diese Eisenbeiß. Weshalb waren die Fingerabdrücke von der in der Kartei? Was hat sie angestellt?«

Es war Schuster, der schließlich in den Papieren, die vor ihm auf dem Tisch lagen, zu blättern begann. Ein mattes Grinsen hellte sein Gesicht auf. »Ein wenig kurios.« Beflissen zog er einen Computerausdruck hervor. »Sie ist einmal festgenommen worden, '69 bei Studentenunruhen in Berlin. Sie war in der linken Szene aktiv …«

Bettina starrte ihren Kollegen an. »Ist das wahr?«, fragte sie.

Schuster zuckte mit den Schultern. »So sagt der Computer.«

* * *

Der neue Tag war ein Montag und begann für Bettina wie inzwischen gewohnt, also früh. Mit einem heftigen Ruck wachte sie auf, lauschte kurz auf das Glucken der Hennen vor ihrem Fenster und lüpfte das schwere Bettzeug.

Heute würde sie Maria Linné verhören. Das konnte sehr interessant werden, doch sie wusste, wie unwahrscheinlich ein Geständnis war. Da würde auch Härting mit seinen viel gepriesenen Verhörmethoden nichts ausrichten können.

Plötzlich wieder müde, sah Bettina auf ihre Uhr. Erst zwanzig vor sechs. Für acht hatte Härting in der Neustadter Polizeikantine eine Frühstücksbesprechung anberaumt.

Seine Miene war ein wenig ärgerlich geworden, als sie sich am vorigen Abend geweigert hatte, ihm die Überlegungen, die zu Maria Linnés Verhaftung geführt hatten, zu erläutern. Sie hatte Müdigkeit vorgeschützt, doch beide wussten, dass es mit Erschöpfung nichts zu tun hatte, wenn Bettina schwieg. Schließlich war allgemein bekannt, dass Härting gern die Verhöre anderer Leute führte.

»Dann erzählen Sie mir eben morgen früh alles ganz zwanglos bei einer Tasse Kaffee, Böllchen. Wenn Sie sich so richtig ausgeschlafen haben«, hatte Härting gesagt und drohend geseufzt. Klar, bei diesem Verhör, das vor Neustadter Publikum stattfand, wollte er die Trümpfe aus dem Ärmel ziehen.

Sollte er es doch versuchen. Bettina kuschelte sich tiefer in die Kuhle ihres Bettes. Härting würde ihr beim Frühstück die Würmer aus der Nase ziehen wollen, eine Aussicht, die nicht gerade Lust zum Aufstehen machte. Mit einem letzten Blick auf die Uhr schlief sie entschlossen wieder ein.

* * *

»Mein liebes Böllchen!«, sagte Härting gespielt scherzhaft. Er saß an einem der hübschen neuen Tische der Neustadter Polizeikantine und versuchte sich in väterlichem Lächeln. »Wir waren um acht Uhr verabredet! Jetzt ist es halb neun.«

»Es tut mir Leid«, entgegnete Bettina gespielt reumütig. »Ich habe verschlafen.«

»Hm.« Härtings Wohlwollen reichte nicht bis zu seinen Händen. Mit ärgerlichen Bewegungen rührte er in seiner halb vollen Kaffeetasse. Vor ihm zeigte ein Gedeck mit Resten, dass es Rühreier mit Schinken zum Frühstück gegeben hatte. »Haben Sie Willenbacher nicht mitgebracht?«

»Oh doch. Er muss nur kurz noch was erledigen.« Mit einem vergnügten Knall stellte Bettina ihren Kaffeehumpen auf dem Tisch ab. »Sind die Rühreier gut?«

Hoffnungsvoll nickte Härting. »Sie haben auch Croissants.«

»Ich esse morgens nichts«, bemerkte Bettina heiter, während sie Zucker in ihre Tasse schaufelte.

»Das sollten Sie aber«, sagte Härting säuerlich. »Regt die Geistestätigkeit an, Böllchen.«

Bettinas strahlendes Lächeln hatte zugegebenermaßen etwas Unverschämtes.

Härting beugte sich vor. »Und das könnte *Ihnen* auch nicht schaden, Böllchen.«

»Frau Boll.«

»Schon gut, schon gut.« Härting hob genervt die Hände. »Sie sind wirklich zimperlich. Ist Ihnen nie der Gedanke gekommen, dass ›Böllchen‹ einfach nur freundlich gemeint ist?«

»Nie«, sagte Bettina verwegen.

Härting betrachtete seine aufmüpfige Untergebene mit jenem traurigen Blick, der höchste Vorsicht gebot. »Also dann schießen Sie mal los«, sagte er.

Seufzend ließ Bettina den Löffel in ihre Tasse fallen.

»Ich will *alles* wissen, Böll… Frau Boll.«

Härting beugte sich so weit herüber, dass sein brauner Schlips nur knapp einem Bad im Milchkaffee entging. Wahrscheinlich trug er deswegen immer diese unbeschreiblichen braunen Krawatten, durchfuhr es Bettina kurz. Damit ein solches Unglück nicht weiter auffiel.

»Alles klar?«

Bettina nickte. »Okay. Als wir gestern Abend ins Große Haus kamen«, begann sie, den Blick gen Decke gerichtet, »fand ich es sehr bezeichnend, dass da der Schuh auf der Treppe lag.«

Härting blickte verständnislos, was Bettina nicht viel ausmachte.

»Und natürlich war dann noch der seltsame Geruch in der Bibliothek …«

»Hm!«, machte Härting etwas verwirrt.

»Dachte ich mir auch«, sagte Bettina mit ernster Miene. »Aber am auffälligsten war die Tatsache, dass Marquardts Schuhe nicht mit Farbe beschmiert waren – und auch diese Schrift, die auf Klaras Bild geschmiert wurde … Es sollte so wirken, als habe Klara das mit letzter Kraft selbst getan. Willenbacher wusste sofort, dass da etwas nicht stimmen konnte. – Da ist er übrigens.« Sie winkte dem Obermeister zu, der die glänzende Glastür zur Kantine öffnete. »Dann können wir ja gehen.«

»Gehen?«, fragte Härting misstrauisch.

»Ja, ich dachte, da wir sowieso zu spät sind, kann Willenbacher genauso gut schon mal die Verdächtige zum Vernehmungszimmer bringen und Adelfinger benachrichtigen«, erklärte Bettina freundlich. »Damit wir sofort mit dem Verhör beginnen können.«

»Aber Willenbacher hat überhaupt noch nicht gefrühstückt«, widersprach Härting, der sich sonst einen Dreck um das leibliche Wohl seiner Untergebenen scherte. »Morgen, Willenbacher. Trinken Sie erst mal eine Tasse Kaffee, junger Mann. Sie haben es sich verdient. So schnell ist schon lange kein Fall mehr gelöst worden.«

Der Polizist zog die Brauen hoch, sah Bettinas Gesichtsausdruck und lächelte dann gequält in Härtings Richtung. »Adelfinger wartet«, sagte er drängend. »Und draußen ist dieser Dr. Linné mit ein paar Leuten aus Kreimheim, die kurz davor sind, die Wache zu stürmen. – Ich hoffe sehr, dass Marquardt und die beiden Frauen die Sache überleben, denn ohne Zeugen können wir einpacken, bei der Lobby, die Maria Linné hier hat. Die Leute sind glatt imstande und holen sie uns aus dem Vernehmungsraum raus.«

Härting ließ sich nicht von Willenbachers Kaffee abbringen.

»Na gut, Sie haben Recht«, gab dieser schließlich nach. »Ich nehme mir einen mit.«

Und damit musste Härting sich zufrieden geben.

* * *

Es war der Raum, den erst gestern Marlene Eisenbeiß so triumphal verlassen hatte. Seine grellweißen Wände bezeugten, dass kürzlich frisch gestrichen worden war. Es gab mehrere Stühle und einen Tisch, ein Waschbecken an der Wand und vor dem einzigen Fenster fusselige Vorhänge aus grobem olivfarbenem Wollstoff.

Adelfinger unterhielt sich halblaut mit dem Uniformierten, der zu Maria Linnés Bewachung abgestellt war. Als die drei Ludwigshafener Kollegen in den Raum traten, erhob er sich höflich.

»Hallo. Wir sind heute die Sensation im Haus.« Ein Lächeln legte sein Gesicht in Falten. »Halb Kreimheim ist auf den Beinen, um Frau Linné der Polizeifolter zu entreißen. Ich bin schon sehr gespannt auf das Verhör.«

»Wir auch«, sagte Willenbacher.

»Andererseits scheint sie mir nicht sehr gesprächig zu sein.«

Gebeugt saß Maria Linné auf dem Stuhl, der für sie hinter den Schreibtisch gestellt worden war. Das harte Morgenlicht schien auf ihr Gesicht, dessen helle Haut wie Papier wirkte. Sie rührte sich nicht.

»Das kriegen wir schon hin«, brüstete sich Härting zuversichtlich. »Wo ist ihr Anwalt?«

»Sie will keinen«, sagte Adelfinger.

Härting zog sich geräuschvoll einen Stuhl heran und nahm gegenüber Maria Linné Platz. »Lassen Sie uns anfangen. Haben Sie genügend Kassetten mitgebracht, Willenbacher? Es wird sicher eine lange Sitzung.«

* * *

Wie Adelfinger prophezeit hatte, verlief das Verhör dann tatsächlich während des ganzen Vormittags sehr einseitig.

Maria Linné sprach keinen Ton. Sie bewegte sich kaum, sah praktisch nie auf und hätte ebenso gut überhaupt nicht da sein können.

Härting, der normalerweise dem Prinzip folgte, sich erst dann einzuschalten, wenn es spannend wurde, hatte bereits nach einer Stunde die Leitung übernommen. Doch zu seinem großen Ärger nutzte in diesem Fall nicht das kleinste gemeine Seufzen – die Verdächtige sagte einfach *nichts.*

Dann, nach einem reichlich deprimierenden Mittagessen, während dessen Härting unablässig schimpfte und es zu allem Übel auch noch Pellkartoffeln mit Schnittlauchquark gab, bekam Bettina die weitere Verantwortung für das Verhör zugeschoben. Härting räumte freiwillig seinen Platz direkt gegenüber der Verdächtigen. »Kommen Sie, Böllchen, setzen Sie sich hierher. Aug in Aug mit dem Verbrecher. Da kriegt man die besten Ergebnisse.« Sprach's und verzog sich in den Hintergrund.

Der Stuhl quietschte laut auf dem Linoleum, als Bettina sich setzte; ein schrilles Geräusch, das jeden außer Maria Linné zusammenzucken ließ.

»Die wird heute nichts mehr sagen«, vermutete Adelfinger halblaut. »Vielleicht sollten wir einen Psychologen zuziehen.«

»Böllchen wird das schon machen«, sagte darauf Härting gedehnt. »Hat sie nicht von ihrem hervorragenden Abschluss auf der Polizeiakademie erzählt …? – Also, jetzt werden wir jedenfalls gleich sehen, ob unser Ausbildungssystem *wirklich* effektiv ist.«

»Aber Sie können doch sehen, dass Frau Linné praktisch weggetreten ist«, sagte Adelfinger befremdet. »Ich glaube nicht …«

»Lassen Sie unser Böllchen doch mal versuchen«, fiel ihm Härting ins Wort. »Den Psychofritzen können wir immer noch holen.«

Tief Luft holend, drehte sich Bettina herum. »Mein Name ist *Boll!*«

»Schon gut. Fangen Sie an, Böllchen! Lassen Sie uns mal sehen, was Sie können.«

Schnell wandte sich Bettina wieder der Verdächtigen zu, um nicht irgendwie ausfällig zu werden.

Es musste einen Weg geben, dieses Schweigen zu brechen. Und wenn es nur war, um Härting für fünf Minuten mundtot zu machen. Einen Augenblick lang betrachtete Bettina den gesenkten Kopf, die fahlen Farben der Arztgattin. Es war, als würde es Maria Linné entgegen allen Naturgesetzen gelingen, sich allmählich unsichtbar zu machen.

»Okay. Frau Linné, wir sprechen jetzt von Ihrer Tochter Luzie.«

Die Frau saß starr wie eine Statue.

»Warum ist Luzie fortgelaufen, Frau Linné? Haben Sie sich mal darüber Gedanken gemacht? Nein? – Aber *ich* habe das.«

Härting hatte sich mit halb geschlossenen Augen auf seinem Stuhl zurückgelehnt; Linnés uniformierter Wächter kippelte kaum vernehmbar mit seinem Stuhl. Bettinas Stimme hatte einen harten Tonfall angenommen, von Weichheit und Rauchigkeit war nichts mehr zu hören.

»Sie haben Probleme mit Luzie, nicht wahr? Sie ist Ihnen nicht fleißig genug. Nicht standesbewusst. Hat die falschen Freunde. Zu wenig Erfolge in der Schule, zu viele eigene Ideen.«

Die Mutter wandte unwillig den Kopf.

»Sie denken, Luzie sei auf dem absteigenden Ast. Sie glauben, Ihre Tochter hätte keinen Familiensinn. Aber in Wahrheit hat gerade Luzie ihre Loyalität bewiesen. *Weil sie für Sie gelogen hat.*«

Maria Linné konnte nicht anders als aufsehen.

»Ihre Tochter Luzie hat Sie *beobachtet,* als Sie die Schüssel mit dem Quark zu den Kropps brachten. Die einzige logische Erklärung dafür war, dass Sie die Kropps umgebracht haben, Frau Linné.«

Der Blick der Verdächtigen war nun starr auf das Fensterkreuz gerichtet. Ihre Hände kneteten sich gegenseitig.

»Wir haben mehrmals mit Luzie gesprochen. Sie hat stets geleugnet, dass sie jemanden ins Haus hat kommen sehen. Zum Schluss bedrängten wir sie so, dass sie eine Aussage machen musste und erklärte, sie habe einen Mann gesehen. *Einen Mann, Frau Linné.*«

Linnés Hände fuhren mit einem Ruck auseinander, worüber sie selbst erschrak.

»Luzie ist das schwarze Schaf in Ihrer gehüteten Familie, nicht? Aber Sie beide sind sich ähnlicher, als Sie denken. Immerhin erwartet auch Luzie ein uneheliches Kind, ganz wie Sie vor dreiundzwanzig Jahren.«

Einen Moment herrschte in dem Raum absolute Stille.

Dann räusperte sich Härting, und Maria Linné hob langsam den Kopf, bis ihre blassen Augen direkt auf Bettina gerichtet waren.

»Bitte?!«

»Ich sagte, dass Luzie *schwanger* ist. So wie Sie es auch schon dreimal waren. Mit Luzie, Liliane und – *Marko.«*

Die Kollegen starrten Bettina an. Härting begann fieberhaft in einigen Akten zu blättern, während Adelfinger und Willenbacher überraschte Gesichter machten.

»Das ist nicht wahr«, hauchte die Frau, unaufhörlich den Kopf schüttelnd. »Luzie kann gar nicht schwanger sein! Sie ist viel zu jung ...« Ihre Stimme erstarb.

»Sicher, das war bei Ihnen ein wenig anders. Siebenundzwanzig waren Sie, als Sie Marko erwarteten.«

»Luzie!«, murmelte Maria Linné, ohne auf Bettinas Behauptungen einzugehen. »Ich kann es nicht glauben ... So ein böser, böser Leichtsinn ...!«

»Ja, aber *Ihnen* ging es doch genauso, Frau Linné. Damals. Ihr Bruder Martin lebte noch, und dessen Lebensstil war rasant ... er war nicht wählerisch, was Frauen betraf ... Vor allem war es ihm ziemlich egal, ob die Mädchen wollten oder nicht – nein, Sie brauchen gar nichts zu sagen, Frau Linné. Ich weiß, dass Sie diese Tatsache bestreiten.«

»Mein Bruder hatte nie das, was Sie ›Lebensstil‹ nennen«, entgegnete Maria Linné kalt. »Er wurde bewundert, weil er charmant und freundlich war. Nichts von dem, was Sie behaupten, stimmt.«

»Das Bild, das Sie sich von Ihrem Bruder Martin gemacht haben, stimmt nicht«, sagte Bettina sanft. »Sie beschreiben ihn völlig anders als jeder andere Kreimheimer. Ich habe mich sofort gefragt, was für einen Grund das haben könnte. Es ist sehr interessant, aus welchen Gründen sich jemand über seine Mitmenschen belügt.«

»Sie reden dummes, dummes Zeug.« Maria Linné fixierte den Kuli, mit dem Härting sich Notizen gemacht hatte. »Ich bin seine Schwester und kannte ihn besser als alle anderen. Martin war nicht, wie alle sagen.«

»Es gibt Leute, die bezeugen, dass Martin ein Sadist war. Sonja Hohenadel hat uns bestätigt, dass Martin Neigungen in dieser Richtung hatte. – Und Klara Sorrel war vierzehn, als sie von Ihrem Bruder und seinen Freunden brutal vergewaltigt wurde. Sie ist das Mädchen auf den Fotos, die wir gefunden haben.«

»Sie lügt«, flüsterte Maria Linné.

Bettina schüttelte den Kopf. »Mit dem Fund dieser Fotos wurde klar, dass Martin nicht nur ein harmloser Dorfcasanova war. Er war auch ein Vergewaltiger und Kinderschänder. Das macht Ihre verzerrte Darstellung teilweise verständlich, Frau Linné: Sie wussten von Martins Verbrechen und waren darauf bedacht, dass sie nicht herauskamen.«

»Das ist doch alles Unsinn«, erklärte Linné mit steinerner Miene, sah sich um, als suchte sie nach einem Gleichgesinnten, und senkte dann den Blick.

Bettina beugte sich vor. »Es ist komisch, dass Sie Ihren Bruder immer wieder verteidigen, Frau Linné. Denn schließlich hat er *auch Sie* vergewaltigt.«

Bettina sprach jetzt zu ihren Kollegen. »Das lag auf der Hand. Er war größenwahnsinnig und brutal. Er war ein Vergewaltiger. Maria Linné wusste es, aber – woher?«

Die Frau hielt sich die Hände vors Gesicht.

»Wie war das, Frau Linné, als Sie mit ihm schliefen? Hat er bei Ihnen auf den Sack überm Kopf verzichtet, weil er wusste, dass Sie ihn nicht verraten würden?!«

Schwach ließ Maria Linné die Hände in den Schoß sinken. Eine Träne lief ihre rechte Wange hinab. Bettina beugte sich zu ihr hinüber. »Ich nehme an, das Furchtbarste war, dass Sie irgendwie Spaß daran hatten«, flüsterte sie boshaft. »Vielleicht fanden Sie es ja richtig *gut?!* Haben nachts davon geträumt …?«

Maria Linné fuhr so plötzlich hoch, dass ihre Peinigerin zurückschreckte. *»Nein!«*, schrie sie.

»Ihr Bruder war damals gerade frisch verheiratet«, schlug Bettina rasch weiter in die Kerbe. »Vielleicht hat es Sie erregt, dass er gerade jetzt so wild auf Sie war …?«

In den Raum kam Bewegung. Die Polizisten rutschten unruhig auf ihren Stühlen herum; Härting räusperte sich und wischte sich die Stirn mit einem Taschentuch. »Allmächtiger, Böllchen!«

Im Gegensatz zu ihm war Adelfinger beruhigend und freundlich. Er schaffte es, dass sich die aufgebrachte Frau wieder auf den Stuhl zurücksetzte. Es entstand eine längere Pause, während der alle ihre Gedanken sammelten.

Irgendwann begann Maria Linné unvermittelt zu sprechen. »Es war nicht so, wie sie gesagt hat.« Ihre Worte schienen an jemanden gerichtet, der sich nicht im Raum befand. »Es war nicht so, dass es mir *gefiel …«* Sie senkte den Kopf tiefer. »Als er heiratete, da – da dachte ich, er würde jetzt damit aufhören …« Eine Träne tropfte auf Maria Linnés Hand, ohne dass sie es bemerkte.

»Er hat Sie schon vorher missbraucht«, half Bettina, doch eine ungeduldige Bewegung Linnés brachte sie zum Schweigen.

»Nein, nicht *mich!* Ich bin seine ältere Schwester … Angst hatte ich nie vor ihm, bis dann – ich hörte manchmal Schreie, nachts, und – nun, ich wusste nicht, dass er diese Mädchen quälte, wirklich, *wirklich* nicht!« Ihre Stimme wurde leiser. »Natürlich war mir klar, dass es Unrecht war, was er tat, aber wie sollte ich ihn davon abhalten? Er war *verführt* worden. Das Beste war, glaubte ich, es einfach zu ignorieren. Irgendwann würde er vernünftig werden … Dann heiratete er. In Amerika.« Linnés Augen flackerten auf. »Es war alles so schnell gegangen, keiner von uns hatte davon gewusst … Ich freute mich wirklich, denn …« Sie zögerte.

»… nun würden die nächtlichen Schreie aufhören«, sagte Bettina.

»Ja! Ich dachte, er würde nun endlich ruhiger, ruhiger werden und diese ganzen Abenteuer aufgeben … Dann kam Aline ins Haus, und sie war anders als die Mädchen, die er sonst hatte. Ich hielt es für besser, wenn die beiden allein leben würden. Also zog ich nach Ludwigshafen. Ich konnte meine Ausbildung genauso gut auch etwas weiter weg beginnen. Alles sollte anders werden, und dann …«

Und dann fiel Maria Linné eine weitere Träne auf die Hand. Willenbacher hielt ihr ein Tempo hin, doch sie sah es nicht.

»In den ersten Monaten ging ich viel, viel mit Aline spazieren, wenn ich Urlaub hatte oder übers Wochenende in Kreimheim war. Es war nicht leicht für sie. Ständig schwärmte sie von ihrem Leben mit Martin, aber trotzdem war sie ruhelos. Ich sagte ihr, dass sie einen Fehler begangen hatte, ihre Karriere als Pianistin aufzugeben. Sie war sehr, sehr jung und für ein Hausfrauendasein auf dem Lande völlig ungeeignet. Und schließlich war nicht gesagt, dass eine Frau wie *sie* sich ihrem Mann anpassen musste …«

Für einen Moment sah Bettina in kaltes, verwaschenes Blau, doch die Verdächtige senkte den Blick sofort wieder und schien nun ihre Fingernägel zu betrachten. »Nun, Aline verteidigte ihren Entschluss heftig, obwohl der sicherlich auf Martins Mist gewachsen war. Sie sprach von einer ›Schaffenspause‹. Dann hat sie sogar erklärt, dass Martin verzweifelt war und ihre ganze, ganze Kraft brauchte.« Maria Linné nickte in sich hinein. »Dieser Satz hat mir Angst gemacht. Ich kannte meinen Bruder. – Als ich Aline sagte, dass Martin niemals verzweifelt wäre und sie nur dazu bringen wollte, Verantwortung für seine Exzesse zu übernehmen, wurde sie natürlich böse, böse auf mich. Sie begann, meine Gesellschaft zu meiden …« Sie verfiel in unbehagliches Schweigen.

»Was passierte dann?«, fragte Bettina nach einer Weile leise.

»Dann … es war an einem Abend. Aline war früh zu Bett gegangen, und ich machte allein einen Spaziergang hinaus zu Martins Garage …« Ihre Stimme zitterte. »Ich trug einen gelben Rock, das weiß ich noch, meinen Lieblingsrock … Es war einigermaßen warm, ein später Frühlingsabend, und die Maiglöckchen blühten …« Sie verstummte.

»Sie kamen zu Martins Garage.« Bettina fühlte die alte Traurigkeit in sich aufsteigen. »Sie öffneten die Tür.«

Linné holte tief Luft, schluckte. »Da war sie – schrecklich! Alles voller Blut, Blut! Sie hatten sie gefesselt, mit einem stumpfen Küchenmesser verletzt, das Martin sonst zum Basteln an seinen Autos benutzte, weiß Gott, wofür …« Ihre Stimme drohte zu kippen; mit ruckartigen Bewegungen fuhren ihre Hände die Tischkante entlang, dennoch sprach sie weiter. »Es waren drei Männer … Sie hatten sich diese Säcke mit Löchern darin über den Kopf gestülpt, wie billige Faschingskostüme, und einer von ihnen …« Unvermittelt brach sie in Tränen aus.

Bis auf Marias Schluchzen herrschte in dem kleinen Raum Schweigen; sogar der Wächter hatte aufgehört, mit dem Stuhl zu kippeln. Das leise Surren des Kassettenrekorders wurde plötzlich sehr laut und aufdringlich.

Endlich reichte Willenbacher der Frau nochmals das Taschentuch; diesmal wurde es angenommen. Sie putzte sich rasch die Nase und wischte ihre Augen ab. »Einer von ihnen stand da mit – mit offener Hose«, flüsterte sie tonlos. »Es sah lächerlich aus, aber gerade darum war es so schrecklich, schrecklich. Der andere vergewaltigte – vergewaltigte sie …« Wieder wischte sich Maria Linné über die Augen. Das Schluchzen stieg aus ihrer Kehle, ohne dass sie etwas dagegen tun konnte.

»Es war Anneliese, ein Mädchen aus Kreimheim. Sie war damals sechzehn … Ich hatte immer noch keine Angst, nur große Wut. Ohne Zögern ging ich hinein zu ihnen und haute dem Nächststehenden eine runter. Dann versuchte ich, Anneliese zu befreien, doch sie – sie schien das gar nicht wirklich zu wollen … Sie muss voller Drogen gewesen sein. Mir war richtig schlecht von dem Anblick. Ich schubste die widerlichen Kerle einfach weg …« Sie ballte die Hände. »Und dann, dann – erkannte ich Martins Stimme …«

Härting räusperte sich und erschrak selbst über das laute Geräusch. »Sie waren sehr mutig«, sagte er. »Aber ich nehme an, dass die Männer Sie nicht einfach so wieder gehen lassen wollten.«

»Nein. Martin … Er lachte! Er sagte: Ah, da ist ja die heilige Maria, die noch nie im Leben einen anständigen – Fick hatte … Er beschimpfte mich schrecklich, schrecklich. Sie stellten sich um mich auf, kamen immer näher … Und dann – dann …«

»Dann wurden auch Sie vergewaltigt«, murmelte Bettina mitleidig.

»Doch Sie zeigten Ihren Bruder nicht an«, stellte Adelfinger nach einer Pause fest. »Sie haben so tapfer gehandelt … Wieso hatten Sie dann nicht den Mut, sich öffentlich gegen ihn zu stellen?«

Maria Linné schüttelte den Kopf. »Das konnte ich doch

nicht«, sagte sie mit ihrer tonlosen Stimme. »Meine Familie … Das ging niemanden sonst etwas an.« Plötzlich sah die Frau auf. Ihr Blick traf Bettina unvermittelt und kalt. »Wir Marquardts haben uns immer selbst zu helfen gewusst«, sagte sie mit wieder fester Stimme.

»So wie Sie.«

»So wie ich. Ich würde so eine Sache niemals an die große Glocke hängen … Aber ich kann mich auch wehren …«

»Nun, Sie wehrten sich«, sagte Bettina. »Gründlich. Aber erzählen Sie weiter. Sie wurden vergewaltigt. Sie wurden schwanger. Aber Sie hatten in Ludwigshafen bereits einen Verlobten, Dr. Linné …«

»Damals waren wir noch nicht verlobt«, sagte Maria Linné ruhig. »Aber ich wusste, dass er mich fragen wollte.«

»Und Sie verheimlichten Ihre Schwangerschaft vor ihm.«

»Verheimlichen – zuerst merkte ich nicht, dass ich schwanger war. Erst als es ziemlich offensichtlich war, nahm ich Urlaub, um eine ›Tante zu pflegen‹, wie ich sagte. Ich verreiste. Niemand merkte etwas, obwohl ich mich ziemlich verräterisch benahm. Mein Geist war wie vernebelt.« Maria Linnés Blick schweifte ins Weite.

»Ich fuhr in den Schwarzwald, doch kurz vor der Niederkunft musste ich nach Hause zurückkehren, denn die Pensionswirtin war neugierig und hätte nie zugelassen, dass ich keine Hebamme holte. Ich wollte keine Hebamme …«

Sie verschränkte die Arme und musterte die Gardinen. »Ich war völlig, völlig erstarrt. Ich dachte gar nichts mehr … war unfähig, selbst Kleinigkeiten zu planen. – Nun, ich fuhr zurück nach Ludwigshafen, schloss mich in meiner Wohnung ein und bekam das Kind … Das alles geschah in diesem Nebel … Ich kann mich heute kaum noch daran erinnern.«

»Aber dann hatten Sie das Kind«, sagte Bettina sanft. *»Ihr* Kind.«

Maria Linné nickte. »Er war so – so klein und hilflos, und ich liebte ihn schrecklich, schrecklich. Vom ersten Augenblick an … Ich wusste, dass ich ihn nicht einfach irgendwo liegen lassen konnte …« Sie hob die Augen.

»Hatten Sie das vorgehabt? Das Kind auszusetzen?«, fragte Bettina ruhig.

Mit undurchdringlicher Miene musterte Maria Linné den laufenden Kassettenrekorder. »Vielleicht. Nein. Ich weiß nicht. Immerhin, es war Martins Kind – oder das von einem – seiner Freunde …« Ihre Stimme senkte sich zu einem Flüstern. »Ich dachte, dass ich es vielleicht töten müsste … Aber das ging nicht mehr, nachdem ich es gesehen hatte.« Ein warmer Ausdruck erhellte für Sekunden ihr Gesicht.

»Was passierte dann?«

»Das Baby begann zu schreien. Ich bekam einen riesigen, riesigen Schrecken. Ich wusste nicht, was ich tun sollte. Behalten konnte ich es nicht. Weggeben auch nicht. Ich konnte keinen klaren Gedanken fassen. Ich war gelähmt. Es war schrecklich, schrecklich.« Sie schüttelte sehr langsam den Kopf. »Und die Nachbarn … Jeden Augenblick konnten sie das Baby hören … Ich wohnte in einem Mietshaus mit dünnen Wänden, in dem auch einige Kolleginnen von mir lebten … Dort musste ich weg. Packte ein paar Sachen, wickelte das Kind fest ein, und dann …«

»Dann?«

»Dann klingelte das Telefon.« Sie schluckte. »Es war Martin. Ich war seit – seitdem natürlich nicht mehr in Kreimheim gewesen …«

»Was wollte er?«

Maria Linné lachte ein kurzes bellendes Lachen. »Er sagte, ich solle Urlaub nehmen und kommen, um Aline zu pflegen. Aline war ebenfalls gerade niedergekommen, und bei ihrer Geburt hatte es angeblich Komplikationen gegeben.« Kurz richtete sie ihren unbeständigen Blick auf Adelfinger. »Martin benahm sich tatsächlich, *als wäre gar nichts geschehen*. Er sagte einfach, er brauche mich. Ich müsse kommen. Er *befahl*. So wie er es immer getan hatte, also dachte ich, dass er die – Garage vielleicht vergessen hatte. Schließlich war er in einem schlimmen, schlimmen Drogenrausch gewesen …«

Ungläubig starrten die Polizisten die ruhig dasitzende Frau an.

»Das dachten Sie wirklich?«, fragte Adelfinger. »Dass Ihr Bruder Ihre Vergewaltigung *vergessen* konnte?!«

Maria Linné funkelte ihn kurz und kühl an.

»Und Sie fuhren tatsächlich zu ihm?«

Sie schüttelte den Kopf. »Ich sagte, ich wollte ihn nie mehr sehen, und legte auf. Dann nahm ich das Baby, stieg ins Auto und fuhr los.«

»Nach Kreimheim«, sagte Adelfinger ahnungsvoll.

Maria Linné schloss die Augen. »Ich wollte ja wirklich, wirklich nicht herkommen, aber irgendwie war ich plötzlich kurz vor Neustadt, und da wusste ich, dass ich nicht Martin bestrafe, sondern nur mich selbst und das Kind, wenn ich ihm seine Heimat vorenthalte.« Sie nickte gequält. »Also fuhr ich hin. Es war Abend, dunkel, es regnete. Das Große Haus war hell erleuchtet – Martin mochte die Dunkelheit nicht. Bei ihm mussten immer alle Lichter brennen.« Ihr Blick flackerte kurz und höhnisch auf. »Ich ließ das Baby im Auto und stieg aus. Völlig durchnässt kam ich ins Haus. Keiner begrüßte mich. Und irgendwie … als ich in den Salon kam, wo Aline lag und Martin ihr Gesellschaft leistete … ich war immer noch benommen, aber *da* begann ich, klarer zu sehen.« Marias Hände verkrampften sich. »Ich merkte, dass ich mir selbst etwas vorgemacht hatte, denn tatsächlich hatte Martin nichts von dem vergessen, was in der – Garage passiert war. Ich sah es. Er kam mir entgegen, und ich konnte es in seinem Blick sehen! Er lächelte …! Es war furchtbar. – Ich hätte ihn schütteln, schütteln mögen …!«

Willenbacher schien es ähnlich zu gehen. Sein Gesicht zeigte Wut.

»Martin behandelte mich wie eine arme Verwandte … Doch das Haus und alles gehörte mir genauso wie ihm! Er hatte mir Gewalt angetan und glaubte, dass ich mich jetzt einfach so abschieben ließe …« Maria Linnés blauer Blick richtete sich auf einen Riss in der Wand. »Die Ironie ist, dass ich vielleicht *wirklich* nicht mehr zurückgekehrt wäre, wenn er nicht angerufen hätte … Doch Martin musste immer, immer noch eins draufsetzen. Er stand da und spielte den Gastgeber, während auf meinem Rücksitz ein Kind lag, das ebenfalls Rechte hatte …«

Linnés Hände umklammerten einander so fest, als würde sie um ihr Leben beten. »Martin hatte es nicht *verdient*, im Großen Haus zu wohnen … Er hatte keine Frau verdient, die so sehr an ihn glaubte wie, wie – Aline …«

»Und Sie«, murmelte Adelfinger.

»Dann fragte er mich, ob ich seinen Sohn sehen wollte. Ich sagte, das könne warten. Er grinste und spöttelte, aber, heilige Maria, deshalb bist du doch gekommen! Kranke, Alte und Kinder, das ist deine Welt. Du bist die Frau ohne Laster. Du rauchst nicht, trinkst nicht, spielst nicht und hast noch keinen Mann freiwillig angefasst – Kranke und Alte ausgenommen. Du bist gekommen, um Gutes zu tun und dich aufzuopfern, denn du bist eine Frau mit Familiensinn, nicht wahr?«

Härting schnaubte.

»Ich war sehr ruhig. Ich sagte, er solle keinen Unsinn reden und wie es Aline gehe. Sie war ziemlich matt und begrüßte mich vom Bett aus. Martins Benehmen schien ihr zu gefallen, denn sie lachte ein bisschen und entschuldigte sich dann dafür.

Ich sagte, sie solle ruhig lachen, solange sie es noch könne. Da war sie still, und Martin wurde böse. Er sah mich verächtlich an und fragte, was ich überhaupt hier mache, ich würde seine Frau nur aufregen. Sie bräuchten keine Opfer. Aline sei bei ihrem Arzt sehr gut aufgehoben.« Maria Linnés Lider zuckten vor Erregung. »Alles wurde mir so klar, klar! Der Nebel verflüchtigte sich in dem Augenblick. Ich durchschaute alles.« Sie schenkte Bettina einen kurzen eisblauen Blick. »Ich war jetzt eines von Martins Opfern … Er wollte mich demütigen, mich reizen und auslachen, damit ich seine Macht nicht vergaß … Aline brauchte mich gar nicht. Er wollte mir nur beweisen, dass ich *sprang*, wenn er rief!« Maria Linnés Gesichtsausdruck wechselte von Bestürzung zu leiser Schadenfreude. »In dieser Nacht vergrub ich Martins und Alines Kind hinter dem Gartenhäuschen.«

Es folgte eine lange Schweigepause.

Schließlich blickte die Frau auf und lächelte, so als amüsiere sie der Schock, den sie mit ihren Worten hervorgerufen hatte. »Natürlich habe ich es vorher mit einem Kissen erstickt. Leiden sollte das Kind nicht. Dann legte ich den kleinen Marko in die Wiege. Er sah seinem Vetter ähnlich, und glücklicherweise war er auch ein Junge …«

»Glücklicherweise«, murmelte Willenbacher.

»Ja … Dann musste ich Aline loswerden, denn die hätte den Tausch natürlich bemerkt. Ich gab ihr starke Beruhigungsmittel und achtete darauf, dass das Fieber nicht fiel … Ich sagte, sie dürfe das Kind nicht anfassen, denn es sei wahrscheinlich eine Infektion … Dann spritzte ich ihr Luft in die Vene. Das war an einem Dienstag.«

Willenbacher fühlte sich plötzlich etwas beengt. Dienstag. Er öffnete das Fenster.

Maria Linné dagegen lächelte vor sich hin. »Martin merkte *überhaupt nichts!* Für ihn war das Kind völlig, völlig unwichtig. Er hat es nie näher angesehen. Irgendwie war es enttäuschend – aber ich spielte meine Rolle gut. Und mein Bruder hielt sich für einen Gott. Obwohl er mir furchtbare Dinge angetan hatte, misstraute er mir kein bisschen. Er ließ mich Aline pflegen, nachdem ich nun einmal da war …« Das Lächeln breitete sich weiter auf ihrem Gesicht aus. »Er sah sein ganzes kostbares Glück schwinden! Und er ahnte nie, zu wem er sprach, wenn er mich herumkommandierte und ich demütig alles tat, was er verlangte …«

»Sie haben es Martin nicht gesagt?«

Sie schüttelte den Kopf. »Ich wollte es oft, aber ich habe es Marko zuliebe nicht getan. Ich wollte Martin keinen Grund geben, sich an dem unschuldigen Kind zu rächen.«

Adelfinger starrte die Frau an. »Wie würden Sie denn das bezeichnen, was Sie getan haben?!«, fragte er.

»Dieses Kind nahm Markos Platz ein«, sagte Maria Linné.

Willenbacher räusperte sich. »Ich sehe ein, dass Sie wütend waren«, meinte er, etwas unsicher. »Aber es wäre doch, hm, natürlicher gewesen, wenn Sie *Martin* umgebracht hätten. Das Kind dagegen zu ermorden, das war …« Er suchte nach Worten.

»… raffinierter«, half Bettina. »Es ist schlimmer, der Überlebende zu sein.«

Maria Linné schüttelte den Kopf. »Sie verstehen das nicht.« Ihre blauen Augen fixierten ein Tischbein. »Es ging nicht darum, *irgendjemanden* umzubringen. Die Frage war, was mit meinem Kind geschehen sollte. Es hätte niemals eine richtige Familie gehabt. Seine Herkunft wäre immer zweifelhaft gewesen. Womöglich hätte Norbert mich gar nicht mehr heiraten wollen – mit einem fremden Kind … Doch selbst wenn er mich samt Marko genommen hätte, dann hätte er den Jungen immer gehasst. Das Kind eines Vergewaltigers … Und Martin wäre vielleicht darauf gekommen, wo der Kleine herstammte … Wer weiß, was für Schikanen er sich hätte einfallen lassen.«

»Ich denke, die Versuchung, es Martin doch zu erzählen, war dennoch ziemlich groß«, meinte Bettina.

»Nun, ich ließ es ihn wissen«, sagte Maria Linné, »kurz vor seinem Tod.«

Die Polizisten sahen sich an.

»Martin war von Alines Tod schwer getroffen«, sprach Linné weiter, »schwerer, als ich erwartet hatte. Er trauerte aufrichtig und erlaubte, dass ich bei Marko blieb – ein halbes Jahr lang. Seine Liebschaften hörten auf, er trank viel und fuhr dann Auto. Es passierte ihm nie etwas.« Sie betrachtete einen großen Kratzer auf dem Linoleum. »Aber allmählich kam er wieder zu sich. Und natürlich wollte er mich loswerden. Er begann, nach Kindermädchen Ausschau zu halten, und engagierte Anna Moretti.«

Maria Linnés Blick wanderte in Richtung Bodenleiste. »Ich war von dieser ganzen Kindermädchengeschichte nicht begeistert. Andererseits konnte ich Marko kaum mitnehmen, wenn ich meine Ausbildung beenden wollte. Ich ließ ihn also bei Martin und kehrte jedes Wochenende heim, um nach ihm zu sehen.«

Härting ertappte sich dabei, wie er verständnisvoll nickte.

»Das ging etwa ein Jahr lang gut. Anna war freundlich zu Marko und ließ Martin abblitzen, wenn er ihr an die Wäsche wollte. Ich hatte sie gewarnt und ihr gesagt, dass sie sich vor ihm in Acht nehmen soll.« Linné zuckte die Achseln. »Ich weiß nicht, ob es ihr geglückt ist, jedenfalls sagte Anna eines Tages, sie wolle nach Italien, um ihre Familie zu besuchen.

Sie sei in vierzehn Tagen wieder da. Sie kam nicht wieder. Ich ahnte nichts, nichts Schlimmes, als ich zu Martin sagte, dass ich gerne wüsste, wo dieses Mädchen sei. Ich dachte höchstens, dass sie in Italien geblieben und zu faul war, eine Kündigung zu schreiben.« Sie blickte auf. »Doch es *war* schlimm. Martin sagte in eigenartigem Ton: Sie liegt im Wald, im Tal hinter der Burg.«

Langsam schüttelte Maria Linné den Kopf. Die Sonne schien durchs Fenster und traf ihre trockene Haut, die im Licht bleich aufleuchtete. Willenbacher sog heftig Luft ein.

»Ich sagte, das glaube ich dir nicht. Da lachte Martin. Er lachte! Und rief: Es stimmt aber, heilige Maria. Sie hatte *Temperament,* die Kleine. Sie hat sich *gewehrt,* war kein bisschen langweilig und steif, so wie du! – Ich sagte: Das hast du nicht! – Martin schüttelte, schüttelte sich vor Lachen. Doch, dir kann ich es ja sagen, meinte er. Du wirst mich nicht verraten, heilige Maria. Das verbietet dir dein *Familiensinn.«* Ein Lächeln zog Linnés Mundwinkel nach oben. »Er tat sehr lässig, doch seine Arroganz war nur Maske. Ich spürte, dass er die Wahrheit sprach, aber er hatte auch Angst. So viel, dass er es mir erzählen musste. Denn damit konnte er einen Teil der Verantwortung auf mich abwälzen.«

Ein abgeschlagenes Eck der Tischplatte wurde nun zum Gegenstand ihres Interesses.

»Und da haben Sie das Frostschutzmittel in die Schnapsflasche gefüllt«, ergänzte Bettina.

Linné nickte sachlich. »Ich blieb ruhig. Ich sagte zu Martin, diese Geschichten müssten nun endgültig, endgültig aufhören. Ich warnte ihn, dass sich irgendwann eines der Mädchen rächen könnte.« Sie schnaubte leise durch die Nase. »Nun, Martin lachte nur und sagte, *du,* heilige Maria, bist das beste Beispiel dafür, dass so etwas nie passieren wird. Er meinte, die Welt wolle betrogen werden und dergleichen mehr.« Ihr Lächeln wurde regelrecht ironisch, was Maria Linné überhaupt nicht stand.« Nach einer Weile war er fertig mit Prahlen, dann erklärte ich ihm, dass ich eine Frau kennen würde, die sich bereits gerächt habe. Ich sagte, du hast es nur nicht gemerkt! Dann fragte ich ihn nach der größten Tragödie seines Lebens. Alines Tod, meinte er. Ich lächelte ihn an. Ich lächelte so lange, bis er verstand.«

Von der Erzählung sichtlich inspiriert, lächelte Maria Linné die schäbige Tür an. Dazu legte sie züchtig die Hände in ihrem Schoß zusammen und lehnte sich zurück. Die Polizisten schwiegen.

»Ich dachte, er würde mir etwas antun«, ergänzte die Mörderin dann nüchtern, »doch er wich vor mir aus. Er starrte mich seltsam, seltsam an. Da sagte ich ihm, dass ich bei der Vergewaltigung schwanger geworden sei und ein gesundes Kind habe.« Sie sah die Polizisten der Reihe nach an. »Sie verstehen, dass ich ihn nicht leben lassen konnte«, meinte sie bedauernd. »Er war eine Gefahr für Marko geworden. Und für alle Mädchen aus der Umgebung obendrein.«

* * *

Nach einer beklemmenden Pause stand Willenbacher auf. »Ich muss jetzt mal raus«, erklärte er. »Hier drin ist es stickig. Ich brauche frische Luft.«

»Warten Sie, Willenbacher, ich komme mit. Raucherpause.« Bettina durchwühlte ihre Taschen. Draußen auf dem Gang schüttelte sie ihre Beine aus und riss gleichzeitig ein neues Päckchen mit Zigaretten auf. Willenbacher lehnte blass an der Wand.

»Woher haben Sie das bloß alles gewusst?!«, fragte er. »Wie sie gesagt hat: Da habe ich das Baby vergraben ...!« Er schüttelte sich.

Bettina inhalierte den Rauch in tiefen Zügen.

Willenbacher starrte ins Leere. »Oh Mann.«

»Sie sind doch sonst nicht so empfindlich.«

»Das hier ist kein normaler Fall«, erklärte Willenbacher. »Ein bisschen Blutvergießen macht mir nichts aus. Im Fall Meier-Sterneck zum Beispiel …«

»Uhhh, erinnern Sie mich bloß nicht daran«, winkte Bettina ab. »Das nennen Sie ein *bisschen* Blutvergießen?!«

»Da war doch nichts dabei! – Aber das hier ist Psychoterror.«

»Na, jetzt kommen Sie vielleicht noch zu Ihrem Blut, wenn wir die Kropps behandeln.«

»Ja von wegen«, antwortete der kleine Willenbacher düster. »Gift! Alles Giftmorde!«

Bettina grinste durch ihren Zigarettenqualm.

»– Und außerdem verstehe ich nicht, weshalb es so wichtig sein soll, dass dieser Marko farbenblind ist. In Kreimheim ist schließlich fast jeder farbenblind.«

»Eben.«

»Eben?«

»Überlegen Sie doch mal. Sie wissen jetzt, dass Maria Linné seine Mutter ist.«

»Keine Ahnung, was das damit zu tun haben soll.«

»Dann warten Sie's ab. – He, Moment, ich rauche noch fertig.«

* * *

Drinnen hielt Härting Maria Linné bei der Stange, indem er sich die Sache mit dem Frostschutzmittel noch einmal genau schildern ließ.

»Na schön. Da kommen die Kollegen. Wir machen weiter. Was kam als Nächstes dran?«

»Der Tod der Kropps«, antwortete Bettina, während sie sich auf dem harten Stuhl zurechtsetzte. Maria Linné sah ein wenig lebhafter aus als zu Anfang des Verhörs. Bettina sprach sie an, doch der Blick der Frau war unstet wie zuvor und wechselte in rascher Folge zu verschiedenen unbelebten Gegenständen. Unmöglich, ihn festzuhalten und sie wirklich zu erreichen. »Es war schicksalhaft für das Ehepaar Kropp, dass in kurzer Folge das tote Baby und Martins kinderpornografische Fotos entdeckt wurden. Frau Kropp war im Großen Haus, als die Bilder gefunden wurden. Ihr fiel etwas daran auf, wie Marko und Rebecca bestätigen können. Lange dachten wir, sie hätte das Mädchen erkannt. Doch das Mädchen war vermummt. Margit Kropp entdeckte einen Gegenstand: ihr eigenes Ehebett.«

»Das haben Sie mir nicht erzählt, Böllchen«, beschwerte sich Härting.

»Es steht in den Akten«, entgegnete Bettina liebenswürdig, froh darüber, dass sie weder Härting noch Maria Linné erzählen musste, wie sie an diese Information gekommen war. »Jedenfalls, Schuster und Schumacher haben sich Bett und Zimmer noch mal genau angesehen. – Die beiden erkannten, dass zwar das Bett, aber nicht die Räume übereinstimmen. Im Laufe der Zeit waren die Kropps mehrmals umgezogen … Aber Margit Kropp konnte sich natürlich an den ehemaligen Raumeindruck erinnern. Sie war sicher, dass man *ihr* Schlafzimmer für diese Fotos benutzt hatte.«

Härting kam mit dem Blättern in den Akten kaum nach.

»Nun, Margit Kropp war eine schlaue Person. Sie konnte sehr schnell logische Schlüsse ziehen. Sofort erkannte sie, dass ihr eigener Mann jene Quälerei begangen haben musste. Sicherlich hat sie ihn dann später zur Rede gestellt. Wahrscheinlich hat er ihr einiges erzählt, und er nannte wohl auch Maria Linnés Namen.«

Die Angesprochene nickte leicht.

»Und dann begann Margit Kropp, *richtig* nachzudenken.

Sie überlegte, dass dies tote Kind etwas mit den Vergewaltigungen zu tun haben musste. Es lag im Garten des Großen Hauses. Wem gehörte es also? Einer Bewohnerin. Und da kam nur eine in Frage … Maria Linné.« Bettina nickte in die Runde. »Und unsere Frau Kropp hatte vorher nur gute Erfahrungen mit Erpressung gemacht …«

Trocken lachte die heilige Maria auf.

»So rief sie bei Linnés an, doch Frau Linné war an diesem Tag auf der Suche nach ihrer Tochter. Deswegen musste die Kropp es mehrmals probieren. Wenn sich ein anderes Familienmitglied meldete, legte sie einfach wieder auf.«

»*Das* waren die anonymen Anrufe!«, rief Willenbacher.

»Ja«, sagte Maria Linné mit Empörung in der Stimme. »Es war tatsächlich diese unverschämte Kropp …«

»Und Margit Kropp glaubte zu wissen, dass *auch Sie* zahlen würden, wie all die anderen Frauen im Dorf.«

Linné richtete ihre Antwort an den Kassettenrekorder. »Ja.« Ihre Stimme zitterte ein wenig. »Das war der Gipfel, Gipfel der Frechheit. Diese Person versuchte, mich mit etwas zu erpressen, das *ihr Mann* mir angetan hatte! Mir und meiner *Familie* – So eine Dreistigkeit!« Ein triumphierendes Leuchten stahl sich in ihr Gesicht. »Allerdings hat die Kropp eines übersehen. *Sie hat mir gezeigt, wer für all dieses Leid verantwortlich war … das Kind … Aline … Anna … die Garage … Martin!* Martin war nicht von Anfang an schlecht gewesen. Aber Eddie Kropp mit Sicherheit. Er war verdorben. Er hatte Martin angestiftet …! Und dann wollte *sie* die ganze Familie in den Abgrund reißen …«

»Sie mordeten aus Rache«, sagte Adelfinger langsam. »Nicht, weil Sie erpresst wurden.«

»Überlegen Sie doch, wie viel Leid dieser Eddie Kropp über unsere Familie gebracht hat. Wie viele Menschen sterben mussten.« Maria Linnés Augen glänzten aufgebracht.

»Diese Kropp dachte, es wäre klug, an meinen *Familiensinn* zu appellieren. Sie dachte, ich würde lieber zahlen als zugeben, ein Opfer *ihres Mannes* gewesen zu sein. – Sie dachte wirklich, dass sie mich anzeigen könnte, wenn ich mich weigerte … Ich fragte sie, was sie denn bei der Polizei sagen wollte, woher sie das alles wusste, ohne ihrem Mann damit zu schaden, aber sie meinte, das sei kein Problem.« Maria Linné schnaubte. »Nun, *sie* war für mich auch kein Problem.«

»Sie wollten beide Kropps töten.« Adelfinger war wider Willen fasziniert. »Und Sie mussten es auch, denn Margit Kropp hätte sofort Alarm geschlagen, wenn ihrem Eddie allein etwas zugestoßen wäre …«

Maria Linné nickte und schien in die Betrachtung des Türrahmens versunken.

»Es gab insgesamt drei Vergewaltiger«, stellte Bettina fest. »Was ist mit dem dritten? Können Sie uns sagen, wer der dritte war?«

»Nein.«

»Haben Sie Frau Kropp nicht danach gefragt?«

»Nein.«

»Wieso nicht? Sie hätte Ihnen diese Information sicher gern verkauft.«

»Wahrscheinlich.« Maria Linnés Blick wurde erstmals klar und zugänglich; ihre Stimme jedoch behielt den harten Ton. »Ich wollte es ja gar nicht wissen«, sagte sie. »Wir haben so lange damit gelebt … Ich wollte einfach nichts mehr davon hören. Ich hatte seit Jahren nicht mehr an all die schrecklichen Dinge gedacht …« Sie sah müde aus.

»Aber ist es nicht unlogisch, sich an einem Mann zu rächen und den anderen einfach laufen zu lassen?«, fragte Adelfinger, der sich in die Geschichte der blassen Frau einzufinden begann. »Fragten Sie sich nie bei einem Nachbarn, ob nicht er …?«

Linné schüttelte den Kopf. »So etwas darf man nicht denken. Dann wird man ja …« Sie schlug die Augen nieder. »Frau Kropp hätte das nicht tun sollen«, sagte sie dann langsam. »Mich – daran erinnern. Ich hatte alles vergessen … aber nicht vergeben.«

»Ihr wirkliches Motiv war also nicht einmal Rache, sondern Ärger darüber, dass jemand Sie erpressen wollte«, sagte Adelfinger hart. »Sonst hätten Sie doch wenigstens versucht, den dritten Mann in Erfahrung zu bringen.«

»Hätten *Sie* zugelassen, dass eine wie die Kropp auf Ihnen herumtrampelt?!«, rief Linné. »Ich habe nicht nach ihr gesucht! Sie ist von allein gekommen und hat mir Dinge gesagt, die ich überhaupt nicht wissen wollte. Ich wollte nur, dass meine Kinder eine gute Familie haben …« Sie begann zu weinen. »Aber nachdem ich es nun doch wusste, musste ich – ich konnte es ihr und ihrem schmierigen, schmutzigen und einfach widerlichen Mann doch nicht einfach durchgehen lassen, dass sie – auf die Idee wäre ich erst gar nicht gekommen, dass *so einer* …« Ein tiefer Schluchzer entrang sich ihr.

»Also gingen Sie hin und vergifteten die Kropps«, sagte Härting.

Linnés Blick wanderte bis zu seinem braunen Schlips. »Vergiften … Ich brachte ihnen etwas zu essen. Es war ziemlich sicher, dass sie nicht lange überlegen würden, wenn ihnen jemand von dem guten Quark in die Küche stellen würde …«

»Sie wählten Maiglöckchen.«

»Ja«, sagte Maria Linné einfach. »Maiglöckchen.«

»Die gibt es hier in den Wäldern noch in Massen«, sagte Adelfinger. »Jeder kann da ran …«

»Und sie konnte ihr Convallariapräparat benutzen.« Bettina nickte zu Linné hinüber.

Diese schenkte ihr einen rätselhaften Blick. »Die Maiglöckchen allein waren zu unsicher.«

»Wie sind Sie an das Medikament gekommen?«

»Ein Herzpatient hat uns alle möglichen Mittelchen gebracht, die er im Lauf der Zeit gehortet hatte. Sie glauben nicht, wie viele tödliche, tödliche Gifte unverschlossen in den Haushalten herumliegen …«

Härting blätterte schon wieder in Akten. »Brachten Sie den vergifteten Quark selbst zu den Kropps?«

»Ja. Wir suchten nach Luzie. Das machte für mich vieles einfacher … Es fiel überhaupt nicht auf, dass unser Auto kurz vor Vandermeers Haus parkte … Oder dass ich den Quark in Kropps Küche stellte … Jeder, der mich sah, musste denken, dass ich nach Luzie suchte. Und das tat ich ja auch.«

Härtings Augen leuchteten schadenfroh. »Und Luzie erkannte Sie.«

»Aber sie hätte mir keinen Mord zugetraut«, erwiderte Linné.

»Doch, das hat sie«, sagte Bettina. »Und sie war eine Gefahr. Schließlich konnte sie die ganze Geschichte jederzeit irgendwelchen Leuten erzählen, die Sie vielleicht nicht einmal kannten. Doch Sie unternahmen nichts.«

»Luzie ist meine *Tochter!*«

»Immerhin haben Sie Ihren Bruder umgebracht.«

»Das war etwas anderes«, versicherte Frau Linné schlicht.

»So. Na, jedenfalls gehe ich davon aus, dass Luzie ihr Herz bei ihrem Onkel Max ausgeschüttet hat. Oder er ahnte sowieso etwas … Er muss versucht haben, mit Ihnen über die Morde zu sprechen.«

Maria Linné nickte. »Er sagte, dass er in unserer Garage gewesen sei und dort das Telefonkabel gefunden hätte. Dieses schreckliche, schreckliche Telefonkabel konnte ich nicht mehr zurückbringen, weil Luzie die Kropps schon morgens entdeckte.«

»Und dann beschlossen Sie, auch Ihren *jüngeren* Bruder zu töten.«

»Ja.« Die Frau überlegte einen Moment. »Es war eine sehr schwere Entscheidung«, sagte sie dann. »Max ist *anders.* Er hätte Mord nicht geduldet. – Ihm fehlt der *Familiensinn.* Dafür gibt es hundert Beispiele. Er lässt das Große Haus verfallen. Kümmert sich um nichts, der Garten sieht aus wie ein Schweinestall ... Seine Ansichten – nun ja, er ist Bürgermeister, aber ...! Er teilte mir mit, dass die Kinder zu Markos Großeltern gefahren waren, und bat mich zu kommen, damit wir alles besprechen konnten. Ich sagte zu.« Sie seufzte. »Die Frage war, ob er mich verraten würde oder nicht.«

»Sie entschieden, dass er es tun würde.«

Linné nickte. »Nicht jetzt, wahrscheinlich, aber irgendwann ... Jedenfalls fuhr ich kurz vor Beginn des Gottesdienstes zum Großen Haus. Ich wusste, dass notfalls auch mit dieser Rebecca zu rechnen war, doch die so genannte Künstlerin, die meinen Bruder malte, erwartete ich nicht.«

»Sie fühlten sich ganz schön sicher«, stellte Adelfinger befremdet fest. »Und Sie haben Rebeccas Tod einfach so in Kauf genommen.«

»Ich hatte Max gesagt, dass er sie wegschicken soll«, verteidigte sich Maria Linné. »Normalerweise hält er sich an das, was ich sage.«

Der Kommissar starrte sie an. »Ach so.«

»Ich übersah auch leider das Auto dieser Malerin ... Sonst wäre alles vielleicht ein bisschen anders gelaufen. – Dabei habe ich Max schon hundertmal, hundertmal gesagt, er soll endlich einen Gärtner einstellen und diesen Urwald aufräumen lassen.« Marias Gesichtsausdruck wurde selbstgerecht.

»Oder dass er die Studentin nicht wegschickte … Ich bekam einen Riesenschrecken, als ich sie die Treppe heruntertrampeln hörte. Unglaublich schwer, dieses junge Mädchen. Um nicht zu sagen, fett.«

»Sie hatten schon eine Spritze vorbereitet und injizierten ihr das Gift gleich auf der Treppe«, unterbrach Willenbacher die Tirade. »Es wirkte sofort, und Sie mussten Rebecca in die Küche tragen. Und als Sie dann Klara entdeckten, konnten Sie nicht zurück, denn Rebecca hatten Sie bereits vergiftet.«

»Ja.«

»Was geschah in der Bibliothek?«, fragte Adelfinger.

»Ich musste natürlich mit der Malerin kämpfen«, antwortete Maria Linné. »Ich bekam regelrechte Panik, wirklich, als ich sah, dass Max nicht allein war. Aber ich zwang mich zum Handeln. Einen von beiden konnte ich überraschen, und natürlich entschied ich mich für Max. Ein Kampf mit der kleinen Person war einfacher als mit ihm. Also versteckte ich die Nadel in meinem Ärmel und rammte sie ihm in den Arm, den er mir zur Begrüßung reichte. Ich bin darin sehr schnell. Doch diese Sorrel erfasste sofort, was ich getan hatte. Es war ein wenig schwierig, gleichzeitig die Spritze mit dem Morphium aufzuziehen, und sie an der Flucht zu hindern. Nun, ich schaffte es. Leider musste ich ihr die Nadel ziemlich unsanft ins Bein stoßen, was natürlich nicht sehr angenehm ist, aber dies war eben ein Notfall.«

Willenbachers Lippen formten lautlos das Wort »Notfall«.

»Außerdem waren Sie in Eile, wegen Ihres Alibis«, gab Bettina das nächste Stichwort.

»Stimmt. Ich wollte so schnell wie möglich im Gottesdienst erscheinen. Allerdings hatte das Gerangel eine Menge Spuren hinterlassen. Und ich war mit Ölfarbe beschmiert worden. Diese Spuren musste ich erst mal beseitigen.«

»Deswegen verbrannten Sie die oberste Packpapierschicht«, sagte Willenbacher. »Und Ihren Mantel versteckten Sie im Auto.«

»Ja. Es ging ein wenig drunter und drüber. Aber ich war sicher, sie alle drei getötet zu haben. Ich dachte, mein Bruder würde verdächtigt. Ich hatte die Spritze in seinem Arm zurückgelassen.«

»Bis jetzt haben *alle drei* überlebt«, bemerkte Adelfinger voll Genugtuung. »Marquardt und Frau Sorrel sind schon wieder bei Bewusstsein. Ein enormes Glück, dass sie so früh gefunden wurden. – Sie müssen kaum zehn Minuten nach Frau Linné am Tatort eingetroffen sein, Kommissarin.«

Härting nestelte an dem Papierberg, der auf seinem Schoß lag. Er hatte endlich den Anschluss gefunden. »Jaja … Sie schrieben ›Mörder‹ auf das Porträt Ihres Bruders. Damit wollten Sie den Eindruck entstehen lassen, Klara Sorrel hätte ihn mit letzter Kraft beschuldigt …«

»Sie hätten sich das Gemälde nur ansehen müssen!«, mischte sich Willenbacher vorwurfsvoll ein. »Klara hätte das nie getan. Es war ein wunderbares Bild.«

»So.«

»Ja! Und noch etwas. Wieso haben Sie den Quark bei den Vandermeers gestohlen? Haben die Vandermeers Ihnen *auch etwas* angetan?«

»Nein … Ich konnte doch nicht mein eigenes Geschirr nehmen. Also – Marlies besitzt eine Menge auffälliger Tupperware, und sie hatte auch mal was mit Martin. Außerdem joggt sie jeden Morgen und lässt dabei ihre Hintertür offen stehen. Und ihr Mann ist nicht von hier. Das weiß jeder.«

Adelfinger hustete ein trockenes Lachen heraus. »So einfach ist das … Da hätten wir ja fast alles geklärt.« Er lehnte sich im Stuhl zurück und blickte die Kollegen Boll und Willenbacher anerkennend an, was Härting zu einem kleinen, leidvollen Seufzen veranlasste. »Im Grunde müssen Sie uns jetzt nur noch erzählen, wie Sie Frau Linné auf die Schliche gekommen sind, Frau Boll. Immerhin haben Sie sie festgenommen, noch *bevor* die Künstlerin und Marquardt wieder aufgewacht waren.«

Auf diesen Augenblick hatte Bettina gewartet. Sie stand auf und lief in dem winzigen Raum herum. »Ich erkläre es Ihnen. – Wissen Sie noch, Willenbacher, wie wir uns mit Marquardt über sein Porträt unterhielten?«

»Ich erinnere mich. Aber was ...«

»Es war nämlich so«, Bettina wandte sich an Adelfinger. »Wir besuchten Max Marquardt in der Bibliothek des Großen Hauses. Klara Sorrel malte dort sein Porträt. Wir betrachteten es gemeinsam, und Marquardt erschrak ganz unvermittelt. Das wunderte mich, denn das passte gar nicht zu ihm. Er ist nicht der Typ, der plötzlich einen Schrecken kriegt. Dann sagte er irgendetwas Tiefsinniges über das Gemälde, und das erstaunte sogar Klara. Sie war von ihm nur lapidare Kommentare gewohnt. Irgendetwas Wichtiges musste ihm klar geworden sein. Ich zermarterte mir den Kopf, was an dem Bild so besonders war ... Und dann beim Abendessen sagte die Wirtin was über Sachen, die nur Frauen können. Da hat es bei mir geklingelt.« Bettina lächelte triumphierend. »Weil es gar nicht das Porträt war, um das es Marquardt ging. Das Porträt benutzte er nur, um uns abzulenken. Wirklich wichtig war die Unterhaltung. Worüber sprachen wir noch, Willenbacher?

»Das Bild«, sagte dieser nüchtern.

»Aber nicht nur. Marko flachste mit Klara, erinnern Sie sich? Er sagte, er wolle auch ein Porträt bestellen – in Schwarzweiß, damit es so ist, als würde er in den Spiegel blicken. Er sprach über seine Farbenblindheit. Und der Bürgermeister erschrak nicht über seine unvorteilhafte Darstellung, sondern es fiel ihm ganz einfach auf, dass mit der Krankheit seines Neffen etwas nicht stimmen konnte.«

Willenbacher runzelte die Stirn. »Das kapiere ich immer noch nicht.«

»Moment!« Härting blätterte eifrig in den Akten. »Das habe ich doch auch hier irgendwo gesehen …« Ein Blatt fiel zu Boden.

»Sie sagten es vorhin, Willenbacher.« Bettina blieb hinter Maria Linnés Stuhl stehen. »In Kreimheim ist *jeder* farbenblind. Und jetzt überlegen Sie mal: Farbenblindheit ist eine Erbkrankheit. Und zwar eine, die ein Mann nur von seiner Mutter erben kann. Die Gene für das Farbensehen sitzen nämlich auf dem Pendant zu dem berühmten Y-Chromosom.«

»Ja und?«, machte Willenbacher verständnislos.

»Passen Sie auf. Kreimheim ist eine winzige Enklave. Es gibt wenig Zugezogene, also kaum frisches Blut. Das ideale Klima für eine Erbkrankheit. Da ist es nicht erstaunlich, wenn ein Mann genau diese, jedem vertraute Krankheit hat, es sei denn …«

»… seine Mutter wäre von auswärts!«, rief Härting und war so erfreut über den Einfall, dass er ganz vergaß, ihn für sich allein zu beanspruchen.

»Überhaupt kommt Farbenblindheit nicht so häufig vor, wie man vielleicht meint«, erklärte Bettina weiter. »Rot-Grün-Blindheit ist zwar nicht gerade selten, aber in Kreimheim wird reines Schwarzweißsehen vererbt. *Dies* ist in hohem Maße außergewöhnlich. Nun, Willenbacher, sagen Sie uns: Wie wahrscheinlich war es, dass Aline Wahl, die von weither kam und in deren Familie es keine Erbkrankheiten gab, ebenfalls eine Überträgerin der hundertprozentigen Farbenblindheit war?«

Willenbacher runzelte die Stirn.

»Es ist so, als würde man einen Baum in einem Wald verstecken«, sagte Bettina. »Keiner hat es gemerkt.«

»Nicht einmal mein Mann«, meldete sich Maria Linné ein letztes Mal zu Wort. »Er ist zwar Arzt, aber es war so normal, dass ein Marquardt farbenblind ist …«

Willenbacher verschränkte die Arme. »Deswegen sind wir zu Markos Großeltern gefahren!«

»So ist es«, sagte Bettina mit einem unbescheidenen Leuchten auf dem Gesicht.

14

Für die Pfalz, wo jeder anständige Berg von den Mauern einer Burg gekrönt ist, war die Kreimheimer Ruine eher ein unbedeutender, altehrwürdiger Steinhaufen als ein Gegenstand von wirklich historischem Interesse. Keine berühmte Schlacht war um sie geschlagen worden, man hatte hier weder einen englischen König gefangen gehalten noch einen deutschen nach seinem Ableben zwischengelagert, und bis auf die obligate Legende von dem schönen Burgfräulein, das bei der Jagd versehentlich seinen Verehrer erschossen hatte, gab es auch keine besonders aufregenden Skandale aus dem Mittelalter zu berichten.

Das einzig Interessante an der Burg war die Aussicht: Von hier aus konnte man, da der Burgberg gerade in einer Kurve des engen Tales lag, auf der einen Seite fast bis nach Neustadt und auf der anderen nach Frankenfels blicken. Dazwischen sah man Wald, Berge, die Bundesstraße und natürlich Kreimheim, aber den besten Blick hatte man auf das Sägewerk.

Das Sägewerk sah von der Rückseite (genau die hatte man nämlich von der Burg aus im Blick) aus wie ein großer, hell erleuchteter Bahnhof, fand Theo. Er besaß das »Lexikon der Technik«, ein hoch interessantes Werk, in dessen erstem Band, der vom vorigen Jahrhundert handelte, riesige alte Bahnhofshallen abgebildet waren – die Victoria Station in London, zum Beispiel. Oder, noch viel besser, die Lime

Street Station III in Liverpool, deren Tonnendach eine Spannweite von genau 61 Metern hatte. Wenn man bedachte, wie viele Gleise da drunter passten. Und all die Gleise führten irgendwohin, raus in die Welt, zu Abenteuern und allem Möglichen …

Theo sah schon lange auf das alte Sägewerk hinunter. Als er gekommen war, kurz nach dem Mittagessen, war der Tag noch hell und einigermaßen freundlich gewesen; jetzt dämmerte und nieselte es. Das Licht aus der großen Sägehalle erleuchtete immer energischer die riesigen Glasflächen der hinteren Giebelseite, deren staubige kleine Scheiben in viele kunstvoll geformte gusseiserne Profile gefasst waren. Schon konnte man schemenhaft die Umrisse der Sägen erkennen.

Theo kam nicht oft hierher. Aber wenn, dann war es ernst. Normalerweise hatte er sein Leben nämlich im Griff und es nicht nötig, wie ein Träumer auf alten Steinen herumzusitzen und in die Gegend zu starren.

Ein Baby!

Luzie bekam ein Baby. Theo zwang sich, das zu denken, denn seine kleinen grauen Zellen, die er immer für relativ sachlich und objektiv gehalten hatte, büxten beim Gedanken an ein Baby unablässig aus, lenkten ab und schlugen Haken. Er war hierher gekommen, um sich darüber klar zu werden, was er jetzt tun wollte, aber stattdessen hatte er einen schon länger zurückliegenden Disput mit seinem Mathelehrer rekapituliert, dann überlegt, wie er am besten die kaputte Kaffeemaschine seiner Tante Verena wieder hinbekommen würde, und schließlich darüber nachgedacht, ob und wie er seinen Kumpel Johannes dazu zwingen konnte, die Kohle für ein paar richtige Bremsen rauszurücken. Johannes war dran mit blechen. Aber dass Bremsen, die für ein Mofa mit einer Höchstgeschwindigkeit von 25 km/h ausgelegt waren, nicht die 80 aushielten, auf die sie das Teil getuned hatten, mit dem sie neuerdings heimlich nach Neustadt fuhren, ging nicht in Johannes' Birne.

Aber er schweifte wieder ab.

Ein Baby.

Der Gedanke war wirklich sperrig, ließ sich quasi überhaupt nicht denken. So wie mit Öl überzogen: glitschte weg, alle Vernunft perlte daran ab.

Ein Baby.

Jetzt konnte man schon winzige, sich bewegende Schatten in der Sägehalle ausmachen. Das mussten Menschen sein, die Männer, die Feierabend machten, denn vor wenigen Minuten hatte das auch hier oben leise zu hörende Geräusch der Säge aufgehört. So hell erleuchtet sah die Sägehalle mehr denn je wie ein Bahnhof aus, vermutlich auch deswegen, weil passenderweise gerade jetzt ein Zug (allerdings einer mit nur zwei Wagen, also eher eine bessere Straßenbahn) die Kreimheimer Bahnlinie entlangratterte, direkt am Sägewerk vorbei.

Nachdem der Zug vorbei war, hatte Theo sofort das Gefühl, dass irgendetwas nicht stimmte. Und zwar im Sägewerk. Die winzigen Schatten, die Leute waren, hatten sich bis auf zwei verflüchtigt, doch dafür benahmen sich *diese* zwei irgendwie merkwürdig. Sie bewegten sich heftig hin und her, verschmolzen zu einem einzigen, grauen, bebenden Punkt, und verschwanden dann hinter einem dunklen Fleck, wahrscheinlich einer Säge.

Eine Prügelei? Das wäre nicht weiter tragisch, aber irgendetwas, etwas anderes, machte Theo nervös und ließ ihn weiter angestrengt in die Sägehalle blicken. Er wusste nicht, was –

Jetzt. Er bemerkte es erst, als das Geräusch aussetzte.

Die Säge war wieder an gewesen.

* * *

»Telefon für Sie«, sagte Willenbacher und drückte Bettina das Handy in die Hand. »Ich geh schon mal vor. Zimmer 145.«

Sie befanden sich im Eingangsbereich des Neustadter Hetzelstiftes, wohin sie Härting nach einer ausgedehnten, aber recht schweigsamen Kaffeepause mehr oder weniger genötigt hatte (»Ich fahre jetzt gleich nach Ludwigshafen zurück. Sie haben ja heute noch ein bisschen zu tun hier«), damit sie über dem Erfolg die Arbeit nicht vergaßen. Schließlich mussten die Zeugen Max Marquardt, Rebecca, Klara und Luzie vernommen werden, was man Schuster und Schumacher, die gestern ihren freien Sonntag geopfert und heute den ganzen Tag über im Großen Haus Spuren gesichert hatten, nicht auch noch zumuten konnte.

Am Empfang des Krankenhauses hatte man ihnen dann freundlich den Weg zu Klara Sorrels Zimmer beschrieben und nachdrücklich den Zugang zu den drei anderen verwehrt. Max Marquardt, Luzie und Rebecca waren angeblich noch nicht vernehmungsfähig.

»Bin *ich* auch nicht mehr«, hatte Bettina geknurrt, die es Willenbacher übel nahm, dass er Härtings Anweisungen so brav befolgte und ohne Umschweife zur Klinik gefahren war. »Lassen Sie uns das morgen …«

In diesem Moment hatte das Telefon geklingelt.

Missmutig suchte sich Bettina einen Platz auf einem der mit diskretem beigem Wollstoff bezogenen Wartesessel und blickte ihrem (bei Härting) fügsamen Kollegen hinterher, der gerade durch eine Milchglastür ihrem Blickfeld entschwand.

»Hallo?«

Erst mal war nur sphärisches Rauschen zu hören, dann, nach langer Zeit, eine verunsicherte Stimme: »Hallo?«

»Ja?«

»Hallo, hallo?«

Die Unterhaltung versprach wirklich aufregend zu werden. »Boll hier«, sagte Bettina und hatte ihren Daumen schon auf dem OK-Knöpfchen.

»Bettina, bist du's, Kind? – Ich hör dich kaum! Diese Telefonleitungen …«

»Tante Elfriede!« Bettina fühlte, wie sich ihr Nacken zu einem festen, bösartigen Knoten zusammenzog. Noch eine halbe Stunde, dann läge sie besser in einem dunklen Zimmer mit einer großen Schachtel Aspirin. Der Tag war viel zu lang und aufreibend gewesen. »Wie geht es den Kindern?«

Eine kurze Pause. Dann sagte Tante Elfriede in entschlossenerem Ton: »Darüber wollte ich mit dir reden.«

»Was ist passiert?«, fragte Bettina alarmiert und rieb sich die Stirn. »Gibt es Nachrichten vom Krankenhaus?! – Ist Barbaras Zustand – ich meine …?«

Voll Reue wurde Bettina gewahr, dass sie ihre Schwester aus Kreimheim nicht *ein Mal* angerufen hatte. Wie furchtbar. »Sind die – Ergebnisse da?«, fragte sie mit flacher Stimme, und wartete auf den Adrenalinstoß. Nichts geschah, und das war schlimm, denn nun fühlte sie sich erst richtig schuldig. Barbara starb vielleicht, und sie war so abgestumpft, dass sie nur an ihre blöde Arbeit denken konnte …

»Hör mal, ich war bei ihr, und ich muss sagen, Familie hin oder her, sie ist praktisch *noch* unverschämter geworden, seit ich sie das letzte Mal gesehen habe. Ich will das alles gar nicht wiederholen, wie sie mich genannt hat, aber …«

Bettina stöhnte, was einen Mann im Trainingsanzug, der an der gegenüberliegenden Wand lehnte und hoch konzentriert eine Zigarette rauchte, besorgt aufschauen ließ. Sie warf ihm einen unhöflichen Blick zu und drehte sich zur Wand.

»… hätte ihr versautes Leben auf dem Gewissen, hat sie wortwörtlich zu mir gesagt, die freche Person …«

»Wieso konntest du sie nicht einfach in Ruhe lassen?«, fragte Bettina mürrischer, als es sonst ihre Art war. Natürlich war sie schuld. Wenn sie nur angerufen hätte …

»Oh, verteidige sie erst, wenn du sie gesprochen hast, Kind. Du ahnst ja nicht, wie sie dich beschimpft hat. Ich …«

Bettina ahnte es nicht nur, sie konnte es sich sogar lebhaft vorstellen.

»… ihrem Zustand. Und das den armen Kindern zumuten! Dieses Weib! Kaum mehr Haare hat sie auf dem Kopf, Ringe unter den Augen, aber immer noch angemalt wie ein Clown und behängt wie ein Pfingstochse! So wollte sie sich den Kindern zeigen, zu Tode erschreckt hätt sie die süßen Schätzchen. Nein, hab ich gesagt, kommt nicht in Frage. *Da* hättest du sie hören sollen …! Nichts von Reue und Einsicht, kann ich dir sagen …«

»Moment. Du hast die Kinder nicht mit zu ihr …«

Aber die Tante war schon drei Sätze weiter. » … und diese kurzen Röcke. Hockt da im Krankenhaus im Minirock, besonders krank kann *die* nicht sein! Ich habe sie immer gewarnt, denn eine chronische Blasenentzündung ist noch das Geringste, was sie sich dabei einfangen kann! Wenn nicht auf sich, sollte sie wenigstens Rücksicht auf die Kinder nehmen …«

Bettina fühlte sich, als habe man sie in ein Kissen gesteckt, auf das Tante Elfriedes Stimme mit harten, dumpfen Schlägen eindrosch. Mit einem schwammigen Gefühl von Überdruss hielt sie das Handy ein paar Zentimeter von sich fort und betrachtete die Stelle, wo der kleine eingebaute Lautsprecher ihre Tante in ihre Hand, auf dieses Sofa, in diese Eingangshalle transportierte. Nicht der fröhlichste unter all den netten Blumendrucken an den Wänden hatte gegen Tante Elfriede eine Chance …

Eine Zigarette. Die brauchte sie jetzt, doch wo war ihr angebrochenes Päckchen? Sie klopfte alle Taschen ab. Nichts. Der Patient, den sie vorhin ihr gegenüber hatte rauchen sehen, hatte auch längst seine Krücken genommen und war gegangen. Und natürlich gab es hier nirgendwo einen Automaten ... Bettina blickte sich um. Der Zugang zur Klinik war ein gläserner Schlauch, der aus dem Gebäude herausragte; von innen konnte man zusehen, wie sich die Nacht des fahlen grauen Himmels bemächtigte. Ganz vorn in der Pförtnerloge, die durch Glasscheiben hermetisch abgeriegelt, aber komplett einsehbar war wie ein Schneewittchensarg, saß die Empfangsdame und ging mit einem Stift in der Hand einen Stapel Computerausdrucke durch. Ob *sie* ...?

Die Dame in der Loge hatte schon seit einigen Minuten den Verdacht, dass mit dieser jungen rothaarigen Polizistin etwas nicht stimmte. Seitdem ihr Vorgesetzter sie auf dem Sessel abgesetzt hatte, machte sie einen hochgradig nervösen Eindruck, schnitt einem Patienten herausfordernde Grimassen und sah außerdem praktisch wie eine Landstreicherin aus. Dazu hielt sie ein Mobiltelefon in der Hand, aus dem offensichtlich jemand sprach, den sie aber nicht anhörte; sie starrte nur das Telefon an, als könnte sie Schall auf diese Art sichtbar machen. Nun kam sie näher, hielt das Telefon wie ein lästiges Tier auf Abstand und klopfte gegen die Scheibe.

»Gibt's hier irgendwo einen Zigarettenautomaten?«, fragte sie mit rauher Stimme. Die Pförtnerin öffnete ihr kleines Glastürchen.

»Draußen, zwei Straßen weiter, wenn Sie rechts ...«

Die Polizistin winkte ab und knetete ihre Stirn. »Schon gut.« Sie hielt das Telefon kurz an ihren Mund wie ein Mikrofon. »Moment, Tante Elfriede. – Sie haben nicht zufällig eine da ...?«

Die Dame blickte ein wenig rechthaberisch. »Zigaretten?«

Die Polizistin nickte müde. Nun bedauerte die Pförtnerin ihre Barschheit. Sie lächelte mütterlich. »Ich rauche nicht«, sagte sie. »Aber warten Sie …« Sie beugte sich hinab und zog eine Schublade ihres Schreibtisches auf. »Hier, nehmen Sie.« Verblüfft betrachtete die rothaarige junge Frau den appetitlichen Apfel, den sie in ihre Hand gelegt hatte.

»Danke.«

»Gerne.« Die Pförtnerin machte Anstalten, das Türchen wieder zu schließen.

»Ach, Moment noch«, rief die Polizistin, die so aussah, als wäre sie schon seit Jahren nicht mehr auch nur in die Nähe eines Apfels gekommen. »Könnten Sie mir nicht sagen, wo Max Marquardt liegt?«

Das hörte sich nicht besonders offiziell an. Die Pförtnerin machte ein abweisendes, aber nicht undurchdringliches Gesicht.

»Bitte. Ich möchte ihn nicht vernehmen. Nur …«

»Zweihundertfünf«, sagte die Pförtnerin. »Aber rufen Sie vorher an, denn ich weiß nicht genau, wie es ihm geht. Ist übers Haus die gleiche Nummer wie das Zimmer.«

Damit schloss sie endgültig ihr gläsernes Türchen und ließ Bettina mit einem rotbackigen Apfel und einer böse quäkenden Tante im Gang zurück.

* * *

Die Quintessenz von Tante Elfriedes Anruf war, dass sie erstens Bettinas todkranker Schwester erzählt hatte, mit welcher Freude sie gerade deren Kinder beaufsichtigte, was Barbara wahrscheinlich allein schon so aufgeregt hatte, dass es sie mindestens einen Monat kostete. Dann war Tante Elfriede anscheinend auch noch persönlich, aber ohne Kinder, im Krankenhaus erschienen, um der missratenen Nichte ein letztes Mal ordentlich die Leviten zu lesen, damit diese wenigstens nicht ungewarnt vor ihren Schöpfer trat, wenn es so weit war. Und zu guter Letzt musste Tante Elfriede es geschafft haben, irgendwie durchblicken zu lassen, dass sie nach Barbaras Tod die einzige in Frage kommende Verwandte war, die genug Zeit hatte, um bei den Kleinen Mutterstelle zu übernehmen. Alles in allem ein voller Erfolg. »Wieso bist du nicht hingegangen und hast sie einfach gleich erschossen?!«, schrie Bettina die ferne Tante an, womit sie eine späte Gruppe ohnehin schon bedrückt aussehender Besucher erschreckte.

»Entschuldigen Sie«, winkte sie ab. Die Leute blickten bestürzt und huschten durch die nächste Glastür in den ihnen gewiesenen Gang. Hätte Bettina sich sehen können, wäre sie sicherlich auch erschrocken: Als eine hoch aufgerichtete erzürnte Rachegestalt, in einer Hand einen Apfel, mit dem sie wild herumfuchtelte, in der anderen ein Mobiltelefon, in das sie hineinbrüllte, passte sie in das gepflegte Interieur des Eingangsbereiches wie Skylla oder Charybdis (oder beide) auf eine laue Frühlingswiese.

Zu allem Unglück war offenbar eine Nachricht der Mainzer Uniklinik bei Tante Elfriede angekommen, welche sie aber in Unkenntnis deren Bedeutung nicht oder nur oberflächlich gelesen hatte, so dass sie keine konkreten Aussagen über Barbaras Gesundheitszustand treffen konnte.

Und das Schlimmste war, dass Bettina an allem schuld war und das auch wusste. Schließlich war abzusehen gewesen, dass ihre Schwester sich nach Anrufen und den Kindern sehnte. Wahrscheinlich hatte man in der Klinik die von Bettina für Notfälle hinterlassene Nummer ausgegraben und war auf Tante Elfriede gestoßen, welche dann hoch befriedigt darüber, dass man sie brauchte, angetanzt war, um die Nichte in ihrem verdienten Elend zu besichtigen.

»… und dich hätte ich auch für reifer gehalten«, waren Tante Elfriedes letzte Worte. »Dass Barbara einer Frau mit *so* einem Beruf zwei Kleinkinder …«

Bettina drückte auf OK, womit sie die Verbindung unterbrach.

Erst jetzt bemerkte sie die Pförtnerin, die Frau, die ihr so freundlich den Apfel geschenkt hatte.

»Möchten Sie sich vielleicht einen Moment hinlegen?«, fragte diese sanft und hatte Bettina auch schon unter den Arm gefasst.

* * *

Im Waschraum des Sägewerkes herrschte aufgeregte Neugier. Einerseits waren die Männer über die schrecklichen Geschehnisse in ihrem Dorf entsetzt, aber andererseits genossen sie es auch, wie der Ort durch die Schlagzeilen ging, vor allen Dingen jetzt, nachdem die Mörderin gefasst war und man nicht mehr befürchten musste, dass womöglich der eigene Nachbar der Übeltäter war. Alle Kirchgänger vom Sonntag wurden wieder und wieder nach Einzelheiten befragt; man schwankte noch sehr zwischen »kann es nicht glauben« und »habe es immer gewusst«.

Ein alter Arbeiter namens Otto wiegte schon seit fünf Minuten bedächtig den Kopf. Ein jüngerer mit Namen Klaus, der in der Kirche gewesen war, sagte zum hundertsten Mal: »Sie war ganz bleich und stumm. Man hat ihr die Schuld richtiggehend angesehen …!«, und die anderen hingen an seinen Lippen und fordeten immer mehr Ausschmückungen.

Ein dritter, ein Mann mit dunklen Haaren und einem Schnauzer, rief: »Doch nicht die Frau vom Doktor! Ihr habt ganz schön einen rennen. – Da wern sich die Bullen blamiern, glaubt mir, Jungs.«

»Ist doch alles schon bewiesen«, sagte Klaus obenhin.

»Außerdem warst du nicht dabei. Du hättst sie sehn solln …«

Die Kollegen nickten. »Klar war sie's!«, rief einer. »Die mit ihrer ewigen Frömmelei – kein Wunder, dass man da irgendwann durchdreht …!

Mitten in dem zögerlichen Gelächter sprang der alte Otto von seinem Stuhl. Er trug nur einen Schuh, und sein Hemd war nicht zugeknöpft, doch darauf achtete er nicht.

»Die Säge!«, schrie er und stürzte vor zur Tür. »Hört ihr nicht, die Säge …!«

Einige der Männer warfen einander verständnislose Blicke zu, andere schauten erschrocken, Klaus und ein weiterer Kollege standen auf und liefen mit in die Halle.

Säge I lief immer noch.

Neben ihr standen Hansi und Schöni, schwer atmend, und hielten sich aneinander fest.

»Was soll das denn?«, rief Klaus. »Mann, seid ihr noch ganz dicht?!« Hinter ihm drängten sich halb angezogene Männer.

Der alte Otto schaltete die Säge ab.

»Ihr habt sie wohl nicht mehr alle, euch hier zu prügeln«, rief Klaus. Dann erinnerte er sich, dass Hansi immerhin sein Vorarbeiter war. »Ich mein, das ist doch viel zu gefährlich«, setzte er etwas lahm hinzu.

»Wir prügeln uns nicht«, sagte Schöni, dessen Kopf ganz rot angelaufen war. »Unser vernünftiger Chef hier wollte …«

Hansi rammte ihm den Ellenbogen in die Seite, und Schöni verstummte.

»Was ist überhaupt los?«, fragte der alte Otto.

»Geht dich nix an«, schnappte Hansi, und Schöni sagte müde zu den Kollegen, die ihn aus der Reichweite des Vorarbeiters zerren wollten: »Lasst mich in Ruhe.«

* * *

Das Zimmer, in das Bettina gebracht wurde, hatte dengleichen strapazierfähigen, aber hellen Teppichboden wie der Eingangsbereich der Klinik. Die Wände waren im gleichen warmen Beige gestrichen, und an der Wand hing ein Klon des Blumendrucks, der die Wand hinter Bettinas Sessel in der Eingangshalle geziert hatte.

»Jetzt ruhen Sie sich erst mal fünf Minuten aus«, sagte die Pförtnerin begütigend und bugsierte sie auf eine schmale Notliege mit einer Wolldecke. »Ich gebe Ihrem Kollegen Bescheid, machen Sie sich keine Sorgen.«

»In Ordnung.« Bettina legte sich hin, versuchte, ihren Nacken, in dem die Kopfschmerzen lauerten, zu entspannen, und betrachtete ihre nachlässig manikürten Fingernägel, bis sie ihr vor den Augen verschwammen. Sie bemühte sich, langsam zu atmen und sich schwer zu fühlen wie ein Stein, schloss die Augen und stellte sich ein tiefes Grau vor.

Es sah aus wie hübscher, satter, nikotingeschwängerter Zigarettenrauch. Sie hielt es nicht aus, richtete sich wieder auf und blickte sich um. Das Zimmer war ein winziger, verlassener Pausenraum, halbdunkel, nur von außen beleuchtet durch eine Lampe, die eigentlich den Parkplatz vor dem Haus erhellen sollte. Es gab einen Tisch, einen Kühlschrank, eine Kaffeemaschine, mehrere Topfpflanzen und Stühle. Und über einem der Stühle einen weißen Kittel, aus dessen Brusttasche ein Päckchen Luckys hervorschaute.

* * *

»Be– Frau *Boll!*«, rief Marquardts Stimme aus dem Handy.

Bettina nahm einen tiefen Zug gestohlenen Rauchs und fühlte sich absurderweise richtig gut. Hier saß sie in einem dunklen Zimmer, in das man sie hatte bringen müssen, weil sie sich nicht anständig benehmen konnte. Ihre Schwester starb, Tante Elfriede hatte sich die Kinder unter den Nagel gerissen, sie selbst hatte gerade eine Straftat begangen und außerdem nicht mal Rückgrat genug, um eine halbe Stunde lang aufs Rauchen zu verzichten.

Trotzdem fühlte sie sich fantastisch. Manisch-depressiv, das war sie. Durchgeknallt.

»Hallo Bürgermeister«, hauchte sie ins Telefon wie eine nymphomanische Blues-Sängerin.

Am anderen Ende der Leitung blieb es einen Moment ruhig. Dann fragte Marquardt ungläubig: »Frau Boll?«

Ein wildes Kichern breitete sich in Bettinas Bauch aus und kämpfte sich gnadenlos bis zu ihren Sprachorganen durch. Sie gluckste unterdrückt.

»Frau Boll? – Sind Sie noch dran?«

Wie peinlich. »Klar«, brachte sie zwischen den Schüben ungewollten und nur halb niedergezwungenen Lachens heraus. »Wie geht es Ihnen?«

»Gut. – Sprechen Sie vom Handy aus?«

Bettina nickte und musste deswegen wieder lachen. »Oh! – Sicher, ich – die Verbindung ist leider ziemlich schlecht ...«

Marquardt schwieg. Hoffentlich erkannte er nicht, dass sie lachte. Plötzliche Kopfschmerzen schossen in Bettinas Stirn. »Weshalb ich anrufe ...«

»Ja?«

»Ich ...« Ja nun, weshalb rief sie eigentlich an? »Ich möchte mit Ihnen reden.«

Schweigen.

»Ich ...« Ein Grund. Sie brauchte einen Grund. Wild grub sie in ihrem plötzlich leer gefegten Hirn nach einem Vorwand, mit Marquardt zu sprechen.

»Ich nehme an, Sie möchten meine Zeugenaussage aufnehmen«, sagte dieser förmlich.

»Genau.« Bettina holte tief Luft. Hätte sie nur nie dieses Telefon in die Hand genommen!

»Kommen Sie doch heute Abend ins Große Haus«, bat er. Jetzt erst erkannte Bettina, wie kraftlos sich Marquardts Stimme noch anhörte. »Ich hasse Kliniken. Marko holt mich bald ab.«

»Aber Sie dürfen noch gar nicht aus dem Krankenhaus raus.« Ein weiterer tiefer Zug aus der Zigarette half ihr, ruhiger zu werden. »Sie sind nicht mal vernehmungsfähig.«

»Und trotzdem wollen Sie meine Zeugenaussage aufnehmen.«

»Also ich …«

»Ist schon gut«, unterbrach Marquardt sie aus der Ferne. »Ich weiß ja, wie pingelig diese Ärzte sind, und Sie wollen sicher schnell alles unter Dach und Fach bringen, bevor Sie wieder nach Ludwigshafen zurückfahren.«

»Hm. – Ja, also …«

»Heute Abend?«, fragte Marquardt. »Ich bin zu Hause.«

»Nun, ich – also, ich weiß nicht, ob ich kann.« Es hörte sich so an, als schlüge sie eine Verabredung aus. Bettina drückte ihre Zigarette aus und zündete sofort die nächste an. So wurde man zum Verbrecher. Einmal irgendwo geklaut, und schon wurde es zur Gewohnheit. »Ich bin leider ziemlich fertig.«

»Wie Sie wollen.« Marquardts Stimme klang nun direkt frostig. »Sie können jederzeit kommen. Ich darf nächste Woche das Haus nicht verlassen – der Arzt besteht darauf.«

»Na gut. Vielleicht – ich weiß nicht. Möglicherweise geht es auch heute.« Sie sagte nicht, dass sie sich gerade im Hetzelstift befand. Nicht, dass es viel praktischer wäre, ihn jetzt gleich zu besuchen …

»Wenn Sie kommen, dann denken Sie dran, dass Rebecca

noch nicht wieder da ist. Gehen Sie einfach rein, so machen das alle Leute aus Kreimheim.«

»Okay«, sagte Bettina. Sie würde nicht hingehen. Noch einen Abend allein mit dem Bürgermeister konnte sie nicht überstehen. »Mal sehen.«

Marquardt machte wieder eine Pause. »Ich erwarte Sie dann«, erklärte er etwas barsch.

»Hm. – Nein, erwarten Sie mich nicht zu sehr, ich meine – bei mir könnte es spät werden«, fügte sie rasch hinzu und fühlte sich irgendwie geschwätzig. »Ich gehe jetzt erst mal mit Willenbacher was essen.«

»Sie haben ja auch Grund zum Feiern.« Das hörte sich bissig an.

»Wir feiern nicht«, gab sie zurück. »Auch Polizisten haben gewisse Grundbedürfnisse.«

»Natürlich.«

»Hören Sie, sind Sie sicher, dass dieses Gespräch Sie nicht zu sehr aufregt?«, erkundigte Bettina sich, gereizt über Marquardts beißenden Tonfall.

»Absolut«, war die knappe Antwort, und Marquardt schaffte es allein mit der ruhigen Sicherheit, die er in dieses einzelne Wort legte, anzudeuten, dass im Gegenteil Bettina diejenige war, der es an Gleichmut mangelte – womit er ja auch irgendwie Recht hatte.

»Na schön.« Sie paffte heftig. »Dann sehen wir uns noch.«

»Bis später«, sagte Marquardt nicht mehr ganz so trocken und legte auf.

Bettina starrte die Tür an. Bis später. Bedeutete das, dass er sie doch noch heute erwartete? Aber sie konnte nicht. Hatte auch gar keine Lust …

Die Tür ging auf.

»Ah, *da* sind Sie«, rief Willenbacher, knipste das Licht an, blieb in der Tür stehen und schwenkte fröhlich sein Notizbuch. »Ich habe alles. Die Frau vorne sagte, Sie hätten Kopfschmerzen bekommen. Bei mir gehen die immer weg, wenn ich was Anständiges esse.« Er blickte auffordernd. »Kommen Sie. *Mangiare*. – Wir sind schon viel zu lange unterwegs.«

»Ach was.«

Doch Willenbacher war zu gut gelaunt, um sich ärgern zu lassen. Er hatte sich schon dem Ausgang zugewandt.

Bettina folgte ihm schwerfällig. Der wunderschöne rote Apfel blieb unberührt auf der Notliege zurück.

* * *

Und natürlich ging sie hin.

Die Kopfschmerzen waren einer schwammigen Übelkeit gewichen, die wahrscheinlich mit Bettinas Weigerung, schon wieder »Gequellte Grumbeere« zu essen, zusammenhing.

»Sie müssen aber was essen, Bettina«, hatte Pat resolut beschlossen und ihr ein »schönes Omelett« zubereitet, das Bettina nicht hinunterbrachte, worauf Willenbacher mehr oder weniger Anstalten machte, sie zu füttern.

»Hören Sie auf damit, Mann!«

Pat und der kleine Willenbacher sahen sich viel sagend an. Dann zog Bettinas Kollege die Autoschlüssel aus seiner Tasche, klimperte damit und blickte sich in der (heute Abend nicht gerade überfüllten) *Bredouille* um. »Wir gehn heim. Die Chefin muss ins Bett.«

Bettina stand drohend auf. »Das reicht jetzt, Willenbacher!«

Der kleine Kollege hatte selbst gerade gemerkt, dass er wohl doch etwas zu weit gegangen war, und hielt die Autoschlüssel abwehrend von sich fort. Darüberhin blinzelte er seine Vorgesetzte halb keck, halb erschrocken an.

Bettina riss ihm die Schlüssel aus der Hand. »Tut mir Leid, aber Sie müssen zu Fuß in die Pension zurückgehen«, sagte sie.

»Sie können doch so nicht Auto fahren«, mischte Pat sich ein und baute sich vor Bettina auf. »Genau drei Bier intus und nix gegessen! Und sieht aus wie ne lebende Leiche! – Bring sie nach Hause, Junge.«

Willenbacher stand ebenfalls auf. »Okay.«

»Bemühen Sie sich nicht.« Bettina war schon an der Tür. »Ich muss noch mal ins Große Haus.«

Pat blickte umso vorwurfsvoller. »Ins Bett müssen Sie, so wie Sie aussehen!«

»Wiedersehen«, sagte Bettina. »Morgen früh um acht, Willenbacher.«

An der Tür blickte sie zurück und sah gerade noch, wie Willenbacher sich über ihr Omelett hermachte.

Sie ließ die Tür laut ins Schloss krachen.

* * *

Niemals, nicht einmal an dem aufreibenden gestrigen Abend, war ihr die Auffahrt zum Großen Haus so düster vorgekommen. Sie konnte keine erhellten Fenster erkennen; das Haus schien wie ein schwarzes Loch alles Licht aufzusaugen. Nachdem Bettina das Auto geparkt hatte, war sie vom Ausmaß der Dunkelheit überwältigt. Sie schaltete den Motor ab, ohne auszusteigen, weil eine irrationale Furcht schrie, die Finsternis werde sie verschlingen.

Feigling, schalt sie sich, doch das änderte nichts. In ihrem Kopf verwandelte sich die Angst in eine schmeichlerische Stimme, die leise und genüsslich von Aspirintabletten, einem warmen Bett und einem heißen Bad sprach.

Als Bettina den Motor wieder anließ, leuchtete im Haus ein schwaches Licht auf.

Konnten dies die Fenster zur Bibliothek sein?

Möglich war es, doch sie war nicht sicher. Immerhin löste sich ihre Erstarrung. Sie konnte aussteigen, um über totes Astwerk und matschige, verfaulte Gräser zum Hintereingang zu stolpern.

Stinkes, ein Vertreter der Normalität, erwartete sie dort schon freudig bellend. Mit all den Zärtlichkeiten, die normalerweise Willenbacher abgefangen hatte, wurde nun sie überhäuft. Der Hund bellte und wedelte, hechelte, sprang und leckte. Bettina hatte überhaupt keine Wahl, als vor ihm in die Tiefen des dunklen Hauses auszuweichen.

Sie rief »Hallo« und merkte, wie schwach ihre Stimme klang. Darauf räusperte sie sich, versuchte es wieder, diesmal kräftiger, doch mit ebenso wenig Erfolg.

Dann musste sie eben allein hinauf.

Als sie Licht durch die Glaseinsätze der Bibliothekstür scheinen sah, war sie erleichtert. Sie zog die Tür auf und trat ein.

»Frau Boll!«, rief Marquardts Stimme ein wenig matt. »Ich dachte mir schon, dass Sie es sind.« Er saß in dem Sessel am Kamin, wo Bettina ihn gestern bewusstlos entdeckt hatte. Als sie ihn so sah und hörte, schämte sie sich noch mehr für ihr verrücktes Verhalten am Telefon.

»Kommen Sie ruhig herein, Frau Boll.«

Zögernd schloss sie die Tür hinter sich und überquerte einige der großen Teppiche, bis sie vor dem Bürgermeister stand. Er wirkte blass, eher krank denn gereizt, wie sie ihn erwartet hatte. Seine Beine waren in eine Decke eingeschlagen.

»Die hat mir Marko verpasst«, erklärte er, ohne dass sie danach gefragt hätte. »Der Junge scheint mich für einen Mummelgreis zu halten. Er hatte ein richtig schlechtes Gewissen, mich heute Abend allein zu lassen, so krank und geschwächt, wie ich bin.«

Obwohl ihm der Satz locker von den Lippen kam, konnte Marquardt seine Erschöpfung nicht verbergen. »Mir ist es immer unheimlich, wenn mein Neffe sich so rührend um mich kümmert«, sagte er leichthin. »›Von Zeit zu Zeit seh ich den Alten gern‹ ist normalerweise sein Motto.« Mit etwas unsicheren Bewegungen schälte er sich aus der Decke und stand auf. »Setzen Sie sich doch, Frau Boll.« Zuvorkommend wies er auf einen Sessel. »Wir können ihn auch ein wenig näher ans Feuer rücken, wenn Sie möchten.«

»Danke, ich mache das.«

Marquardt packte mit an. »Sie sollten mich nicht so rücksichtsvoll behandeln. – Ich komme mir schrecklich alt dabei vor«, bekannte er mit schiefem Lächeln und hievte den Sessel übertrieben schwungvoll herum. Bettina blieb vor dem Kaminfeuer stehen und betrachtete ihn nachdenklich.

Er wandte sich ab. »Möchten Sie etwas trinken?«

»Gerne.«

Sie fuhr mit der Handfläche über den etwas speckigen Samt, mit dem der Sessel bezogen war. Das Kaminfeuer knackte wie ein ganz normales Feuer; seine Flammen, die gestern Abend nervös gezuckt hatten, spendeten heute beruhigende Wärme. Eine einsame Lampe malte einen grellen Lichtkreis auf Marquardts glänzende Schreibtischplatte. Der übrige Raum lag im Halbdunkel. Man sah, dass die Spuren der Untersuchung bereits notdürftig beseitigt waren: Klaras Staffelei lehnte mitsamt dem verhängten Bild in einer Ecke; das Packpapier war von den Spurensicherungsbeamten mitgenommen worden.

Marquardt blickte herüber und klirrte mit Kristall. »Geben Sie es zu, Sie kommen nur deshalb, weil mein Cognac der beste weit und breit ist.«

»Genau.«

Frau Boll – *Bettina* – ließ sich in die Polster fallen und

streckte die Beine weit von sich. Für sie war der tiefe Sessel kein Möbelstück, auf dessen Rand sie elegant balancierte, wie Marquardt mit leichter Belustigung feststellte, sondern ein Hafen, eine Höhle, in der sie sich vergrub. Auch konnte man, selbst mit einigem Wohlwollen, ihre Erscheinug nicht gerade salonfähig nennen: Die Jeans, die sie trug (die vom letzten Mal?), war fleckig, fadenscheinig und unten ausgefranst, ihr Pullover diesmal nicht verfilzt, aber dafür drei Nummern zu groß, so dass ihr die Ärmel ständig über die Hände rutschten. Außerdem hatte ihre helle Haut plötzlich einen beunruhigenden Stich ins Bläuliche, und ihre Haare hatten sich zu staubigen Strähnen gedreht. Besser, er stellte sich nicht vor, wie Bettina gewaschen aussah. Oder *beim* Waschen.

Er schloss die Augen. Sie war nur ein Mädchen. Erschöpft, etwas flegelig und ziemlich schmutzig. Ein Mädchen, das am Telefon kicherte. Das auf einem Pferd in die Bibliothek reiten würde.

Oder das eine Mörderin während des Gottesdienstes in der Kirche festnahm.

»Sie haben den ganzen Ort in helle Aufruhr versetzt«, sagte er, als er sich über den Sessel beugte, um ihr das Glas zu reichen.

Sie zuckte die Achseln. »Wie geht es Ihnen?«

Ihre Blicke trafen sich.

»Gut«, log Marquardt und senkte die Lider. Dann nahm er in seinem eigenen Sessel Platz und legte Markos Wolldecke scheinbar achtlos beiseite. »Ich bin angeblich ein medizinisches Wunder. Eigentlich müsste ich noch am Tropf hängen und so weiter …«

Mit halb geschlossenen Augen betrachtete er den Feuerschein, der ihr Haar in einem wundervollen schattigen Dunkelrot schimmern ließ. Sicher ein ähnlicher Effekt wie beim

Mond, dachte Marquardt, wenn er durch die Schmutzpartikel der Atmosphäre mit einer malerischen orangen Corona erscheint. Er lächelte. »Trinken wir auf die Gesundheit.«

»Die Gesundheit.«

Sie trank zu schnell und blickte sich dann suchend um. »Haben Sie was dagegen, wenn ich rauche?«

»Warten Sie, ich hole Ihnen einen Aschenbecher.«

Sie sprang auf, elastisch und federnd, und strafte so ihr erschöpftes Gesicht Lügen. »Bleiben Sie sitzen. Sagen Sie mir, wo …«

Er erhob sich ebenfalls, langte zum Bartisch hinüber und reichte ihr eine barocke Schale mit schnörkeligem, vergoldetem Griff.

»Das ist doch kein Aschenbecher.«

»Für Sie schon.« Ernst blickte er auf sie hinab.

Sie nahm das scheußliche, aber offensichtlich kostbare Teil, setzte sich hastig und zündete die Zigarette an, bevor er auf die Idee kommen konnte, ihr auch noch Feuer zu geben.

»Ich möchte Ihnen danken, dass Sie uns rechtzeitig gefunden haben«, sagte er unvermittelt. »Das war sehr zuvorkommend von Ihnen.«

Ein Lächeln erweckte ihr müdes Gesicht zum Leben. Es verlieh ihr ein Leuchten. Ein unerreichbares Leuchten. Es erhob sie und entfernte sie von ihm …

Nicht ganz.

Sie beugte sich aus ihrer schützenden Rauchwolke nach vorn. »Darf ich Sie was fragen?«

»Aber deswegen sind Sie doch da.«

»Es ist nicht fürs Protokoll.«

Er warf ihr unter gesenkten Wimpern einen Blick zu. »So?«

»Ja.« Sie betrachtete ihn gespannt und hielt die eben

noch so heftig benötigte Zigarette achtlos von sich fort. »Ich würde zu gern erfahren, wann Sie Ihre Schwester zum ersten Mal verdächtigten. Was Sie wussten.«

Er seufzte. »Ich weiß wahrscheinlich weniger als Sie. Sie haben mich überrascht, wissen Sie das? Ich hielt Sie für …«

»… inkompetent?«, fragte sie, doch es klang nicht streitsüchtig. Eher resigniert.

»Aber nein! Wirklich nicht.«

»Und für was hielten Sie mich dann? – Schon gut«, winkte sie ab und blinzelte ihn über ihren Zigarettenrauch hin an. »Sie müssen es mir nicht sagen. Sprechen wir lieber über Ihre Schwester.«

»Ja …«

»Sie ist unglaublich. Sie hat uns alles erzählt. Ich war danach völlig gerädert. Deswegen – war ich auch ein wenig seltsam am – hm, Telefon.« Jetzt blickte sie fort, suchend, und nahm ihr Glas in die Rechte, die Zigarette zwischen Zeige- und Mittelfinger haltend. »Ihre Schwester hat allerhand mitgemacht.«

»Ich weiß.«

»Ich glaube, sie hatte nichts gegen Sie direkt.«

»Das ist beruhigend«, sagte Marquardt ironisch aufschauend und drehte seinen Arm unwillkürlich.

Bettina sah den aufgerollten Ärmel eines Seidenhemdes, ein kleines Pflaster und einen großen blauen Fleck. »Sie hatten die Spritze noch im Arm, als …«

»… Sie mich fanden.« Sein Gesicht war dunkel, verschattet, auch wenn der warme Feuerschein darauf fiel. Bettina wünschte, er würde seinem Porträt nicht so ähnlich sehen.

»Sie zweifelte an Ihrem Familiensinn, sagte Ihre Schwester.«

»Nein.«

»Doch, sie sagte, Sie ließen das Haus verfallen und den

Garten verkümmern. Sie hätten schon immer seltsame Ansichten gehabt.«

»Und ich dachte immer, ich hätte gar keine«, murmelte Marquardt.

»Sie glaubte, dass Sie sie eines Tages verraten würden.«

Er schnaubte ein trockenes Lachen durch die Nase und starrte ins Feuer. »Die Familie ist ihr höchstes Gut«, sagte er zu den Flammen und schüttelte den Kopf. »Dachte *ich*. Der Name Marquardt ist ihr lieber als ihr eigenes Leben. Wie konnte sie mich ermorden wollen?«

»Es ist sehr schwer, Sie richtig einzuschätzen«, hörte Bettina sich sagen. »Ihrer Schwester fiel es wohl auch nicht leicht.«

Er zuckte die Achseln. »Die Menschen vermuten immer hinter der größten Leere die tiefsten Geheimnisse.«

»Sie sind nicht leer«, rutschte es ihr heraus.

Marquardt lächelte unvermutet. »Aber geheimnisvoll, oder?«

»Eher kokett. – Verzeihung. Ich meine ...«

»Schon gut. Sie haben mich durchschaut.« Marquardt drehte sein immer noch halb volles Glas in der Hand und blickte hinein. »Wissen Sie, wer Persephone war?«

Bettina starrte ihn an. »Eine griechische Göttin?«

»Die Göttin der Unterwelt. Ja – als dieses Baby direkt unter ihrer Statue gefunden wurde, wusste ich: Das war Maria.« Er schüttelte den Kopf. »Fragen Sie mich nicht, warum. – Sie ist wahrscheinlich die Einzige außer mir, die noch weiß, was diese Steinhaufen da draußen darstellen sollen. Sie hat den Garten früher sehr gemocht.«

»Wie zynisch. Das Kind unverzüglich der Unterwelt auszuliefern ...«

»Oh, nicht ganz.« Marquardt schaute sie nun direkt aus schwarzen Augen an. »Persephone ist nicht die eigentliche

Herrscherin der Unterwelt. In Wahrheit ist sie eine Tochter der Demeter, der Erdmutter, die das halbe Jahr an den Hades gefesselt ist. – Weil sie einem Granatapfel nicht widerstehen konnte«, fügte er düster hinzu. »Wussten Sie, dass es im alten Griechenland als Verlobung galt, wenn ein Mann einem Mädchen einen Apfel zuwarf?«

»Und wenn sie ihn nicht fing?«

Er grinste schwach. »Ich vergaß, Sie vertreten natürlich das weibliche Element. Und das sehr nachdrücklich.«

»Danke.«

Bettina lächelte wie eine Katze, wenn Katzen lächeln würden. Und sah überhaupt einer Katze ähnlich, machte einen behaglichen Eindruck, wie sie ihren Kopf da in den Sessel lehnte. Marquardt versuchte probeweise, so zu sitzen wie sie, entschied aber, dass er dann spätestens in fünf Minuten eingeschlafen sein würde. Er schlug die Beine übereinander, was seiner Meinung nach ein einigermaßen gepflegtes Bild abgeben musste. »Was werden Sie jetzt tun?«

»Ich? Oh, nach Ludwigshafen zurückgehen und zusehen, wie Härting die Lorbeeren kassiert.«

»Härting?«

»Mein Chef.«

»Hm. Und sonst?« Die Wellen, die der Cognac in seinem Glas schlug, schienen für Marquardt auf einmal von besonderem Interesse.

Bettina sah ins Feuer und seufzte, ohne es zu merken. »Nichts. – Ich meine, ich muss mich um meine Schwester kümmern, die Kinder abholen, meine Tante beruhigen und so weiter …«

Er verschluckte sich fast. Hatte sie von Kindern gesprochen?

»Ich hasse es.« Das war ein Stoßseufzer.

»Sie hassen – was?«, fragte er vorsichtig.

»Ach nichts.« Ihr Blick wurde wieder wachsamer. »Ich bin nur müde.«

»Kein Wunder. Nachdem Sie Kreimheim in weniger als einer Woche komplett vom Verbrechen befreit haben …«

»Ist nicht wahr«, sagte Bettina in Gedanken. »Wir haben nicht alle.« Dann starrte sie Marquardt plötzlich an.

»Oh. Wer fehlt denn noch?«

»Der – wussten Sie, dass Ihr Bruder wahrscheinlich mehr als ein Dutzend Mädchen vergewaltigt hat?«

»Nein.«

»Er hat auch Anna Moretti ermordet.«

Marquardt ließ den Kopf in die Hände sinken. »Ich dachte es mir.«

»Wieso?«

»Nun – auf unserem Dachboden gibt es einen Koffer.«

»Oh.«

»Martin war tot, als ich diesen Koffer fand. – Was hätte ich tun sollen? Herumlaufen und eine Leiche suchen?«

Die junge Frau blickte Marquardt mit neu erwachtem Argwohn an. »Ihr Bruder hatte zwei Gehilfen«, sagte sie. *»Er* war ein Triebtäter. Die beiden anderen taten es, weil sie wohl irgendwie angestiftet oder gezwungen worden waren.«

»Und wer waren die beiden?«

»Eddie Kropp.«

»Natürlich. Und der andere …?«

»Den kennen wir noch nicht.«

Sie würde doch nicht *ihn* verdächtigen? Nein, das konnte sie nicht. Jetzt nicht mehr. Sie wusste doch, dass er sie …

Marquardt starrte prüfend in Bettinas grüne Augen. Nein. Jetzt rollte sie sich wieder halb auf dem Sessel zusammen; so etwas würde man nicht tun, wenn man glaubte, man befände sich in der Gewalt eines Kriminellen.

»Haben Sie vielleicht einen Verdacht, wer es sein

könnte?«, fragte sie etwas bissig aus den grünen Samtpolstern. »Besitzen Sie noch irgendein wichtiges Foto? Haben Sie möglicherweise die Fesseln, mit denen die Mädchen gebunden wurden, irgendwo gerahmt und aufgehängt?«

Er hob die Hände. »Bitte.«

»Entschuldigen Sie.« Bettina rieb ihre Stirn. »Alles stürzt auf Sie ein. Ich würde so schreckliche Dinge von meiner Schwester auch nicht glauben wollen.«

»Ich habe keinen Verdacht«, sagte er und hob sein leeres Glas. »Und wenn, glauben Sie mir, würde ich es Ihnen sagen. – Trinken Sie noch einen mit …« *Bettina,* wollte er sagen, brachte es aber nicht über die Lippen.

Sie nickte unaufmerksam und fummelte an ihrem Zigarettenpäckchen herum. Ärgerlich und ein wenig heftig nahm er ihr Glas. Ein ganz einfacher Name. Bettina. Bettina, *Bettina.* Kein Problem für einen fünfundvierzigjährigen Mann, sollte man meinen, ein Mädchen bei seinem Vornamen zu nennen.

»Wann fahren Sie nach Ludwigshafen zurück?«, fragte er kühl. Da waren Bettinas Haare, direkt vor ihm, locker auf die Sessellehne gebreitet. Wenn er die Hand ausstreckte, konnte er sie berühren …

Er wandte sich ab. »Ihr Cognac.« Etwas ungeschickt, weil zu hart, stellte er ihn auf den Tisch neben ihr. Sie sollte keine Gelegenheit haben, das Glas aus seinen Händen entgegenzunehmen. Weshalb er das fürchtete, wusste er nicht; jedenfalls machte ihn das Gefühl aggressiv. Er blieb vor Bettinas Sessel stehen, hielt ihr sein Glas entgegen und blickte sie finster an.

»Danke. – Weiß noch nicht. In ein, zwei Tagen. Um den dritten Mann zu finden, brauchen wir ein Wunder. Und das Gericht wird ihn wohl schnell vergessen, wenn Ihre Schwester erst anfängt zu erzählen.« Sie blickte auf, nahm ihr Glas und stieß es gegen seines. »Prost.« Ihre ruhige Reaktion beschämte ihn. Schnell ließ er sich wieder in seinem Sessel nieder.

Bettina blickte ins Feuer. Langsam begann sie ihre Erschöpfung zu spüren. Ihre Kopfschmerzen kehrten wieder, alte Bekannte, glücklicherweise nicht brüllend wie vorhin im Krankenhaus, sondern eher leise summend.

Es musste spät sein, und das Kaminfeuer war umso beruhigender, je länger man hineinsah. Sie liebte die Bewegung, die scheinbare Lebendigkeit des Feuers. Sie mochte es auch, wie der alte Cognac, glühender Samt, sich in ihrer Kehle vorwärts schob, fand es herrlich, einen so bequemen Sessel zu besitzen, wenn auch nur für einen Abend, noch dazu in dem Bewusstsein, Marquardt alle peinlichen Fragen gestellt und alle Fettnäpfchen, wenn nicht umrundet, so doch hinter sich gelassen zu haben. Schon driftete der Gedanke an Ludwigshafen und all die Probleme, die dort warteten, davon. Schläfrigkeit überkam sie.

»Darf ich Sie um etwas bitten?« Marquardt hatte sich vorgebeugt und drehte sein Glas in der Hand, eine Geste, an die sie sich langsam gewöhnte. Seine schwarzen Augen brannten.

»Natürlich.« Er sah so – aufgewühlt aus. Sie rappelte sich auf.

»Können Sie mir sagen, ob – ich meine, Sie – könnten wir …?« Da waren die goldenen Sprenkel in ihren Augen wieder. Grün und Gold, wie Jadeschmuck, und dunkle Wimpern, die Tusche natürlich etwas verschmiert … »Ich …« Er starrte sie an. Sie war – ihm fehlten die Worte. Wie war noch gleich der Satz, den er eben begonnen hatte? Was wollte er sagen? Er musste etwas sagen. Jetzt. Sofort. »Können Sie mir erzählen, was meine Schwester ausgesagt hat?«, hörte er eine fremde, sichere Stimme bitten, die entfernt wie seine klang.

»Klar.«

Sie sah ernüchtert aus. Er war ein Idiot.

Ein Idiot.

Bekanntlich war es eine lange Geschichte, und nachdem sie diese beendet hatte, schloss Bettina kurz und erschöpft die Augen. Der Sessel war einfach zu bequem.

Marquardt schwieg eine Ewigkeit. Dann sagte er etwas, was sie nicht mehr richtig verstand. Sie riss gewaltsam ihre Augen auf.

»… schlafen ja, Frau Boll. Sie haben sich überanstrengt. Ich werde Ihnen ein Bett überziehen.«

Bettina schüttelte den Kopf. »Ich fahre nach Hause.«

»Kommt nicht in Frage. Dann werden Sie sich wenigstens von mir chauffieren lassen müssen.«

Bettina nickte und schloss die Augen wieder.

Unschlüssig stand Marquardt eine Weile vor dem Sessel. Sie gab keinerlei Lebenszeichen mehr von sich, lag fest schlafend in den tiefen Polstern.

Nun war es so weit. Hatte er sich das gewünscht? Was sollte er tun?

Eine leise Stimme lachte und flüsterte: Da fragst du noch, Bruderherz …

Er kämpfte sie nieder.

Sie zum Auto tragen und in ihre Pension fahren? Ihr ein Bett machen und sie dahin bringen?

Sie anfassen?

Eine rot schimmernde Haarsträhne rutschte langsam über ihre Wange. Bettina bewegte sich kurz, zog ihre Beine an. Da lag sie, ein bisschen schmuddelig, nach Rauch, Erde und Vanille riechend. Marquardt beugte sich hinab und berührte ihre Schulter, flüsterte: »Wachen Sie auf! – Bettina?«

Jetzt konnte er es sagen. Wo sie schlief. Sie bewegte sich

wieder, und er fürchtete schon, sie tatsächlich aufgeweckt zu haben, doch sie hatte lediglich ihre Lage geändert.

Das erleichterte ihn so sehr, dass er schon fast wieder wütend wurde. Er würde sie wecken. Ja.

»Bettina?«

Nichts geschah. Der Feuerschein ließ Schatten über ihr schlafendes Gesicht zucken.

Die Decke. Er holte die Decke, die Marko ihm so sorgsam aufgenötigt hatte, und breitete sie über Bettinas Beine. Wieder stand er eine Weile da und betrachtete sein Werk, dann riss er sich los und trat zur Bar, um sich einen letzten Cognac einzugießen.

Zuletzt löschte er die Schreibtischlampe und setzte sich in seinen Sessel. Er würde das Feuer abbrennen sehen.

Epilog

Es war wieder einer von *diesen* Tagen. Nun waren die Polizisten schon seit vierzehn Tagen abgereist, Maria Linné sollte längst alle Aussagen gemacht haben, und überhaupt ging das meiste in Kreimheim wieder seinen gewohnten Gang. Bis jetzt hatte er es geschafft: Es war noch keinem aufgefallen, dass er manchmal stundenlang in seinem Büro saß und Kreise auf Notizpapier zeichnete. Er war froh, dass er ein ruhiges, sicheres Büro besaß, dass er seine Tür hinter sich zumachen konnte, dass er nicht mit all den anderen Arbeitern zusammen in den Umkleideraum gehen musste, wenn es zum Feierabend läutete.

Na ja, er hatte einen guten Job, den hatte Martin ihm noch besorgt.

Er war erleichtert, dass die Sägen aufgehört hatten zu lärmen und dass seine Zirkelübungen jetzt zumindest legal stattfanden.

Er konnte sich mal wieder nicht konzentrieren, obwohl längst alles vorbei war. Einen weiteren Kreis malte er auf jungfräuliches weißes Papier – eine Spirale, die sich nach innen verjüngte, sich in die Unendlichkeit wand. Die Zeichnung schien sich selbst zu vervollständigen, hatte etwas Hypnotisches.

Die Tür ging auf.

»Hallo! Ach, Gott, Hansi! Ich wollte dich nicht erschrecken.« Verwirrt starrte Schöni in Hansis nervöse Augen. »Ist was passiert? Du bist ganz blass.«

Wie um seiner Besorgnis Hohn zu sprechen, wanderte der Blick des Kollegen durch das dunkle, staubige Kabuff und blieb an Hansis Zigarettenschachtel hängen.

Hansi verpasste seiner Spirale eine weitere Windung. »Was willst du?«, knurrte er.

Schöni wollte Zigaretten schnorren und ein Gespräch. Er lehnte sich gegen ein Regal, in dem einige sägemehlbestaubte Ordner vor sich hin vegetierten, und drehte sein leeres Zigarettenpäckchen in der Hand.

»Geht's dir jetzt wieder besser?«, fragte er, während Hansi sich weiter seiner Zeichnung widmete.

»Hm.«

»Mach so was nie wieder, Junge …« Schöni blickte angelegentlich zu Hansi hinüber.

»Hm.«

»Hab ich einen Schreck gekriegt, als du mit der Säge …«

»Hör zu«, zischte Hansi gefährlich, »ein Wort zu jemandem, und du kannst was erleben. Und das meine ich so. Ich will nicht …«

»*Schon* gut!« Schönis Blick wanderte wieder zu der vollen Packung Camels. »Ich hätte dich nur nie für einen Selbstmörder …«

»Ein Wort!«

»Ich rette dich nicht mehr, verlass dich drauf«, sagte Schöni beleidigt. »Ich mein ja nur.«

»Was willst du?!«, schrie Hansi unbeherrscht.

»Gott!« Schöni betrachtete seinen Freund und Vorgesetzten mit entrüsteter Verwunderung. »Hat deine Alte dich heut Nacht nicht rangelassen oder was?«

Hansi knurrte Unverständliches. Sein Gesicht war blass und eingefallen; er sah krank aus.

»He, ich brauch nur ne Zigarette. Der Automat oben ist wieder im Arsch.«

»Da!«, war die unfreundliche Antwort. »Hol dir selbst.« Und Hansi wies mit dem Ellenbogen flüchtig auf die Camels.

»Gott«, sagte Schöni, drei Zigaretten gegeneinander drehend, »bist du mies drauf!«

Hansi bekam einen roten Kopf. »Verpiss dich endlich!«, schrie er.

Der weißhaarige Mann zuckte die Achseln und ging. »Du mich auch«, sagte er zum Abschied.

Hansi wandte sich wieder seiner Zeichnung zu.

Sie hatte ihn nicht erkannt. Konnte sie gar nicht, schließlich hatte er ja den Sack vor dem Gesicht gehabt.

Und wenn doch?

Hansi hatte gewusst, dass Eddie eine Gefahr war. Eddie konnte einfach sein Maul nicht halten …

Aber was hätte er machen sollen? Ihn umbringen …?

Er schüttelte unbewusst den Kopf und malte ein dickes Kreuz auf sein Blatt, direkt neben die Spirale.

Vielleicht wäre das die beste Lösung gewesen, überlegte er dann. Wenn Eddie schon früher gestorben wäre. Ein kleiner Unfall mit der Säge …

Ein kalter Schauder lief ihm über den Rücken.

Sie muss jemandem gesagt haben, dass wir zu dritt waren, dachte er dann. Dieser Gedanke kreiste schon lange in seinem Kopf. Zu dritt, zu dritt, zu dritt …

Es würde herauskommen …

Sie kann dich nicht erkannt haben, sagte er sich wieder. Sonst hätte sie auch dich umgebracht.

Hansi wusste, weshalb die Kropps gestorben waren. Weshalb *Eddie* Kropp gestorben war. Dieser Idiot hatte seiner Frau, der Plaudertasche, alles erzählt, und die hatte nichts Besseres zu tun, als zur heiligen Maria zu rennen. Selbst schuld.

Hansi stand auf. Er fühlte sich unerträglich schwer. Diese Kraft, die ihn zu Boden zog …

Er musste raus aus diesem muffigen, dunklen Büro.

Es war einer der besten Tage seines Lebens gewesen, als Martin starb. Martin, der Teufel, der Verführer …

In der Sägehalle war kein Mensch mehr. Die Arbeiter zogen sich im geheizten Waschraum um; Hansi hörte ihr gedämpftes Lachen. An einer der Sägen klebte ein vergilbtes Kalenderblatt, welches ein nacktes Mädchen mit aufreizend gespreizten Beinen zeigte. Hansi riss es ab und zerknüllte es in seiner Faust.

Es war die Schuld, diese furchtbare Schuld, die auf ihm lastete. Die er verdrängt hatte.

Die er all die Jahre Martin zugeschrieben hatte.

Der Herr der Ratten und der Mäuse.

Hansi hielt sich den Kopf. Was dachte er da? Er kannte diese Zeile; sie war aus …

Der Fliegen, Frösche, Wanzen, Läuse …

Ihm wurde schwindelig.

Deine Schuld. Deine Schuld, deine Schuld, deine Schuld, deine …

Die Gedanken begannen, sich im Kreis zu drehen. Und er war schuld. Oh ja, er war schwach gewesen. Er war verführt worden. Martin hatte ihm das Kokain gegeben. Saufwettbewerbe veranstaltet. Martin hatte gelacht, genossen und nie an die Folgen gedacht. Martin hatte Komplizen gebraucht. Nun, weniger gebraucht. Ein Vergnügen war es für ihn gewesen, einen Bären von Mann wie Hansi abhängig und gefügig zu machen.

Der Herr der Ratten und der Mäuse.

Hansi schlug sich mit der Faust an die Stirn. Natürlich war er abhängig gewesen, aber das war kein Grund für all die – schrecklichen Dinge. Nicht für das mit Anna …

Du hast es genossen.

»Nein!«, schrie Hansi. Er sah all die Gesichter vor sich. All die Mädchen. – Nun, »all« war übertrieben, aber einige waren es schon gewesen …

Der Fliegen, Frösche, Wanzen, Läuse …

Wie sie gekämpft hatte … Dann rutschte der Sack von ihrem Kopf, und sie konnte ihn sehen … Ihre Augen! Wie sie ihn angesehen hatte, plötzlich ruhig. Annas große Augen … Ihre Überraschung …

Sie hatte sich nicht mehr bewegt, und er war ganz klein geworden, richtiggehend verschrumpelt, und Martin hatte sich halb tot gelacht …

Hansis Fäuste ballten sich. Er hätte ihn zum Schweigen bringen müssen. Martin war ein Leichtgewicht gewesen; kein Problem für Hansi.

Doch Martin hatte immer weiter lachen dürfen, hatte gesagt: »Du bringst es wohl nicht mehr, was?« Und gelacht.

Hansi hatte Anna angesehen. Rette mich!, flehten deren Augen.

Er hatte Martin geschlagen, doch nicht genug …

Eigentlich wolltest du Anna schlagen.

Ihre Augen waren so wach gewesen, hatten alles registriert. Dann war Martin aufgestanden. Er rieb sein Kinn und musterte Hansi mit kaltem Blick. Dann nahm er einen Hammer.

Der Herr der Ratten und der Mäuse.

Hansi hatte gewusst, was kam. Martin ließ sich Zeit. Er hielt Anna den Hammer an den Kopf, als wolle er Maß nehmen. Anna schrie. Eddie lachte wie wahnsinnig.

Dann sagte Martin: »Ich töte sie.«

Und Hansi hatte dagestanden wie betäubt. Er hatte nichts getan. Gar nichts. Er war so stark, hätte Martin und Eddie gleichzeitig besiegen können, hätte Martin den Hammer entwinden und Eddie kaltstellen müssen, hätte, hätte, hätte …

Der Fliegen, Frösche, Wanzen, Läuse …

Martin bewegte sich wie in Zeitlupe. Er hob den Hammer, zögerte, sah direkt in Hansis Augen. Anna wimmerte.

Dann schlug Martin zu.

Er brauchte nur einen Schlag mit dem schweren Hammer, um Anna zu töten.

»Ich musste es tun«, sagte er dann und lachte, diesmal etwas unecht. »Sie hat uns gesehen.«

Von diesem Tag an hatte Hansi kein Kokain mehr gebraucht.

Ratten und Mäuse. Ratten und Mäuse, Ratten und Mäuse, Ratten und Mäuse …

Und Eddie, der stinkende Idiot, hatte alles seiner Frau erzählt. Hansi hätte ihn jetzt noch, posthum sozusagen, umbringen mögen. Überhaupt war Eddie so ein widerliches kleines Arschloch gewesen …

Genau wie du.

Hansi trat an Säge I. Was für ein Idiot er doch gewesen war, vor vierzehn Tagen diese Säge einzuschalten und vor Schönis Augen seinen Kopf darüber zu halten. Denn natürlich hatte er sich überhaupt nicht umbringen wollen. Es war nur dieser komische Drang … Schließlich hatte er Familie. Und hatte alles so gut hinbekommen. Das Gespräch mit der Rotfüchsin. Die Geschichte von Anna. Die hatte ja auch gestimmt, jedenfalls fast. Er war der dritte Mann, und man hatte ihn vergessen.

Ratten.

Aber vielleicht würde man sich wieder an ihn erinnern.

Wenn Schöni redete.

Mäuse.

Schöni war immer ein guter Kumpel gewesen. Na ja, manchmal ein bisschen aufdringlich. Eigentlich ziemlich nervig in letzter Zeit. – Und Hansi konnte sich noch genau an den Tag vor zwanzig Jahren erinnern, an dem er Schöni am liebsten umgebracht hätte, weil der seinen neuen Ford gegen einen Baum gesetzt hatte. Er hatte gezahlt, gut, aber richtig entschuldigt hatte er sich nie.

Fliegen.

Und wie der sich vor den anderen Arbeitern aufspielte als sein Freund. Ja, da konnte man sich mit dem Vorarbeiter prügeln, wenn der nur mal eine kleine Überprüfung der Maschinen durchführen wollte! Wenn es an Achtung fehlte.

Frösche.

Und Schöni drückte sich oft noch spät allein in der Sägehalle herum. Hansi hatte manchmal den Eindruck, er wäre nicht ganz ehrlich, machte irgendwie einen etwas labilen Eindruck. Schon immer, eigentlich.

Wanzen.

Und Säge I war tatsächlich gefährlich. Wie leicht konnte da ein Unfall passieren, bei so einem Provisorium, an das sich alle gewöhnt hatten und deswegen achtlos geworden waren.

Läuse.

Und überhaupt gäbe Schöni einen sehr guten dritten Mann ab.

Ja.

Danke

an Christine Gallenstein, die mich gezwungen hat, mein Manuskript fertig zu schreiben,

an Ariadne, die mir eine Chance gegeben hat,

und an meine wunderbare Lektorin Ulrike Wand.

Das Leben geht weiter …
auch für Kommissarin Bettina Boll

Monika Geier – Neapel sehen · ISBN 3-88619-866-9

Bettina Bolls 2. Fall: Ein Leichenfund im abgelegenen Steinbruch bereitet der Kommissarin Kopfzerbrechen. Schweißtreibende Ermittlungen heben kriminelle Umtriebe und perverse Lüste ins erbarmungslose Sonnenlicht. Doch welches Motiv reicht für einen Mord?

Monika Geier – Stein sei ewig · ISBN 3-88619-880-4

Bettina Bolls 3. Fall: Mord an der Architekturfakultät. Die Kriminalermittlerin ist persönlich zugegen, als das Aktmodell erstochen wird, und doch hat niemand etwas mitbekommen! Der Täter muss tollkühn oder sehr ausgekocht sein …

»Monika Geier verfügt über die Bösartigkeit aller guten Krimiautorinnen, über Witz und die Raffinesse für wirklich subtile Plots. Ihre Bücher sind mehr als eine Entdeckung, sie sind eine Befreiung von schlecht gewordener Konvention.« Tobias Gohlis in *Die Zeit*

ariadne krimi

Argument Verlag · Eppendorfer Weg 95 · 20259 Hamburg · verlag@argument.de